HEARTCRAFT

KISSING STRANGERS

BELLA PAASCH

HEARTCRAFT

©2023 Heartcraft Verlag
Landwiese 21, 35085 Ebsdorfergrund
1. Auflage
Text: Bella Paasch
Bildlizenzen:
Natalie Hof – **stock.adobe**.com

ISBN: 978-3-98595-445-2
Bestellung und Vertrieb: Nova MD GmbH, Vachendorf
Druck: OSDW Azymut sp. z o.o.

Bibliografische Information der Deutschen Nationalbibliothek:
Die Deutsche Nationalbibliothek verzeichnet diese Publikation in der Deutschen Nationalbibliografie; detaillierte bibliografische Daten sind im Internet über http://dnb.d-nb.de abrufbar.

Bella Paasch

Kissing Strangers

PROLOG

Venice

W ir alle denken, wir kennen die Personen, die uns wichtig sind.

Sie machen uns vor, dass wir all ihre Geheimnisse, Gedanken und Sehnsüchte verstehen und wir halten so lange daran fest, bis sie uns vom Gegenteil überzeugen. Bis sie uns die bittere Realität entgegenwerfen, wenn wir am wenigsten darauf vorbereitet sind. Vielleicht haben sie uns auch zuvor schon unzählige Male verraten, ganz offensichtlich, und wir waren entweder zu blind oder zu naiv, um es zu bemerken.

Ich möchte an die Liebe glauben, wirklich.

Aber wie soll ich noch Hoffnung aufbringen, wenn diese Liebe immer in Scherben, Wut und Trauer zerfällt? Ist die Liebe wirklich so kompliziert? Bin vielleicht ich der Fehler in diesem ganzen System? Denn immer bin ich es, die von der einen auf die andere Sekunde ausgetauscht wird.

Ich bin es so leid, am Ende immer die Betrogene zu sein.

Ich möchte nicht immer allein zurückgelassen werden, sobald etwas Besseres in Sicht kommt.

Ich möchte nur einmal im Leben aufrichtig geliebt werden.

Ist es nicht genau das, was wir alle uns sehnlichst wünschen? Wollen wir nicht alle dieser eine außergewöhnliche Mensch im Leben eines anderen sein?

Bin ich für dich noch diese ganz besondere Person?

Oder gehört unsere Geschichte endgültig der Vergangenheit an?

KAPITEL 1

Voller Wucht schmeiße ich die Autotür zu und entferne mich mit großen Schritten von dem Wagen.

Ich halte es keine Minute länger mit diesem Kerl aus.

Was für ein verdammtes Arschloch. Wie konnte ich nur so blind sein?

»Venice, jetzt warte doch!« Collin steigt ebenfalls aus und anhand seiner näher kommenden Stimme erkenne ich, dass er mir über den endlos langen Parkplatz des Supermarktes folgt. »Stell dich nicht so an.«

Ich drehe mich nicht um, gehe einfach weiter und verschwende keinen Blick in seine Richtung.

»Wir können das bestimmt klären«, höre ich ihn hinter mir.

Ich kann mir ein frustriertes Auflachen nicht verkneifen, denn es gibt nichts zu klären. Nichts, was er jetzt noch sagen könnte, würde seine Taten ungeschehen machen.

Ich zucke zusammen, als sich plötzlich eine Hand um mein Handgelenk schließt. »Fass mich nicht an«, zische ich und entziehe mich ihm ruckartig. Ich will gar nicht wissen, was er mit seinen Händen alles angefasst hat.

Spott blitzt in seinen Augen auf und er kommt näher. Viel zu nah. »Sonst was, Venice? Was willst du dagegen tun, hm?«

Ich sehe ihn an und kann nichts mehr außer Hass und Abscheu für ihn aufbringen. Noch vor weniger als einer Stunde dachte ich, ich würde ihn lieben. Aber so schnell können sich Gefühle ändern.

Zwischen Liebe und Hass existiert nur eine schmale Grenze. Er hat mir soeben gezeigt, was es heißt, diese zu überschreiten.

»Du ekelst mich an«, zische ich ihm entgegen.

Noch nie habe ich solche Worte so ernst gemeint wie in diesem Moment.

Sein Blick verändert sich. Plötzlich liegt etwas in seinen Augen, das vorher nicht da war: Reue.

Doch vermutlich bilde ich mir das nur ein. Wahrscheinlich wünscht sich ein winziger Teil von mir bloß, dass es ihm wirklich leidtut.

»Lass uns nach Hause fahren und es einfach vergessen«, schlägt er vor.

Ich starre ihn ungläubig an. Das kann doch nicht sein Ernst sein. Ist ihm eigentlich bewusst, was er getan hat? Denkt er tatsächlich, ich könnte einfach über seinen Fehler hinwegsehen und weitermachen?

Darauf bedacht, nicht über meine eigenen Füße zu stolpern, laufe ich rückwärts und behalte ihn weiter aufmerksam im Blick. »Es ist vorbei, Collin. Ich ertrage deine Gegenwart nicht. Was hast du dir nur dabei gedacht?«

Für jeden Schritt, den ich nach hinten gehe, kommt er mir einen entgegen. Ich weiß nicht, ob ich Collin laut anschreien, einfach hysterisch loslachen oder mich weinend in einer Ecke zusammenkauern soll. Am liebsten würde ich alles gleichzeitig tun, doch letztendlich gewinnt die Wut die Oberhand. Wie kann man nur so ein widerwärtiger Mensch sein?

Ich habe ihn geliebt. Aus tiefstem Herzen. Sein verschmitztes Lächeln, das freche Funkeln seiner braunen Augen und sein dunkelblondes, akurat gestyltes Haar hatten es mir damals sofort angetan.

In der Schule himmelten ihn so einige an, doch er gab mir stets das Gefühl, die Eine für ihn zu sein.

Doch er scheißt einfach auf die letzten Jahre unserer Beziehung und hat nicht einmal den Anstand, seinen Fehler einzusehen. Ehrlich zu sein. Stattdessen habe ich bloß durch Zufall von seinem Betrug erfahren und wahrscheinlich hätte er es mir von sich aus niemals gesagt.

Collin sieht mich mit zusammengezogenen Brauen an, was seinem Gesicht einen quälenden Ausdruck verleiht. Aber mittlerweile weiß ich, dass er gut darin ist, mir etwas vorzumachen. Ich kaufe ihm dieses Getue nicht länger ab. »Venice, bitte. Ich liebe dich doch. Es war nicht meine Absicht, dich zu verletzen. Ja, ich habe Scheiße gebaut«, versucht er sich zu erklären. Sieh mal an, er erkennt es doch. »Und ich habe nicht nachgedacht. Verzeih mir.«

»Es war nicht deine Absicht?«, wiederhole ich langsam mit zusammengebissenen Zähnen, weil ich nicht fassen kann, wie so etwas aus Versehen passiert sein soll. Ist er ausgerutscht und nackt auf ihr gelandet, oder was? Langsam aber sicher koche ich vor Wut. »Also hast du ganz aus Versehen meine Schwester gevögelt?«, keife ich ihn an. Wahrscheinlich wissen jetzt alle Leute auf dem gesamten Parkplatz, was für ein Arsch er ist, aber das ist mir egal. Er hat es so was von verdient.

Jegliche Reue, die sich zuvor auf seinem Gesicht abgezeichnet hat, verschwindet mit einem Mal. Stattdessen sieht er mich genervt an und verdreht die Augen. Als wäre das alles nur eine lästige Sache, die beseitigt werden muss. »Jetzt stell dich nicht so an«, kommt es von ihm. »Bei uns lief es einfach nicht mehr und Alyssa hat sich halt angeboten. Ich hab das doch nur für uns getan, um wieder ein bisschen Schwung in die Sache zu bringen, verstehst du?«

Wütend balle ich die Hände zu Fäusten. Nein, ich verstehe nicht! Erwartet er wirklich, dass ich Verständnis dafür aufbringe, dass er mich aus angeblicher Selbstlosigkeit für unsere Beziehung auf diese Art und Weise geopfert hat?

»Du bist so armselig, Collin«, speie ich ihm verächtlich entgegen. »Ihr seid beide verlogen, egoistisch und widerlich zugleich und habt einander echt verdient. Herzlichen Glückwunsch, du Mistkerl.« Ich halte kurz inne und fahre mir aufgebracht mit den Händen über das Gesicht, ehe ich meine Flucht fortsetze. Wie konnten sie mir das nur antun? Es will mir partout nicht in den Kopf gehen.

Was habe ich ihnen jemals getan?

»Komm schon, Venice.« Er lacht und zieht eine Augenbraue hoch, so als wüsste er, wie diese Geschichte ausgehen würde. »In ein paar Tagen, höchstens Wochen, kommst du eh wieder angekrochen und willst mich zurück.«

Abrupt bleibe ich mitten auf dem Parkplatz stehen, sodass Collin fast gegen mich läuft.

Für wen hält er sich eigentlich?

Ich weiß gerade nicht, was ich schlimmer finde. Dass er mich betrogen hat oder dass er so mit mir spricht. Vermutlich ist es die Mischung aus beidem. Er ist plötzlich ein ganz anderer Mensch. Davor war er doch immer so liebevoll und fürsorglich. So habe ich ihn noch nie erlebt und es macht mir Angst.

O Gott, wie konnte ich nur so blöd sein und fast drei Jahre meines Lebens an dieses Schwein verschwenden? »Lieber würde ich für immer alleine bleiben, als auch nur noch eine Minute mit dir zu verbringen!«, presse ich angestrengt hervor. Ich möchte nur noch weg von hier, denn mit einem Mal wird mir schwindelig. Mein Kopf fängt an zu pochen und ich fühle mich einfach nur elendig erschöpft. Mit jeder Minute mehr.

Collin verschränkt die Arme und mustert mich mit einem abfälligen Ausdruck. Die Leute um uns herum sehen uns mittlerweile auch schon besorgt an. »Als würdest du jemals einen anderen Typen finden. Sieh dich doch mal an. Du kannst froh sein, dass ich noch versuche, unsere Beziehung zu retten.«

»Wie bitte?« Ich kneife die Augen zusammen und glaube, ich höre nicht richtig. Wenn der Idiot glaubt, ich lasse mir das gefallen, dann hat er sich geschnitten. »Vielleicht hast ja nicht nur du dir die

Zeit woanders vertrieben. Vielleicht hattest nicht nur du deinen Spaß mit wem anders.«. Als Collins Augen sich geschockt weiten, lächele ich diabolisch. Er glaubt es sogar noch. *Und wie fühlt sich das an, hm? Es tut scheiße weh, nicht?* Den Schock in seinem Blick zu sehen, verschafft mir eine seltsame Befriedigung, die ich zwar erhofft, jedoch nicht erwartet habe.

Er scheint nicht an meiner Aussage zu zweifeln. Dabei müsste er doch am besten wissen, dass ich nicht in der Lage wäre, jemanden jemals so zu hintergehen.

Ich habe allerdings auch angenommen, ihn zu kennen und lag damit völlig falsch. Ganz gewaltig sogar, wie sich heute herausgestellt hat.

Von meiner Schwester kenne ich so ein Verhalten ja schon recht gut, was nebenbei bemerkt ziemlich traurig ist und um ehrlich zu sein, wundert es mich kaum, dass sie mir auch diesen Teil meines Lebens nimmt. Sie reißt all die Dinge immer an sich. Klamotten, jegliche Aufmerksamkeit, Collin.

Das Schmerzhafte daran ist, dass er meine Beziehung zu meiner Schwester kennt und sich trotzdem auf sie eingelassen hat.

Oh, Collin, wie konntest du nur so tief sinken?

Wie konnte der Junge, in den ich mich verliebt habe, nur zu so einem Mann werden? Er presst die Lippen zu einer dünnen Linie zusammen. »Wie konntest du nur, Schlam…«

»Ach, jetzt bin ich die Schlampe?«, unterbreche ich ihn und schüttele den Kopf. Sein Verhalten ist so lächerlich. »Halten wir fest: Du betrügst mich mit meiner Schwester, weil du unsere Beziehung wieder etwas aufpeppen wolltest und wenn ich es bin, die etwas mit jemand anderem anfängt, ist das nicht okay? Du darfst wütend auf mich sein, aber ich soll mich nicht so anstellen?« *Willkommen in Collins verkehrter Welt, meine Damen und Herren.*

Verdutzt blinzelt er, braucht einen Moment, um sich zu sammeln. »Ich fasse es nicht, dass ich dir jemals vertraut habe, Venice. Da kennen wir uns so lange und dann ziehst du so was ab.«

Theatralisch wirft er die Arme in die Höhe und lässt sie dann ruckartig wieder sinken.

Ich kann es nicht fassen. Der Typ ist einfach unglaublich. In seinem Kopf ist er der Held der Geschichte und ich bin die miese Freundin, die ihn einfach betrügt. Wow, ich bin ja so ein schlechter Mensch.

Noch immer blickt Collin mir völlig entsetzt entgegen. Scheiß drauf, soll er die Lüge glauben. Es ist sowieso vorbei mit uns.

Und ehe ich wirklich darüber nachdenken kann, drehe ich mich zu dem fremden Typen um, der gerade an uns vorbeiläuft, und lege meine Lippen auf seine.

Ich blicke in seine grün-braunen Augen und kann den überraschten Ausdruck deutlich sehen. Ja, ich weiß selbst nicht, was ich hier tue. Hinter mir höre ich Collin entsetzt aufatmen.

Doch dann, ganz plötzlich und völlig unerwartet, erwidert der Fremde meinen Kuss.

Wir schließen die Augen und drücken unsere Lippen immer und immer wieder aufeinander. Ich müsste lügen, wenn ich behaupten würde, dass es mir nicht gefällt. Aber als ich seine Zunge an meiner Unterlippe spüre, wie sie fordernd um Einlass bittet, kehrt mein Verstand zurück. Der Schock über mein eigenes Verhalten fährt durch meine Knochen und lähmt mich.

Was passiert hier?

Was tue ich da eigentlich?

Bin ich denn jetzt völlig verrückt geworden?

Ich kenne ihn doch überhaupt nicht!

Was ist, wenn er eine Freundin hat oder schon verheiratet ist? Es gibt schließlich Menschen, die schon sehr jung heiraten.

Panisch öffne ich die Augen, reiße mich eilig von dem Unbekannten los und murmele ein schnelles »Sorry«. Ich sehe mich um, doch von Collin gibt es keine Spur. Anscheinend ist er zusammen mit meiner Wut verschwunden. Keine Ahnung, was zur Hölle in den letzten paar Minuten geschehen ist.

Wer küsst denn so mir nichts dir nichts einen dahergelaufenen

Menschen? Wortwörtlich. Ich werfe dem Fremden einen letzten Blick zu. Er ist das Gegenteil von Collin. Bestimmt ist er einen halben Kopf größer, das dunkle Haar fällt ihm unordentlich etwas über seine Stirn und seine Augen strahlen in einer hellen Mischung aus grün und braun. Und aus diesen Augen starrt er mir verdutzt entgegen und regt sich nicht. Doch kurz bevor ich mich von ihm wegdrehe, meine ich, ein leichtes Zucken seines rechten Mundwinkels zu erkennen. Ich wende mich hastig ab und verlasse den Parkplatz.

Scheiße, was habe ich mir dabei gedacht?

KAPITEL 2

M eine Cousine läuft aufgebracht vor der Couch in der Mitte ihres kleinen Wohnzimmers hin und her und spielt mit einer Strähne ihres dunklen Haares, welches ihr bloß bis knapp über die Schulter reicht. Mit dem großen Sofa schöpft sie den Platz fast gänzlich aus, denn ihre Wohnung ist eher gemütlich als groß. »Dieser scheiß…«

»Glaub mir«, unterbreche ich sie. »Ich habe ihm schon alle möglichen Beleidigungen an den Kopf geworfen.«

»Und auch von Alyssa ist das wirklich das Allerletzte. Wenn ich dieses Mädchen in die Finger bekomme, dann kann sie sich auf etwas gefasst machen! An ihrer Stelle würde ich mindestens zu den nächsten fünfzig Familientreffen nicht mehr auftauchen.« Aufgebracht wedelt sie mit den Armen, ohne anzuhalten.

Während ich die Phase der Wut inzwischen einigermaßen überwunden habe, fängt Davina gerade erst damit an. Nach den Geschehnissen auf dem Parkplatz bin ich in den ersten Bus gestiegen und jetzt sitzen wir hier und schimpfen gemeinsam.

Davina schnaubt, streicht wütend ihren Pony beiseite, der langsam zu lang wird und mittlerweile ihre dunkelbraunen Augen erreicht, und schürzt ihre vollen dunkelrot geschminkten Lippen. »Ich würde Collin und deine Schwester am liebsten aus dem Fenster eines Hochhauses schmeißen. Von der obersten Etage versteht sich.«

Ich nicke. »Ich bin einfach nur frustriert darüber, dass ich Idiotin es nicht vorher bemerkt habe. Wie kann es sein, dass ich so blind war? Es muss doch Anzeichen gegeben haben. «Vermutlich waren es sogar reichlich und ich wollte sie einfach nicht sehen.

Klar, unsere Beziehung hatte hier und da ein paar Baustellen und es war schon lange nicht mehr so wie zu Beginn, aber ich hätte ihn niemals betrogen. Niemals hätte ich ihm so etwas angetan, denn ich habe ihn geliebt. Nur er mich scheinbar nicht. Und mir das nun einzugestehen, schmerzt im Herzen mehr, als ich es will.

»Und dann hat er noch auf unschuldig getan.« Davina wirft energisch die Arme in die Luft und tritt gegen das Dekokissen, welches neben der Couch auf dem Boden liegt. Das Kissen macht einen hohen Bogen und landet neben dem kleinen, runden Esstisch.

»Davina?«, frage ich leise, was sie endlich zum Stehenbleiben bewegt. »Meinst du, ich kann für eine Weile das freie Zimmer haben?«

Ihr wutverzerrter Gesichtsausdruck löst sich auf und verwandelt sich in ein breites Grinsen. »Du kannst gerne für immer hierbleiben«, sagt sie glücklich. Von ihrer Aufgebrachtheit ist nichts mehr zu spüren, stattdessen zuckt sie mit den Schultern. »Und sollte Abby doch irgendwann auf die Idee kommen, zurückzuwollen, kann sie sich gerne eine eigene Wohnung suchen.«

Ich schaue meine Cousine mit großen Augen an. »Dann kann sie das Zimmer natürlich zurückhaben.« Zu Not könnte ich immer noch zurück zu Mom und Dad ziehen, auch wenn ich eigentlich nicht vorhatte, in dieser Hinsicht wieder einen Schritt zurückzumachen. Oder ich gehe für eine Weile zu unserem Cousin Chase. In seiner WG müsste sogar noch ein Zimmer frei sein. Doch diesen Gedanken verwerfe ich sogleich, da er viel zu weit weg wohnt und das mit meinem Studium schwer werden könnte.

Davina verdreht die Augen, bevor ich mir einen weiteren Plan zurechtlegen kann. »Ach, laber keinen Scheiß, Venice. Dich habe ich doch tausendmal lieber hier. Außerdem hat Abby sehr entschlossen gewirkt, als sie verkündet hat, dass sie ihr Studium schmeißt und wieder in ihre Heimatstadt zieht. Aber wehe du kommst auch noch auf die Idee, die Uni zu schmeißen, Fräulein.« Sie deutet drohend mit dem Finger auf mich.

Dieses Mal bin ich es, die mit den Augen rollt. »Erstens, warst *du* nie auf einer Uni, *Fräulein*.«

»Was jetzt überhaupt nicht das Thema ist«, wirft Davina ein.

»Und zweitens«, fahre ich fort, »habe ich keinen blassen Schimmer, wie du zu diesem Einfall kommst. Ich bin kaum ein halbes Jahr dabei, ich hatte nicht vor, meinen Studienplatz wegen eines einzigen Rückschlags in meinem Leben wegzuwerfen.«

Gut, ich hatte eigentlich auch nicht vorgehabt, meine Beziehung nach einem halben Jahr Zusammenwohnen zu beenden, aber das spreche ich lieber nicht aus.

Vielen Dank auch für diese Erkenntnis, Alyssa. Und danke auch dir, Collin.

Die zwei haben sich ja so was von verdient. Sollen sie doch zusammen glücklich werden und unglücklicherweise aus einem Fenster fallen. Okay, zugegeben, die Wut in meinem Inneren brodelt wieder ziemlich heftig.

Davina scheint es zu bemerken, denn sie grinst boshaft. »Vielleicht sollten wir unsere – oder vielmehr deine – Wut nutzen. Ich steuere auch sehr gerne Inspiration bei«, fügt sie noch hinzu. Die Begeisterung in ihrem Gesicht ist schon ein wenig beängstigend.

Davina sollte man sich jedenfalls nicht zum Feind machen. Sie kann hinterhältiger sein als Alyssa. Zwar schafft es Alyssa, alles zu ihren Gunsten zu drehen und sich zu nehmen, was sie will, doch auch Davina hat es faustdick hinter den Ohren. Sie ist eine Meisterin im Rachepläne schmieden. Man unterschätzt sie nur andauernd, weil sie normalerweise gefühlt die freundlichste Person auf dieser Welt ist. »Was schwebt dir denn da so vor?«, will ich schließlich wissen und erwidere ihr Grinsen.

Was solls, dann treffe ich jetzt eben ein paar dumme Entscheidungen. Schlimmer kann es kaum werden, oder?

KAPITEL 3

Venice

Einen Tag später sitzen Davina und ich wartend im Auto und blicken auf die Tür des Wohnhauses, welches sich auf der anderen Straßenseite befindet. Collin hat sich erstaunlich schnell dazu überreden lassen, sich in einem Café mit mir zu treffen, um alles zu klären. Er nimmt jedenfalls an, dass er aus diesem Grund hingeht.

»Da ist er«, macht Davina flüsternd auf Collin aufmerksam.

Tatsächlich kommt er gerade durch die Tür und läuft gut gelaunt mit leichten Schritten zu seinem Auto. Das dämliche zufriedene Lächeln in seinem Gesicht lässt mich ungläubig schnaufen.

Schön, dass es ihm trotz allem prächtig geht.

Mistkerl.

Davina räuspert sich. »An deiner Stelle würde ich mich beeilen, wenn du gleich deinen Kram holst. Ich weiß zwar nicht, wann dieser ekelhafte Schimmelkäse misstrauisch wird, aber ich würde es nicht drauf anlegen.«

Ich werfe Collin einen feindseligen Blick zu, während er in sein Auto steigt, und lasse ihn nicht aus den Augen. Selbst dann nicht, als ich meiner Cousine antworte. »Der wird bestimmt eine Weile warten, ohne großartig misstrauisch zu werden. Der hat nicht ganz so viel in seinem Kopf, wie er immer denkt. Ich habe alle Zeit der Welt.«

»Wenn du das sagst. Du kennst ihn schließlich am besten.«

Ich bin mir gar nicht mehr so sicher, ob ich ihn überhaupt jemals gekannt habe. Hätte ich diese Seite von ihm gestern nicht zufällig zu Gesicht bekommen, würde ich dann noch immer so tun, als wären wir das perfekte Paar? Die gesamte Nacht lang habe ich mir genau darüber den Kopf zerbrochen. Und ich bin zu einer Einsicht gelangt, die leider etwas zu spät kommt: Hätte ich ihn wirklich gekannt, wäre mir dieser widerwärtige Charakterzug vorher aufgefallen und ich wäre schon längst nicht mehr in seinem Leben.

»Du kannst los, Venice.«

Collin fährt an uns vorbei und wir ducken uns unter die Fenster, bis das Geräusch seines Motors verklingt.

Ich öffne die Beifahrertür, steige aus dem Auto und überquere rasch die Straße. Nie wieder werde ich über diese Straße laufen, die sonst Teil meines täglichen Weges zur Uni war. Ich betrete das Wohnhaus durch die Tür und steige die Treppen nach oben. Dort stecke ich den Schlüssel ein letztes Mal in das Schloss und schiebe mich durch die Tür. Nur schnell meine Sachen holen und dann für immer von hier verschwinden.

Mein Blick wandert durch den offenen Wohnbereich, der so viel größer ist als der von Davina und so unpersönlich, dass er fast schon steril erscheint. Alles hat seine Ordnung. Die Stühle an dem Esstisch sind akkurat herangerückt. In einem Regal im Wohnzimmer reihen sich Collins Pokale, die er seit der Kindheit in allen möglichen Dingen erhalten hat. Von Bogenschießen im Sommercamp bis hin zu einem Schachwettbewerb, der letztes Jahr an der Uni stattgefunden hat. Von meinen persönlichen Dingen fehlt jede Spur. Das hier war nie wirklich mein Zuhause. Es war Collins Wohnung und ich bin einfach dazugezogen.

Collin hat ein Jahr vor mir die Highschool beendet und wollte unbedingt unabhängig von seinen Eltern sein, deshalb zog er her. Doch eigentlich bezahlen sie all das hier.

Als er damals den Wohnungsschlüssel bekommen hatte, konnte er es angeblich kaum erwarten, mit mir zusammenzuziehen. Ich war so fürchterlich naiv und verliebt in ihn und wäre am liebsten gleich eingezogen, doch er wollte sich vorerst auf sein Studium konzentrieren. Er kam nur zu mir, wenn er Zeit fand. Ich besaß nie einen Zweitschlüssel und wer weiß, was er hier ohne mein Wissen getrieben hat. In dem Bett, das wir uns später geteilt haben.

Frustriert schnaube ich leise, schüttele den Gedanken lieber wieder ab, laufe weiter und fahre gleichzeitig mit den Fingerspitzen über die Kommode, die ich gestern Morgen noch von Staub befreit habe. Hier sieht alles aus wie immer.

Gestern Morgen noch bin ich in dieser Wohnung aufgewacht und habe ahnungslos Frühstück für uns zubereitet.

Wir waren auf dem Weg zum Einkaufen und als ich nach einem neuen Song auf seinem Handy suchte, war da plötzlich diese Nachricht von meiner Schwester.

Wann kommst du heute? Dann kannst du auch deine Uhr wieder mitnehmen. Oder ich behalte sie einfach. Mal schauen, wie überzeugend du nachher bist.

Mir hatte er aber erzählt, er würde mit seinen Freunden einen Männerabend machen. Wie fast jeden Freitagabend.

Na ja, wer weiß, wie oft er überhaupt mit ihnen unterwegs gewesen war.

»Venice.«

Ich sehe zur Schlafzimmertür, die langsam aufgleitet. Am liebsten würde ich mich auf dem Absatz umdrehen und nah draußen rennen. Meine Schwester taucht im Türrahmen auf, in meinem Bademantel, und mustert mich lässig, als wäre das hier ihr Zuhause.

»Alyssa«, bringe ich fassungslos hervor. Ich traue meinen Augen kaum. Sie war also nicht bloß ein einmaliger Ausrutscher. Ein One-Night-Stand. Dieses verdammte Wort nehme ich in die Liste meiner Hasswörter auf, gleich neben Collin.

Alyssa blickt mir arrogant entgegen und setzt ihr falsches Lächeln auf. »Wolltest du dich nicht mit Collin treffen?«

Mein Blick fällt erneut auf ihre Kleidung. »Du trägst meinen Bademantel.«

»Ach, der.« Sie streicht mit den Händen über den weißen Stoff. »Der ist echt gemütlich. Es macht dir doch nichts aus, dass ich ihn mir geborgt habe, oder?«, fragt sie in einem süffisanten Tonfall, kreuzt ihre Beine und lehnt sich gelassen gegen den Türrahmen.

Ich mahle mit den Kiefern. Mein geliebter Bademantel. Ich muss ihn wohl verbrennen.

Dabei sollten Schwestern einander nicht hintergehen. Doch Alyssa tut es, wo sie kann, und wahrscheinlich hat sie noch unglaublich viel Spaß dabei.

Manchmal wünschte ich, ich könnte so skrupellos wie Alyssa und Collin sein. Einfach, um sie auch ein einziges Mal am Boden sehen zu können.

»So wie du dir Collin ausgeborgt hast?«, frage ich mit fester Stimme und versuche, die aufkommenden Tränen zu unterdrücken, die vor Wut und Schmerz aus mir herausbrechen wollen.

»Ich habe euch doch nur einen Gefallen getan, Schwesterherz.« Ihr falsches Lächeln wird zu einem provozierenden Grinsen, was ich ihr nur allzu gerne aus dem Gesicht kratzen würde.

»Einen Gefallen«, sage ich möglichst gelassen, halte die Fassade aufrecht, um nicht zu zeigen, dass mir der Betrug so nahegeht, obwohl er mich innerlich zerreißt. »So nennst du es also, mit meinem Freund zu schlafen?«

So wie ich sie kenne, will sie vermutlich, dass ich sie anschreie oder ihr die teuren Extensions aus den Haaren ziehe. Oh, wie gerne ich mich dieser Dinge annehmen würde. Dann könnte sie zu unserem Vater rennen und ihm erzählen, dass ich sie grundlos angegriffen hätte.

Aber darauf lasse ich mich nicht mehr ein. Schließlich sind wir keine Kinder mehr und den Fehler, auf ihre Provokationen einzugehen, habe ich früher schon oft genug begangen.

Alyssa konnte mich noch nie leiden. Die Gründe dafür hat sie mir bis heute nicht verraten und ich habe irgendwann aufgegeben, nach ihnen zu suchen.

Als Kind wollte ich einfach nur wie meine große Schwester sein und habe zu ihr aufgesehen. Ich bin ihr wie ein treuer kleiner Hund hinterhergelaufen, habe alles für sie getan und war glücklich, wann immer sie mich beachtet hat.

Doch da hatte sie schon längst beschlossen, mich zu hassen.

Als Alyssa drei war, ließen sich ihre Eltern scheiden und als sie vier wurde, heiratete ihr Vater meine Mutter. Ich glaube, sie hat ihm die Scheidung bis heute nicht verziehen. Ein knappes Jahr später war jedenfalls ich dann da.

Während Davina mir damals nicht von der Seite wich, mied meine Halbschwester mich so gut es ging. Dafür gab mir Davina die Wärme und Liebe, die ich mir auch so sehnsüchtig von Alyssa gewünscht habe. Irgendwann fing Alyssa jedoch an, mir all das wegzunehmen, was mir gehörte. Erst fiel es mir kaum auf, ich teilte sogar gerne mit ihr, schließlich war sie meine tolle große Schwester. Egal, ob es bloß die Hälfte eines Schokoriegels oder meine Lieblingspuppe war. Nur wurde aus teilen irgendwann nehmen und wenn sie hatte, was sie wollte, ließ sie mich wieder links liegen. Alyssa war die erste Person in meinem Leben, die mir zeigte, was es heißt, enttäuscht und verletzt zu werden. Ich war immer bloß ihr Fußabtreter.

Und ich bin es so satt, immer das Opfer ihrer verdammten Eifersucht zu sein.

Ich habe ihr nie auch nur ein Haar gekrümmt und vielleicht war genau das der Fehler. Eventuell habe ich es ihr zu leicht gemacht, mich schlecht zu behandeln, weil ich mich nie richtig gegen sie behauptet und es bloß über mich ergehen lassen habe. Für mich selbst einzustehen zählte bisher nicht zu meinen Stärken.

»Also, Collin hat die Zeit mit mir mehr als genossen.« Sie übergeht meine Frage und mustert mich mit einem falschen Lächeln.

»Das ist schön für ihn«, erwidere ich mit ebensolcher Miene.

»Du kannst ihn auch gerne behalten.« Ich laufe an ihr vorbei ins Schlafzimmer und rempele sie mit voller Absicht an. »Ups.«

Sie stolpert ein paar Schritte nach hinten, fängt sich aber schnell wieder. »Er will dich eh nicht mehr haben.«

Ich ignoriere sie, schmeiße stattdessen all meine Klamotten in einen riesigen Koffer, der eigentlich gar nicht mir gehört, sondern Collin. Alles, was nicht mehr reinpasst, stopfe ich in meine alte Reisetasche, die ich aus der hintersten Ecke hole.

Alyssa setzt sich auf das Bett. »Es war doch klar, dass er sich irgendwann für mich entscheidet.«

Ich halte inne und schaue zu ihr, bemerke, wie sie mich aus ihren grauen Augen akribisch mustert.

Unsere Augenfarben und die helle Haut sind die einzigen Hinweise darauf, dass wir verwandt sind. Während sie schwarze, lange Haare hat, habe ich die roten meiner Mutter geerbt.

Alyssa ist hübsch, keine Frage, aber ihr Innerstes gleicht einer ewigen Eiswüste.

»Dann genieße es, bis er auch dich betrügt«, antworte ich ihr. »Meinst du nicht, dass er nicht sofort in das Bett einer anderen springt, wenn sich ihm die Gelegenheit bietet? Irgendwann wirst auch du ihm zu langweilig. Vielleicht ist er ja auch schon bei der Nächsten. Ich bin nämlich nicht mit ihm verabredet. An deiner Stelle würde ich mal darüber nachdenken. Auch wenn dir das nicht so gut liegt.«

Alyssa wirft mir einen hasserfüllten Blick zu, ehe sie sich würdevoll erhebt und gefasst aus dem Zimmer geht.

Habe ich etwa etwas Falsches gesagt? Oh, das tut mir jetzt aber leid.

Nein, ich korrigiere mich. Es tut mir kein bisschen leid, das gesagt zu haben. Aber dass sie das Zimmer überhaupt verlässt, wenn auch leider nicht so aufgebracht, wie erhofft, zeigt, dass ich hier einen wunden Punkt getroffen habe. Ich grinse triumphierend, weil ich mich nicht habe unterkriegen lassen.

So schnell wie möglich, packe ich alles zusammen und nehme den Wohnungsschlüssel von meinem Schlüsselbund, um ihn auf das

Bett zu werfen. Im angrenzenden Badezimmer sammle ich ebenfalls das Nötigste ein. Glücklicherweise steht noch ein Karton herum, den ich mit meinen Dingen befüllen kann. Er stammt von dem neuen Spiegelschrank, den Collin vor zwei Wochen gekauft, ausgepackt und seitdem noch immer nicht aufgebaut hat. Mehr als einmal wollte ich das schon tun, aber Collin meinte immer, er würde das nachher erledigen. Er tat es nie.

Als mein Blick auf unsere Zahnbürsten fällt, greife ich ohne groß zu überlegen nach Collins Zahnbürste und hinterlasse ihm eine kleine Überraschung. Toilettenwasser ist sicherlich gut gegen Mundgeruch.

Keine zehn Minuten später trete ich mit einem gepackten Koffer, einer schweren Reisetasche und einer kleinen Kiste unter dem Arm in den Hausflur.

Die Wohnungstür steht bereits offen und Alyssa steht mir gegenüber, vermutlich, um mich rauszuwerfen.

Aber vorher muss ich eine Kleinigkeit loswerden.

»Eine Frage hätte ich noch«, meine ich mit sämtlicher falscher Freundlichkeit, die ich aufbringen kann und beobachte, wie sie vor Wut kocht. Warum ist sie eigentlich zornig? Ich hätte viel mehr das Recht dazu.

»Und die wäre?«, zischt sie gereizt und ballt die Hände zu Fäusten.

»War er wenigstens gut?«, frage ich zuckersüß.

Sie schweigt. »Wusste ich es doch.« Selbst der Sex mit Collin war nichts Besonderes. Ich hatte es mir nur nie eingestehen wollen.

Voller Genugtuung wende ich mich ab, laufe zum allerletzten Mal mit gerecktem Kinn die Treppe hinunter und verlasse diesen furchtbaren Ort.

Jetzt muss ich nur noch zu Collin, um ihm seinen verdammten Stolz zu nehmen und meinen wiederzuerlangen.

KAPITEL 4

Halen

S eit gestern geht sie mir einfach nicht mehr aus dem Kopf. Ich kann ihre weichen Lippen noch förmlich auf meinen spüren und das aufregende Prickeln, das sich dabei in mir ausgebreitet hat. Sie hat mich einfach zu sich gezogen und mich geküsst. Obwohl wir uns überhaupt nicht kennen.

Dieses Mädchen ist doch vollkommen wahnsinnig. Wahnsinnig auf eine gute Art und Weise. Glaube ich. Es war eine unübliche Situation, ja, aber schrägerweise keinesfalls etwas, das ich rückgängig machen wollte. Nach dem miesen Date, das ich kurz zuvor hinter mich gebracht hatte, hatte der Tag durch die küssende Wahnsinnige doch noch eine gute Wendung genommen.

Ich brauchte bestimmt fünf Minuten, ehe ich verarbeitet hatte, was geschehen war.

Meine Gedanken gehören seitdem nur noch dem rothaarigen Mädchen und ihren Lippen. Ich hatte nicht einmal mehr die Gelegenheit, sie nach ihrem Namen zu fragen.

Das Erste, was mir durch den Kopf ging, als unsere Lippen aufeinandertrafen, war: *Was zur Hölle passiert hier gerade?* Doch dann ließ ich mich darauf ein und es fühlte sich irgendwie … schön an. Berauschend. Einfach nur fantastisch und es hielt bis jetzt. Verrückt, oder?

Jedenfalls viel besser als das Date mit Sally. Zu dem ich eigentlich gar nicht hatte gehen wollen, hätte meine Schwester nicht so hartnäckig darauf bestanden. Aber wenn sie ihren Willen durchsetzen will, hat man einfach keine Chance.

Sally und du würden ja so gut zusammenpassen. Ihr habt so viel gemeinsam, vertrau mir.

Aber klar doch. Schlechter hätte es nicht laufen können und ich tue in Zukunft einfach so, als wäre es nie passiert. Wie auch immer.

Was Dating angeht, werde ich meiner Schwester nie wieder vertrauen.

Vermutlich hätte sogar mein Bruder mich besser verkuppeln können. Und das will was heißen, denn sonst ist er es, der mir immer die unpassendsten Geschenke zum Geburtstag überreicht.

Als hätte er nicht zwanzig Jahre seines Lebens mit mir verbracht. Aber die Geste zählt, nicht wahr? Aber ich verzeihe ihm, denn momentan hat er alle Hände voll zu tun mit seinem Job, seiner fünf Jahre alten Tochter und seinem Sohn, der erst seit drei Monaten Teil der Familie ist.

Hin und wieder vertrauen sie mir die beiden für ein paar Stunden an, wenn sie beide mal wieder etwas Zeit für sich brauchen. Das ist auch das Mindeste, was ich tun kann, denn schließlich lebe ich in seiner alten Wohnung und muss nur eine winzige Miete bezahlen. Außerdem sind Caleb und Ruby wirklich die liebsten Kinder, die man sich vorstellen kann. Zumindest bisher.

Ich will mir lieber nicht ausmalen, wie sie in ein paar Jahren sein werden. Wenn sie mehr nach ihrem Vater kommen als nach ihrer Mutter, dann sollten wir in der Familie wohl besser anfangen zu beten. Er hatte früher nichts als Unsinn im Kopf und hat meine Schwester und mich immer dazu angestiftet, bei seinen hirnrissigen Aktionen mitzumachen. Mehr als einmal hat Mom uns vorgehalten, dass sie wegen uns schon wieder ein graues Haar mehr auf dem

Kopf hat. Und wirklich geändert hat er sich in dieser Hinsicht bis heute nicht.

Mein Handy klingelt und reißt mich aus meinen Gedanken. Ich brauche erst ein paar Sekunden, um zu merken, dass es gar nicht in meiner Hosentasche ist. Nur wo habe ich es zuletzt gehabt?

Ich folge dem lauten Klingeln innerhalb meiner Wohnung, durch die Küche, weiter in das Schlafzimmer, wo ich mich kurz neu orientiere, ehe ich das Bad anpeile. Nein, hier liegt es auch nicht. Ich laufe bis ins Wohnzimmer und entdecke das Handy endlich auf dem hölzernen Couchtisch. Natürlich, dort lasse ich es fast immer liegen.

Der Name meiner Schwester blinkt auf dem Display und ich nehme das Telefonat an. »Was gibt's?«, melde ich mich und lasse mich aufs Sofa fallen. Harpers gut gelaunte Stimme dringt durch den Lautsprecher. »Ich wollte nur mal hören, ob mein Lieblingsbruder sich bei mir bedanken will.«

Ich verdrehe belustigt die Augen über ihre Wortwahl. »Also, erstens sagst du zu Aiden auch immer, dass er dein Lieblingsbruder ist und zweitens, werde ich mich keinesfalls bei dir bedanken. Viel eher stelle ich deine ach so tollen Verkupplungsqualitäten infrage.«

»Wie kannst du es wagen?«, kommt es gespielt empört von Harper.

»Du hast gesagt, Sally und ich würden so supergut zusammenpassen. Tun wir aber nicht.«

»Nicht? Das Wort *super* habe ich übrigens nie verwendet. Nur so nebenbei bemerkt.«

Ich ziehe eine Augenbraue hoch und schüttele den Kopf, bis mir einfällt, dass sie das ja gar nicht sehen kann. »Es war ein Desaster, Harper.«

Kurz herrscht Schweigen in der Leitung, bis ich ein leises »Ups« hören kann.

»Ja, ups«, wiederhole ich schmunzelnd, muss dann aber auch an das denken, was nach dem Date passiert ist. Meine Laune bessert sich sofort und ich muss grinsen. »Aber das, was danach passiert ist …«

Harper räuspert sich laut, ich höre irgendwas am anderen Ende der Leitung rascheln und werde dann von ihr unterbrochen. »Was meinst du damit?«

Ich suche kurz nach einem passenden Wort. »Das, was danach passiert ist, war ziemlich interessant.«

»Das sind nicht annähernd genügend Infos, Bruder«, meint Harper zerknirscht und ich wette, sie platzt fast vor Neugierde. »Du, Harper, ich muss leider auflegen«, entgegne ich unschuldig und kann mir den warnenden Blick vorstellen, den sie mir jetzt zuwerfen würde, wenn sie hier wäre.

So höre ich jetzt nur ein drohendes Brummen. »Das wagst du nicht.«

»Nach dem Date, das du da ausgemacht hast …«

»Ach komm schon, erzähl!«, kommt es ungeduldig zurück.

»Nach dem Date hat mich eine Fremde auf dem Parkplatz einfach an sich gezogen und geküsst«, rücke ich endlich mit der Sprache raus.

»Wie bitte? Was? Was hast du gemacht?«

»Ich habe den Kuss erwidert und es ehrlich gesagt ziemlich genossen«, gestehe ich.

Und ich wünschte, ich könnte sie noch einmal küssen.

KAPITEL 5

Venice

Als ich den ersten Schritt in das kleine Café setze, werde ich von einer wohlduftenden Kaffeewolke umhüllt. Überall sitzen Menschen an den kleinen weißen Tischen, die ihre Getränke und frisches Gebäck genießen.

Und als eine Kellnerin mit einem Tablett mit zwei Stücken Erdbeerkuchen an mir vorbeiläuft, bleibt mein Blick sehnsüchtig daran hängen.

Wäre ich nicht hier, um mit Collin abzurechnen, würde ich nur zu gerne entspannen, dabei eine Tasse trinken und einen Happen essen. Einfach mal etwas abschalten und verdauen, was seit gestern alles passiert ist.

Wie konnte sich in so kurzer Zeit ein so großer Teil in meinem Leben ändern? Ich habe das Gefühl, es gerät plötzlich alles aus den Fugen und ich will nicht mehr, dass Collin mich so in der Hand hat. Mit der Verachtung, die ich für ihn empfinde, kann ich umgehen, doch die Leere und Trauer machen mich fertig. Sie schleichen sich leise von hinten an und kommen in Schüben, denen ich einfach ausgeliefert bin. Ich will das nicht fühlen. Ich will nicht um dieses Arschloch trauern, doch trotzdem vermisse ich das, was wir hatten.

Aufgewühlt fahre ich mir durch die Haare. Eigentlich möchte

ich ihm gar nicht mehr begegnen. Ich will mich nicht mehr seinen Blicken aussetzen, die ich sonst so sehr genossen habe. Aber es muss sein.

Gleich nachdem ich das hier hinter mich gebracht habe, werde ich versuchen, das Leben mit Collin endgültig zu vergessen. Es wird vermutlich nicht so einfach, aber ich klammere mich an die Hoffnung, dass mir diese Aktion hier gleich helfen wird.

Ich kann es kaum erwarten, bis es endlich aufhört, wehzutun.

Als ich den Blick schließlich durch den Raum schweifen lasse, sehe ich Collin, der ganz hinten an einem der Tische sitzt. Scheinbar hat er mich schon längst entdeckt, denn er blickt grinsend in meine Richtung. Sieht so aus, als hätte er noch keine Nachricht von meiner verlogenen Schwester erhalten. Das Glück ist anscheinend wenigstens heute auf meiner Seite. Er denkt jetzt bestimmt, ich würde wieder angekrochen kommen, wie er es vorausgesagt hat, und um Verzeihung bitten, wie ich es sonst immer getan habe. Da täuscht er sich jedoch gewaltig.

Mal schauen, wer von uns beiden das Café triumphierend verlässt. Ich bin mir ziemlich sicher, dass nicht er es sein wird. Dieser Tag heute wird mir gehören. Etwas anderes kann und werde ich nicht akzeptieren.

Ich atme einmal tief durch, ehe ich meinen Körper dazu zwinge, sich weiterzubewegen. Mit jedem Schritt komme ich meinem Ex-Freund näher, während Ekel in mir aufsteigt, weil ich ihm gleich gegenüberstehen muss.

Aber wenn ich jetzt gehe, dann würde Davina mich entweder eine halbe Ewigkeit lang als Feigling bezeichnen oder mich gleich wieder hier hereinschieben, damit ich meine *Mission* erfolgreich erfüllen kann.

Um das hier durchzuziehen, halte ich mich an der Tatsache fest, dass ich mich danach etwas besser fühlen werde. Schließlich ging es mir wirklich wesentlich besser, als ich seine Zahnbürste in die Toilette getunkt habe.

Als ich bei Collin ankomme, erhebt er sich, lächelt mich an und legt mir eine Hand auf den Rücken. Ich ertrage es mit Würde, meinem Plan zuliebe. »Ich wusste, dass du wieder zur Vernunft kommen würdest, Venice.« Er drückt mir einen kurzen Kuss auf die Wange, ehe er sich auf seinen Stuhl setzt.

Ich könnte kotzen.

Dennoch zwinge ich mich zu einem falschen Lächeln. »Ich hätte nicht gleich so überreagieren sollen.«

»Allerdings«, erwidert Collin, während ich auf der anderen Seite des Tisches Platz nehme. »Du hast gestern nicht wirklich vernünftig gehandelt. Ich verzeihe dir trotzdem.« Dabei hebt er den Kopf etwas an und mustert mich herablassend.

Ich unterdrücke ein Prusten. Er verzeiht mir? Dass ich nicht lache.

Die Verachtung, die ich für ihn fühle, kann ich nur noch schwer hinter meinem aufgesetzten Lächeln verstecken. »Das ist schön«, presse ich mühselig zwischen zusammengebissenen Zähnen hervor. Mehr bekomme ich nicht heraus, denn sonst lasse ich die ganze Aktion, die Davina und ich zuvor mit purer Schadenfreude geplant haben, auffliegen.

»Es wäre auch gut, wenn wir diesen kleinen Vorfall nicht an die große Glocke hängen. Am besten erfahren unsere Eltern nichts davon«, fügt Collin sachlich hinzu.

Ich lächele einfach darüber hinweg. O nein, nicht, dass ihm noch das Geld gestrichen wird, weil er plötzlich nicht mehr der perfekte Sohn ist. Das können wir natürlich nicht riskieren. Gott, ich wäre wirklich gerne dabei, wenn er sich die von Toilettenwasser verseuchte Zahnbürste in den Mund steckt.

»Natürlich nicht«, sage ich, bevor ich mich ein Stückchen über den Tisch lehne. Ich bin ihm nun näher, als mir lieb ist, aber was tut man nicht alles, um etwas von seinem Stolz zurückzugewinnen. »Weißt du, Collin, wenn ich ehrlich bin, bin ich eigentlich überhaupt nicht hier zum Reden.« Beinahe verrutscht mein Ausdruck zu einem spöttischen Lächeln, als ich sehe, wie seine Augen sich weiten und es augenscheinlich anfängt, in seinem Kopf zu rattern.

Er runzelt die Stirn, schluckt und rutscht unruhig auf seinem Stuhl umher. »Was genau meinst du?« Es ist schon fast zu leicht.

»Warst du nicht der Meinung, dass wir mehr Abwechslung in unserem Sexleben brauchen?«, wispere ich ihm anzüglich zu.

Er hält auf seinem Stuhl inne und blickt sich aufgeregt in dem Café um. »Du meinst …« Er bricht mitten im Satz ab, schluckt erneut, lehnt sich ebenfalls etwas vor und senkt die Stimme. »Du meinst gleich hier?«

Ich nicke und kann es nicht fassen, dass er wirklich darauf anspringt. »Hier gibt es doch bestimmt eine Gästetoilette, meinst du nicht?«, frage ich weiter. Unglaublich, dass ich das tatsächlich durchziehe. Oh, Collin, du wirst noch dein blaues Wunder erleben. »Meinst du das ernst?«, erkundigt sich Collin.

Ich sehe ihn möglichst beherrscht an. Hegt er wirklich keine Zweifel? Hat er vergessen, was in den letzten Stunden zwischen uns passiert ist? Ist er so dumm und kommt nicht auf die Idee, dass hier etwas faul ist?

»Sonst würde ich es dir doch nicht gerade vorschlagen.« Ich halte seinem Blick stand. »Es sei denn, du willst nicht. Dann kann ich mir natürlich auch jemand anderen suchen.« Nun blicke ich gelassen durch das Café. Es fühlt sich so gut an, die vollständige Kontrolle über die Situation zu haben.

Ich schaue mir die anderen Gäste genauer an und fixiere einen jungen Mann, der gerade durch die Tür kommt. »Was hältst du von dem da?«

»Vergiss den da. Und wie ich will«, beeilt er sich zu sagen und geht gar nicht darauf ein, dass ich ihn wohl auch hier und jetzt austauschen würde.

»Sicher? Wie gesagt, ich könnte auch einfach …«

»Nein, ganz sicher.« Er klingt mehr als überzeugt und sieht nicht so aus, als würde er mir nicht glauben. Einfach nur peinlich dieser Typ.

Ich vergrößere den Abstand zwischen uns, indem ich den

Rücken gegen die Stuhllehne presse. »Dann geh doch schon vor, damit es nicht ganz so auffällig ist.«

Er sieht mir noch kurz in die Augen, steht dann aber auf und will sich schon zum Gehen abwenden.

»Und Collin«, halte ich ihn zurück, »zieh dich doch schon aus, ja?«

Sein übliches Grinsen erscheint auf seinen Lippen, darauf folgt ein Nicken, dann geht er. Endlich habe ich einen kurzen Moment zum Durchatmen.

Ich kann es ehrlich gesagt kaum glauben, dass er tatsächlich denkt, dass nun alles wieder gut zwischen uns ist und wir es gleich auf dieser Toilette treiben. Das ist doch Wahnsinn!

Für wie dumm hält er mich bitte?

Nach unserer gemeinsamen Zeit müsste er mich doch wenigstens ein kleines bisschen besser kennen. Sollte man jedenfalls meinen.

Doch anscheinend hatten wir beide bloß ein eigenes Bild von dem jeweils anderen, mit dem wir ziemlich danebenlagen. Besonders ich, denn ich hätte ihm sein Verhalten niemals zugetraut.

Das war ja eine ziemlich oberflächliche Beziehung, die wir da miteinander geführt haben. Und dass diese Erkenntnis erst so spät bei mir ankommt, zeigt mir, wie verblendet ich von seiner Aufmerksamkeit war.

Seufzend erhebe ich mich von meinem Platz und folge Collin, wobei ich mir absichtlich viel Zeit lasse.

Ich öffne die Tür zu der einzigen Toilette in diesem Laden und sofort fällt mein Blick auf Collin, der wartend auf der anderen Seite des Raumes steht.

Er trägt tatsächlich nichts mehr. Selbst seine Boxershorts liegen mit dem Rest seiner Kleidung vor mir auf dem Boden.

Ich schließe die Tür hinter mir und konzentriere mich auf das triumphierende Gefühl, ihm eine auszuwischen. Spöttisch hebe ich eine Augenbraue und lächele ihn an. »Wer von uns beiden ist jetzt naiv, hm?«

Er sieht mir misstrauisch entgegen, als er langsam anfängt, meine Worte zu realisieren. Sein Gesicht wechselt in Sekundenschnelle zwischen Fassungslosigkeit, Zorn, Verachtung und selbst Angst, weil er scheinbar nicht ahnt, was passieren wird. Er hat keinerlei Kontrolle und das bereitet mir eine ungeheure Genugtuung.

»Man sieht sich, Babe«, spreche ich weiter, bevor er selbst etwas sagen kann.

Dann schnelle ich vor, packe seine Klamotten vom Boden, reiße die Tür hinter mir auf und hebe winkend eine Hand zum Abschied.

»Ich wünsche dir kein schönes Leben mehr, Mistkerl.«

Ich stürme nach draußen, strecke ihm noch meinen Mittelfinger entgegen und knalle die Tür eilig ins Schloss. Nichts wie weg von hier, bevor Collin mich doch noch in die Finger bekommt.

Davina hat bereits die Beifahrertür geöffnet, als ich draußen ankomme, und ich schmeiße die Klamotten ins Auto auf das Armaturenbrett, ehe ich mich auf den Sitz werfe.

»Hast du ...«

Ich lasse sie gar nicht erst ausreden. »Fahr, Davina! Fahr!«

Sie startet den Motor und manövriert den Wagen heftig aus der Parklücke, ehe sie mich wieder aus dem Augenwinkel ansieht. »Hast du all seine Sachen?«

»Alles, bis auf die Boxershorts«, antworte ich wahrheitsgemäß. »Es waren schließlich Kinder im Café.«

Ein bisschen Mitleid habe ich tatsächlich mit Collin. Aber nur kurz, bevor mir wieder in den Sinn kommt, dass er einen Scheiß auf mein Wohlbefinden gegeben hat.

»Perfekt.« Meine Cousine lässt das Fenster herunter, schnappt sich die Klamotten vom Armaturenbrett und wirft sie prompt aus dem offenen Fenster.

»Davina!«

Sie lacht nur und zuckt mit den Schultern. »Chill, Venice. Der braucht nur zu Mami und Papi rennen und bekommt Geld für neue Sachen in den Arsch gesteckt.«

Ich drehe mich um und schaue aus dem Fenster. Die Klamotten liegen überall verteilt auf der Straße und dem Gehweg.

Und während wir uns immer weiter von der Kleidung, dem Café und von Collin entfernen, fühle ich mich um einiges leichter. Ein zufriedenes Lächeln schleicht sich auf meine Lippen.

Dieses wunderbar beflügelnde Gefühl gehört jetzt mir. Mir ganz allein.

Und ich werde dafür sorgen, dass Collin es mir nie wieder wegnimmt.

KAPITEL 6

Venice

Völlig überfordert versuche ich, die auf die Haustür zuzugehen. Natürlich ist Davina direkt abgehauen, nachdem sie mich vor ihrer Wohnung im Mehrfamilienhaus abgeladen hatte, angeblich um zu einem spontanen Tinder-Date zu fahren. Ich glaube zwar, sie drückt sich davor, den ganzen Krempel mit mir zusammen hochzutragen, aber das hilft mir jetzt auch nicht weiter.

Seufzend stelle ich den Koffer samt Tasche vor der Tür ab, genau wie den kleinen Karton, und wühle in meiner Jacke nach dem Schlüssel, den meine Cousine mir zugesteckt hat. Ich beuge mich über meine Sachen hinweg und öffne umständlich die Tür umständlich.

Toll, und wie soll ich das ganze Zeug jetzt alleine da reinkriegen? Einen Moment überlege ich, dann lehne ich mich mit der Hüfte gegen die Tür und ziehe angestrengt erst den Koffer und dann die Tasche nach drinnen. Zum Schluss noch die Kiste. Geschafft. Ich wische mir den Schweiß von der Stirn, laufe zum Aufzug, drücke den Knopf – nichts passiert. Ich hämmere erneut auf den roten Metallkreis, aber nichts geschieht. Verdammt. Ist dieses blöde Ding doch echt ausgerechnet heute kaputt! Und dabei dachte ich vorhin im Café noch, das Glück wäre auf meiner Seite.

Missmutig betrachte ich noch einen Moment lang den Fahrstuhl, dann lade ich mir die Tasche auf die Schulter, schnappe mir die Kiste samt Koffer und wende mich den steilen Treppen zu. Dann nehme ich wohl heute die. Ich liebe es.

Nach 72 Stufen – ich habe jede einzelne gezählt – komme ich tatsächlich oben an. Völlig außer Puste und verschwitzt, jedoch ohne etwas fallen gelassen zu haben. Immerhin. Kurz stütze ich mich mit den Händen auf den Knien ab und schnaufe ein paar Mal durch.

Vielleicht sollte ich öfter Sport machen. Aber dann leider habe ich diesen Vorsatz noch nie eingehalten. Auch dieses Jahr nicht.

»Brauchst du Hilfe?«, ertönt plötzlich eine Stimme seitlich von mir.

»Hä?« Suchend schaue ich mich um, während ich mich fühle wie eine alte Frau kurz vorm Zusammenbruch. Sehr elegant, Venice, sehr elegant.

Ich entdecke einen Mann auf dem Gang, der auf meine Sachen deutet, während ein amüsiertes Schmunzeln seine Lippen umspielt. »Das sieht ziemlich umständlich aus.« Er kommt mir irgendwie bekannt vor, doch ich kann ihn nicht ganz einordnen.

»Ich schaffe das schon«, antworte ich mit einem unverbindlichen Lächeln. Schließlich habe ich diesen Koffer alleine Stufe für Stufe herauf gehievt. Da schaffe ich den restlichen Weg zur Tür locker.

Das dachte ich jedenfalls, denn im nächsten Moment als ich mich in Bewegung setze, stolpere ich auf ganz unerklärliche Weise. Gut, ich stolpere aufgrund meiner Tollpatschigkeit über meine eigenen Füße. Meinen Kram lasse ich achtlos fallen, damit ich mich mit meinen Händen am Boden abstützen kann, sodass ich nicht mit dem Gesicht auf dem Boden aufpralle. Ein Gefühl von Scham kriecht in mir hoch bis in meine Wangen, weswegen ich die Stirn auf meine Hand lege, um mich einen Moment lang zu beruhigen. War ja klar. Wieder mal so elegant von mir.

Ich hätte mir doch denken können, dass das vom Auto bis in die Wohnung nicht unbeschadet vonstattengehen kann.

»Alles in Ordnung?«, dringt die Stimme des Fremden zu mir und eine Hand legt sich auf meine Schulter. Der Karton, meine Sachen und mein Kulturbeutel liegen überall verteilt bis vor Davinas Tür.

»Mhm«, antworte ich peinlich berührt und hoffe einfach nur darauf, dass er verschwindet und mich alleine lässt. »Nichts passiert.«

Endlich geht er einen Schritt zurück.

Ich kaue mir nervös auf der Unterlippe herum. »Kannst du dich vielleicht ganz kurz umdrehen?«, bitte ich, wobei ich am liebsten gleich im Erdboden versinken würde.

Er räuspert sich und ich kann mir bildlich vorstellen, wie er mich skeptisch ansehen muss. »Umdrehen?«

»Das wäre nett«, gebe ich leise von mir.

»Okay?«

Als das Quietschen seiner Schuhsohlen erklingt, wage ich zum ersten Mal vorsichtig einen Blick zur Seite. Er hat sich tatsächlich umgedreht und ich sehe ihn so nur von hinten. Die breiten Schultern in dem blauen Shirt sehen nicht mal schlecht aus und ich atme einmal tief durch, weil ich nun vor dieser absurden Situation flüchten kann.

»Danke«, sage ich erleichtert, ehe ich mich aufrappele, die Tür aufschließe, alles ins Innere der Wohnung verfrachte und dann selbst hineingehe. Der Mann hält mir währenddessen weiterhin den Rücken zugedreht.

Ich schließe die Tür behutsam hinter mir, taste mein Gesicht ab, um herauszufinden, ob es so stark glüht, wie es sich anfühlt. Ich gleiche gerade bestimmt einer leuchtend roten Tomate. Schlimmer konnte es echt nicht laufen.

Tja, ich werde diese Wohnung wohl nie wieder verlassen. Hoffentlich kommt Davina irgendwann wieder, denn sonst könnte es in Sachen Lebensmitteln knapp werden. Ich gehe jedenfalls nicht mehr nach draußen. Fürs Erste. Hier bin ich sicher und vielleicht bleibt mir so der Schmerz erspart, der sich seit gestern Vormittag hartnäckig in meiner Brust eingenistet hat. Ich muss ihn nur noch loswerden und anschließend baue ich mir in dieser Wohnung einfach eine Art schützenden Kokon. Ein verlockender Gedanke.

Das auf dem Flur war bereits das zweite Mal in zwei Tagen, dass ich mich blamiert habe. Erst die Sache mit dem Kuss mit dem Fremden und jetzt das. Wenn das so weitergeht … Was, wenn es wirklich so weitergeht?

Plötzlich klingelt es und ich zucke erschrocken zusammen.

Es klingelt ein weiteres Mal, als ich nicht reagiere. Ich sollte womöglich öffnen, ansonsten wirkt mein Verhalten sicherlich nur noch schräger.

Also streiche ich mein Shirt glatt und öffne die Tür, obwohl ich es lieber nicht tun würde. Aber ich ignoriere mal wieder mein Gefühl und bereue es augenblicklich.

Als ich den gehobenen rechten Mundwinkel des Mannes sehe, wird mir klar, wieso er mir vorhin so bekannt vorkam. Wie konnte ich dieses Gesicht auch nur für einen Moment vergessen?

Meine Wangen fangen förmlich Feuer und mein Körper heizt wieder auf.

Und das, was er in seiner Hand hält, ist wirklich die Krönung des heutigen Tages. Ich hätte niemals gedacht, dass es noch unangenehmer werden kann. Aber mal wieder liege ich falsch.

In seiner Hand hält er nämlich einen meiner BHs.

Und nein, es ist keiner, der entweder supersüß oder heiß ist, es ist so einer, den man einfach nur trägt, weil er bequem ist. Also einer von denen, die eigentlich nie jemand hätte sehen sollen, aber genau diesen streckt er mir jetzt sichtlich amüsiert entgegen.

»Ich glaube, den hast du gerade im Flur verloren.«

Boden, tu dich auf.

Sofort.

KAPITEL 7

Venice

Ich knalle die Tür zu.

Das ist mein erster Instinkt.

Bescheuert, ich weiß. Aber was soll ich tun?

Gehen wir doch einmal meine derzeitige Lage durch. Hinter dieser dünnen Tür steht der Typ, den ich gestern noch dummerweise geküsst und vor dem ich mich eben total blamiert habe. Und dann wäre da noch mein BH in seinen Händen. Mittlerweile wundert es mich kaum, dass ausgerechnet mir all das passiert. Vielleicht sollte ich mich besser daran gewöhnen, dass ich in solche Situationen hineingerate.

Zuerst sollte ich allerdings die aktuelle Lage unter Kontrolle bringen. Ich atme einmal tief durch und öffne erneut die Wohnungstür.

Seine Augen funkeln nur so vor Belustigung. Ich hingegen bemühe mich um ein freundliches Lächeln, als ich ihm den BH abnehme und tue so, als wenn mir das Ganze absolut nicht peinlich wäre. »Das ist dann wohl meiner.« *Ach, sag an.*

»Das würde ich jetzt auch mal behaupten.« Sein Blick wandert für einen kurzen Moment an mir herunter, ehe seine grün-braunen Iriden ruckartig zurück zu meinen hochgehen.

Er hat mir doch tatsächlich auf die Brüste gestarrt. Aber wenn ich ehrlich bin, ist es mir lieber, wenn er mir auf die Brüste schaut als in die Augen. Nach der Aktion vorhin würde ich mich am liebsten unter seinem neugierigen Blick in Staub auflösen.

Deshalb bin ich es, die den Augenkontakt letztendlich unterbricht. »Ja, also …« Ich weiß nicht so richtig, was ich sagen soll. Was für ein seltsamer Moment. Seit Neuestem schaffe ich es offensichtlich, mich von der einen in die andere missliche Lage zu befördern. »Danke dir.« Ja, das klingt doch vernünftig.

Als er darauf nichts erwidert, will ich die Tür wieder zumachen, doch er scheint es sich anders überlegt zu haben, denn er hält mit seiner Hand den Rand der Tür fest, bevor ich diese schließen kann.

Fragend sehe ich ihn an, als er erneut nichts sagt und mich weiterhin interessiert mustert. »Du wohnst jetzt hier?«, fragt er.

Ich nicke langsam. »Sieht ganz danach aus.«

»Bei Davina?«

Zögernd nicke ich ein zweites Mal, ehe ich den Kopf grübelnd schief lege. Woher kennt er eigentlich Davina? »Ja, bei Davina.« Und ein weiteres Mal herrscht ein eigenartiges Schweigen zwischen uns.

»Wenn du mich entschuldigst«, räuspere ich mich, nachdem ich endgültig genug von diesem Anschweigen habe. »Ich habe noch ein paar Dinge zu erledigen.« Ich deute mit dem Daumen über meine Schulter, wo meine Sachen mitten in der Wohnung herumfliegen.

Dieses Wochenende ist eine einzige Katastrophe, weswegen ich es so schnell wie möglich nur noch hinter mich bringen möchte. Zum ersten Mal freue ich darauf, dass morgen Montag ist. Da bleibt mir nämlich nicht allzu viel Zeit für noch mehr schwierige Momente, wenn ich mit der Uni beschäftigt bin.

»Entschuldige, ich wollte dich auch eigentlich gar nicht lange aufhalten«, kommt es von dem Mann, dessen Name ich noch immer nicht kenne. »Dann mal willkommen in der Nachbarschaft, Kuss-Mädchen.«

Kuss-Mädchen? Ist das jetzt etwa sein Name für mich? Na ganz toll.

Und er hat Nachbarschaft gesagt. Aber natürlich. Deswegen kennt er Davina. Ich könnte mir glatt mit der flachen Hand gegen die Stirn hauen.

Bevor ich jedoch noch irgendetwas darauf erwidern kann, wendet er sich mit einem letzten Lächeln von mir ab und läuft über den Gang davon, dann nimmt er die Treppen nach unten. Ich lehne den Kopf gegen den kühlen Türrahmen und sehe ihm nachdenklich hinterher.

Wir sind von nun an also Nachbarn. Was kommt wohl als Nächstes? Ob er und Davina sich gut kennen? Bei der nächsten Gelegenheit frage ich sie mal. Ja, vielleicht hatten sie sogar mal was miteinander.

Aber eigentlich ist er nicht ihr Typ. Meiner hingegen schon. Sagen wir einfach, er sieht nicht gerade schlecht aus mit den braunen, leicht unordentlichen Haaren und den hellen, grün-braunen Augen mit diesem verschmitzten Funkeln, wenn er schief grinst. Also ich würde ihn nicht von der Bettkante stoßen. *Venice, was ist denn los mit dir! Reiß dich verdammt nochmal zusammen!*

Ich nehme den Kopf vom Rahmen und schüttele ihn leicht, um den Gedanken abzuwimmeln, wie er und ich – ich sollte einfach aufhören zu denken und endlich mal die Tür schließen. Es sind schon einige Minuten vergangen, seitdem der Unbekannte verschwunden ist, und ich stehe hier wie der letzte Vollidiot und weiß mal wieder nicht, was da eigentlich gerade geschehen ist.

KAPITEL 8

Halen

Als ich nach ein paar Stufen auf der Treppe anhalte, um die letzten Minuten zu verarbeiten, kann ich nicht anders, als dümmlich vor mich hin zu grinsen.

Gestern habe ich mir noch gewünscht, das Mädchen wiederzusehen und dann ganz plötzlich fällt sie mir aus heiterem Himmel wortwörtlich vor die Füße.

Dieses Mal habe ich sogar die Gelegenheit bekommen, sie in Ruhe zu betrachten. Sie ist knapp einen Kopf kleiner als ich und als sie aus diesen großen, grauen Augen zu mir aufgesehen hat, die kupferfarbenen Haare unordentlich über die Schultern gelegt, konnte ich zum ersten Mal kleine, blasse Sommersprossen erkennen, die sich über ihre Wangen und den schmalen Nasenrücken verteilten, genau wie die Röte, die ihr vor Scham in die Wangen gestiegen war.

Oh, verdammt, ich bin regelrecht vernarrt in dieses Bild, das sich für immer in meinen Kopf gebrannt hat.

Ich brauche noch einen Moment, um mich zu sammeln, ehe ich schließlich meinen Weg nach unten fortsetze. Eigentlich wollte ich noch ein paar Dinge aus dem Supermarkt für heute Abend besorgen. Denn die Überraschungsparty für Avery wird nicht nur für sie unerwartet kommen, sie war es auch für mich. Ihr Freund Sid hatte diese Idee nämlich erst heute Morgen und da die beiden zusammenwohnen, planen wir die Party bei mir, damit Avery auch wirklich nichts mitbekommt. Wir wollten uns sowieso bei mir treffen und ihren Geburtstag feiern, nur werden es eben ein paar Leute mehr sein, als ursprünglich geplant. Tja, was man nicht alles für seine besten Freunde tut.

Als ich unten ankomme, verlasse ich das Gebäude, steige in mein Auto und fahre zum nächsten Supermarkt los. Meine Gedanken gleiten dabei immer wieder zu der Frau, die mir innerhalb kürzester Zeit so schlimm den Kopf verdreht hat.

Verdammt, es hat mich wirklich erwischt.

Und gerade steuere ich den Wagen auf den gleichen Parkplatz, auf dem wir uns das erste Mal begegnet sind.

Ob ich jetzt wohl immer an sie und ihre Lippen denken werde, wenn ich einkaufen gehe? Auf jeden Fall wäre es dann nicht mehr so langweilig.

Ich parke den Wagen, steige aus und laufe quer über den Asphalt bis vor den Eingang, wo ich Sids hellbraunen Lockenkopf entdecke. Er hält schon einen Einkaufswagen bereit und schiebt ihn ungeduldig vor und zurück. »Was auch immer du genommen hast, will ich auch«, begrüßt er mich und deutet auf das breite Grinsen in meinem Gesicht, dass einfach nicht verschwinden will.

»Ich denke nicht, dass deine Freundin davon so begeistert wäre, wenn du eine andere küsst«, entgegne ich gut gelaunt, während wir durch die automatische Schiebetür ins Innere treten.

Sid hebt fragend eine Augenbraue und dreht den Kopf zu mir. »Ich dachte, du hattest keinen Bock auf dieses Date, das Harper dir angedreht hat. War wohl doch nicht so schlecht, hm?«

Ich runzele die Stirn. Stimmt, das Katastrophen-Date. Nach all dem Trubel habe ich das schon fast wieder verdrängt. »Nope, war genauso schlimm wie befürchtet.« Ich greife nach einer Packung Chips in dem Regal, vor dem wir anhalten. »Was ist mit denen hier?«, will ich wissen.

»Schmeiß rein.« Er deutet auf den Wagen und beginnt selbst, verschiedene Sorten einzupacken. »Also, wer ist dann für deine gute Laune verantwortlich? Oder willst du den besten Teil der Geschichte etwa für dich behalten?«

Ich winke ab. Nein, das hatte ich nicht vor, denn genau genommen habe ich den Drang, allen davon zu erzählen.

Also erzähle ich ihm, was passiert ist, während wir Packungen aus den Regalen ziehen und den Einkaufswagen weiter in die nächste Abteilung schieben. Vom ersten Kuss auf dem Parkplatz bis hin zu unserer Begegnung von vorhin lasse ich nichts aus. Na ja, ein paar Dinge, wie den kurzzeitigen Verlust ihres BHs schon, da ihr das sehr unangenehm zu sein schien und ich nicht will, dass sie sich schlecht fühlt, sollte sie jemals meinen Freunden über den Weg laufen. Schließlich können sie nie ihre Klappe halten.

»Lade sie doch heute Abend ein. Auf eine Person mehr oder weniger kommt es doch auch nicht mehr an«, schlägt Sid vor, worüber ich tatsächlich kurz nachdenke.

Doch dann fällt mir der erschöpfte Ausdruck in ihren Augen wieder ein, der kaum zu übersehen war. Und auch dem Streit mit dem geschniegelten Typen nach zu urteilen, hat sie gerade anderes im Kopf, als auf einer Party mit Fremden herumzusitzen. Außerdem weiß ich nicht, ob sie mir nach dem Fauxpas mit ihrer Unterwäsche noch mal die Tür öffnen würde.

»Ein anderes Mal vielleicht«, sage ich also leicht enttäuscht, aber entschlossen. »Sie sah heute irgendwie ziemlich fertig aus.« Zudem würde ich sie gerne zuerst ein bisschen besser kennenlernen, bevor ich sie meinen überaus neugierigen Freunden zum Fraß vorwerfe.

Wer weiß, vielleicht ergibt sich dazu bald ja noch mal die Gelegenheit.

KAPITEL 9

Venice

M itten in der Nacht werde ich unsanft aus dem Schlaf gerissen.

Und an Weiterschlafen ist nicht ansatzweise zu denken, denn irgendein Vollidiot in diesem Haus lässt seine Musik auf voller Lautstärke laufen.

Okay, es ist vielleicht noch nicht ganz so spät, sondern erst kurz nach elf, aber ich bin vorhin einfach nur ins Bett gefallen, um diesen Tag endlich hinter mich zu bringen. Aber jetzt bin ich wach und der ist Tag wieder da.

Danke für nichts, liebe Nachbarn.

Weitere zehn Minuten liege ich wach im Bett und starre im Dunkeln an die Decke.

Ich will doch nur in Ruhe schlafen. Ist das etwa zu viel verlangt? Anscheinend schon, denn ich habe das Gefühl, dass die Musik immer lauter wird. Und ich dachte, schlimmer geht es nicht.

Gut, jetzt reicht es. Ich habe ja eigentlich kein Problem damit, wenn man Musik hört oder so, aber ich will morgen nicht in meiner Vorlesung einschlafen oder den gesamten Tag mit Kopfschmerzen verbringen.

Also muss ich das Problem wohl in Angriff nehmen.

In Jogginghose, Top und Socken krieche ich aus meinem Bett, werfe mir die Decke zum Teil über den Kopf und über die Schultern, da es doch etwas frisch ist, und verlasse schließlich mein Zimmer.

Ein kurzer Blick in Davinas Zimmer zeigt mir, dass sie noch nicht wieder zurück ist und ich bin mir ziemlich sicher, dass das den Rest der Nacht auch so bleiben wird.

Während ich durch die dunkle Wohnung tapse, die lediglich vom einfallenden Mondlicht beleuchtet ist, stoße ich mit dem Knie gegen die Kante des Wohnzimmertisches. Verdammte Hölle noch mal, tut das weh!

Trotz der mangelnden Helligkeit finde ich den Weg zur Tür, öffne diese und trete aus der Wohnung. Sobald ich im Flur stehe, weiß ich auch ganz genau, woher die Musik kommt. Aus der Wohnung gegenüber. Ich werfe der Wohnungstür einen vernichtenden Blick zu, ehe ich auf diese zustapfe. So, liebe Nachbarn, der Lärm findet jetzt ein Ende. Ich klopfe an die Tür. Als keiner öffnet, drücke ich die Klingel. Und da erneut keiner öffnet, nehme ich all meine Kraft zusammen, um so laut wie möglich an diese verdammte Tür zu hämmern, die danach tatsächlich aufgezogen wird. Ich traue meinen Augen kaum.

»Ja?«, fragt mein Nachbar gut gelaunt.

Ich starre ihn noch immer an. Natürlich muss *er* es sein.

So langsam sollte ich mir doch im Klaren darüber sein, dass *er* wirklich *überall* ist. Als er die Tür weiter aufzieht und mich der Lichtstrahl aus der Wohnung trifft, erkennt er mich. Ein amüsiertes Grinsen tritt auf seine Lippen. »Und«, will er wissen, »alles erledigt?«

Ich setze ein höfliches Lächeln auf, was ich perfekt beherrsche, und versuche all die peinlichen Dinge zu verdrängen, die schon zwischen uns passiert sind. Doch sie haben sich tief in meinen Kopf gebrannt und wollen nicht so einfach verschwinden.

»Ja, das habe ich«, antworte ich ihm nickend.

Er lehnt den Ellenbogen lässig gegen den Türrahmen und stützt seinen Kopf an seiner Hand ab. »Also schätze ich, du brauchst keine Hilfe?«

Ich schüttele den Kopf. »Nein, die brauche ich nicht. Du könntest mir aber einen Gefallen tun.«

Er hebt überrascht eine Augenbraue. »Und um welchen Gefallen handelt es sich, wenn ich fragen darf?«

»Hörst du zufällig diese Musik?« Wehe, er sagt jetzt Nein.

»Willst du etwa reinkommen? Je mehr Leute, desto besser.« Sein Grinsen wird breiter und meine Augen werden schmaler.

»Um ehrlich zu sein, ist das gerade das Letzte, was ich will«, antworte ich pampig.

»Und was willst du dann?« Sein neckender Ton entgeht mir nicht.

»Schlafen. Einfach nur schlafen.«

»Mit mir?«

»Lustig«, erwidere ich stumpf, ziehe die Decke enger um meinen Körper und merke, wie die Müdigkeit zurückkehrt und mir allmählich kälter wird. »Könntet ihr die Musik vielleicht leiser machen? Nur so, dass ich wenigstens etwas schlafen kann? Ich bin echt müde und wäre dir sehr dankbar, wenn du ein kleines bisschen Rücksicht auf deine neue Nachbarin nehmen könntest. Als Willkommensgeschenk vielleicht?«, frage ich so freundlich, wie ich kann.

Er mustert mich einen Moment stumm, jedoch recht ausgiebig, während die Musik und mehrere Stimmen weiterhin aus seiner Wohnung drängen. Und als er weiterhin nichts sagt, füge ich ein leises »Bitte« hinzu und hoffe, dass er darauf eingeht. Eigentlich habe ich die Hoffnung schon aufgegeben, denn seinem Blick nach zu urteilen sieht es nicht gerade so aus, als würde er viel darauf geben, was ich zu ihm sage.

Doch dann kommt eine Antwort, die mich vom Gegenteil überzeugt. Ein simples: »Okay.«

Ich weite überrascht die Augen, denn das habe ich nicht erwartet.

»Okay?«, hake ich irritiert nach, nur um ganz sicher zu gehen, dass ich richtig gehört habe.

Ich war der festen Annahme, dass er meiner Bitte nicht nachkommen würde. Diese schnelle Einsicht seinerseits lindert meinen Missmut.

Er nickt und sein Gesichtsausdruck wird plötzlich erstaunlich sanft. »Keine Sorge, ich kümmere mich darum, dass die Musik leiser gemacht wird. Sollte sonst noch was sein, kannst du natürlich gerne klingeln, in Ordnung?«

Noch etwas verwirrt suche ich in meinem Kopf nach passenden Worten. »Ähm ... ja ... danke dir.«

Auf mein Gestammel hin nickt er. »Ich bin übrigens Halen. Ich glaube, wir haben uns einander noch gar nicht vorgestellt, trotz der ... interessanten Begegnungen, die wir bisher miteinander hatten.«

Hitze schießt mir in die Wangen. »Ich bin Venice«, stelle ich mich vor.

»Schön dich kennenzulernen, Venice.«

Ich lächele müde. »Gleichfalls.«

Als die Tür vor mir zufällt, seufze ich zufrieden, da die Musik kurz darauf tatsächlich leiser wird und ich nun endlich in mein Bett kann.

Doch dann fällt mir etwas ein und meine Laune sinkt sogleich wieder in den Keller. Wenn nicht sogar weitaus tiefer.

Ich habe die Tür vorhin achtlos hinter mir zugezogen. Mein Schlüssel und auch mein Handy liegen aber noch in der Wohnung.

Und ich stehe hier in Schlafsachen und mit einer Decke umwickelt im Hausflur.

Frustriert seufze ich auf. Ich habe jetzt wohl ein klitzekleines Problem, das sich vermutlich nicht so leicht lösen lässt.

Verdammt.

KAPITEL 10

Venice

Nein, ich werde jetzt nicht weinen.

Ich werde weder Collin nachheulen, der es echt nicht wert ist, noch werde ich jetzt in Selbstmitleid verfallen.

Auch wenn es mir gerade sehr schwerfällt, die Tränen zurückzuhalten.

Nur machen es mir die Kälte, die Dunkelheit und die plötzliche Stille im Haus nicht gerade einfach, nicht über mein Chaos nachzudenken. Sie unterstützen die negativen Gefühle und Gedanken und plötzlich fühle ich mich allein. Nein, nicht allein, eher einsam, weil ich seit einer Ewigkeit zum ersten Mal wieder nicht weiß, was ich als Nächstes tun soll und ganz auf mich allein gestellt bin.

Ich bin schon kurz davor, wieder zu Halen zu gehen und ihn zu bitten, die Musik wieder laut aufzudrehen, um meine Gedanken zu vertreiben. Aber lässt mich das nicht noch erbärmlicher wirken, da er mich vermutlich jetzt schon für irre und übergeschnappt hält? Und das zu Recht. Ich meine, so wie ich mich bisher vor ihm aufgeführt habe.

Als überraschenderweise die Tür zu Halens Wohnung aufschwingt, sehe ich zu den drei Personen, die gerade aus der Wohnung kommen und sich angeregt unterhalten. Sie bemerken mich nicht mal vor Davinas Tür hockend, als sie die Treppe nach unten gehen und verschwinden. Nach ihnen folgen dann nach und nach weitere Personen. Hin und wieder wird mir ein skeptischer oder irritierter Blick zugeworfen, was nebenbei bemerkt nicht anders zu erwarten war. Schließlich bin ich es, die in einer großen Decke eingewickelt vor verschlossener Tür auf dem Boden sitzt.

Halens Freunde kennen mich jetzt also auch als das seltsame Mädchen. Zum Glück werde ich wahrscheinlich keinem davon noch einmal über den Weg laufen. Höchstens hier auf dem Flur, wenn sie mal zu Besuch sein sollten.

Ich habe meinen Blick schon von der Tür abgewendet, als ein Räuspern vor mir erklingt und mich rasch aufschauen lässt. Natürlich ist es Halen, der mir gegenüber im Türrahmen lehnt und zu mir nach unten sieht. »Willst du etwa sichergehen, ob die Musik auch wirklich aus bleibt, oder was soll das hier werden?«

»Hast du etwa alle rausgeschmissen?«, frage ich, anstatt auf seine eigene Frage einzugehen.

Er wirft einen raschen Blick über die Schulter. »Sieht wohl ganz danach aus.«

Sofort keimt ein schlechtes Gewissen in mir auf, da meine Bitte anscheinend dazu geführt hat, dass seine Party nun beendet ist. »Das hättest du nicht tun müssen«, gebe ich deswegen kleinlaut von mir.

Er zuckt nur mit den Schultern, als wäre es keine große Sache. »Ich muss morgen eh zu Vorlesungen, da ist es eigentlich keine schlechte Idee, vorher noch etwas Schlaf zu bekommen.«

Ich ziehe fragend eine Augenbraue hoch. »Studierst du hier im Ort?« Und wenn ja, wie kann es sein, dass er mir an der Uni noch nie aufgefallen ist?

Halen nickt. »Ja, seit zwei Jahren. Du hast übrigens meine ursprüngliche Frage noch nicht beantwortet.«

Ich seufze, weil ich mir dezent dumm vorkomme.

»Muss ich wirklich antworten?« Ein Versuch ist es immerhin wert.

»Das wäre schon nett«, kommt prompt die Antwort, die ich mir tatsächlich hätte selbst geben können.

Na gut, dann wollen wir mal. Verlegen reibe ich mir mit zwei Fingern über die Schläfe. »Also eventuell, ganz eventuell … habe ich mich ausgesperrt.«

Ein amüsierter Ausdruck huscht über sein Gesicht. Netterweise hält er diesen dann jedoch zurück und schaut möglichst neutral.

»Ich schätze, Davina ist nicht da?«

»Genau richtig, mein Lieber.«

»Hast du schon versucht, sie anzurufen?«, will er wissen.

Als wäre das nicht das Erste, was ich normalerweise gemacht hätte. »Meinst du nicht, dass, wenn ich mein Handy hätte, ich nicht hier herumsitzen würde?«.

»Mhm«, kommt es nur von ihm. Halen scheint kurz zu überlegen, verschwindet dann für einen Augenblick in seiner Wohnung und taucht anschließend mit seinem Handy im Flur auf. »Hier.« Er kommt auf mich zu und reicht es mir.

Auf dem Display ist schon Davinas Name zu sehen, ich nehme es erleichtert an mich und drücke auf anrufen. Während ich darauf warte, dass meine Cousine abnimmt, werfe ich Halen einen dankbaren Blick zu, welchen er mit einem ehrlichen Lächeln erwidert.

Ich rechne ihm wirklich hoch an, dass er mir, trotz allem, helfen will.

Nur gibt es weiterhin das Problem, dass ich nicht in die Wohnung komme, denn Davina geht nicht ran. Weder beim ersten noch beim vierten Anruf in Folge. Frustriert lege ich auf und strecke Halen das Handy entgegen.

»Danke für deine Hilfe, aber es sieht wohl danach aus, als würde ich die Nacht hier verbringen«, seufze ich.

Immerhin habe ich mich nicht unten ausgesperrt. Sonst hätte ich die Nacht draußen verbringen müssen.

Immer positiv denken, nicht wahr?

Halen steckt sein Handy in seine hintere Hosentasche, stemmt die Hände in die Hüfte und schüttelt den Kopf. »Du kannst doch nicht die ganze Nacht im Flur verbringen.«

Na ja, mir wird wohl nichts anderes übrig bleiben, als auf Davina zu warten. »Ich habe ja meine Decke bei mir.« Ich schlinge diese etwas fester um meinen Körper, in der Hoffnung, dass mir wärmer wird.

»Komm rein, Venice«, meint er plötzlich.

Ich halte inne, vergesse kurzzeitig zu atmen, blicke Halen mit großen Augen entgegen und versuche herauszufinden, ob ich mich womöglich verhört habe.

»Du glaubst nicht wirklich, dass ich dich hier einfach sitzen lassen würde, oder?« Er tritt einen Schritt zur Seite, sodass ich problemlos in seine Wohnung gehen könnte. »Komm rein, dann kannst du noch ein bisschen auf der Couch schlafen. Die ist sicherlich gemütlicher als der dreckige Boden hier.«

Er hat recht, aber er muss ja nicht für meine Dummheit geradestehen.

»Halen, das ist wirklich lieb, aber das musst du nicht tun. Davina wird früher oder später sowieso nach Hause kommen. Das passt schon«, lehne ich sein Angebot ab. »Das sagst du mir jetzt schon zum zweiten Mal, dass ich etwas nicht tun brauche. Ich weiß auch, dass ich das nicht muss. Allerdings wird Davina mich umbringen, wenn ich dich einfach hier draußen lasse und ich *will* dir helfen, Venice. Also sei nicht so stur und komm endlich in die Wohnung.«

»Aber …«, setze ich an, komme jedoch nicht sehr weit.

»Komm rein«, werde ich harsch unterbrochen und sein strenger Blick sagt mir, dass er kein Nein akzeptieren wird und so lange hier stehen bleibt, bis ich letztendlich nachgebe.

»Okay«, flüstere ich also leise, stehe auf und folge ihm in die Wohnung.

KAPITEL 11

Venice

Halens blaue Stoffcouch ist definitiv die bessere Alternative zum eisigen und dreckigen Hausflur gewesen. Ich will mir gar nicht erst ausmalen, was mein Rücken durchmachen würde, wenn ich die Nacht im Flur auf dem Boden verbracht hätte. Erschöpft bin ich gestern einfach nur noch in das weiche Polster gefallen, habe mich erleichtert in meine Decke eingekuschelt und zufrieden festgestellt, wie mich Wärme durchflutete. Für einen kurzen Moment hatte es sich so angefühlt, als würde es von nun an wieder bergauf gehen. Mit diesem Gefühl bin ich schließlich in einen erholsamen Schlaf weggedriftet.

Halen hat mich gerettet. Schon wieder.

»Wenn dein Kurs auch um neun beginnen sollte, solltest du schleunigst aufstehen«, reißt mich Halens Stimme abrupt aus meinen Gedanken, woraufhin ich die Augen aufreiße und ihn anschaue. Er lungert vor seiner noch geöffneten Schlafzimmertür und scheint auch gerade erst wach geworden zu sein. Seine dunklen Haare stehen ihm unordentlich ab und sein Shirt und die tief sitzende Jogginghose sind zerknittert. Innerhalb von Sekunden bin auch ich hellwach und von der Couch aufgesprungen. »Wie spät ist es?«, frage ich eilig, weil mein erster Kurs des Tages tatsächlich um Punkt neun startet.

»Zehn vor«, kommt prompt seine Antwort, was mich dazu verleitet, mich panisch in der Wohnung nach einer Uhr umzusehen, die ich nicht finden kann.

So spät schon?! »Hast du dir denn keinen Wecker gestellt?«, fahre ich ihn etwas schroffer an, als beabsichtigt. Ich hasse es, zu spät zu kommen.

»Eigentlich schon«, erwidert er ruhig, kratzt sich verlegen am Hinterkopf und sieht mich dann entschuldigend an. »Und warum hast du nicht auch einen zur Sicherheit gestellt?«

»Hey, wir sind in deiner Wohnung.« Ich nehme ein kleines Kissen von der Couch und werfe es in seine Richtung, nehme ihm aber seine Aussage nicht übel. Wir haben verschlafen und stehen unter Zeitdruck, sind beide etwas gereizt und neben der Spur. Gut, das trifft wohl eher auf mich zu als auf ihn. »Außerdem liegt mein Handy drüben«, erinnere ich ihn nun besänftigend.

Halen hat das Kissen aufgefangen und wirft es wieder zurück. »Na gut, es ist meine Schuld«, gibt er murmelnd zu.

»Dann wäre das ja geklärt«, antworte ich mit einem schiefen Grinsen, welches er erwidert. Dann nehme ich meine Decke an mich und gehe zur Tür. »Danke noch mal«, wende ich mich ein letztes Mal an Halen, ehe ich die Tür öffne, zu Davina rüber eile und Halens Wohnung hinter mir lasse.

Wehe sie ist jetzt noch immer nicht da, dann bin ich nämlich echt am Arsch.

Doch zum ersten Mal seit einer gefühlten Ewigkeit scheint sich das Glück wieder auf meine Seite geschlagen zu haben, denn meine Cousine öffnet mir nach dem ersten Klopfen die Tür. Verwundert blickt sie mir entgegen und mustert mich einmal ausgiebig von oben bis unten. Ja, ich gebe sicherlich ein seltsames Bild ab.

»Wo kommst du denn her?« Wahrscheinlich dachte sie bis eben, dass ich noch in meinem Zimmer schlafe oder schon längst auf dem Weg zur Uni bin.

»Es ist auch schön dich zu sehen, Cousine.« Ich dränge mich an ihr vorbei und renne regelrecht in mein Zimmer, um mich dort in Höchstgeschwindigkeit umzuziehen. Davina folgt mir. »Kannst du mir mal verraten, wo du dich herumgetrieben hast? Vor allem so.« Sie deutet auf meine Decke, die ich achtlos auf das Bett schmeiße.

»Bei Halen.«

Sie runzelt skeptisch die Stirn. »Bei Halen?«

»Jup.«

»Halen, wie, unser Nachbar Halen?«

»Genau der«, bestätige ich.

»Habe ich da irgendwas verpasst?«

Das hat sie tatsächlich. Aber wo soll ich da überhaupt anfangen?

»Nur, wie ich mich heute Nacht ausgesperrt habe und dann beinahe im Flur verrottet wäre.« Ich zucke mit den Schultern, während ich mich von meinen Schlafsachen befreie. »Und wie war deine Nacht so?«

»Meine Nacht war anscheinend doch nicht so spannend, wie ich dachte. Jetzt, wo ich von deiner erfahren habe.« Davina verschränkt die Arme vor der Brust. »Und was hat Halen jetzt mit der ganzen Sache zu tun?«

»Der war in gewisser Weise schuld daran, dass ich mich ausgesperrt habe, also hat er mich bei sich schlafen lassen«, erkläre ich und nehme mir Klamotten aus meinem noch nicht ausgepackten Koffer, ohne wirklich darauf zu achten, ob sie auch zusammenpassen, und ziehe sie mir einfach über.

»In seinem Bett?«

»Davina! Natürlich nicht.« Ich laufe zu meinem Nachttisch herüber und nehme mein Handy an mich, um einen Blick auf das Display zu werfen. Drei vor neun. Ich sollte mich beeilen. Andererseits werde ich es sowieso nicht mehr pünktlich schaffen. Aber ich muss es nicht weiter darauf anlegen, noch später zu kommen. Ich finde es fürchterlich, wenn alle Augen auf einen gerichtet sind, weil man mitten in die Stunde platzt.

Sie schmunzelt nur. »War doch eine berechtigte Frage.«

Ich will gerade an ihr vorbei und ins Badezimmer gehen, als mir etwas einfällt, was sie noch gar nicht weiß. »Er ist übrigens der Typ, den ich auf dem Parkplatz geküsst habe.«

Zügig setze ich meinen Weg fort und Davina läuft mir ins Badezimmer hinterher, ehe sie mit großen Augen meinen Blick im Spiegel auffängt. »Wie bitte? Und das sagst du dumme Kuh mir erst jetzt?«

»Oh, glaub mir, das war noch nicht alles.« Ich streiche großzügig Zahnpasta auf meine Zahnbürste und stecke mir diese in den Mund.

»Venice! Erzähl mir sofort, was alles passiert ist!«

Kurz halte ich in meiner Bewegung inne. »Zwischen dir und Halen lief oder läuft doch nichts, oder?«

Auch wenn ich nicht vorhabe, weiterhin Zeit mit ihm zu verbringen, will ich nichts kaputtmachen, wenn zwischen ihm und Davina etwas laufen sollte.

Als Antwort schüttelt Davina energisch den Kopf und setzt dann ein Grinsen auf. »Den überlasse ich ganz dir, Schätzchen.«

»Danke, aber das war nicht mein Plan«, informiere ich sie, doch das hält sie nicht davon ab, mit den Augenbrauen zu wackeln.

»Als würde dein Leben im Moment nach Plan laufen.«

»Ach, halt doch die Klappe.«

»Niemals.« Sie streckt mir ihre Zunge entgegen.

Nachdem ich Davina mindestens drei Mal versprochen habe, dass ich ihr nachher alles ausführlich erzählen werde, verlasse ich die Wohnung und renne die Treppen herunter.

Unten angekommen stoße ich die Tür auf und trete ins Freie. Jetzt muss ich nur noch herausfinden, welcher der richtige und vor allem schnellste Weg zur Uni ist. Darüber hätte ich mir wohl schon eher Gedanken machen sollen.

»Soll ich dich mitnehmen?«, dringt eine dumpfe Stimme zu mir.

»Was?« Überrascht drehe ich mich zur Seite und entdecke

Halen. »Entschuldige, kannst du das vielleicht noch mal wiederholen? Ich war in Gedanken.« Warum habe ich eigentlich gestern nicht bei Maps nach der Route geschaut? Das hätte mir den Morgen sehr erleichtert.

»Soll ich dich mitnehmen?«, wiederholt er und spricht dabei jedes Wort laut und langsam aus, damit ich es auch wirklich mitbekomme.

»Spinner«, schmunzele ich und schüttele den Kopf.

Er lacht leise, sieht mich dann aber kurz darauf wieder ernst an. »Du siehst gerade ein bisschen verloren aus.«

Wie recht er doch hat. »Das ist eigentlich mein ganz normaler Blick und so«, behaupte ich ganz cool.

»Ach ja?« Er hebt eine Augenbraue hoch. »Also, auf dem Parkplatz hast du mir aber einen ganz anderen Eindruck vermittelt.«

Ich wende laut seufzend meinen Blick von ihm ab. »Das ist nicht zufällig etwas, was du aus deinem Gedächtnis streichen kannst?«

»Definitiv nicht. Aber vielleicht will ich das auch gar nicht«, sagt er, woraufhin ich innehalte. Aber er lässt mir kaum Zeit, über seine Aussage nachzudenken, da er gleich weiterspricht. »Also, soll ich dich jetzt mitnehmen oder willst du die Vorlesung komplett verpassen?«

»Ich will dir wirklich nicht noch mehr Umstände bereiten«, winke ich aus den gleichen Gründen ab, die ich gestern auch schon bei seiner Einladung in seine Wohnung im Sinn hatte.

»Also, wenn das jetzt immer so laufen soll, dass ich dir ein Angebot mache und du es ablehnst, kann das ja lustig werden. Du musst wissen, ich bin nämlich eine sehr hilfsbereite Person. Und du bist scheinbar eine von denen, die Hilfe nur schwer annehmen kann, aber dringend nötig hat.«

Tja, er hat mich ziemlich schnell durchschaut. Es ist jedoch etwas anderes, das mich stutzig macht. Und dieses Mal hebe ich fragend eine Augenbraue. »Immer?«

»Wir sind doch jetzt Nachbarn«, entgegnet er schulterzuckend, wechselt dann aber doch relativ schnell das Thema. »Es ist übrigens schon viertel nach. Also frage ich noch mal. Willst du bei mir mitfahren?«

»Viertel nach?«, quietsche ich etwas schockiert über die Tatsache, dass es schon so spät ist, und umklammere mit beiden Händen den einen Träger meines Rucksacks, den ich über einer Schulter trage. »Warum hast du das nicht gleich gesagt? Was stehen wir hier überhaupt noch?«

Ich setze mich in Bewegung und gehe ein paar Schritte, ehe ich Halens raues Lachen höre. Dann wird mir klar, dass ich keine Ahnung habe, wo er geparkt hat oder wie sein Auto überhaupt aussieht. »Wo steht dein Auto?«

Er deutet in die entgegengesetzte Richtung. »Dort drüben.«

Na, das war ja klar.

»Das wusste ich natürlich«, brumme ich und spüre, dass meine Wangen warm werden, ehe ich ihm mit erhobenem Kopf und gerecktem Kinn folge.

Ein weiteres Lachen ertönt. »Aber klar doch.«

KAPITEL 12

Halen

Ungeduldig wippt Venice mit ihrem linken Bein auf und ab. Normalerweise würde mich das total nerven, doch bei ihr verspüre ich dieses Gefühl nicht. Stattdessen lasse ich meinen Blick immer wieder zu ihrem nackten Bein wandern. Ganz heimlich und nur für ein oder zwei Sekunden, da ich ja schließlich das Auto fahre. Dieser Rock macht mich noch wahnsinnig.

Während der ganzen Fahrt liegt dieses dämliche Lächeln auf meinen Lippen, was einfach nicht verschwinden will. Das muss an dem vielen ungeplanten Schlaf liegen, den ich heute Nacht bekommen habe, da die Party ja früher beendet wurde, als ursprünglich gewollt. Aber ich konnte Venice einfach nicht draußen im Flur sitzen lassen. Sie sah so niedlich aus, wie sie mit ihrer Decke vor mir gestanden und sich über die Musik beschwert hat. Und später hat sie irgendwie so verloren gewirkt, sodass ich sie einfach mit zu mir nehmen musste.

»Was meinst du, wie lange brauchen wir noch ungefähr? Fünf Minuten vielleicht?«, unterbricht Venice die Stille, als wir schon wieder an einer roten Ampel halten müssen. Seit wir losgefahren sind, ist es sicherlich das vierte oder fünfte Mal. Der Nachteil einer Großstadt, würde ich sagen.

»Gut möglich«, stimme ich zu, ergänze dann schätzend: »Vielleicht auch zehn. Kommt ganz drauf an, ob die Ampeln nun auf unserer Seite sind.« Ich vermute, es läuft bei unserem Glück auf die zehn Minuten hinaus.

Venice wippt schneller mit ihrem Bein und sieht aus dem Fenster zu den sich aneinanderreihenden Läden. »Du weißt schon, dass das allein deine Schuld ist, dass wir jetzt so spät sind?«

Das stimmt eigentlich nur teilweise. »Hättest du dich nicht aus deiner Wohnung ausgesperrt, wärst du jetzt vermutlich pünktlich«, erwidere ich neckend.

Ich kann es auch nicht lassen, es ihr unter die Nase zu reiben. Es ist nämlich ziemlich amüsant anzusehen, wie sich ihre Wangen innerhalb von Sekunden rot verfärben und sie die Stirn runzelt.

»Hättest du die Musik nicht so laut gedreht und an einem Sonntag eine Party veranstaltet, hätte ich die Wohnung gar nicht erst verlassen müssen«, gibt Venice grinsend zurück.

Wohl wahr. »Der Punkt geht an dich«, sehe ich ein und bemerke zeitgleich, dass die Ampel auf Grün springt, sodass ich endlich weiterfahren kann.

»Vielen Dank.« Es hört sich an, als wäre sie ziemlich zufrieden über die Tatsache, dass sie recht hat. »Lohnt es sich überhaupt noch?«, fragt sie dann urplötzlich, als ein paar weitere Minuten verstrichen sind.

Irritiert schaue ich sie von der Seite an, denn ich habe keine Ahnung, was sie meint. »Lohnt sich was noch?«

»Haben wir nicht eh schon fast die Hälfte des Unterrichts verpasst?«, überlegt sie und mir wird so langsam klar, dass sie nicht vorhat, in ihren gerade laufenden Kurs zu gehen.

»Mag schon sein«, antworte ich also zögernd und warte darauf, was nun wohl folgen wird. Ich kann sie noch nicht wirklich einschätzen, denn ich kann nicht mal annähernd vorausahnen, was sie plant.

»Kaffee?«, schlägt sie als Nächstes vor.

Der wäre jetzt tatsächlich ganz gut. »Warum eigentlich nicht.«

Anstatt geradeaus zu fahren, um zur Uni zu gelangen, biege ich spontan nach rechts ab, da es nicht weit von hier ein kleines Café gibt, in dem man mit Abstand den besten Kaffee der ganzen Stadt bekommt. Kurze Zeit später parke ich den Wagen an der gegenüberliegenden Straßenseite und als wir aussteigen, mustert Venice das kleine Café mit einem etwas seltsamen Gesichtsausdruck.

»Alles okay bei dir?«, erkundige ich mich, während wir über die Straße laufen und ihre bedrückte Miene nicht verschwindet.

Sie sieht mich nicht an, nickt aber langsam. »Ich war nur in Gedanken. Das letzte Mal ...« Venice redet nicht weiter, was mich dadurch umso neugieriger macht.

»Das letzte Mal?«, hake ich nach.

Anscheinend hat sie sich von ihren Gedanken losgerissen, denn sie sieht schräg grinsend zu mir, während ich ihr die Tür offen halte und wir in das Café eintreten. »Ich wüsste nicht, was dich das angeht«, sagt sie mit dem neckenden Tonfall, der seit gestern unser ständiger Begleiter ist.

Ich gehe selbstverständlich darauf ein, während ich einem Gast mit zwei Tassen in jeweils einer Hand ausweiche. »Heute legst du es aber drauf an, recht zu haben, nicht wahr?«

»Nicht nur heute, Halen«, entgegnet sie verschwörerisch, lässt sich an einem freien Tisch auf einen der Stühle fallen und behauptet: »Ich habe so gut wie immer recht.«

»Das glaube ich nicht.«

»Das solltest du aber«, widerspricht sie selbstbewusst. Sie scheint sich ihrer Sache ja sehr sicher zu sein.

»Dann beweise es«, erwidere ich und setze mich ebenfalls. *So leicht lasse ich mich nicht überzeugen, liebe Venice.*

Sie lächelt wissend und ich bekomme das Gefühl, dass sie genau das auch gleich tun wird. »Erst gestern hat sich so ein Typ hier vollkommen blamiert.«

»Damit kennst du dich ja aus«, ziehe ich sie auf.

»Das lässt sich wohl nicht abstreiten, aber mit meinem Gesagten liege ich trotzdem richtig.« Venice lehnt sich auf ihrem Stuhl zurück und verschränkt siegessicher die Arme.

»Und wie soll dieser Typ sich blamiert haben? Du musst mir schon ein paar mehr Informationen liefern, damit ich dir glaube«, fordere ich.

Venice wirkt siegessicher. »Er hat bloß seine Boxershorts getragen. Seine Klamotten waren plötzlich auf wunderliche Weise verschwunden.«

Ich verenge abschätzend die Augen, stütze meine Ellenbogen schwungvoll auf dem Tisch ab und lege den Kopf auf meine Hände. Die schmale Glasvase mit der einzelnen rosa Blume wackelt kurz gefährlich. »Und das soll ich dir jetzt einfach so abnehmen?«

Ihr Lächeln verrutscht weiterhin kein bisschen. »Du kannst gerne nachfragen, wenn du meinst, ich würde nicht die Wahrheit sagen.«

»Das ist eine hervorragende Idee«, stimme ich zu.

»Sollte die Geschichte stimmen, geht der Kaffee auf dich. Sollte ich lügen, bezahle ich.« Langsam kommen mir Zweifel, denn sie ist sich weiterhin sehr sicher.

Dennoch gebe ich nicht nach. »Mit Vergnügen.«

»Dann viel Spaß beim Verlieren«, spottet Venice noch, bevor ich mich von ihr wegdrehe, um mich an einen Mitarbeiter zu wenden, der mir hoffentlich bestätigen wird, dass die Sache nur ausgedacht ist.

Obwohl, lustig ist der Gedanke an Venice' Behauptung schon ein wenig, das muss ich leider zugeben.

»Entschuldigung«, frage ich einen Angestellten, der, wie der Zufall es will, gerade an unserem Tisch vorbeiläuft. »Kurze, aber vielleicht dumme Frage. Ist hier gestern etwas Ungewöhnliches vorgefallen?«

Der Kellner lacht herzhaft auf. »Sie meinen den Mann in Unterwäsche? Diese Story hat sich rasend schnell in unserem Gruppenchat verbreitet.«

Ich weite überrascht die Augen. Nicht wirklich. »Eine ganz

komische Sache, wenn Sie mich fragen. Keine Ahnung, was da passiert ist. Ich will es aber auch gar nicht so genau wissen.« Der Mann wendet sich schulterzuckend ab und wischt den Tisch neben uns sauber.

Verdutzt sehe ich zu Venice, die sich ihren Sieg nun endgültig verdient hat. »Habe ich es nicht gesagt?«, trällert sie glücklich vor sich hin.

»Hast du das mit dem Kellner abgesprochen?«, grüble ich, warum sie davon weiß. War sie hier oder hat sie auch bloß irgendwie durch andere davon erfahren?

»Nope, ich hatte da einfach so ein Gefühl, weißt du?« Aber klar doch. Diese kleine Betrügerin.

»Unsinn, woher weißt du davon?«, bitte ich erneut um eine Erklärung.

»Das wüsstest du wohl gerne.«

Ja, offensichtlich.

»Du schuldest mir einen Kaffee, Halen«, grinst sie und weigert sich weiter, ihre Quelle mit mir zu teilen.

Ebenfalls richtig, denke ich und betrachte sie einen Moment lang einfach nur, während sich ihr Grinsen erbarmungslos in mein Gedächtnis brennt.

Dieses Mal hat sie wohl gewonnen. Doch das Gefühl, dass wir noch genug Zeit miteinander verbringen werden, wird mit jeder Minute nur noch stärker, weswegen ich meine Revanche bestimmt noch bekommen werde.

Ich hoffe es zumindest.

KAPITEL 13

»Ich habe gehört, Collin ist zu einem richtigen Arschloch mutiert«, ertönt Elliots Stimme neben mir, als wir gemeinsam über den weiten Campus laufen. Nach dem kleinen Abstecher im Café sind Halen und ich doch noch zur Uni gefahren. Das Seminar, was ich als Nächstes habe, würde ich nämlich gerne mitbekommen, da ich dort bereits mit dem Inhalt etwas Schwierigkeit habe.

»Wer hat denn so etwas erzählt?«, frage ich meinen Begleiter, der ein gemeinsamer Freund von Collin und mir ist. Wir gehen kurz auseinander, um eine kleine Gruppe von Studenten zu umgehen und als wir wieder nebeneinander herlaufen, sieht er mich mitleidig an. »Collin.«

»Collin«, murre ich. Klar doch, woher sollte er diese Info sonst haben. Aber dann wird mir Elliots Wortwahl bewusst. »Er hat behauptet, er sei ein Arschloch?«, frage ich irritiert, weil ich mir das beim besten Willen nicht vorstellen kann.

»Okay, vielleicht nicht genau mit diesen Worten. Allerdings konnte das jeder mit auch nur einem kleinen Funken Verstand aus seiner Erzählung heraushören.«

»Herzlichen Glückwunsch, du besitzt scheinbar einen.«

»Danke, das weiß ich sehr zu schätzen«, gluckst Elliot vergnügt, ehe er eine blonde Strähne beiseiteschiebt, die sich auf seine Stirn verirrt hat.

»Immer wieder gern«, erwidere ich.

»Ich habe ihm übrigens meine Meinung dazu gesagt.«

Abrupt bleibe ich stehen. »Du hast was?«

Elliot macht mit der Hand eine abwinkende Geste. »Auf seine Freundschaft kann ich eh verzichten. Mit so einem will ich nichts zu tun haben.«

»Du bist sein ältester Freund, Elliot. Du brauchst nicht wegen mir eure Freundschaft zu beenden.« Elliot und Collin kennen sich schon seit Kindertagen und als Collin mir Elliot vorgestellt hat, haben wir uns auf Anhieb verstanden. Wie konnte man ihn auch nicht ins Herz schließen? Er hat mir oftmals mehr zugehört und geholfen, als es Collin je getan hat.

»Mit so jemandem soll ich mich noch weiter abgeben?« Er macht eine wegwerfende Handbewegung. »Drehst du jetzt völlig am Rad, Venice? Du bist eh viel lustiger als Collin. Und außerdem hat er sich in letzter Zeit sowieso immer häufiger danebenbenommen, sodass ich schon öfters dran gedacht habe, auf Abstand zu gehen. Wärst du nicht an seiner Seite gewesen, wäre das sicherlich schon längst geschehen.«

Ich rolle mit den Augen, merke aber, wie sich vor Dankbarkeit Wärme in meiner Brust ausbreitet. »Das nehme ich jetzt mal als ein Kompliment auf.«

»Lass es dir ja nicht zu Kopf steigen«, entgegnet Elliot gespielt ernst.

»Ich heiße doch nicht Collin«, kann ich es mir nicht verkneifen.

»Zum Glück nicht.« Er kichert leise, als ihm etwas einfällt. »Stellt dir mal vor, ihr würdet beide Collin heißen. Dann wärt ihr das Paar mit dem gleichen Namen. Ihr hättet nicht mal einen Ship-Namen gebraucht.«

»Wer dreht hier jetzt bitteschön am Rad?« lache ich. »Ist klar.«

Elliot rempelt mich absichtlich mit der Schulter leicht an, wird dann aber wieder ernster und zieht die Augenbrauen zusammen.

»Collin rennt übrigens zu unseren Bekannten und erzählt herum, wie toll er doch ist und wie du eure Beziehung zerstört hast. «

Ich stöhne und sacke entmutigt etwas in mich zusammen. »Er erzählt es wirklich allen? Glauben sie ihm?«, frage ich kleinlaut und bin mir nicht mal sicher, ob ich die Antwort darauf haben will.

»Keine Ahnung, wie vielen genau und wem er es erzählt, aber gefühlt allen, ja. Sie kaufen es ihm auch ab. Jedenfalls die, bei denen ich es mitbekommen habe«, bestätigt Elliot zögernd und ich sehe, wie erneut Mitleid in seinen Augen aufblitzt. »Tut mir leid, wie das alles gekommen ist«, sagt er mitfühlend.

Ich zucke nur schwach mit den Schultern, nicke aber dankend für seine Worte. »Du kannst ja nichts für das Verhalten meines Ex-Freundes und meiner Schwester. »Es waren sowieso mehr Collins Bekannte, nicht wahr?«, seufze ich dennoch frustriert.

»Also ist es wirklich wahr«, fragt er vorsichtig und fügt dann schnell hinzu: »Wenn ich mit meiner Fragerei zu weit gehe, brauchst du natürlich nicht zu antworten.«

Ich bin Elliot sehr dankbar, dass er mich zu nichts drängen will, wenn ich nicht darüber reden möchte, aber wie soll ich damit abschließen, wenn ich mit niemandem meine Gedanken und Gefühle teile und es für ewig in mich hineinfresse?

»Schon okay«, antworte ich deswegen. »Ich glaube, dass es irgendwie nicht zu vermeiden war, jetzt, wo ich darüber nachdenke. Die haben beide so eine ichbezogene Art an sich. Bei Alyssa wusste ich ja schon immer, dass sie hinterlistig ist, und bei Collin ... bei ihm auch irgendwie. Nur wollte ich es nicht wahrhaben.«

Vielleicht habe ich mich ja nur an der Vorstellung einer guten Beziehung und dem Bild des perfekten Paars aus der High School festgehalten. Von Anfang an war doch klar, dass das mit uns nicht funktioniert, denn er stellte seine eigenen Bedürfnisse immer über die von anderen, während ich für andere stets zurücksteckte. Davina hatte mich sogar vor gewaltigem Drama gewarnt. Doch ich war leider blind vor angeblicher *Liebe* gewesen.

»Ja, die beiden waren schon immer von sich selbst überzeugt.«

Elliot legt einen Arm, um meine Schulter, während wir weiter über den Campus schlendern. »Aber du hast ja weiterhin mich.«

»Und mich«, fügt Stella hinzu, die wie aus dem Nichts neben mir auftaucht und ihr hellbraunes Haar mit einer Klammer hochsteckt. Wir haben uns bei der Einführungswoche hier an der Uni kennengelernt, wurden Lernpartner und haben uns schließlich angefreundet.

»Und weil ich immer die besten Ideen der Welt habe, musst du jetzt auch auf mich hören und das tun, was ich sage.«

Überrascht blinzle ich sie an. »Und was wäre das?«

»Wir gehen feiern«, verkündet Stella feierlich und sieht begeistert zwischen Elliot und mir hin und her.

»Wann?«, erkundigt sich Elliot sogleich. Er klingt von dieser Idee schon jetzt ziemlich begeistert.

Stella schaut ihn vorwurfsvoll an, als wäre es selbsterklärend und seine Frage völlig überflüssig. »Na, noch heute.«

»Finde ich gut«, meint er mit einem zufriedenen Gesichtsausdruck.

»Wir haben Montag, das ist euch klar, oder?«, werfe ich hingegen zweifelnd ein.

»Na und?« entgegnet Stella daraufhin schulterzuckend. »Ist das etwa ein Grund, heute keinen Spaß zu haben?«

»Wir können nicht …«, versuche ich es erneut, doch Stella unterbricht mich kopfschüttelnd. »Die Antwort auf meine Frage lautet übrigens: Nein. Montag ist kein vernünftiger Grund, um nicht feiern zu gehen und etwas Spaß zu haben.«

»Sehe ich genauso.« Elliot wirkt mittlerweile ziemlich euphorisch, wie auch Stella. Sie planen in ihren Köpfen sicherlich schon den gesamten Abend.

»Ich kann morgen nicht schon wieder einen Kurs verpassen«, widerspreche ich erneut und habe auch nicht vor, nachzugeben. Ich kann nicht riskieren, dass mein Leben weiter aus den Fugen gerät. Selbst wenn es nur Kleinigkeiten sind. Denn wenn diese immer und immer mehr werden, entsteht völliges Chaos. Stella schnalzt mit der Zunge. »Wirst du doch überhaupt nicht.«

»Wir müssen schließlich nicht lange bleiben«, ergänzt Elliot, der Verräter, mit hervorgeschobener Unterlippe und einem flehenden Gesichtsausdruck.

Keine Chance, Elliot. Ich denke nämlich an all die besagten Kleinigkeiten, die das Chaos formen. Am Wochenende gab es schon viel zu viele davon. »Tut mir leid, aber ich bin raus«, beschließe ich. »Ein anderes Mal vielleicht.«

»Venice, komm schon«, quengelt Stella. »Ich habe doch gesagt, dass du tun musst, was ich dir sage. Jetzt entziehe dich nicht deinen Pflichten.«

»Meinen Pflichten?«, lache ich auf.

»Ja, immerhin haben wir das gerade beschlossen, weil das das Beste für dich ist. Und wie du weißt, liege ich meist mit allem richtig.«

Lustig, vor wenigen Stunden habe ich das auch behauptet. Obwohl das natürlich überhaupt nicht stimmt. Ich liege fast immer falsch, aber das musste ich ja nicht vor Halen zugeben. So weit kommt es noch.

»Ein anderes Mal, Stella. Ich bin gerade nicht wirklich in der Stimmung, um zu feiern«, sage ich entschuldigend und bleibe stehen, weil Stella und ich hier abbiegen müssen und Elliots Gebäude, soweit ich weiß, geradeaus liegt.

»Und genau deswegen solltest du mitgehen. Ein bisschen auf andere Gedanken kommen«, versucht sie es ein letztes Mal, denn ich sehe ihrer Miene an, dass sie kurz vorm Aufgeben ist.

Sie liegt zwar richtig, dass ich so auf andere Gedanken kommen würde, aber am liebsten will ich einen halbwegs normalen Alltag in mein Leben bekommen. Feiern an einem Montag passt nicht in diesen Plan. Jedenfalls für mich nicht.

»Geht ihr lieber allein. Es ist besser, wenn ich zu Hause bleibe.«

»Ich kann dich nicht überzeugen?« Der letzte Schimmer Hoffnung ihrerseits.

»Eher nicht«, schüttele ich den Kopf und hoffe, dass sie und Elliot mir das nicht allzu übel nehmen.

»Du wirst beobachtet«, kommt es plötzlich von Elliot.

»Was?« Sein unerwarteter Themenwechsel, wirft mich ein wenig aus dem Konzept, sodass ich ihn perplex anblicke.

»Jemand beobachtet dich«, wiederholt er mit etwas mehr Nachdruck in der Stimme, sodass die Information richtig von meinem Kopf einsortiert werden kann.

Was, warum denn das? Warum sollte mich hier jemand beobachten? »Habe ich was im Gesicht oder so?«, frage ich und taste mir vorsichtshalber über den Mund, doch ich werde nicht fündig.

Zeitgleich verneinen Elliot und Stella meine Frage, während Stella sich bereits neugierig umschaut, um herauszufinden, von wem Elliot da redet.

»Und wer beobachtet mich?« Jetzt recke ich auch meinen Kopf und lasse den Blick über den Campus schweifen.

Stella lehnt sich näher zu uns und senkt verschwörerisch die Stimme. »Elliot, sprichst du von dem Typen da drüben oder dem Arsch Collin?«

»Von beiden.«

Ich horche auf. Von beiden? »Wo?«, will ich schroff wissen.

Elliot schmunzelt amüsiert über meine plötzliche Neugier auf. »Collin auf elf Uhr und der andere Typ auf drei Uhr.«

Mein Interesse liegt nicht bei Collin, der ziemlich nahe bei uns steht, sodass er sicherlich das ein oder andere Wort verstehen konnte. Doch ihm schenke ich jetzt meine Aufmerksamkeit ganz bestimmt nicht. Mein Interesse liegt bei dem anderen, den Elliot erwähnt hat und zu dem ich nun herüberschaue.

Es ist Halen, der auf den Stufen vor dem Eingang eines Gebäudes steht und mich einfach nur ansieht. Und irgendwie breitet sich da automatisch so ein warmes Gefühl in mir aus. Als unsere Blicke sich schließlich begegnen, erscheint ein sanftes Lächeln auf seinen Lippen und ich kann nicht anders, als es zu erwidern.

»Und wer ist das?«, kratzt eine Stimme am Rande meiner Wahrnehmung.

»Was willst du, Collin?«, höre ich plötzlich Stellas Stimme, die mich zurück ins Hier und Jetzt befördert. Augenblicklich fängt mein Kopf an zu pochen, ich reibe mir genervt über die Schläfe und straffe dann die Schultern, ehe ich mich zu Collin umwende.

Muss das wirklich sein? Kann er nicht einfach fortbleiben?

Ich habe keine Lust und auch keine Kraft mehr für ihn.

KAPITEL 14

Venice

»W as willst du, Collin?« Stella funkelt ihn böse an. Sie klingt
angriffslustig und drohend, als würde sie nur darauf
warten, ihm so richtig die Meinung zu geigen.

Hätte sie ihn nicht angesprochen und seinen Namen gesagt,
wäre mir gar nicht aufgefallen, dass er zu uns gekommen ist, so
vertieft war ich in Halens Anblick.

»Also?«, wiederholt sie, da er bisher keine Anstalten gemacht
hat, zu antworten. Collin ignoriert sie weiterhin und hat seinen
aufgebrachten Blick auf mich gerichtet.

»Ich wusste es«, sagt Collin nun spöttisch, wobei er kurz in die
Richtung schaut, in der Halen steht, ehe er näher auf mich
zukommt. Wieder einmal viel zu nahe, meiner Meinung nach.
Besonders, da seine Augen mich zornig anfunkeln und ich mittlerweile der Meinung bin, dass er unberechenbar ist. »Das ist doch der,
den du auf dem Parkplatz geküsst hast. Wie lange läuft das schon,
hm? Ist das etwa der Kerl, mit dem du mich betrogen hast?«

Ich sehe ihn skeptisch an. Er ist doch einfach nur übergeschnappt.

Und vor allem, dass *ich ihn* betrogen habe. Dass ich nicht lache.
Natürlich erwähnt er mit keiner Silbe seinen Betrug an mir.

»Auf dem Parkplatz? Geküsst?«, murmelt Stella leise und äußerst überrascht, da sie, und auch Elliot, von all dem ja noch überhaupt nichts wissen.

Ich nehme mir vor, es Stella später zu erklären, denn jetzt muss ich erst einmal Collin in seine Schranken weisen. Erneut.

»Ich weiß ehrlich gesagt nicht, was das dich noch angeht«, entgegne ich wütend. Allein sein Anblick macht mich rasend und erfüllt mich mit einer Mischung aus Abscheu und Feindseligkeit. »Aber, wenn du es unbedingt wissen willst, ich habe dich nicht betrogen«, kläre ich ihn auf. »*Du* warst es, der *mich* betrogen hat und so unserer Beziehung endgültig den vernichtenden Stoß in den Abgrund gegeben hast.« Meine Stimme wird mit jedem Wort lauter.

»Ich wollte unsere Beziehung doch nur retten!«, schreit er und spuckt mich dabei förmlich an. Die ersten verwirrten und neugierigen Blicke landen auf uns. Na ganz toll, so bekommt es auch wirklich jeder auf dem ganzen Campus mit.

Angeekelt wische ich mir mit dem Handrücken über die Wange, ehe ich ihm antworte. »Jetzt komm nicht wieder mit dem Scheiß, Collin. Das kannst du dir sparen. Wir wissen beide, dass das nicht der Wahrheit entspricht.«

»Ich glaube, du solltest gehen.« Elliot stellt sich ohne zu zögern zum Teil vor mich und sieht Collin ernst an.

»Mit dem schläfst du also auch?« Collin nickt verächtlich in Elliots Richtung. »Die ist es echt nicht wert, Elliot. Pass gut auf, sie wechselt gerne mal das Bett. Ehe du dich versiehst, hat sie auch dich betrogen.«

»Ich schlafe hier mit niemandem und habe auch keinen betrogen!«, stelle ich ein weiteres Mal klar, weil es ja einfach nicht in seinen verdammten Schädel gehen will.

Und was bildet er sich eigentlich ein? Er macht hier mitten auf dem Campus die totale Szene und behauptet einfach, dass ich an allem Schuld wäre. Wir sind den Rest des Tages bestimmt Gesprächsthema Nummer eins.

Collin verengt die Augen, glaubt mir offensichtlich weiterhin nicht. »Lügst du inzwischen schon so viel, dass du deine Lügen selbst glaubst? Fühlst du dich damit besser?« Dieser Scheißkerl.

»Und selbst wenn es so wäre«, schaltet sich eine bisher unbeteiligte Stimme ein, die ich jedoch sofort einordnen kann. »Was kümmert es dich?« Halen.

»Halt dich da raus. Das hat dich nichts anzugehen«, entgegnet Collin gereizt. Seinem Anblick nach zu urteilen, würde er ihm am liebsten den Kopf abreißen und beiseite schmeißen.

»Weißt du, das sieht gerade nicht wirklich gut für dich aus, Kumpel«, erklärt Halen und bleibt dabei ziemlich ruhig. Nur ein leichter Anflug von Provokation ist in seiner Stimme wiederzufinden. »Und falls du auch nur etwas Verstand hast, was gerade nicht sehr danach aussieht, um es höflich zu sagen, müsstest du das auch einsehen. Also wieso lässt du es nicht gut sein und verschwindest? Wäre das nicht eine gute Idee? Was sagst du dazu, Venice?«

Zum ersten Mal seit Halen hinter mir erschienen ist, schaue ich zu ihm. »Das ist eine wirklich gute Idee, Halen.«

»Schön«, knurrt Collin geschlagen. »Wir sind aber noch nicht fertig, Venice«, fügt er jedoch noch zähneknirschend hinzu. Den Schwachsinn kann er sich wohl einfach nicht verkneifen.

Nun bin ich es, die einen Schritt nach vorne macht. »Wir sind schon lange fertig miteinander«, zische ich ihm möglichst bedrohlich zu. Er soll nicht meinen, dass er auf mir herumtreten kann, wie er will und ich irgendwann nachgeben würde. Denn das wird definitiv nicht passieren.

Collin mustert mich noch einmal abschätzig, sieht dann nacheinander die anderen drei an und geht dann ein paar Schritte rückwärts, so als hätte er eingesehen, dass er hier nicht gewinnen kann. »Das in dem Café habe ich übrigens auch noch nicht vergessen.«

Ich zucke gespielt gelassen mit den Schultern, obwohl ich auf hundertachtzig bin. »Das habe ich auch nicht erwartet.«

»Das wirst du noch bereuen«, versichert er mir, kommt dabei aber nicht sehr überzeugend oder bedrohlich rüber, sondern eher lächerlich. Sein Gesicht ist vor Wut verzerrt, ernst nehmen tue ich ihn allerdings nicht. Das hat er sich mit seinem Verhalten selbst verbaut.

»Wenn du meinst«, sage ich und schenke ihm ein künstliches Lächeln.

Mit einem letzten Schnauben in meine Richtung dreht Collin sich endlich um und entfernt sich. Wurde ja auch Zeit. Ich weiß nämlich nicht, wie lange ich es in seiner Gegenwart noch ausgehalten hätte, ohne ihm an die Gurgel zu gehen.

»Du bist ja schon ein bisschen hinterhältig, Venice«, meldet Halen sich lachend zu Wort. Ich glaube, ich weiß, worauf er hinauswill.

Mit einem breiten unschuldigen Lächeln drehe ich mich zu Halen. »Ich habe keine Ahnung, was du damit meinst.«

»Also warst du gestern nicht zufällig an der Sache im Café beteiligt?«

»Du musst mich da wohl mit jemandem verwechseln, denn ich habe keinen blassen Schimmer, wovon du da gerade sprichst«, grinse ich ihn unschuldig an.

Halen schmunzelt. »Natürlich nicht.«

KAPITEL 15

Halen

Nachdem Venice und ich uns an einem der Parkplätze der Uni getrennt haben, um zu unseren jeweiligen Kursen zu gehen, mache ich mich auf den Weg zu der Litfaßsäule, die mit allerlei Werbung von Clubs der Universität oder irgendwelcher Firmen vollgekleistert ist, um Sid und Avery zu treffen.

Und gerade als Avery, Sid und ich die Treppen zum Gebäude hochgehen wollen, entdecke ich Venice ein paar Meter weiter mit einem Mann und einer Frau und kann den Blick nicht von ihr abwenden. Als sie mein Lächeln erwidert, könnte ich schwören, dass mein Herz ein wenig schneller klopft.

Was auch immer das ist, ich habe sie jetzt schon gerne und das, obwohl wir uns bisher nur drei Mal begegnet sind. Plötzlich stößt der Typ vom Parkplatz zu ihrer Gruppe dazu, baut sich bedrohlich vor ihr auf und staucht sie so laut zusammen, dass ein paar Gesprächsfetzen sogar bis zu uns dringen. Venice bietet ihm die Stirn, das zeigen ihr wutverzerrter Gesichtsausdruck und die angespannte Haltung nur allzu deutlich. Dass es ihr außerdem höchst unangenehm ist, steht außer Frage. Ich hoffe nur, sie wird mir nicht den Kopf abreißen, dafür, dass ich mich gleich einmischen werde.

Ich kann das einfach nicht mitansehen.

»Geht ruhig schon vor«, richte ich mich an meine Freunde, ohne meine Aufmerksamkeit von der aktuellen Situation zu nehmen, um sicherzugehen, dass es sich nicht noch verschärft. »Ich muss noch kurz etwas klären.«

»Verstehe.« Sid blickt in die gleiche Richtung wie ich. »Nachher wollen wir dann aber alles wissen.«

Ich nicke zustimmend, da ich ihnen sowieso nichts abschlagen kann. »Gut, ich melde mich.« Es sieht so aus, als würde sich der Streit gerade noch mehr zuspitzen. Und der Kerl macht nicht den Eindruck, als hätte er vor, zu verschwinden. Er ist mir bereits unsympathisch, bevor wir auch nur ein Wort miteinander gewechselt haben.

Wow, das schaffen echt nicht viele. Ich eile mit großen Schritten über den Campus, muss zwar einigen Studenten ausweichen, aber ich lasse Venice nicht aus den Augen.

Was ich beim Näherkommen immer deutlicher aus dem Mund des Arschlochs, anders kann man ihn gar nicht beschreiben, höre, lässt mich eine noch größere Abneigung gegen ihn entwickeln und die Hände aufgebracht zu Fäusten ballen.

Was denkt er eigentlich, wer er ist, dass er in diesem respektlosen, herablassenden Ton mit ihr spricht? Ich kann mir einfach nicht vorstellen, dass Venice etwas getan hat, was das rechtfertigen soll.

Endlich komme ich bei der Gruppe an und dränge mich direkt neben Venice. Das Arschloch ist gerade voll in Fahrt: »Lügst du inzwischen schon so viel, dass du deine Lügen selbst glaubst? Fühlst du dich damit besser?«

»Und selbst wenn es so wäre. Was kümmert es dich?«, grätsche ich dazwischen.

Dass ihm mein Auftauchen gar nicht passt, ist mir schon klar, bevor er mir entgegen speit, dass ich mich raushalten soll. Ich lasse mich nicht von seinen Worten beeindrucken.

»Weißt du, das sieht gerade nicht wirklich gut für dich aus, Kumpel. Und falls du auch nur etwas Verstand hast, was gerade nicht sehr danach aussieht, um es höflich zu sagen, müsstest du dies auch erkennen. Also wieso lässt du es nicht gut sein und verschwindest? Wäre das nicht eine gute Idee? Was sagst du dazu, Venice?« Während ich spreche, sehe ich zu, wie der Zorn in seinem Gesicht immer mehr auflodert. Seine Augenbrauen ziehen sich weiter zusammen, die Falten auf seiner Stirn vertiefen sich und er mahlt angespannt mit dem Kiefer. Letzteres erst recht dann, als Venice mir zustimmt, ihre Schultern strafft und ihn finster anstarrt. Wenn Blicke töten könnten, wäre er spätestens jetzt erledigt.

Notiz an mich selbst, ich sollte mich niemals mit ihr anlegen.

Und er zieht sich tatsächlich zurück, lässt es sich aber selbstverständlich nicht nehmen, noch mal Drohungen auszusprechen, die sowieso niemand außer er selbst ernst zu nehmen scheint.

»Du bist ja schon ein bisschen hinterhältig, Venice«, meine ich amüsiert, als ich verstehe, was es mit der Geschichte im Café auf sich hat.

Sie schenkt mir daraufhin ein umwerfendes Lächeln. »Ich habe keine Ahnung, was du damit meinst.«

»Also warst du gestern nicht zufällig an der Sache im Café beteiligt?«, bohre ich weiter.

Venice grinst daraufhin hinterhältig. »Du musst mich da wohl mit jemandem verwechseln, denn ich habe keinen blassen Schimmer, wovon du da gerade sprichst.«

Ich kann nicht anders, als zu schmunzeln. »Natürlich nicht.«

Neben uns erklingt ein Räuspern.

»Oh, sorry«, wendet Venice sich eilig von mir ab und sieht die anderen beiden entschuldigend an. »Ich habe euch noch gar nicht vorgestellt. Das ist Halen, mein neuer Nachbar.« Dann sieht sie mich an und deutet abwechselnd auf ihre Freunde. »Und das sind Elliot und Stella.«

»Hey.« Ich nicke ihnen freundlich zu, was sie erwidern.

Venice spielt mit einer ihrer Haarsträhnen, wobei sie verlegen zu Boden schaut. »Danke euch für die Hilfe gerade eben.«

»Ist doch klar«, erwidere ich und mustere sie besorgt, weil es ihr sehr nahezugehen scheint. Was absolut verständlich ist, wenn man bedenkt, was da eben abgegangen ist. Dass sie sich in der Gegenwart dieses Typen jedoch nicht hat kleinkriegen lassen, beweist ihre Stärke. Ich bin mir sicher, dass sie es auch allein geschafft hätte, ihn in die Flucht zu schlagen. Aber manchmal ist zusätzliche Unterstützung gar nicht so schlecht. »Wenn irgendwas ist, kannst du gerne zu mir kommen«, biete ich Venice an, ohne wirklich darüber nachzudenken, dass es eventuell schräg sein könnte.

Keine Ahnung, irgendwie fühlt es sich an, als würden wir uns bereits besser kennen und eine gewisse Verbindung haben. *Okaaay, also das klingt definitiv seltsam.* Ich spreche keinen meiner Gedanken aus, bevor Venice mich doch für total bescheuert hält und vor mir flüchtet.

Sie hebt einen Mundwinkel. »Danke dir.«

»Ich biete meine Dienste übrigens auch an. Egal, ob du einfach nur reden möchtest oder ihn fertig machen willst. Alles, was du willst, okay?«, kommt es von Stella und die Ernsthaftigkeit ihrer Stimme lässt mich nicht im Geringsten an ihren Worten zweifeln. Die richtigen Freunde hat Venice jedenfalls.

Venice geht einen Schritt auf sie zu und schließt die Arme um ihre Freundin, die die Umarmung sofort erwidert und den Kopf auf Venice' Schulter ablegt.

Ich kann ein heiseres »Danke« hören, was erahnen lässt, wie sehr ihr die Auseinandersetzung zugesetzt hat.

Als die beiden sich wieder voneinander lösen, trägt Venice ein bitteres Lächeln auf den Lippen und ich kann meinen Blick nicht von ihr lösen, weil ich ihre Stärke bewundere.

Venice erwischt mich beim Starren, quittiert dies aber bloß mit einem kurzen Zucken der Mundwinkel, was mich erwischt räuspern lässt. Mit der rechten Hand fahre ich mir verlegen über den Hinterkopf. »Ich muss dann mal los zu meinem Kurs.«

Venice weitet erschrocken ihre Augen. »Scheiße, da war ja was. Wir sollten wohl auch besser los.«

»Also … bis dann.« Ich winke kurz zum Abschied.

»Man sieht sich«, kommt es von Elliot, während Stella mir bloß zunickt und ihr Handy checkt.

»Danke noch mal«, sagt Venice sanft. »Du hast etwas gut bei mir.«

»Kein Ding, wirklich.« Ich lächele ihr aufmunternd zu und mache mich anschließend wieder auf den Weg zu meiner Vorlesung. Unterwegs werfe ich noch einen Blick über die Schulter zurück und bemerke, dass Venice mich aufmerksam beobachtet.

Jetzt steht es wohl endgültig fest, ich muss sie unbedingt besser kennenlernen, denn sie fasziniert mich viel zu sehr, um von ihr abzulassen.

Ich schmunzele. Als hätte ich mir das nicht schon seit der ersten Begegnung in den Kopf gesetzt.

KAPITEL 16

Venice

»Hast du Lust auf Pizza?«, frage ich Davina, die gerade durch die Wohnungstür kommt.

Sie stellt ihre große Tasche auf dem Esstisch ab, sieht mich an und seufzt. »Lust ja, Zeit nein. Ich habe Lilly letzte Woche versprochen, dass ich heute Abend vorbeikomme und ihr helfe, die letzten Sachen aus ihrer Wohnung zu räumen.«

»Und du hast bis dahin wirklich keine Zeit für eine Pizza?«, frage ich hoffnungsvoll von der Couch aus und ziehe einen Schmollmund. »Die brauchen zum Liefern bestimmt nicht länger als eine halbe Stunde.«

»Leider nein«, werde ich enttäuscht. »Ich muss in einer guten Viertelstunde wieder los. Im Blumenladen war heute die Hölle los. Dabei haben wir noch nicht mal Valentinstag oder irgendeinen Feiertag.«

»Wenn du mal Hilfe im Laden brauchst, sag ruhig Bescheid. Ich fühle mich nämlich schon ein bisschen schlecht, dass ich keine Miete zahle.« Davina will einfach nicht, dass ich einen Teil zur Miete beitrage, jetzt, wo ich hier bei ihr wohne. Wenn ich ihr im Laden helfen würde, würde das mein schlechtes Gewissen besänftigen und sie müsste auch niemand Neues einstellen. Mich würde sie ja dann nicht direkt bezahlen, sondern das Geld für die Miete nehmen.

»Wenn du zwischendurch mal vorbeikommen könntest, wäre das nicht schlecht, wenn ich ehrlich bin«, überlegt sie und sieht seufzend über die Schulter zur Uhr neben der Haustür. »Ich bin momentan nämlich etwas überlastet.«

Davina hat die Arbeit, die ihr ihr eigener kleiner Blumenladen macht, eindeutig unterschätzt, als sie ihn eröffnet hat. Trotzdem will sie nicht gleich alles hinschmeißen, denn es war schon als Kind ihr Traum, einen solchen zu besitzen. Wahrscheinlich will sie sich selbst irgendwie auch beweisen, dass sie es kann. Daran zweifele ich übrigens nicht im Geringsten, sie hingegen manchmal umso mehr, obwohl sie in allen anderen Dingen sonst immer so selbstbewusst ist.

»Klar, sag mir einfach, wann.« Ich bin froh darüber, dass sie mein Angebot annimmt.

»Danke dir.« Sie lächelt mich an, läuft an mir vorbei und verschwindet in ihrem Zimmer.

Wenn Davina keine Pizza will, gibt es wohl auch keine für mich, da der Lieferservice für den Betrag noch nicht liefert. Es sei denn, ich bestelle einfach zwei. Die würde ich dann aber sehr wahrscheinlich nicht schaffen. Andererseits könnte ich die übrig gebliebenen Stücke morgen zum Frühstück essen.

Oder ich könnte …

Von meiner Idee überzeugt, springe ich von der Couch auf. »Davina, ich bin mal kurz weg«, rufe ich meiner Cousine zu. Bevor ich es mir anders überlegen kann, verlasse ich eilig die Wohnung, dieses Mal mit Schlüssel. Noch einmal mache ich diesen Fehler garantiert nicht. Zusätzlich habe ich auch die Tür sperrangelweit offen gelassen, nur um ganz sicher zu sein.

Gut gelaunt klopfe ich an Halens Tür und als sie geöffnet wird, plappere ich drauf los. »Hast du Lust auf Pizza?«

Halen blickt mir verwirrt entgegen, als er die Tür vollständig öffnet. »Dir auch einen schönen Abend«, erwidert er.

Essen, Halen, Essen. »Ja oder Nein?« Abwartend stemme ich mein Gewicht auf das eine Bein und tippe mit dem Fuß auf den Boden.

Ein freches Grinsen tritt auf seine Lippen. »Und was ist, wenn ich jetzt mit Nein antworte?«

»Ganz dünnes Eis, Halen.«

»Ach ja?«, treibt er es weiter.

»Gut, dann nicht«, beschließe ich und zucke mit den Schultern, da er ja scheinbar darauf aus ist, seine Antwort herauszuzögern.

Dann heißt es wohl zwei Pizzen für mich.

Gerade als ich wieder in Davinas und meine Wohnung hinein-huschen will, hält Halen mich mit einem Räuspern auf. »Zu Pizza kann ich einfach nicht Nein sagen.«

»Zu Pizza oder zu mir?« Ich drehe mich rasch zu ihm herum und könnte mir mit der flachen Hand gegen die Stirn schlagen, weil so was Dämliches mal wieder meinen Mund verlassen hat.

»Du bist ja gar nicht eingebildet«, lacht Halen, ehe er seinen Schlüssel von der Kommode neben dem Eingang holt, die Tür hinter sich ins Schloss zieht und mir in die Wohnung und schließ-lich zur Küche folgt.

»Ich doch nicht«, winke ich grinsend ab, während ich in den Schränken der Küche nach der Karte vom Lieferservice suche. Hier muss doch irgendwo eine blöde Karte sein. »Davina!«

»Venice!«, kommt es keine drei Sekunden später mindestens genauso laut aus Davinas Zimmer.

»Wo sind die Karten vom Lieferdienst?«

»Schublade!«

»Welche?«

»Küche!« Das ist doch jetzt nicht ihr Ernst.

»Und in welcher von den vielen?«, führe ich unsere schreiende Unterhaltung weiter. Die Zimmertür wird geöffnet und meine Cousine kommt gestresst aus ihrem Zimmer gerannt, grüßt Halen flüchtig und reißt in der Küche eine Schublade nach der anderen auf, nur um diese dann wieder schwungvoll zuzuknallen.

»Hier!« Triumphierend hält sie einen Stapel Karten in die Höhe. »Wusste ich es doch.«

»Du hast gerade alle Schubladen durchsucht«, wirft Halen belustigt ein, was dazu führt, dass ich mir ein lautes Lachen verkneifen muss.

»Sei doch still, Halen«, gibt Davina genervt von sich, ehe sie dann einen Moment lang innehält und plötzlich glucksend zwischen Halen und mir hin und herblickt. »Wisst ihr, dass ihr echt gut zusammenpassen würdet? Ihr seid beide gleich gemein und nervig. Habt ihr schon darüber nachgedacht?«

Fast verschlucke ich mich an meiner eigenen Spucke. Ich wage es nicht, in Halens Richtung zu sehen, obwohl es mich irgendwie auch interessiert, wie er auf die Äußerung von Davina reagiert. Er sagt zumindest nichts.

»Jetzt chillt mal. Ich mache doch nur Spaß.« Sie mustert uns amüsiert, dann wendet sie sich von uns ab, um zurück in ihr Zimmer zu gehen. »Aber tut heute Abend trotzdem nichts, was ich nicht auch tun würde«, zwitschert sie unterwegs vergnügt, ehe ihre Zimmertür schwungvoll ins Schloss fällt.

Das macht es nicht besser, Davina. Denn es gibt nicht viel, was sie nicht machen würde.

KAPITEL 17

Venice

»Darf ich dich was fragen?«, erkundigt sich Halen vorsichtig und blickt interessiert von seinem Platz auf der Couch zu mir herüber.

Ich habe mich neben ihm im Schneidersitz platziert und mich ihm zugewendet, während er ein Bein auf die Polster gezogen hat und das andere lässig herunterhängt. Den rechten Arm hält er ruhig auf der Rückenlehne. Wenn er sich nur ein wenig vorbeugen und die Hand zur Seite schieben würde, würde er problemlos meine Schulter berühren können. Mein Blick ist schon öfter, als ich zugeben will, an seiner Hand, seinem Finger, der hin und wieder auf das Polster tippt, hängen geblieben.

»Du kannst mich alles fragen, was du willst«, erwidere ich, ohne auch nur einen Moment lang zu zögern.

Halen hebt belustigt eine Augenbraue. »Das ist aber ein ziemlich großzügiges Angebot.«

»Was soll ich sagen, ich bin halt großzügig. Und außerdem charmant, lustig, gutaussehend, überaus freundlich, sehr ...« *Gott, Venice was gibst du eigentlich von dir?* Manchmal sollte ich eventuell einfach die Klappe halten.

Doch Halen lacht amüsiert über meine Aussage und schüttelt den Kopf.

»Du hast tollpatschig, ungeschickt, rechthaberisch und vergesslich vergessen«, ergänzt er.

Ich verschränke die Arme vor der Brust und blicke ihm gespielt trotzig entgegen. »Hey, das war gemein.«

»Nein, nur ehrlich«, korrigiert er mich. »Mag sein, dass das unfreundlich klingt, aber ich habe nicht gesagt, dass diese Dinge nur negativ gemeint sind.«

Ich ziehe erstaunt die Stirn kraus. »Nicht?«

»Außerdem habe ich auch nicht gesagt, dass du mit deiner Beschreibung falsch liegst.«

Die Falten in meiner Stirn vertiefen sich. Er würde mir in diesen Dingen also nicht widersprechen, habe ich das richtig verstanden? Aber was würde er dann? Zustimmen?

»Du kennst mich doch gar nicht.« Wie soll er sich denn sicher sein, wie ich ticke, wenn wir uns erst drei Tage kennen? Es waren zwar lange und ereignisreiche Stunden, aber trotzdem ist kaum Zeit vergangen. Das ist quasi nichts, wenn man bedenkt, dass ein Leben aus verdammt vielen Tagen besteht.

»Fühlt sich aber irgendwie anders an.«

Ein Teil von mir weiß ganz genau, was er meint, denn es kommt mir vor, als würden wir uns schon viel länger kennen.

Andererseits ist da der Teil, der mir sagt, dass es in so einer kurzen Zeit kaum möglich ist, zu behaupten, wir würden uns gut kennen. Ob er das auch so sieht?

»Ich wollte aber eigentlich über etwas anderes mit dir sprechen«, wechselt Halen nun auf einmal das Thema, bevor ich weiter nachhaken und meine Gedanken mit ihm teilen kann.

Gespannt sehe ich ihn an. »Und das wäre?«

»Das ...« Ein Klingeln an der Haustür unterbricht ihn.

Verdammt, jetzt bin ich aber doch ziemlich neugierig.

»Das wird unsere Pizza sein«, stelle ich mit einem Blick auf die

Uhr fest und erhebe mich von der Couch, um zur Tür zu gehen und den Türöffner zu drücken.

Ungeduldig warte ich darauf, dass der Lieferant hier oben ankommt, was, wie ich selbst bereits feststellen musste, etwas dauern kann. *Grüße gehen raus an den lieben Fahrstuhlmonteur, der niemals aufzutauchen scheint.*

Nach einer Weile kommt ein Mädchen mit den Pizzen schnaufend die Treppen hoch. *Ha, nicht nur ich habe so eine schlechte Ausdauer!*

»Das macht dann zwölf Dollar.« Sie hält mir zwei Kartons entgegen, die ich annehme und auf dem Boden abstelle, ehe ich das Geld passend aus meinem Portemonnaie nehme. Währenddessen nimmt sie sich scheinbar Zeit, um sich im forderen Bereich der Wohnung umzusehen, denn das Nächste, was sie sagt, ist: »Oh, hey, Halen!«

Ich nehme meinen Blick von dem Geld und sehe wieder hoch. *Hey, Halen? Warte, was?*

Wie kann es eigentlich sein, dass gefühlt jeder ihn kennt? Jeder, nur ich nicht?

Vor allem sind wir uns nie über den Weg gelaufen, als ich hier zu Besuch war und haben uns auch nie auf dem Campus gesehen. Und jetzt begegnen wir uns auf einmal genau an diesen Orten. Vielleicht sind wir uns ja auch schon einmal begegnet, wissen es aber nur nicht mehr. Bevor ich hier eingezogen bin, hatte ich schließlich nur Augen für Collin. Doch die Zeiten haben sich geändert. Jetzt würde ich sie mir am liebsten auskratzen, wenn ich ihn länger als eine Minute ansehen muss.

»Hey, Cassandra«, kommt es nun auch vom Sofa, was mich dazu veranlasst, ein paar Mal zwischen den beiden hin und herzuschauen. Nachdem die Pizzen bezahlt sind und sich Cassandra und Halen mit einem kurzen Kopfnicken verabschiedet haben, gehe ich zurück zu ihm auf die Couch und reiche ihm einen der Kartons.

»Sie ist eine Freundin meiner Schwester«, meldet Halen sich zu Wort, als ich gerade in das erste Stück Pizza beiße.

»Hm?«, erwidere ich irritiert und blicke von meinem Essen zu Halen.

»Cassandra«, antwortet er mir. »Sie ist eine Kindheitsfreundin meiner Schwester.«

»Und warum erzählst du mir das?« Er kann ja nicht wissen, dass es mich schon irgendwie interessiert, woher sie sich kennen. Obwohl man mir dank meiner mangelnden Gesichtskontrolle meine Neugier vermutlich einfach so ansehen kann.

Halens Mundwinkel wandern nach oben. »Nur so. Ich dachte, ich erwähne es mal.« Verdammt, ich habe es bestimmt laut ausgesprochen.

»Wolltest du mich nicht eigentlich etwas fragen?«, erinnere ich ihn und lenke so auch erfolgreich vom Thema ab.

»Ja, wollte ich«, fängt er langsam an und räuspert sich, ehe er sich aufrecht hinsetzt und mich einen kurzen Moment mit einem Ausdruck mustert, den ich nicht ganz deuten kann. »Ich wollte mit dir über die Sache auf dem Campus sprechen.«

Ich seufze, da mir klar wird, worauf dieses Gespräch hinauslaufen wird.

»Also, wenn das okay für dich ist«, fügt Halen eilig hinzu, bevor ich überhaupt die Chance habe, etwas zu sagen. Mein Seufzen war wohl eindeutig.

Ich werde vermutlich nun auch nicht darum herumkommen, über den Kuss auf dem Parkplatz zu reden. Und ich hatte eigentlich gehofft, dass wir darüber nie wieder ein Wort verlieren. Falsch gedacht. Jetzt war wohl der Zeitpunkt gekommen, an dem ich mich erklären muss.

»Das auf dem Campus, du kannst es dir vermutlich schon denken, war mein Ex. Collin.«

Halen sieht mich aufmerksam an. Er hat seine Pizza noch nicht angerührt. »Was ist passiert?«

»Er hat mich betrogen.«

»Scheiße.«

»Allerdings«, stimme ich zu und merke, wie sich die Frustration, die dem Collin-Debakel zu verdanken ist, in mir ausbreitet. »Es wird aber noch besser.«

»Ich bin ganz Ohr.«

Mir entweicht ein Schnauben. »Er hat mich mit meiner Schwester betrogen.« »Autsch.« Ja, das trifft es wirklich gut.

»Weißt du, was das Traurige ist? Mich wundert es nicht einmal, dass meine Schwester das getan hat. Aber Collin habe ich vertraut und dann zieht er so was ab«, sage ich, während ich den Pizzakarton auf den Couchtisch stelle. Mir ist der Appetit vergangen. »Und dann ist er auch noch der festen Überzeugung, dass es meine Schuld ist. Wie kann man denn so bescheuert sein? Ich bitte dich, wie tief kann man sinken …« Ich halte inne und sehe auf meine Hände, als mir etwas klar wird.

Halen merkt, dass etwas nicht stimmt und legt vorsichtig seine Hand auf mein Knie, was dazu führt, dass ich ihn anschaue und seinem eindringlichen Blick begegne. »Du musst nicht weiterreden, wenn du nicht willst, Venice. Ich hätte dich nicht danach fragen sollen. Das geht mich nichts an. Tut mir leid.«

Ich halte seinem Blick stand. »Das ist es nicht. Mir ist nur gerade klar geworden, dass ich es bin, die so tief gesunken ist«, gebe ich zu. »Ich verachte ihn dafür, was er getan hat. Ich bin enttäuscht und sauer und verletzt, aber … da ist tatsächlich ein Teil in mir … da ist ein wirklich winziger Teil von mir, der ihm nachtrauert. Obwohl er mich belogen und verraten hat und der größte Arsch überhaupt ist. Was ist denn falsch mit mir?«

»Hey, sag das nicht«, erwidert Halen. »Mit dir ist rein gar nichts falsch, Venice.«

Ich atme frustriert aus. »Muss es aber sein. Wie kann ich denn auch nur einen weiteren Gedanken an ihn verschwenden?«

Halens Blick wird sanft. »Das ist völlig normal, dass du ihm auch irgendwie nachtrauerst. Ja, was er getan hat, geht gar nicht, aber ihr habt auch bestimmt schöne Momente zusammen gehabt. Ich bezweifle, dass so jemand wie du sonst mit jemandem wie ihm zusammen gewesen wäre, wenn es die nicht gegeben hätte.« So jemand wie ich? »Es ist also okay, dass dieser kleine Teil von dir traurig darüber ist, dass das vorbei ist.«

Unruhig kaue ich auf meiner Unterlippe herum. »Und geht das auch wieder weg?«

»Ja, es wird weggehen, aber das braucht Zeit. Manchmal mehr, manchmal weniger«, bekomme ich die Antwort, auf die ich gehofft habe.

»Ich habe übrigens von der Sache erfahren und dich keine drei Minuten später geküsst«, beichte ich und knete nun nervös meine Hände. Gerade kann ich einfach nicht still sitzen bleiben.

Aber Halen wirkt weder sauer noch nachtragend, sondern mustert mich bloß mit einem sanften Blick. »Sicherlich hätte jeder in deiner Situation eine Kurzschlussreaktion gehabt.« Das vielleicht, nur vermutlich keine solch übergeschnappte wie ich.

Ich glaube, für die Sache habe ich mich zudem noch nicht bei ihm entschuldigt. »Tut mir übrigens leid, dass ich das einfach getan habe.«

Halens Antwort überrascht mich und sorgt dafür, dass Collin aus meinem Kopf verdrängt wird. »Um ehrlich zu sein, hatte ich nichts dagegen einzuwenden.«

Ich halte in meiner Bewegung inne, starre ihn einen Moment lang einfach nur an und lasse das Funkeln in seinen Augen und das schräge Grinsen mit dem kleinen Grübchen auf der rechten Seite auf mich wirken. Mein Herz pocht aufgeregt in meiner Brust.

»Ich würde dich gerne noch etwas fragen«, fährt er mit rauer Stimme fort. »Das wollte ich eigentlich schon direkt nach dem Kuss.«

Ich kann mich nicht zum Sprechen überwinden und nicke nur überfordert.

»Hast du vor dem Kuss zufällig einen Pfirsich gegessen?«

Ich finde meine Stimme wieder, obwohl mich seine Frage etwas überrumpelt. »Wie bitte?« Wie kommt er jetzt ausgerechnet darauf?

»Ob du vorher einen Pfirsich gegessen hast?«, wiederholt er seine Frage, wobei er amüsiert schmunzelt und mich erwartungsvoll anschaut. »Ich hatte danach nämlich die ganze Zeit den Geschmack von Pfirsichen auf den Lippen.«

Meine Wangen werden warm und ich bin mir ziemlich sicher, dass ich mal wieder rot werde. »Das war dann wohl mein Labello.« Den Labello trage ich auch jetzt.

Ich sehe unbewusst auf seine Lippen herab, da er das Gespräch in diese Richtung lenkt und sich der Gedanke in meinem Kopf formt, dass ich ihn gerne noch mal küssen möchte. Als mir das klar wird, reiße ich mich augenblicklich wieder von seinen Lippen los.

Halen scheint meinen kurzen Aussetzer nicht bemerkt zu haben, denn er nickt bloß verstehend. »Okay, wenn das dann jetzt geklärt ist, gibt es noch eine Sache, die ich gerne ansprechen würde. Nur um sicherzugehen.«

»Und das wäre?«, hake ich interessiert nach.

Was mag wohl jetzt noch kommen?

Ein breites Grinsen erscheint auf seinen Lippen. »Machst du das eigentlich hobbymäßig?«

»Was?«, will ich wissen, weil ich gerade keine Ahnung habe, was genau er damit meint.

»Fremde küssen.«

KAPITEL 18

Venice

Die letzten beiden Wochen verliefen wie im Flug und ziemlich unspektakulär. Ich habe gelernt, Davina im Laden geholfen, Halen genervt, wenn mir langweilig war, und mich ziemlich ungesund ernährt. Die ganze Zeit bin ich weder Collin noch meiner Schwester über den Weg gelaufen.

»Wenn diese blöde Kuh auch nur ein falsches Wort sagt, kann sie was erleben!« Davina zieht sich eins ihrer Sommerkleider an, schüttelt den Kopf, zieht es aus und wirft das Kleid dann achtlos nach hinten, sodass es neben mir auf dem Boden landet. »Alyssa sagt doch immer etwas Falsches. Irgendwie fehlt ihr nämlich die wichtige Fähigkeit zu erkennen, wann etwas angebracht ist und wann nicht«, erwidere ich, ehe ich mich wieder näher an den Spiegel lehne und versuche, meinen Lidstrich, der etwas misslungen ist, zu retten. Während der auf der rechten Seite fast immer nahezu perfekt ist, will mir der linke Lidstrich einfach nie gelingen.

»Und mit so einer sind wir verwandt«, murmelt meine Cousine kopfschüttelnd. »Also irgendwie mag ich keins dieser Kleider mehr.«

Da ich noch immer im Schneidersitz auf dem Boden vor ihrem Spiegel sitze, blicke ich sie dadurch erwartungsvoll an. »Also ich finde die superschön.« Einen Versuch ist es immerhin wert. Ich konnte schon mehr als einmal ein aussortiertes Kleidungsstück von meiner Cousine ergattern.

Davina sieht abwechselnd zwischen ihren Kleidern im Schrank und mir hin und her. Dann nimmt sie eins nach dem anderen heraus und lässt alle Kleider zu den bereits auf dem Boden liegenden neben mir fallen. »Hier, nimm, du kleine Schnorrerin.«

Breit grinse ich sie an und ziehe ein paar der Kleider zu mir heran, um sie näher zu betrachten. »Vielen lieben Dank.«

Sie verdreht die Augen und wendet sich wieder ihrem Kleiderschrank zu. »Jaja, dafür musst du mir aber hin und wieder deinen schwarzen Jumpsuit leihen.«

Ich nicke begeistert. Den mag ich sowieso nicht mehr. »Gebongt.«

Keine Stunde später stehen wir am Vormittag vor meinem Elternhaus.

Alyssas Auto steht bereits davor. Ganz toll. Ich freue mich ja so was von.

»Die traut sich aber was, hier nach dem Drama auch noch aufzutauchen«, kommentiert Davina unsere Entdeckung missmutig.

»Lass uns direkt in den Garten gehen«, schlage ich vor, woraufhin Davina mir nickend zustimmt und noch leise über Alyssa vor sich hin flucht. Auf dem Weg zum Gartentor laufen wir an dem weißen Hyundai Elantra meiner Schwester vorbei. Ihr Auto ist ihr ein und alles, den sie sich mit ihrem ersten Lohn ihres Jobs in der Werbeagentur und Dads Hilfe geholt hat. Ich hingegen habe den alten Wagen mit der ein oder anderen Schramme meiner Tante übernommen, da er sowieso größtenteils nur bei meinen Eltern in der Garage herumsteht. Beim Fahren bekomme ich immer so ein beklemmendes Gefühl in der Brust und schwitzige Hände, sodass sich ein hübscher Wagen sowieso nicht für mich lohnen würde.

Unterwegs kann ich es nicht lassen, wenigstens einen schnellen Blick hineinzuwerfen und halte prompt inne. Ich stutze, reibe mir mit den Handballen über die Augen, weil ich nicht fassen kann, was ich dort sehe. Liegt dort etwa Collins Jacke auf dem Beifahrersitz?

Schnaubend mache ich Davina auf meinen Fund aufmerksam. »Sie treffen sich also noch immer.«

»Dieses hinterhältige Miststück«, kommt auch schon die nächste laute Beschwerde von Davina.

»Da haben sich ja zwei gefunden«, sage ich, doch merke gleichzeitig, wie es mir einen Stich ins Herz versetzt.

Mit gestrafften Schultern und erhobenem Kopf, denn ich werde ihnen nicht die Genugtuung gönnen, dass mich dieser Umstand aus der Bahn wirft, laufe ich gemeinsam mit Davina zum Gartentor. Aufmunternd greift sie unterwegs kurz nach meiner Hand und drückt sie einmal kräftig, um mir zu zeigen, dass sie für mich da ist.

»Davina, Venice«, werden wir im Garten sofort von Tante Veronica, Davinas Mom, in Empfang genommen, während sie mit offenen Armen auf uns zukommt. »Ich dachte schon, ihr wollt mich mit dem Haufen alleine lassen.« Sie zieht uns beide gleichzeitig in eine Umarmung.

»Da fühle ich mich jetzt mal nicht angesprochen.« Meine Mom gesellt sich zu uns und wirft ihrer Schwägerin einen amüsierten Blick zu, als diese uns wieder aus ihren Armen lässt.

»Gut, du bist die Ausnahme, Maddy. Aber Gavin und dein lieber Ehemann gehen mir schon wieder gehörig auf den Zeiger.«

Auf Davinas Gesicht erscheint ein Grinsen. »Was hat Dad jetzt schon wieder angerichtet?«

»Die Frage ist eher, was hat er noch nicht angerichtet?«, erwidert Veronica und reibt sich die Schläfen.

»Ich weiß wirklich nicht, wem du ähnlicher bist, Davina. Weder optisch noch vom Charakter her«, schmunzle ich. Immer wenn ich denke, dass sie ihrem Vater ähnlicher ist, beweist ihre Mutter das Gegenteil.

»Vielleicht ist sie auch adoptiert«, wirft meine Tante ein.

»Mom!«, beschwert sich Davina und verdreht die Augen.

Veronica zuckt nur mit den Schultern. Die Belustigung in ihrem Gesicht ist aber nicht zu übersehen. »Ich wollte es ja nur mal erwähnen. Sieh dir doch mal Madelyn und Venice an.« Ich kann tatsächlich nicht leugnen, dass ich die Tochter meiner Mom bin. Das will ich allerdings auch gar nicht. Ich sehe mit den roten Haaren, den leichten Sommersprossen und der hellen Haut wie eine jüngere Kopie von ihr aus. Sie könnte sogar als meine Schwester durchgehen, was das ein oder andere Mal bereits geschehen ist.

Mit einem gespielt finsteren Blick in Richtung ihrer Mutter, stolziert Davina an uns vorbei und verschwindet um die Ecke, wo man auch bereits die Stimmen vom Rest der Familie wahrnehmen kann.

Mom beugt sich ein Stückchen zu mir, während wir meiner Cousine langsam folgen. »Könnten wir uns nachher vielleicht ganz kurz unterhalten, wenn wir ungestört sind?«

Irritiert nicke ich. »Bin ich in irgendwelchen Schwierigkeiten?«

»Nein, eigentlich nicht. Na ja, wenn wir mal davon absehen, dass ein Vögelchen mir gezwitschert hat, dass du jetzt bei Davina wohnst und deiner eigenen Mutter davon nichts erzählt hast.« Ein leichter Vorwurf schwingt in ihrer Stimme mit.

»Hab es wohl irgendwie vergessen, zu erwähnen«, gebe ich kleinlaut zu. »Ich wollte es dir noch sagen. Wirklich. Entschuldige.« Mir bleibt das nächste Wort im Hals stecken, als Alyssa mir plötzlich gegenübersteht, mich arrogant anlächelt und mir etwas entgegenhält. Nein, es ist nicht irgendwas, es ist mein einst geliebter Bademantel. Der, den sie sich einfach genommen hat und den ich eigentlich längst verbrennen wollte.

Was läuft nur falsch bei ihr? Hasst sie mich wirklich so sehr, dass sie mir ihre Überlegenheit bei jeder Gelegenheit unter die Nase reiben muss? Ich habe nie Hass für Alyssa empfunden und auch nie verstanden, wie man seiner eigenen Schwester gegenüber zu solch einer negativen Emotion fähig ist.

Doch mittlerweile spüre ich es auch.

»Den wollte ich dir nur wiedergeben.« Falscher kann ein Lächeln gar nicht sein. »Er ist auch gewaschen.« Sie sieht sich nach unseren Familienmitgliedern um, die sich inzwischen von uns entfernt haben und in eigene Gespräche vertieft sind. Als sie sich sicher ist, dass uns keiner hört, senkt sie ihre Stimme. »Ich wusste nicht, wie empfindlich du bist, dass ich den getragen habe, nachdem Collin und ich …«

Ehe sie auch nur ein weiteres Wort sagen kann, lasse ich sie einfach stehen, bevor es noch unschön wird. Für sie und mich. Hätte sie weitergesprochen, hätte ich nicht gewusst, wie ich reagiert hätte, denn die Wut auf ihr beschissenes Benehmen ist kurz davor, die Oberhand zu erlangen. In mir brodelt es. Es ist nur noch eine Frage der Zeit, bis es überkocht.

Ich blicke mich suchend im Garten nach einer Person um, die mich vor meiner Schwester retten kann. Wie kann es sein, dass ausgerechnet jetzt alle nach drinnen verschwunden sind? Ich meine, wir wollen hier draußen essen und alle sind im Haus? Ich habe die leise Vermutung, dass die Zeit ohne *Zwischenfälle* jetzt endgültig vorbei ist, da Alyssa eindeutig beschlossen hat, mir erneut den Tag zu versauen. Und ich habe gerade angefangen, die kleine Pause von dem aktuellen Chaos in meinem Leben wirklich in vollen Zügen zu genießen. Dass ich mit meiner Annahme richtig liege, bestätigt sich mir, als sich plötzlich, wie aus dem Nichts, eine große Hand auf meine Taille legt und raue Lippen meine Wange berühren. »Hey, Babe.«

Und der Sturm fängt an, zu wüten.

KAPITEL 19

»N imm deine Finger von mir!«, fahre ich Collin energisch an und bringe eilig einen Sicherheitsabstand mit zwei großen Schritten zwischen uns. Er wagt es tatsächlich, herzukommen. Alyssa ist das eine, sie ist schließlich Teil dieser Familie, doch Collin hat hier absolut nichts zu suchen.

Collin hebt abwehrend die Hände, tritt ein paar Schritte zurück und lacht. »Schon gut, Venice. Ich habe die Hände ja weggenommen, siehst du?«

»Was zur Hölle tust du hier, Collin?«, frage ich gereizt.

»Ich habe ihn mitgebracht«, meldet sich meine Halbschwester zu Wort, wobei sie komischerweise den zickigen und arroganten Tonfall abgelegt hat und irgendwie ... reuevoll klingt.

Wie passt das denn zusammen?

Mein Blick schnellt zu Alyssa herum, die sich am Tisch niederlässt und sich etwas von dem Eistee in ihr Glas schüttet. »Du hast was?«

Sie zuckt nur mit den Schultern, sieht mir dabei nicht in die Augen. »Er stand auf einmal bei mir vor der Tür und wollte mit.«

»Er stand auf einmal vor deiner Tür?«, hinterfrage ich und füge dann, um sicherzugehen, hinzu: »Und er war nicht schon da oder ist vorbeigekommen, um noch mal mit dir zu schlafen? Und wem wolltet ihr dieses Mal helfen? Ist da noch eine Freundin, die denkt, sie könnte dir vertrauen, Collin?«

Er will antworten, doch ich fahre dazwischen. »Schlaft ihr noch miteinander?«

Ich schließe die Augen, während ich darauf warte, dass jemand etwas sagt. Will ich die Antwort überhaupt hören? Ganz ehrlich, ich weiß es nicht, aber dafür ist es jetzt eh zu spät.

Beide fangen daraufhin gleichzeitig an zu sprechen. »Ja.« »Nein.«

Wie bitte?

Das *Ja* kam von Collin und das *Nein* von Alyssa. Wobei Collins Antwort laut und bestimmt wirkt und Alyssas sich eher leise und auch verunsichert anhört. Wie soll ich diese vollkommen abweichenden Antworten und Reaktionen jetzt bitte wieder verstehen? Treffe ich sie einzeln an, ist ihr Benehmen fast identisch und nun, wo sie beide hier sind, wirkt Alyssa beinahe ... ja, wie soll ich das beschreiben? Es macht den Eindruck, als fühle sie sich nicht wohl in ihrer Haut.

»Wollt ihr mich eigentlich komplett verarschen?«, frage ich fassungslos und schaue zwischen den beiden hin und her. Collin steht noch immer ein paar Schritte von mir entfernt, während Alyssa weiterhin vom Tisch aus zu uns schaut. »Also, noch mehr, als ohnehin schon?«

»Nachdem wir uns in der Wohnung begegnet sind, ist nichts mehr passiert«, erklärt meine Schwester und wirft Collin, welcher auf meine Frage hin bloß schweigt, einen vorsichtigen Blick von der Seite aus zu.

Skeptisch hebe ich eine Augenbraue. »Und das soll ich dir jetzt glauben?« Und letztendlich würde es eh nichts an dem bereits Geschehenen ändern.

»Tu es oder lass es. Das ist deine Entscheidung«, erwidert sie und sieht auf ihr Glas. »Obwohl ich verstehen kann, wenn du es nicht tust.« Ich blinzele ein paar Mal. Das Letzte kommt so leise bei mir an, dass ich mir erst nicht sicher bin, ob ich es richtig verstanden oder mich einfach nur verhört habe.

Vermutlich Letzteres. Etwas anderes würde keinen Sinn ergeben. Nein, das würde es definitiv nicht.

»Venice, meine verlorene Tochter, ist endlich wieder aufgetaucht!« Dad kommt mit einem vergnügten Grinsen und einer übergroßen Schüssel voller Salat in den Händen in den Garten. Er nimmt die angespannte Atmosphäre, die in den letzten Minuten hier entstanden ist, gar nicht wahr, denn seine Gesichtszüge wirken völlig entspannt. Auch dann noch, als seine Augen hinter den Gläsern seiner Brille abwechselnd zu allen Anwesenden wandert. Keine Sorgenfalte findet sich in seinem Gesicht wieder, bloß die Lachfalten sind zu sehen, die sich bei ihm und auch bei Mom in den letzten Jahren immer mehr ausgeprägt haben.

Ich dagegen zwinge mich jetzt zu einem Lächeln, welches jedoch recht angespannt ausfällt. »Verlorene Tochter. Wir haben jeden Monat ein oder zwei Familientreffen, Dad.«

»Das ist aber kein Grund, sich dazwischen nicht bei uns zu melden, Töchterlein.« Alyssa steht abrupt auf und rennt regelrecht ins Haus hinein, während Davina ihr an der Tür ausweicht und dann in den Garten kommt. »Was ist denn mit der passiert?« Sie bemerkt Collin hinter mir und ihr Gesichtsausdruck verfinstert sich merklich. »Und was tust du hier?«

»Ich bin doch immer bei den Treffen dabei«, erwidert Collin unbeeindruckt und setzt sich an den Tisch.

Davina kneift die Augen zusammen. »Aber das war, bevor du ...«

»Dann sind ja jetzt alle da.« Veronica klatscht begeistert in die Hände, als sie nach draußen kommt.

Gleich nach meiner Tante Veronica treten schließlich Tante Jennifer und ihr Sohn Chase, der kaum älter ist als ich, ins Freie, was mich ein wenig überrascht, da sie nur selten dabei sind. Seit ihrem Umzug wohnen sie nämlich vier Stunden entfernt von uns allen.

»Was tut der denn hier?«, will nun auch Chase deutlich verärgert wissen. Davina hat ihn also eingeweiht. Einer weniger, dem ich das ganze Drama erklären muss. Nur die anderen wissen nichts davon. *Noch nicht.*

Mom und Gavin stoßen als letztes zu uns und auch Alyssa lässt sich wieder blicken. Dabei schaut meine Mom einmal kritisch durch die Runde. »Was steht ihr denn alle hier wie bestellt und nicht abgeholt? Los, setzt euch! Wir wollten doch essen.«

Wie verlangt, setzen wir uns alle. Chase und Davina nehmen schnell die Plätze neben mir ein, bevor Collin auch nur auf den Gedanken kommt, einen von ihnen für sich zu beanspruchen. Er rollt nur mit den Augen und lässt sich neben Alyssa fallen, die sich mir gegenüber niederlässt.

Nach und nach bedienen sich alle an den Speisen und füllen ihre Teller. Nur widerwillig belade ich meinen ebenfalls. Während wir essen, stochere ich lustlos darauf herum, während sich die anderen lautstark unterhalten. Jedoch habe ich keine Lust, mich einzubringen und konzentriere mich voll und ganz auf meinen viel zu vollen Teller mit dem Steak vom Grill und dem selbstgemachten Brot und Salat.

»Ich habe gehört, dass du jetzt bei Davina wohnst«, lenkt Jennifer auf einmal das Gespräch und die gesamte Aufmerksamkeit auf mich.

Das ist wohl der Punkt, an dem mir nichts anderes übrig bleibt, als den Kopf zu heben und zu nicken. »Allerdings.« Mehr würde ich am liebsten nicht antworten, aber das ist mir natürlich nicht vergönnt.

»Darf ich fragen, warum?« Nein, Jennifer, eigentlich nicht. So lieb ich sie ja habe, ist das eine Frage, die sie besser nicht gestellt hätte.

»Ja, Venice«, meint Collin gelassen und wagt es ernsthaft, mich hinterhältig anzugrinsen. »Wieso bist du bei mir ausgezogen?« Ganz dünnes Eis, Collin. Unter dem Tisch balle ich meine Hände zu Fäusten.

»Warum erzählst *du* uns denn nicht, was passiert ist?« Aus Chase' Mund hört sich das Gesagte mehr wie eine Drohung als eine Frage an.

Doch Collin lässt sich nicht aus der Fassung bringen. Warum noch mal war ich mit diesem Typen zusammen gewesen? Er gibt sich nun ganz anders als in unserer Beziehung.

»Ich hatte das Gefühl, dass Venice nicht ganz ehrlich in unserer Beziehung ist.« Das hat er jetzt nicht gesagt! »Als ich sie dann darauf angesprochen habe, ist sie völlig ausgetickt, hat vor meinen Augen jemanden geküsst und ist dann zu Davina gezogen.« Sobald er mit seiner Erzählung fertig ist, lodert die Wut in mir auf und ich öffne den Mund. »Du mieser, dreckiger, beschissener Lügner!«, schreie ich ihn an. Ich kann mich einfach nicht mehr zurückhalten. Irgendeiner am Tisch, ich glaube es ist Dad, zieht zischend die Luft ein und Veronica gibt ein erschrockenes Quieken von sich.

Provozierend hebt mein Ex eine Augenbraue. Oh, und dieses selbstgefällige Grinsen würde ich ihm am liebsten mit all meiner Kraft aus dem Gesicht schlagen. »Also, stimmt es etwa nicht, dass du diesem Kerl vor meinen Augen die Zunge in den Hals gesteckt hast?«

»Da war doch überhaupt keine Zunge im Spiel! Außerdem wäre das nicht passiert, wärst du nicht mit …«

»Venice«, zischt Alyssa mir zu. »Jetzt sei doch vernünftig und lass es gut sein.«

Ach, ich soll es gut sein lassen?! Jetzt, wo ich sie fast vor unserer Familie bloßgestellt habe?! Hätte Alyssa nicht mit Collin geschlafen und ihn zur Krönung heute mit hierhergebracht, würde das alles hier gerade doch überhaupt nicht passieren!

Lautes Gemurmel geht von den anderen am Tisch aus, als ich mich schwungvoll erhebe und der Stuhl nach hinten kippt. »Ich soll vernünftig sein?«, frage ich aufgebracht und mir entweicht ein leicht hysterisches Lachen. Die Wut hat jetzt endgültig die Kontrolle über mich.

»Wer hatte denn Sex mit dem Freund ihrer Schwester? *Du* oder ich?«

Ich hatte nicht vor, meiner Familie so von dem Ende meiner Beziehung zu berichten oder Alyssa vor ihnen bloßzustellen, weil ich nicht wollte, dass unsere Familie irgendeine Seite bezieht. Doch jetzt, nachdem ich die Wahrheit herausgeschrien habe, ist es sowieso zu spät, es ungeschehen zu machen, denn jeder hat meine Worte klar und deutlich verstanden.

Ein Teil von mir will vor Scham im Boden versinken, doch der andere Teil fühlt sich irgendwie von einer Last befreit, da ich niemandem hier mehr etwas vormachen muss. Und dieses Gefühl verfestigt sich in meiner Brust. Ich hebe den Kopf und sinke nicht in mich zusammen. Ab jetzt werde ich nur noch für mich selbst einstehen.

KAPITEL 20

Venice

»Du kannst doch jetzt keinen Alkohol trinken!« »Und wie ich das kann«, widerspreche ich Chase bestimmend, nehme die nächste Flasche wahllos aus dem Regal, werfe einen Blick auf das Etikett, zucke mit den Schultern und befördere sie dann zu den anderen Flaschen in den Einkaufswagen.

Chase beäugt das ganze weiterhin skeptisch und hält meinen Plan, mich nach dem Debakel in meinem Elternhaus einfach zu betrinken, nicht für optimal. »Wir haben gerade mal kurz nach zwei, Venice.«

Ich zucke bloß mit den Schultern. »Mir doch egal.«

Die Stimmung nach meinem Ausbruch ist selbstverständlich gekippt. Ich muss gestehen, ich habe die Flucht ergriffen, als mich die mitleidigen Blicke meiner Familie trafen. Niemand hat etwas gesagt. Alle waren offensichtlich überfordert gewesen. Ich eingeschlossen. Vielleicht wusste auch niemand, an wen er zuerst das Wort wenden sollte, schließlich waren Alyssa und Collin auch dort gewesen.

Abzuhauen und meine negativen Gedanken wenigstens für einen kleinen Augenblick zu verdrängen, hatte in meinem Kopf fantastisch geklungen. Dieser Ansicht bin ich weiterhin.

Davina versucht, die Flaschen aus meinem Wagen zu nehmen, doch sobald eine der Flaschen aus dem Einkaufswagen verschwindet, findet eine neue ihren Weg hinein. Normalerweise trinke ich selten und falls ich es tue, was wirklich nicht oft vorkommt, ist es eher wenig. Aber heute ist ein besonders beschissener Tag.

Okay, wenn man auf meinen Einkauf blickt, kann man definitiv nicht von einem kleinen bisschen sprechen, aber da ich keine Ahnung habe, was das überhaupt alles ist und wie all das Zeug schmeckt, bleibt mir also nichts anderes übrig, als einfach möglichst viel zu kaufen und dann auszuprobieren, was mir zusagt. Nicht, dass ich nur eine Flasche kaufe und die dann der totale Reinfall wird. Das wäre wirklich tragisch.

»Du darfst das nicht einmal legal kaufen«, wirft Davina ein. »Du bist erst neunzehn, nicht einundzwanzig, allerliebste Cousine.«

Ich bleibe stehen. So weit habe ich leider nicht gedacht. Dann drehe ich mich zu ihr. »Aber du kannst das.«

Davina hebt eine Augenbraue. »Ach, und du meinst, dass ich dir das jetzt kaufe, obwohl ich die ganze Zeit versuche, die Flaschen wieder ins Regal zu stellen?«

Nein, denke ich und antworte dennoch: »Ja.«

»Garantiert nicht.« Wie um ihre Aussage zu verdeutlichen, klaut sie eine weitere Flasche aus meinem Wagen, ohne den Blickkontakt zu unterbrechen.

»Bitte?«

»Nope«, hält Davina an ihrer Meinung fest.

»Aber …«

»Nö.« Sie bleibt standhaft. Ach, verdammt noch mal!

»Chase?« Hoffnungsvoll blicke ich zu meinem Cousin, der zwar selbst erst in fünf Monaten einundzwanzig wird, aber vielleicht kann er Davina ja überzeugen. Hoffen darf man ja noch.

Ich erhalte ein Seufzen und ein Kopfschütteln als Antwort. »Es ist doch keine Lösung, Probleme in Alkohol zu ertränken.«

Seufzend gebe ich auf. Sie haben ja recht. Nur, nach der großen Enthüllung vor meiner Familie, ist mir das gerade relativ egal. Die etlichen verpassten Anrufe ignoriere ich geflissentlich. Ich will mich nicht damit auseinandersetzen, denn mein Kopf steht kurz davor, zu explodieren.

Und es ist doch nicht zu viel verlangt, wenn ich mal eine Pause von der ganzen Scheiße haben möchte. Alyssa und Collin legen jedes verdammte Mal noch eine Schippe drauf und ich will mir gar nicht erst ausmalen, was ihnen noch vorschwebt, um mich in den Wahnsinn zu treiben. Denn genau das tun sie. Meine Gedanken bestehen quasi nur noch aus ihren Namen, ihren Taten und Worten. Ich ertrage es nicht mehr. Sie sollen verschwinden. Raus aus meinem Kopf und aus meinem Leben. Aber da das anscheinend erstmal nicht passieren wird, ergreife ich eben ein paar andere Methoden.

»Ob es euch gefällt oder nicht, ich werde all das hier«, ich deute mit einem fest entschlossen Blick auf den Inhalt des Wagens, »kaufen.«

Davina stemmt die Hände in die Hüfte und pustet sich eine dunkle Haarsträhne aus dem Gesicht. »Dann bin ich mal gespannt, wie du das machen willst.«

»Glaub mir, ich schaffe das«, widerspreche ich, ziemlich überzeugt von meinen Worten.

»Werden wir ja sehen«, erwidert sie. »Ich warte so lange draußen. Die Diskussion mit dem Kassierer muss ich mir nicht antun.«

»Schön, dann warte halt draußen«, entgegne ich schnippisch.

»Werde ich auch.«

»Gut.«

»Fein.« Damit wendet sie sich von uns ab und marschiert mit großen Schritten auf den Ausgang des Ladens zu. »Gott, seit wann bin ich denn die verantwortungsbewusste Person von uns dreien?«, murmelt sie beim Gehen vor sich hin, was ich noch flüchtig hören kann.

Kann sein, dass wir uns gerade mehr als kindisch verhalten, zumindest ich, aber warum kann ich denn nicht einmal aus der

Reihe tanzen? Andere tun das doch auch ständig. Wenigstens dieses eine Mal steht mir zu.

Ich bemerke Chase' Blick. »Willst du mir was sagen?«, frage ich gereizt.

»Mich interessiert es gerade nur brennend, wie und ob du es schaffst, mit all den Flaschen rauszugehen.«

»Du wirst mir also nicht helfen?« Es ist eigentlich eher eine ernüchternde Feststellung als eine Frage.

Er schüttelt entschlossen den Kopf. »Du kennst meine Meinung dazu, dass du jetzt trinken willst. Und selbst wenn ich dir helfen wollen würde, wüsste ich nicht, wie.«

Ich grüble, was mir nun helfen könnte. »Der Kassierer wird bestimmt nicht nach meinem Ausweis fragen.«

»Wird er ziemlich sicher«, kommt prompt die entmutigende Antwort von Chase.

»Vielleicht drückt er ein Auge zu«, mutmaße ich weiter, weiß aber selbst, wie erbärmlich ich mich gerade aufführe.

»Ebenfalls nicht sehr wahrscheinlich.«

Ich schiele zu der einzig besetzten Kasse rüber. Der Typ sieht nicht so aus, als hätte er einen guten Tag. Aber den habe ich auch nicht, also kann er es vielleicht verstehen, dass ich diesen Einkauf unbedingt tätigen muss.

Als würde der Kassierer merken, dass ich ihn mustere, schaut er plötzlich zu mir. Er lässt seinen Blick zum Wagen schweifen, dann wieder zu mir. Sein Fazit ist mehr als enttäuschend. Er schüttelt mit finsterer Miene den Kopf. Unser Gespräch war auch bestimmt nicht zu überhören, sodass er alles wissen muss, was wichtig für ihn ist.

»Ach, Scheiße«, brumme ich missmutig.

Aber gerade, als ich kurz davor bin, das Handtuch zu schmei-ßen, passiert etwas sehr Erfreuliches. Hinter dem Regal mit den Nudeln kommen Elliot und Stella hervor.

Und Elliot ist einundzwanzig.

Wenn das nicht Schicksal ist, weiß ich auch nicht.

KAPITEL 21

Venice

»Falsch. Trink.«

»Das ist doch kein Spiel für Kinder«, entgegne ich empört auf Chase' Anweisung hin, greife aber dennoch nach meinem Glas und nehme einen Schluck, woraufhin ich angewidert das Gesicht verziehe. Das Zeug ist ja noch schlimmer als das, was ich vorher hatte.

»Mit dem Alkohol garantiert nicht«, kichert Stella, die die meisten Fragen auf ihren Karten falsch beantwortet hat. Dementsprechend hat sie auch schon reichlich getrunken.

Im Supermarkt hat sich Elliot sofort bereit erklärt, den Alkohol für mich zu kaufen. Was für ein toller Freund er doch ist. Die daran geknüpfte Bedingung war allerdings, dass ich den Alkohol nicht allein vernichte, was für mich nur mehr als fair klang. Und es wurde auch nicht alles aus meinem Wagen gekauft, weil mir erst später klar geworden ist, wie teuer der gesamte Einkauf gewesen wäre, aber immerhin haben wir nun etwas.

Also sitzen Elliot, Stella, Chase und Davina, die nach weiterem Überreden von Stella und Elliot auch mit von der Partie waren, und ich in ihrem Wohnzimmer.

Um das Trinken etwas interessanter zu gestalten, haben wir ein einfaches Kinderspiel zu einem Trinkspiel umfunktioniert. Das Spiel enthält Karten mit Wissensfragen und der jeweiligen richtigen Antwort. Wer eine Frage falsch beantwortet, muss trinken, wie ich jetzt gerade.

»Das können doch keine Kinder ab zehn beantworten, das ist viel zu schwer«, ergänze ich meine vorherige Aussage mürrisch.

»Kinder wissen also nicht, welche Farbe aus gelb und blau entsteht?« Chase schleudert mir die Karte, die er vorgelesen hat, entgegen.

Ich kann ihr gerade noch ausweichen und werfe ihm einen beleidigten Blick zu. »Ach, lass mich doch, du Klugscheißer.«

»Du kannst einfach nur nicht mit Kritik umgehen«, erwidert Chase und wirft eine weitere Karte nach mir. Dieses Mal trifft sie mich mitten ins Gesicht. Woher hatte er die denn jetzt auf einmal?

»Wisst ihr was«, sage ich und erhebe mich etwas wackelig vom Boden. »Ich werde jetzt Halen einen kleinen Besuch abstatten.«

»Bist du sicher?«, kommt es von Davina. »Weil, ehrlich, wenn du mal etwas trinkst, handelst du eher aus purer Dummheit als mit Verstand.«

Ich schnaube. Tue ich doch momentan sowieso andauernd. »Halen kennt mich doch gar nicht anders«, zucke ich mit den Schultern. Er hat sich nämlich seit wir uns kennen schon oft genug in meiner Nähe aufgehalten, als mir etwas Peinliches passiert ist. In seiner Anwesenheit geschehen immer unerwartete Dinge. Aber vielleicht ist ja auch Halen nicht ganz unschuldig in dieser Hinsicht. In seiner Gegenwart kann ich manchmal nicht klar denken. Okay, da spricht wohl der Alkohol aus mir.

»Na dann. Ich habe dich vorgewarnt.« Davina trinkt einen Schluck aus ihrem Weinglas. »Aber auf mich hörst du heute ja sowieso nicht.«

»Als hättest du jemals auf mich gehört«, werfe ich ein und hebe eine Augenbraue.

Dieses Mal ist es meine Cousine, die mir eine Karte entgegenschmeißt. »Wolltest du nicht zu deinem Halen?«

Ich werfe die Karte zurück, treffe sie aber nicht. »Er ist nicht mein Halen«, verbessere ich.

»Wer zur Hölle ist dieser Kerl?«, schaltet sich Chase ein. »Will mich mal jemand aufklären?«

»Ist das nicht dieser superheiße Kerl, der dich auf dem Campus vor Collin verteidigt hat?« Stella wackelt mit den Augenbrauen.

Bei der Erwähnung von Collins Namen zucke ich kurz zusammen. Ich nehme einen kräftigen Schluck und rümpfe die Nase. Das Zeug ist wirklich widerlich. Genau wie Collin. Und noch einen Schluck.

»Und, wie ist er so im Bett?«, fährt Stella grinsend fort.

Elliot schlägt ihr mit einem Kissen gegen den Arm und unterbricht sie. »Du bist ja widerlich, Stella.«

»Ach, jetzt tu doch nicht so unschuldig. Du bist sonst viel schlimmer als ich!«

»Da läuft eh nichts«, winke ich ab. »Wir haben uns nicht einmal geküsst.« Na ja, bis auf dieses eine Mal auf dem Parkplatz. Gegen eine Wiederholung hätte ich allerdings nichts einzuwenden. Okay, wow, was rede ich denn da? Alkohol funktioniert definitiv.

»Und das auf dem Parkplatz?«, spricht Davina meine Gedanken aus. »Da habt ihr euch geküsst, wenn ich mich recht erinnere.«

»Kuss auf dem Parkplatz?« horcht Chase auf und zieht skeptisch die Augenbrauen zusammen. »Was für ein Kuss und auf welchem Parkplatz bitte?«

»Vor dem Supermarkt, wo Venice uns vorhin hindirigiert hat«, klärt meine Cousine ihn auf.

»Sicher, dass da nichts läuft?«, wendet sich Stella wieder an mich.

Ich sehe sie alle nacheinander an. Wieso noch mal reden wir jetzt darüber? Ich nehme noch einen Schluck von meinem Getränk und rümpfe ein weiteres Mal angewidert die Nase. Stimmt, das hat vorhin ja auch widerlich geschmeckt. Vorsichtshalber schiebe ich das Glas in die Mitte des Tisches, um ja nicht noch mal auf die dumme Idee zu kommen, davon zu trinken.

»Ich habe doch gerade erst eine Beziehung hinter mir«, erinnere ich meine Freunde. Und zwar eine, die ich wirklich sehr bereue.

»Ich rede doch nicht gleich von einer Beziehung«, meint Stella und grinst anzüglich. »Aber gegen etwas Unverbindliches gibt es doch nichts einzuwenden.«

»Eigentlich ja nicht, aber …« Ich stocke, als Stellas Grinsen immer größer wird.

O Gott. Was habe ich getan? Warum habe ich das gesagt?

»Ha, ich wusste es!«, ruft sie euphorisch und springt von der Couch auf, ehe sie mich stürmisch umarmt. »Das musst du Halen unbedingt mitteilen! Das ist die beste Methode, um das Arschloch Collin endgültig aus deinem Kopf zu verbannen!«

Schockiert blicke ich ihr entgegen, als sie sich wieder von mir löst. »Das mache ich garantiert nicht! Bist du von allen guten Geistern verlassen?«, will ich aufgebracht wissen. »So meinte ich das überhaupt nicht.«

»Wenn du ihm nicht von deinem offensichtlichen Interesse erzählst, tue ich es eben«, zuckt Stella mit den Schultern und schenkt mir ein zuckersüßes Lächeln.

»Das wagst du nicht«, widerspreche ich, sehe aber gleichzeitig das vergnügte Funkeln in ihren Augen, das mich doch etwas beunruhigt.

Sie starrt mich herausfordernd an. Ich korrigiere: Das ist mehr als beunruhigend. »Wo wohnt er noch mal? Hier im Haus, richtig?«, erkundigt sie sich.

»Nein«, antworte ich schnell.

Doch da habe ich die Rechnung ohne Davina gemacht, denn sie ist es, die mir in den Rücken fällt. »Gleich gegenüber.« Diese Verräterin.

»Perfekt«, trällert Stella. Und schneller als ich reagieren kann, rennt sie zur Tür und ehe ich begreife, was sie da gerade tut, ist sie bereits aus der Wohnung verschwunden.

»Stella, ich warne dich!«, rufe ich ihr hinterher und nehme hastig die Verfolgung auf.

Sie kichert laut. »Du kannst mir gar nichts, Venice!«

Verdammt, sie tut es wirklich. Das darf nicht passieren. Ich muss sie aufhalten. Sofort.

Als ich allerdings im Flur ankomme, ist es bereits zu spät. Sie nimmt gerade den Finger von der Klingel, dreht sich zu mir um und schaut mir unschuldig entgegen. »Ups.«

Zu meinem Pech ist Halen da, denn er öffnet die Tür keine fünf Sekunden später. Ich sollte rennen. Ganz schnell und ganz weit weg. Aber ich bin wie festgefroren, als Stella sich zu Halen dreht.

»Hi, ich bin Stella. Wir haben uns auf dem Campus kurz kennengelernt, du erinnerst dich?«

Halen runzelt die Stirn und wirft mir einen fragenden Blick zu, ehe er wieder zu Stella sieht. »Ähm, hey.«

»Weißt du, ich hatte gerade ein ziemlich interessantes Gespräch mit Venice.«

»Ach ja?« Halen wendet sich wieder mir zu. Er lässt mich auch nicht aus den Augen, als er weiterspricht. »Und worum ging es?«

»Stella, lass es«, finde ich meine Stimme endlich wieder, wobei ich Halens eindringlichem Blick aber nicht ausweichen kann.

Das ist dann wohl mein endgültiger Untergang.

»Venice will mit dir schlafen.«

KAPITEL 22

Halen

»S ie will was?«
»Mit dir schlafen. Am besten jetzt. Ganz unverbindlich.
Hat sie vorhin so oder so ähnlich gesagt«, ergänzt Stella, die ich
nach der kurzen Begegnung an der Uni noch nicht sehr gut
einschätzen kann. Sie sieht kurz zu Venice rüber, was ich ebenfalls
tue.

Ich sehe, wie ihr Blick zu mir huscht und ihre Wangen an Farbe
gewinnen. Und das sogar ziemlich schnell. Dass ihre Freundin hier
steht und mir so etwas sagt, ist sicherlich nicht auf Venice' Mist
gewachsen. Das verrät ihre Reaktion eindeutig. Die weit aufgerissenen Augen und die roten Wangen zeigen mir, dass sie am liebsten
niemals in dieses absurde Gespräch geraten wäre.

»Ach, will sie das?«, spiele ich mit. Ich meine, was sollte ich auch
sonst tun?

»Ich …« Venice hält inne und sucht scheinbar nach den richtigen Worten. Oder nach einem Loch im Boden, in dem sie
versinken kann. »Eigentlich nicht.«

Meine Mundwinkel zucken nach oben. »Eigentlich?« Ich kann
es einfach nicht sein lassen. Nicht bei ihr.

Ihre Wangen nehmen einen noch dunkleren Farbton an. »Ja«,

kommt es zaghaft von ihr. »Eigentlich. Vielleicht. Ach, keine Ahnung.« Und dann dreht sie sich einfach um und verschwindet ins Innere von Davinas Wohnung.

Wie bitte? Ich habe mich jetzt nicht verhört, oder? Sie hat *Vielleicht* gesagt. Ja, sie hat es ganz sicher gesagt. Und mit so einer Aussage lässt sie mich hier stehen? Denn das ist definitiv etwas, worüber ich nur allzu gerne reden würde.

Ich weiß, sie kommt gerade aus einer beschissenen Beziehung, doch ich kann und will nicht leugnen, dass ich mich von ihr sehr angezogen fühle. Das ist schon seit dem Kuss so und das Gefühl hat sich nach unseren Gesprächen und der gemeinsam verbrachten Zeit nur noch verstärkt.

Irritiert über dieses gesamte Szenario, blicke ich schließlich von der noch geöffneten Tür zu Stella. »Hast du das gerade auch gehört?«

Sie schaut mich ebenfalls so verwirrt an wie ich sie, nickt dann aber. »Habe ich.«

Okay, damit haben wir beide wohl nicht ganz gerechnet. Und Venice auch nicht, schätze ich. Sonst hätte sie nicht sofort die Flucht ergriffen, nachdem die Worte ihren Mund verlassen haben.

Als wir ihr in die Wohnung folgen, heften sich im Wohnzimmer drei Augenpaare auf mich. Auf der Couch sitzen Davina, der blonde Typ, den Venice mir auf dem Campus als Elliot vorgestellt hat, und ein weiterer, den ich bisher noch nie gesehen habe. Von Venice ist allerdings keine Spur zu sehen.

Davina schaut mich fragend an. »Hat sie etwas Dummes getan? Oh, bitte sag mir, dass sie das getan hat. Dann hatte ich nämlich so was von recht.«

Okay, ich komme hier absolut nicht mehr mit. Doch dann fällt mein Blick auf den Wohnzimmertisch voller Flaschen und auf das Weinglas in Davinas Hand. Das erklärt dann wohl so einiges.

»Kann man so sagen«, antwortet Stella, die nun neben mir steht.

»Sie ist übrigens in ihrem Zimmer«, macht Elliot mich netterweise darauf aufmerksam, wohin Venice verschwunden ist.

Ich gehe auf die Zimmertür zu, klopfe vorsichtig an die Tür und als keine Antwort kommt, tue ich es ein weiteres Mal.

»Geh weg«, kommt es von drinnen. Tja, damit habe ich wiederum gerechnet.

»Kann ich hereinkommen?«, versuche ich es dennoch.

Es folgt wieder ein kurzes Schweigen, ehe sie mir antwortet. »Vielleicht.«

»Wenn ich ehrlich bin, weiß ich nicht, wie ich dein *Vielleicht* heute deuten soll«, gebe ich zu und spiele so auch gleichzeitig auf die Sache im Flur an.

Die Tür öffnet sich langsam und Venice tritt einen Schritt zur Seite, damit ich ins Zimmer kann.

»Also, ich bin eventuell ein kleines bisschen angetrunken«, kommt es von ihr, sobald sie die Tür hinter mir geschlossen hat. Mit Daumen und Zeigefinger zeigt sie mir einen kleinen Abstand, höchstens in der Größe ihres Daumennagels. Sie betrachtet diesen skeptisch und zieht die Finger dann weiter auseinander. »Gut, vielleicht auch etwas mehr als ein kleines bisschen.«

Ich muss schmunzeln. Mir bleibt überhaupt nichts anderes übrig. »Das habe ich mir schon gedacht.«

Sie geht auf ihr Bett zu, wirft sich mit dem Rücken voran darauf, sieht an die Decke und meidet strikt meinen Blick. »Das vorhin, ich ...« Sie stoppt sich selbst und überlegt erst, ehe sie einen neuen Versuch startet. Doch auch dabei schaut sie mich nicht an. »Ich meinte das nicht so.«

»Nicht?«, hake ich nach und setze mich zu ihr auf die Bettkante. Allerdings halte ich dabei etwas Abstand, denn ich will ihr körperlich nicht zu nahetreten, wenn sie das nicht möchte.

»Dabei hat Davina mich gewarnt«, stöhnt Venice und schnappt sich eins ihrer kleinen Kissen, um ihr hübsches Gesicht zu verdecken.

Ich runzele die Stirn. »Gewarnt? Vor mir?«

»Im Gegenteil«, meint sie, wobei ihre Stimme von dem Kissen

gedämpft wird. »Eher vor mir. Immer, wenn ich etwas trinke, tue ich etwas Unüberlegtes und verhalte mich total daneben.«

Ich beuge mich vor und nehme ihr sachte das Kissen ab, ehe ich ihr in die Augen schaue. »Unüberlegt, vielleicht. Total daneben, keinesfalls.«

Ihre Iriden weiten sich überrascht. »War es nicht?«

Ich lehne mich etwas zurück, um wieder Platz zwischen uns zu schaffen. »Würde ich nicht behaupten, nein.«

Venice sieht mich eine Weile einfach nur an, dann setzt sie sich auf und kommt mir näher. »Und warum, wenn ich fragen darf?«

Weil ich bereits mehr als nur einmal an etwas ganz Bestimmtes gedacht habe. Aber ich denke nicht, dass ich das jetzt zugeben sollte.

Mein Blick huscht zu ihren perfekt geschwungenen Lippen. Ob sie wohl auch heute wieder nach Pfirsichen schmecken würden?

Venice lehnt sich mir weiter entgegen. Langsam kommen sich unsere Lippen näher und ich kann es kaum noch erwarten, bis ich ihre endlich wieder an meinen spüren kann.

Doch genau in diesem Moment fliegt die Tür auf.

»Störe ich?«

KAPITEL 23

Venice

Ja, tust du!, kommt mir als erstes in den Sinn.

Halen und ich hätten uns fast geküsst, ist mein zweiter Gedanke. Und dieser wiederholt sich andauernd in meinem Kopf, nistet sich dort fest und lässt mich nicht mehr los.

Chase wirft sich schwungvoll zwischen uns auf das Bett und legt jeweils einen Arm um unsere Schultern. »Ihr braucht mir nicht antworten«, klärt er uns auf. »Das war nämlich eine rhetorische Frage. Eigentlich wollte ich bloß sichergehen, dass es hier auch jugendfrei bleibt, während wir anderen gleich nebenan sind.«

»Chase«, entkommt es mir empört und ich schüttele seinen Arm ab. Was ist denn nur los mit diesem Jungen?

»Und was ist, wenn wir nackt gewesen wären?«, wirft Halen gelassen ein, woraufhin ich auch ein entrüstetes »Halen!« von mir gebe.

Dieser schmunzelt jedoch nur amüsiert, während Chase glucksend über Halens Aussage nach hinten rutscht und es sich gemütlich macht. »Venice, der ist gut drauf, den kannst du behalten.«

Spöttisch blicke ich über meine Schulter zu meinem Cousin, der jetzt am Kopfende meines Bettes sitzt und die Beine von sich gestreckt hat. »Und ich dachte schon, dass du jetzt den großen Bruder spielen willst.«

»Ja, das war tatsächlich der ursprüngliche Plan, bevor ich hier reingeplatzt bin«, erklärt er.

»Was hat sich geändert?«, will Halen neugierig wissen und sieht ebenfalls zu meinem Cousin.

»Dein Spruch.« Chase zuckt mit den Schultern. »War schon ziemlich lustig.« War ja klar, dass ausgerechnet er das lustig findet.

Als ein weiteres Mal die Tür aufgerissen wird, seufze ich laut auf. Und das hörbarer als eigentlich beabsichtigt.

Kennt hier eigentlich irgendjemand den Begriff *Privatsphäre*? Anscheinend nicht, denn im nächsten Moment schmeißt sich auch Stella auf mein Bett. Sie landet knapp neben Chase' Beinen, was er prompt mit einem bösen Blick kommentiert.

»Und?«, fragt Stella und ignoriert Chase' stumme Beschwerde. »Was läuft hier so?«

»Ich habe sie beim Rummachen unterbrochen«, entgegnet Chase, ehe Halen oder ich auch nur die Chance haben, zu antworten. »Dann bekomme ich jetzt fünf Dollar«, grinst Stella und hält Chase auffordernd die Hand entgegen.

Ich verschlucke mich beinahe und schaue sie beide vorwurfsvoll an. »Ihr habt gewettet? Was ist denn los mit euch?«

Doch Chase zuckt nur gelassen mit den Schultern.

Schön, dass jetzt schon Wetten über mein Leben abgeschlossen werden. »Das mit dem Großer-Bruder-Ersatz musst du aber noch dringend üben«, brumme ich.

Wir könnten auch eine Wette abschließen, ob ich Collin irgendwann noch mal aus meinem Kopf bekomme oder ob er vorher rein zufällig stolpert und eine Treppe hinunterstürzt? Beides wäre mir mehr als recht.

Und warum ist dieser Scheißkerl jetzt überhaupt wieder in meinem Kopf? Ihn und sein dämliches Gesicht zu verdrängen hat doch bis gerade eben so gut geklappt. Meine Laune gerät ins

Wanken und ich starre abwesend aufs Bett, während Collin sich immer weiter in meinen Gedanken festsetzt.

Halen mustert mich besorgt. »Hey, ist alles in Ordnung?«, fragt er leise.

Ich lächele ihn schwach an. »Ja, alles gut.« Ich möchte eigentlich ungern jetzt über meinen Ex sprechen. Zum einen will ich Stella und Chase nicht die gute Laune verderben, denn ich bemerke, wie sie mich bereits besorgt mustern, und zum anderen habe ich so langsam wirklich genug von diesem Drama. Und selbst wenn er dann irgendwann nicht mehr ein präsenter Teil meines Lebens ist, was lieber früher als später passieren sollte, entkomme ich ihm trotzdem nicht. Jedes verdammte Mal, wenn ich meiner Schwester in Zukunft über den Weg laufen werde, was kaum zu vermeiden ist, wird mich die Erinnerung einholen. Warum musste es ausgerechnet Alyssa sein, mit der er mich betrogen hat? Warum hat er nicht mit irgendeinem fremden Mädchen geschlafen? Nein, warum hat er mich überhaupt betrogen und war nicht gleich ehrlich zu mir? Dann hätten wir jetzt nicht dieses ganze Drama.

Meine Antwort reicht Halen anscheinend nicht, denn er lehnt sich etwas über Stellas Beine hinweg näher zu mir. »Wenn es etwas gibt, über das du reden möchtest, dann bin ich da. Egal worüber und egal zu welcher Uhrzeit, okay?«

Dieses Mal ist mein Lächeln breiter, als ich ihm antworte. »Okay.«. Bei Halen habe ich einfach das Gefühl, dass er mich versteht.

»Gut«, meint Chase schließlich und klatscht in die Hände. »Da ja nun alles geklärt ist und es allen gut geht: Wollen wir rübergehen und weiterspielen?«

KAPITEL 24

Venice

Es ist bereits Freitag, als Stella und ich nach der letzten Vorlesung über den Campus der Uni schlendern. Die gesamte letzte Woche über bin ich angespannt und übervorsichtig durch die Gegend gelaufen, immer darauf bedacht, dass Collin irgendwo auftauchen könnte. Bisher blieb mir eine weitere Begegnung jedoch erspart. Sowohl an der Uni als auch überall sonst habe ich weder was von Collin gesehen oder gehört noch von Alyssa. Ich hoffe, es bleibt eine Weile so ruhig, was das angeht.

»Ich war wirklich so kurz davor, einzuschlafen.« Stella hält ihren Daumen und Zeigefinger so nahe zusammen, dass die Lücke kaum zu sehen ist, während wir den Campus verlassen.

Sie übertreibt vielleicht ein bisschen. Okay, womöglich auch nicht, denn Mrs. Clark schafft es aber auch, dass ihre Vorlesungen mit jedem Mal langweiliger werden. Ein Wunder, dass sie inzwischen nicht selbst davon gelangweilt ist.

»Scheint so, als würde er auf dich warten«, meint Stella plötzlich und im ersten Moment habe ich keine Ahnung, was sie meint. Doch dann folge ich ihrem Blick.

Halen wartet tatsächlich auf mich. Jedenfalls macht es sehr den Anschein, denn er lehnt lässig mit verschränkten Armen an seinem dunkelblauen Auto und fixiert mich. Seine Mundwinkel wandern nach oben, als er bemerkt, dass ich nun auch zu ihm sehe.

»Ich schätze, du nimmst heute doch nicht den Bus.« Stella wackelt mit den Augenbrauen, als ich mich ihr zuwende, was ich wiederum mit einem Schmunzeln kommentiere.

»Ja, sieht ganz so aus«, sage ich, sehe erneut zu Halen und spüre, wie sich meine Stimmung hebt.

»Dann sehen wir uns Montag«, setzt Stella an. »Und dann wirst du mir alles erzählen. Alles. Verstanden?«

Ich ziehe, weiterhin schmunzelnd, eine Augenbraue hoch. »Sonst noch irgendwelche Wünsche?«

»Also, wenn du es wissen willst, wäre da noch einiges auf meiner Wunschliste«, beginnt sie und zwinkert mir dann zu. »Aber die kann ich dir auch am Montag geben, weil du schließlich jetzt zu deinem Halen musst.«

»Er ist nicht mein Halen«, erwidere ich, doch Stella zuckt nur mit den Schulten. »Nur noch eine Frage der Zeit.« Anscheinend sind all meine Freunde von dieser Tatsache überzeugt. Von Chase konnte ich mir das nämlich erst Sonntag anhören, nachdem alle bis auf ihn gegangen waren.

Er hat beschlossen, bis zu meinem Geburtstag bei Davina und mir zu bleiben. Auf die Frage, ob er keine Vorlesungen hat, meinte er nur: »Ach, ein Kumpel nimmt die eh immer auf. Der soll mir das Material einfach schicken oder so.« Lassen wir das mal so stehen. Seither blockiert er ständig die Couch.

Ich verabschiede mich mit einer Umarmung von Stella und laufe zu Halen, der die ganze Zeit geduldig auf mich gewartet hat. Je näher ich komme, desto weiter heben sich seine Mundwinkel. »Da bist du ja endlich«, begrüßt er mich.

»Da bin ich.« Ich erwidere sein Lächeln. »Woher weißt du, dass das jetzt meine letzte Vorlesung war?«

»Geraten«, erwidert er, seufzt dann aber nur wenige Sekunden später geschlagen, als ich ihn weiterhin skeptisch mustere. Nach einem verlegenen Kratzen am Hinterkopf, rückt er mit der Wahrheit raus. »Ich warte eventuell schon seit einer Stunde auf dich. Davina war sich nicht sicher mit der Uhrzeit.«

»Du bist ein ganz schöner Stalker«, entgegne ich gespielt empört, doch dann halte ich für eine Sekunde inne. »Du bist doch keiner, oder?«

»Wer weiß«, gibt er mit einem geheimnisvollen Leuchten in den Augen zurück. »Aber ich bin nicht hier, um dir diese Frage zu beantworten.«

Ich lege neugierig den Kopf schief und lege mir die Hand schützend über die Augen, um nicht von der Sonne geblendet zu werden. »Sondern?«

»Was hast du heute so vor, Venice?«, fragt er und sieht mich dabei durchdringend mit seinen grün-braunen Augen an.

»Ich vermute, die Antwort kann ich mir sparen, nicht wahr? Du hast bestimmt etwas geplant«, mutmaße ich, wobei ich definitiv nichts dagegen einzuwenden habe, den Tag mit Halen zu verbringen. Welche Frau würde sich auch dagegen entscheiden, die nächsten Stunden mit so einem äußerst gut aussehenden und charmanten jungen Mann totzuschlagen? Ich sicherlich nicht.

»Da liegst du goldrichtig«, bestätigt er sofort meine Vermutung. »Zuerst dachte ich daran, dass wir uns eine Kleinigkeit zu essen holen. Also, wenn du nichts dagegen hast.«

»Essen klingt super«, stimme ich zu.

»Gut, ich bin nämlich kurz davor, zu verhungern«, grinst er und mein Blick wandert einen Moment lang zu seinen Lippen.

Das bin ich auch, Halen. Das bin ich auch.

Während der Fahrt sprechen wir bloß zwanglos über irgendwelches Zeug. Unter anderem über unseren Tag, Serien, die wir immer wieder schauen könnten – bei ihm ist es *Friends* und ich muss gestehen, ich habe erst gestern Abend wieder mit *Bridgerton* angefangen – oder unser Lieblingsessen. Wir haben beide eine Schwäche für chinesisches Essen, weswegen er bereits einen Ort im Kopf hat, wo wir etwas zu essen bekommen, will mir diesen jedoch nicht verraten.

Letztendlich halten wir in der Nähe des Strandes an und holen uns etwas in dem dort liegenden chinesischen Restaurant, in welchem ich schon das ein oder andere Mal war. Mittlerweile ist es durch sein gutes Essen sogar stadtbekannt und es wir mir in letzter Zeit ständig mit seinen Essensvideos auf Instagram vorgeschlagen. Meistens zu den unpassendsten Zeiten, wie wenn ich bereits im Bett liege und dachte, ich hätte keinen Hunger mehr.

Ich lasse meinen Blick über die rote Fassade des Gebäudes schweifen, aus dem wir gerade gekommen sind. Ich war hier eine Ewigkeit nicht mehr. Und dabei habe ich diesen kleinen Laden und den Strand früher geliebt. Aber Collin hasste den Strand und auch für das Essen war er nicht zu begeistern, weshalb wir immer andere Geschäfte aufsuchten.

»Ich fasse es nicht, dass du ausgerechnet hierhergefahren bist«, lache ich und schiebe mir mit der Gabel glücklich eine Portion Nudeln aus der Pappbox in den Mund, während wir von dem Geschäft fort und weiter an der Promenade entlanggehen, die heute gut besucht ist.

»Ich bitte dich«, kommt es von Halen. »Ich weiß doch wohl, was gutes Essen ist.« »Collin wusste es nicht«, murmele ich leise.

»Wundert mich nicht. Der ist ja auch nicht ganz richtig im Kopf«, antwortet Halen. Er sieht mich nachdenklich mit ernstem Gesichtsausdruck von der Seite an. »Schließlich hat er dich von sich gestoßen. So dumm kann man doch eigentlich gar nicht sein.«

Langsam lasse ich meine Nudelbox sinken, als mir klar wird, was er da gerade gesagt hat und schaue ihn dankbar für seine aufmunternden Worte an. Es tut gut, zu wissen, dass Collin und Halen in manchen Dingen so verschieden sind. Die Liebe zum Strand und zu gutem chinesischen Essen sind nicht die einzigen Unterschiede. Es fängt schon bei der Art an, wie sie sich kleiden. Während Collin stets penibel auf sein Äußerstes achtet und selbst in seinem eigenen Zuhause nicht auf eine makellose Erscheinung verzichten kann, sind Halens Haare hin und wieder ein absolutes Chaos und er öffnet mir auch manchmal bloß in Jogginghose und einem einfachen T-Shirt die Tür. Für Collin stand sein eigenes

Vergnügen an erster Stelle. Halen interessiert sich aufrichtig für die Bedürfnisse und Gefühle seiner Mitmenschen.

»Halen, was tust du denn hier?«, schaltet sich aus dem Nichts eine Frauenstimme ein. Ich kenne sie nicht und sehe mich nach ihr um, als Halen stehen bleibt.

Er schließt die Augen und nimmt einen tiefen Atemzug, ehe er sich langsam zu ihr umdreht. »Sally, hey.« Seine Stimme wirkt sehr gezwungen und überhaupt nicht erfreut.

Ich mustere sie ausgiebig und muss gestehen, dass sie eigentlich recht nett aussieht mit ihren großen blauen Augen und dem süßen geblümten Kleid, welches ihr bis zu den Knien reicht und locker ihre Beine umspielt.

Sie schiebt sich ihre breite Sonnenbrille in ihr lockiges Haar und bemerkt nichts von Halens abneigender Haltung. Oder es ist ihr schlichtweg egal. »Es ist so schön, dich zu sehen. Weißt du, ich habe versucht, dich zu erreichen. Aber ich habe dich wohl irgendwie immer verpasst, also habe ich deine Schwester angerufen, die meinte dann, dass du momentan viel um die Ohren hast.«

»Ähm, ja«, sagt Halen zögernd und ich merke, wie er mir deutlich näher kommt. Also ich finde es super, in welche Richtung das hier geht. Gegen seine Nähe habe ich nämlich nichts einzuwenden. »Da hat Harper recht gehabt.«

»Aber jetzt hast du ja scheinbar wieder mehr Freizeit.« Sally mustert mich kurz abschätzig, ehe sie ihre Aufmerksamkeit wieder vollständig Halen widmet und mich einfach weiter ignoriert, wie zuvor auch schon. »Wie wäre es denn mit einem zweiten Date? Oder einer Ergänzung des ersten, da das ja leider so schnell geendet hat.« Ich ziehe die Brauen genervt zusammen. Irgendwie wird sie mir langsam doch unsympathisch.

»Das geht nicht.« Die Worte kommen so schnell über Halens Lippen, dass ich überrascht ein paar Mal blinzele und zwischen den beiden hin und herschaue. Das muss bestimmt ein fürchterliches Date gewesen sein.

Sally ist offensichtlich auch das nicht aufgefallen, denn sie versucht es unbeirrt weiter. »Muss ja nicht sofort sein. Du kannst dich melden, falls da ein bisschen Platz in deinem Terminkalender ist.«

Plötzlich legt Halen einen Arm um meine Taille und zieht mich an seine Seite, sodass sich unsere Oberkörper berühren. »Da wird kein Platz für ein Date sein, Sally. Tut mir leid, aber momentan gehe ich nur mit meiner Freundin aus.«

Ich kann gerade noch so vermeiden, dass ich laut lospruste oder mir ein entsetztes »Was?« herausrutscht.

Sally sieht mich wieder an. Ihr Lächeln verblasst.

»Freundin?«, wiederholt sie spitz.

Übertrieben glücklich lächele ich sie an. »Ganz genau. Es war quasi Liebe auf den ersten Blick. Halen ist wirklich ein ganz wunderbarer Mensch.«

Sie musterte mich abfällig von Kopf bis Fuß. Und gerade als ich denke, die Lage könnte nicht unangenehmer werden, erklingt eine weitere Stimme, die hier absolut nichts zu suchen hat. Die von Tante Veronica. »Venice, Liebes?«

Ich erstarre. Oh, verdammte Scheiße. Das Universum meint es offensichtlich nicht gut mit mir. Na danke aber auch.

KAPITEL 25

Venice

»Tante Veronica«, stelle ich unnötigerweise fest, als diese neben Sally stehen bleibt.

Was tut denn ausgerechnet sie jetzt hier? O Gott, wenn sie das alles in den falschen Hals bekommt, landet die Info von meiner angeblich neuen Beziehung gleich bei Mom und Dad. Sie kann nämlich nichts für sich behalten.

»Wie geht es dir? Ich habe mir Sorgen gemacht, weil du am Sonntag nach dem Vorfall im Garten einfach so verschwunden bist.« Ihr Blick wandert zu Halens Arm und eine ihrer Augenbrauen wandert fragend in die Höhe. »Und wer ist das?«

»Dann seid ihr wohl noch nicht so lange zusammen«, keift Sally giftig. *Halt bitte die Klappe, Sally.* Veronica dreht sich in ihre Richtung. »Wie bitte?«

Sally hält sich leider nicht zurück. »Ich meine, dass die beiden ja noch nicht lange ein Paar sein können, wenn es anscheinend kaum jemand weiß.«

»Ein Paar? So ist das also.« Überrascht mustert mich Veronica.

»Jaaa«, sage ich lang gezogen und werfe einen kurzen Blick zu Halen.

Er erwidert ihn und schüttelt kaum merklich den Kopf, ehe er leise sagt: »Du musst das nicht tun.«

Ich weiß, dass ich das nicht muss. Aber wenn ich ihm auf diese Weise helfen kann, nehme ich es gerne in Kauf, dass meine Tante womöglich allen hiervon erzählt. Halen war schließlich auch schon oft genug für mich da.

Nur, wie gehe ich jetzt am besten an die Sache ran? »Wir sind in der Tat noch nicht allzu lange zusammen«, beginne ich zögernd.

»Dann ist es also nichts Festes?«, kommt es von Sally, die gleichzeitig versucht, Halen schöne Augen zu machen. Was hat sie eigentlich noch hier zu suchen?

Er schaut mich fragend an und erst als ich nicke, fängt er an zu sprechen. »Doch das ist es. Venice ist mir bereits jetzt sehr wichtig. Das zwischen uns geht zwar noch nicht allzu lang, aber ich bin mir sicher, dass es etwas Besonderes ist.«

Seine Worte wirken so ehrlich und aufrichtig, dass man denken könnte, dass er es auch genau so meint. Nur weiß ich es besser, denn wir sind kein Paar. Leider.

»Das klingt ja richtig ernst, ihr Lieben.« Veronica klatscht begeistert in die Hände und blickt uns strahlend entgegen. »Dann musst du deinen Freund unbedingt zu deinem Geburtstagsessen mitbringen.«

»Ich sollte vielleicht mal langsam gehen«, bemerkt Sally kleinlaut und sagt somit zum ersten Mal in diesem Gespräch tatsächlich etwas Sinnvolles. »Also … ähm … bis dann.« Veronica gibt ein höfliches »Tschüss« zurück, während Halen und ich uns auf bloßes Kopfnicken beschränken.

Als Sally sich ein paar Schritte entfernt hat, sieht meine Tante mich erwartungsvoll an und ihr Vorschlag kommt mir wieder in den Sinn. Oh. Ähm. Tja? Nervös verlagere ich mein Gewicht von dem einen auf das andere Bein und spiele mit dem Saum meines Tops. Ich habe keine Ahnung, wie ich da rauskommen soll.

»Venice und ich haben schon Pläne nach dem Essen an ihrem Geburtstag. Ich will mich ihrer Familie wirklich nicht aufdrängen«, kommt Halen mir zur Hilfe, da er offensichtlich meine Unruhe bemerkt.

Meine Tante winkt ab. »Was für ein Unsinn. Freunde von Venice sind immer willkommen. Ganz besonders, wenn es ihr fester Freund ist.«

»Danke für das Angebot, aber ...«, versucht er es erneut, doch Veronica fährt dazwischen.

»Du drängst dich überhaupt nicht auf.«

»Dann begleitet Halen mich wohl zu meinem Geburtstagsessen«, beschließe ich, um dieses Gespräch schnellstmöglich zu beenden.

»Das wollte ich hören.« Ein zufriedenes Lächeln schleicht sich auf Veronicas Lippen. »So, jetzt muss ich aber los. Ich treffe mich nämlich mit ein paar Freundinnen und bin spät dran. Aber das liegt ja in der Familie.«

Ich nicke. Das tut es allerdings.

Veronica winkt und macht sich auf den Weg, ehe sie sich noch einmal umdreht. »Dann sehen wir uns spätestens an deinem Geburtstag. Es war schön, dich kennenzulernen, Halen.«

»Das kann ich nur zurückgeben«, erwidert mein *Fake-Freund* höflich. Meine Güte, dieses Wort hört sich ja schrecklich an.

Sobald wir uns endgültig von Veronica verabschiedet haben, pustet Halen angestrengt Luft aus, doch er schenkt mir dabei ein schiefes Lächeln. »Also, das war interessant.«

Das ist eine recht passende Beschreibung für die ganzen Begegnungen eben. Wer hätte gedacht, dass ich am Ende des Tages einen Fake-Freund habe. Das stand definitiv nicht auf meiner To-do-Liste, als ich heute morgen aufgewacht bin. Wem würde so etwas auch in den Sinn kommen?

Ich erwidere sein Lächeln mit einem Schmunzeln. »Und was tun wir jetzt?« Wir haben uns da in eine ziemlich verrückte und leicht komplizierte Situation hineinbefördert.

»Du meinst, was wir tun, nachdem wir gleich zu Ende gegessen haben? Oder was wir jetzt allgemein tun werden?«, hakt Halen nach, wobei er leise lacht.

»Beides.«

Und während wir hier stehen und reden, unser Essen immer noch nicht anrühren und uns in die Augen blicken, bleibt seine Hand weiterhin an meiner Taille.

Keine Ahnung, ob genau das auch seine Absicht ist.

Aber ich habe rein gar nichts dagegen einzuwenden.

Nicht einmal im Geringsten.

KAPITEL 26

Venice

Die Stunden mit Halen vergingen wie im Flug. Wir haben ein paar Läden an der Promenade durchstöbert, wobei wir etwas länger als nötig an einem Ständer mit Sonnenbrillen hängen geblieben sind. Da war wirklich jede schlimmer und abgedrehter als die andere und sie sahen einfach nur lächerlich an uns aus. Letztendlich hat Halen vorgeschlagen, die Decke, die er eingepackt hat, aus dem Kofferraum zu holen und den Tag am Strand ausklingen zu lassen.

»Ich habe es vermisst, hier zu sein«, gebe ich leise zu, während ich die Beine auf der grauen Decke ausbreite und dem Meer und den leisen Gesprächen um uns herum lausche.

Wir haben uns einen Platz etwas abseits des Trubels gesucht, wo nur wenige andere Paare und kleinere Gruppen aus Jugendlichen sitzen. Ein paar Kinder spielen fangen und laufen gerade an uns vorbei. Ins Wasser geht jedoch kaum jemand, denn dazu ist es im Frühling noch viel zu kalt. Nur zwei Jungs wagen sich in die Kälte.

Halen räuspert sich. »Wir sollten öfters herkommen.«

Wir. Mit einem glücklichen Lächeln auf den Lippen starre ich auf das Wasser, das beruhigende Wellen schlägt. »Ja, das wäre wirklich schön.«

Ich kann mir gerade auch nichts Besseres vorstellen, als hier neben Halen zu sitzen. Bei ihm zu sein fühlt sich so unkompliziert an, so gut und dann ist da immer dieses plötzliche Kribbeln, wenn er mich mit diesem einen eindringlichen Blick ansieht oder mich versehentlich mit der Hand streift. Obwohl diese kleinen, unscheinbaren Berührungen alles andere als zufällig wirken.

Auch jetzt sind sie nicht willkürlich. Mit dem Zeigefinger zieht er kleine Kreise über meinen Handrücken und lässt mich dabei nicht aus den Augen. Ich blicke zu ihm und eine Weile lang sehen wir einander so intensiv an, als würde sonst nichts und niemand außer uns existieren. Und auch ich kann mich nicht mehr von ihm abwenden und all die anderen Geräusche rücken in den Hintergrund.

Langsam aber sicher kommen wir uns näher.

Es ist wieder dieser eine verlangende Blick von Halen, wie schon vor ein paar Tagen.

Was wäre passiert, wenn Stella an dem einen Tag nicht in mein Zimmer geplatzt wäre? Hätten wir uns geküsst? Wird jetzt einer von uns den ersten Schritt wagen? Oder verweilen wir ewig in dieser Position, in der unsere Gesichter und Lippen nur wenige Zentimeter voneinander entfernt sind?

Und gerade, als ich denke, dass Halen den Entschluss getroffen hat, nicht mehr in dieser Lage bleiben zu wollen, lehne ich mich ihm entgegen.

»Halen, was geht?«

Ruckartig nehme ich unsere Umgebung wieder wahr und schnappe überrascht nach Luft.

Ein Typ, irgendwie kommt er mir bekannt vor, schmeißt sich zu uns aufs Handtuch.

»Sid, ich habe dir doch gesagt, dass du die beiden in Ruhe lassen sollst«, meckert eine blonde langhaarige Frau und schenkt uns daraufhin, oder besser gesagt mir, ein entschuldigendes Lächeln. »Nimm ihm sein Benehmen bitte nicht übel. Sid ist manchmal schlimmer als ein kleines Kind.«

Verdutzt beobachte ich die beiden.

»Und trotzdem liebst du mich, Honey«, sagt dieser mit einem breiten Grinsen, woraufhin er sich einen Tritt gegen sein Bein einfängt. »Alter, Avery, was soll das?« *Okay, will mich vielleicht einer mal aufklären, was hier los ist und vor allem, wer diese Personen sind?*

»Das war für diesen beschissenen Kosenamen und dein arrogantes Verhalten, was mich übrigens schon den ganzen Tag tierisch nervt«, behauptet diese Avery und setzt sich im Schneidersitz zu uns.

Halen rollt bloß mit den Augen, scheint nur halb so überrascht zu sein wie ich und wendet sich mir zu, um die beiden vorzustellen. »Das sind Sid und Avery. Ich kenne die beiden von der Highschool. Sie sind nebenbei bemerkt das beste Beispiel für eine On-off-Beziehung.« Das Letzte flüstert er mir allerdings leise ins Ohr, doch anhand von Averys belustigtem Augenrollen weiß ich, dass die beiden es dennoch hören konnten, Halens Worte jedoch nicht für allzu schlimm wahrnehmen. »Und Leute, das ist Venice«, wendet Halen sich dann auch wieder an seine Freunde, um mich ihnen vorzustellen.

Avery legt den Kopf schief und mustert mich nachdenklich. »Sag mal, bist du nicht die, die bei Halen mit einer Decke im Flur herumsaß?«

Ach du meine Güte. Daher kommen sie mir so bekannt vor! Und ich dachte, dass ich diese Partygäste nie wieder sehen würde. Aber da hat mir mein Leben ein weiteres Mal einen Strich durch die Rechnung gemacht. »Ja, das war dann wohl ich.«

»Und jetzt sitzt ihr hier«, stellt Avery schmunzelnd fest, während sie neugierig zwischen Halen und mir hin und herschaut. »Darüber muss ich unbedingt mehr erfahren.«

Sid räuspert sich. »Also, ich hätte da so eine Idee. Was haltet ihr davon, mit zu der Party zu kommen, zu der wir gerade gehen wollten? Ist auch nicht weit von hier.«

»Oh, das wäre wirklich super«, stimmt Avery begeistert ein. »Ich muss Venice schließlich noch ausquetschen, jetzt wo wir richtig Bekanntschaft gemacht haben. Dann bin ich mit den beiden Vollidioten in Zukunft endlich nicht mehr alleine unterwegs.«

Und obwohl ich noch immer nicht ganz weiß, wie wir heute an diesem Punkt gelandet sind, dass wir stets von irgendwas überrascht und unterbrochen werden, muss ich lachen, als Sid und Halen sie gleichzeitig empört angucken und Sid Sand nach seiner Freundin wirft.

Der Tag steckt voller Überraschungen. Und er ist anscheinend noch lange nicht vorbei. Na, das kann ja was werden.

KAPITEL 27

Halen

Ich wollte Venice küssen. Genau genommen gab es nichts, was ich lieber getan hätte.

Es wäre der optimale Moment gewesen, hier am Strand, beim Rauschen der Wellen und glücklichem Kinderlachen. Doch natürlich mussten Sid und Avery auftauchen. Wir haben kein Glück, wenn es ums Küssen geht. Immerhin scheint Venice sich nicht daran zu stören, denn sie und Avery scheinen sich auf Anhieb zu verstehen.

Die beiden sind vor kurzer Zeit losgezogen, um Eis zu holen. Die Eisdiele ist nur zwei oder drei Läden von dem chinesischen Restaurant entfernt.

»Es war übrigens Averys Idee und nicht meine, euch zu stören«, informiert mich Sid, der gerade dabei ist, eine Zigarette anzuzünden. Er tut es meist, wenn Avery nicht in seiner Nähe ist, da sie diese Angewohnheit an ihm nicht ausstehen kann. »Ich habe nur gesagt: Schau mal, da ist Halen.«

»Ich kann mir vorstellen, wie begeistert sie war, als sie uns hier entdeckt hat«, schmunzele ich auf Sids Aussage hin.

»Oh, die war ganz aus dem Häuschen«, bestätigt er lachend.

»An deiner Stelle hätte ich Angst, dass sie Venice vor dreister Fragerei in die Flucht schlägt.«

»Du bist doch nicht besser!«, ertönt wie auf Kommando Averys Stimme hinter uns. Ohne Witz, ich glaube, diese Frau hat ein Supergehör. Irgendwie bekommt sie immer alles mit. Aber so oder so, sie hat mit ihrer Aussage recht.

Ich drehe mich um und sehe Venice und Avery mit je zwei Bechern Eis in den Händen auf uns zukommen und dabei jede Menge Sand aufwirbeln.

»Gar nicht wahr«, protestiert Sid und krallt sich mit der freien Hand eingeschnappt den Becher aus Averys Hand, als sie sich neben ihm niederlässt.

Venice beobachtet das ganze nur schweigend und schmunzelt, als sie sich ebenfalls wieder zu mir auf die Decke setzt. »Hier, bitte.« Sie reicht mir meinen Eisbecher, den ich dankend entgegennehme.

»Welche Sorte hast du?«, erkundige ich mich bei ihr, nachdem ich mein Himbeereis probiert habe. Nichts geht über diese Geschmacksrichtung.

»Haselnuss«, antwortet sie und taucht ihren Löffel ebenfalls in das Eis, um davon zu kosten. Ihre Augen schließen sich einen Moment genießerisch, ehe sie sie wieder öffnet und mir ihren Becher entgegenhält. »Möchtest du mal probieren?«

Da sage ich bestimmt nicht Nein, denn zu wissen, was ihr so gefällt, interessiert mich brennend. Also tunke ich meinen Löffel in die kalte Masse und schließlich in meinen Mund.

Abwartend schaut sie mich an, während ich es mir auf der Zunge zergehen lasse. »Mhm«, beginne ich mein Urteil, woraufhin Venice lacht.

»Und wie soll ich das bitte deuten?«, fragt sie amüsiert.

»Ist okay. Aber ich bleibe bei Himbeere«, beschließe ich. An dieser Überzeugung halte ich seit meiner Kindheit fest.

Dieses Mal fordere ich sie auf, meins zu probieren. Sie häuft ein bisschen davon auf ihren Löffel und verzieht das Gesicht zu einem erst überraschten und dann begeisterten Ausdruck. »Wow, das ist wirklich nicht schlecht. Ob du es glaubst oder nicht, das ist das erste Mal, dass ich Himbeereis esse.«

Entsetzt lege ich mir eine Hand auf die Brust und ziehe theatralisch Luft ein. »Wie kannst du nur? Da hast du in deinem Leben echt was verpasst.«

Venice kichert. »Jetzt weiß ich es ja immerhin besser.«

»Immer wieder gern.«

»Sag mal, Venice«, mischt sich Avery ins Gespräch ein und wirft mir einen frechen Blick zu, der mich etwas beunruhigt. »Kennst du schon die Geschichte, als Halen mit dem Gesicht in seine Geburtstagstorte gekracht ist?«

Ich werfe Avery einen flehenden Blick zu. Oh, bitte nicht. Muss sie das wirklich jetzt erzählen? Nur weil ich Sid vor ein paar Tagen erzählt habe, wie es eigentlich dazu kam, dass sich eine Wasserspur durch die Hälfte ihrer gemeinsamen Wohnung zog. Ihrer Aussage zufolge waren die Handtücher im Bad aus. Die Wahrheit war allerdings, sie hat auf dem Rückweg von der Uni versucht, eine Gruppe Kinder zu beeindrucken, wie weit sie den Football werfen kann. Normalerweise hätte das auch funktioniert, nur hat sie den Brunnen hinter sich nicht bedacht, als sie ein paar Schritte zurückging, um Anlauf zu nehmen. Sid zieht sie nun täglich damit auf.

Und nun springt Venice leider sofort auf Averys Versuch an, mich bloßzustellen. »Echt? Nein, die hat er wohl vergessen, zu erzählen.«

Ich seufze. Na, das kann ja lustig werden.

»Dieser Trottel hier ist an seinem letzten Geburtstag auf dem Weg zum Kuchen über seine eigenen Füßen gestolpert und mit dem Gesicht voran volle Kanne in der Himbeertorte gelandet«, führt Avery auf. »Willst du das Video sehen?«

»Es gibt ein Video?«, fahre ich schockiert dazwischen. Davon höre ich zum ersten Mal. Wieso hat niemand jemals ein Sterbenswörtchen dazu gesagt?

Venice lacht vergnügt auf. »Ein anderes Mal vielleicht«, erwidert sie dann zu meiner Erleichterung und sieht mich mild an. » Aber gut zu wissen, dass du nicht hin und wieder auch tollpatschig bist.«

Es gibt da zudem aber auch den feinen Unterschied, dass ich mich bei solchen Aktionen, falls sie vorkommen, stets blamiere und sie es schafft, dabei noch gut auszusehen. Wie auch immer sie das hinbekommt.

»Sollen wir dann langsam mal los?«, fragt Sid, als er seinen Becher leer gelöffelt hat. Er richtet sich auf, um den Sand von seiner Hose abzuklopfen.

Wir anderen stimmen zu, essen unser Eis auf und tun es ihm gleich. Als alle stehen, falte ich die Decke zusammen, um sie zurück zum Auto zu bringen.

Dann machen wir uns auf den Weg zu der Party, die das eigentliche Ziel meiner Freunde gewesen ist.

»Nur so zur Info, ich befürchte, Avery startete einen weiteren Versuch, deiner Zukünftigen ein paar peinliche Dinge von dir zu erzählen«, gluckst Sid plötzlich neben mir auf. Wir laufen ein Stückchen hinter Venice und Avery, was sich wohl gerade als Fehler herausstellt, so wie die beiden die Köpfe zusammenstecken. Sid deutet auf Venice. »Vielleicht bist du also bald wieder Single.«

Mein Kopf schnellt abrupt erst zu ihm herum und dann zu Venice und Avery, während Letztere mir einen ziemlich vielsagenden Blick zuwirft.

Oh, ich bin am Arsch.

KAPITEL 28

Venice

»Und dann ist Halen so was von gegen diese Tür gerannt.« Avery lacht laut. »Sein Gesichtsausdruck danach war mindestens genauso lustig wie die Tatsache, dass da in dicken, fetten Großbuchstaben Ziehen auf der Glasscheibe stand.«

Bei der Vorstellung, wie Halen auch mal etwas Dummes passiert, muss ich grinsen, denn bisher blieb mir diese Seite an ihm verwehrt.

»Avery, meinst du nicht, dass das schon genug peinliche Dinge über mich waren?« seufzt Halen und reibt sich die Schläfe, als er und Sid zu uns aufholen.

Da bin ich allerdings anderer Meinung. Es tut gut, zu wissen, dass ich nicht die einzige Person bin, die ziemlich tollpatschig ist.

»Oh, noch lange nicht«, tönt Avery fröhlich und greift nach meiner Hand, um mich weiter nach vorne und somit auch etwas weg von den Jungs zu ziehen.

»Also, was muss ich alles wissen?«, frage ich schmunzelnd. Wenn sich mir hier schon mal die Gelegenheit bietet, mehr über Halen zu erfahren, muss ich sie selbstverständlich nutzen.

»Da wäre einiges. Mhm, wo fange ich an?« Sie wirft einen Blick nach hinten zu Halen und Sid. »Einmal hat er sich in der Öffentlichkeit in die Hose gepinkelt.«

»Du warst doch nicht mal dabei! Das weißt du nur von meiner Schwester«, erklingt Halens Stimme vorwurfsvoll. »Außerdem war ich da fünf.«

»Mir doch egal, wie alt du da warst. Und Harper hat es mir erzählt, weil sie auch findet, dass man wissen sollte, worauf man sich bei dir einlässt.«

»Und dann ist es relevant, dass ich gegen eine Tür gerannt bin oder mir mit fünf in die Hose gemacht habe?«, hinterfragt Halen, der uns mittlerweile wieder überholt hat und rückwärts vor uns läuft.

»Sehr relevant«, kommt es gleichzeitig von mir und Avery. Wir wechseln einen kurzen Blick und brechen in Gelächter aus.

Avery hat sich zuerst wieder im Griff. »Venice, wo warst du nur mein ganzes Leben lang?«

»O Gott, Sid, was hast du getan«, stöhnt Halen auf, ehe er seinem Freund einen gespielt bösen Blick zuwirft.

»Ich konnte ja nicht wissen, dass sie gleich beste Freundinnen werden, als ich euch am Strand sitzen gesehen habe«, murrt Sid.

»Du hättest es dir aber denken können«, entgegnet Halen, während er zu mir sieht. »Schließlich kennst du Avery bestens und Venice ... Venice macht es einem einfach unmöglich, sie nicht zu mögen. Ich spreche aus Erfahrung.«

Kurz darauf bleiben wir vor einem Haus stehen, welches schwer nach einer Studentenverbindung aussieht. Ich glaube, ich war bisher noch auf keiner Verbindungsparty. Nicht, dass es keine Gelegenheit gegeben hätte. Doch irgendwie schaffte Collin es immer, mir auszureden, dort hinzugehen. Es sei nicht mein Stil. Es würde mich langweilen und er weiß, wovon er da sprach, schließlich kannte er diese Art von Partys und auch mich. Und das würde nicht zusammenpassen. Er selbst nahm selbstverständlich an jeder einzelnen teil.

Damals gab ich nach, glaubte ihm, hatte keine Lust auf irgendwelche Diskussionen gehabt. So wichtig war es mir letztendlich auch wieder nicht. Außerdem hasste ich Streit mit Collin, denn, egal worum es ging, er drehte alles immer so herum, dass ich mich am Ende schuldig fühlte und annahm, dass ich falsch lag. Es war andauernd das Gleiche. Und denke ich jetzt daran zurück, überkommt mich nicht bloß ein Gefühl von Wut, sondern auch von Enttäuschung, darüber, dass ich nicht selbst für mich eingestanden bin. Mir ist völlig entgangen, wie ich mich selbst in dieser Beziehung Stück für Stück verloren habe. Aber sein Betrug war wie ein sehr unangenehmer und äußerst schmerzhafter Weckruf, den ich bitter nötig gehabt hatte.

Es wird womöglich dauern, bis ich mich davon erhole und wieder vollständig zu mir zurückfinde. Aber das ist okay. Denn ich denke, ich bin bereits auf dem Weg dahin, dank der Hilfe einiger toller Menschen in meinem Umfeld.

Ich spüre, wie Halen mich mit einer Hand im Kreuz berührt und sie dort liegen lässt, als wir das Haus betreten.

Wie sich seine Hände und seine Lippen wohl an anderen Stellen meines Körpers anfühlen würden?

Wir drängeln uns an den vielen gut gelaunten Leuten vorbei, um weiter ins Innere des Hauses vorzudringen und je näher wir dem Wohnzimmer kommen, umso lauter wird die Musik.

»Möchtet ihr was trinken?«, will Sid wissen, als die Küche in Sicht kommt.

Sowohl Halen als auch ich verneinen und so kommt es, dass Avery und Sid in der Küche verschwinden und uns zurücklassen.

»Tut mir leid, wenn Avery dich irgendwie überrumpelt hat«, sagt Halen, als die beiden außer Hörweite sind.

Ich muss lachen. »Du erinnerst dich an meine Freunde? Ich glaube, Stella und Avery sind beinahe ein und dieselbe Person.«

Auch Halen muss bei der Tatsache grinsen. »Da ist was dran.«

Bevor ich darauf etwas erwidern kann, taucht Avery wieder neben uns auf. »Leute, ich habe es mir anders überlegt. Ich will zuerst tanzen gehen.«

Halen hebt eine Augenbraue. »Und was genau erwartest du jetzt von uns?«

»Von dir gar nichts, Dummerchen«, erwidert sie. »Aber Sid hat keine Lust und deswegen muss ich deine Freundin jetzt entführen.«

»Ich bin doch gar nicht seine Freundin«, rutscht es mir kleinlaut heraus, ehe ich auch schon mitgezogen werde.

»Papperlapapp, hätte Sid euch vorhin nicht unterbrochen, wärt ihr jetzt garantiert nicht hier. Dann würdet ihr jetzt ganz andere Sachen machen«, meint Avery und sieht mich dann über ihre Schulter hinweg an. »Ich habe doch Augen im Kopf und glaub mir, eure Blicke sind nicht nur mir aufgefallen.« Jup, Avery und Stella ähneln sich definitiv. »Und jetzt sag mir nicht, dass da nichts dran ist.«

Ich schweige und sie hebt zufrieden die Mundwinkel. Sie hat ja recht. Ich kann nicht leugnen, dass da etwas zwischen uns ist.

»Aber erst mal musst du ihm zeigen, was er sich da für eine fantastische Frau ausgesucht hat.« Sie fängt an, ihre Hüften zu bewegen und blickt zu Halen, bei welchem nun auch Sid mit einem Becher in der Hand steht.

Während ich ebenfalls anfange, mich zu der Musik zu bewegen, halte ich Halens Blick, der auf mich gerichtet ist, stand. Mit jedem weiteren Takt der Musik werde ich sicherer und mein Körper bewegt sich nur so von selbst, gibt sich dem Rhythmus einfach hin.

Er beobachtet jede meiner Bewegungen und seine grün-braunen Augen halten mich gefangen. Keiner von uns ist in der Lage, sich von dem anderen abzuwenden. Sein Blick hinterlässt eine stechende Spur, als er an meinem Körper auf und ab gleitet. Auch das kurze Aufblitzen in seinen Augen, als mein Oberteil nach oben rutscht und etwas von meiner Haut freigibt, entgeht mir nicht. Mit langsamen, beinahe schleichenden Schritten löst er sich von der Wand, an der er bisher gelehnt hat, und kommt auf mich zu.

Quälend langsam lässt er seine Hände auf meiner Hüfte nieder und ich folge seiner Aufforderung, schmiege meinen Körper an ihn. Unsere Blicke trennen sich auch dann nicht, als ich mit den Händen über seinen Oberkörper wandere und erst in seinen braunen Haaren zum Halten komme. Ich kann nicht verhindern, dass wir uns mit jeder Sekunde näher kommen. Ich schaue auf seine Lippen. Gott, ich kann es gar nicht mehr erwarten.

»Du weißt gar nicht, wie lange ich darüber schon nachdenke«, murmelt Halen, als er sich nach vorne lehnt und – ich weiche zurück.

Denn plötzlich schießt mir die Erinnerung in den Kopf, dass wir zuvor immer unterbrochen wurden, wenn unsere Freunde in der Nähe waren. Nein, das wird nicht hier geschehen. Nicht zwischen all den Menschen, wo uns jederzeit wieder jemand anderes unterbrechen könnte. Nicht dieses Mal. Dieses Mal sollen unsere Lippen einander berühren.

»Komm mit«, hauche ich ihm zu.

Mit großen Schritten schlängele ich mich durch die Menschen, laufe zur Haustür und schließlich ins Freie hinaus. Ich drehe mich nicht um, denn ich bin mir sicher, dass er mir folgt.

Draußen werden wir sofort von kaltem Regen in Empfang genommen.

Das Wasser, das auf meine erhitzte Haut trifft, tut unglaublich gut. Schwungvoll drehe ich mich um und erblicke Halen, der direkt vor mir steht. Sein Blick hinterlässt ein berauschendes Brennen auf meiner Haut, als er mich ein letztes Mal von oben bis unten mustert. Seine Iriden wandern über meine Lippen, bis er mir letztendlich in die Augen sieht.

»Jetzt«, sage ich lächelnd.

Und endlich drückt er seine Lippen auf meine. Der Kuss fängt vorsichtig an, doch in Sekunden überkommt mich ein intensives Verlangen. Es fühlt sich so heftig an, dass ich Angst habe, meine Beine könnten jeden Moment versagen. Doch Halen hält mich und drückt mich so fest an sich, dass meine weichen Knie halt finden. Seine Zunge bahnt sich einen Weg in meinen Mund und umspielt zärtlich meine. Alles in mir zieht sich zusammen und mein Körper fühlt sich an, als stünde er in Flammen. Wir küssen uns voller

Leidenschaft und bekommen nicht genug vom anderen, während kein einziges Blatt Papier mehr zwischen unsere Körper passen würde.

Das hier ist so anders als auf diesem Parkplatz vor dem Supermarkt.

So besser, so überwältigend und vertraut, als hätten wir nie etwas anderes getan. Und dieses Mal ist da niemand, der uns unterbricht.

Dieses Mal gibt es nur Halen und mich.

Zwei Fremde, die zu Freunden wurden und schließlich zu Liebenden.

KAPITEL 29

Halen

Auf der gesamten Fahrt nach Hause kann ich ihre Lippen noch immer auf meinen fühlen. Mehr als einmal habe ich meine Finger über meinen Mund gleiten lassen, weil ich es noch nicht ganz fassen kann. Ich bin völlig benommen von Venice und kann nicht aufhören, breit zu grinsen und ihr ständig kurze Blicke von der Seite zuzuwerfen. Sie ist einfach so attraktiv, dass ich mich nicht an ihr sattsehen kann. Nach unserem Kuss folgte ein zweiter und danach sind wir zwar wieder nach drinnen gegangen, blieben aber nicht mehr allzu lange und verabschiedeten uns von Avery und Sid.

»Worüber denkst du nach?«, fragt Venice in die Stille des Wagens.

»Daran, wie es ist, dich zu küssen«, entgegne ich wahrheitsgemäß und ohne zu zögern. Ihre Lippen schmeckten nach Himbeere und Haselnuss und ich bin absolut süchtig danach.

»Ja, daran muss ich auch die ganze Zeit denken«, meint sie leise, als ich das Auto auf den kleinen Parkplatz neben unserem Wohnhaus lenke. Meistens findet man hier keine freie Lücke, doch heute muss wohl unser Glückstag sein, denn es sind sogar zwei Stellplätze frei, wovon ich den näheren wähle.

Wir steigen beide aus und laufen dann dicht beieinander zum Hauseingang, wobei sich unsere Arme und Schultern immer wieder für einen kurzen Augenblick berühren. Als ich dann die Tür öffne, sie Venice aufhalte und nach ihr eintrete, nutze ich die Gelegenheit und greife nach ihrer Hand, um ihre Finger mit meinen zu verschränken. Selbst diese kleine, unschuldige Berührung jagt unaufhaltsame Stromstöße durch meinen Körper. Es hat mich echt ziemlich erwischt, doch da gibt es definitiv Schlimmeres, als mir von Venice den Kopf verdrehen zu lassen. Auf unserer Etage angekommen, bleiben wir einander zugewandt mitten im Flur zwischen unseren jeweiligen Haustüren stehen und lassen den anderen nicht aus den Augen. Noch immer haben wir unsere Hände nicht voneinander gelöst.

Am liebsten würde ich sie fragen, ob sie noch mit zu mir kommen möchte, doch das kommt mir dann etwas unangemessen vor.

»Ich fand den Tag wirklich schön«, ergreift Venice als Erstes das Wort. »Danke dafür.«

»Bin ganz deiner Meinung«, erwidere ich und kann nicht vermeiden, dass mein Blick auf ihre Lippen fällt. Und als ich ihn wieder hebe, tut Venice dasselbe bei mir. »Denkst du zufällig noch immer daran, mich zu küssen?«, frage ich leise und spiele damit auf ihre Aussage vorhin im Auto an.

»Und wie«, haucht sie, als sie ihre Hand auch schon aus meiner löst, um mir damit den Arm hinaufzufahren, woraufhin sich eine Gänsehaut auf meinem Körper ausbreitet. Venice hält schließlich in meinem Nacken inne, während sie mit ihrem Gesicht näher kommt. »Meine Gedanken spielen verrückt, Halen.«

Und meine erst.

Als wir unsere Lippen zum dritten Mal aufeinanderlegen, fühle ich, wie Venice grinsen muss, ehe sie mit der Zunge in meinen Mund eindringt.

Ich habe das Gefühl, mit jedem Mal wird es nur noch besser.

Wenn das so weitergeht, weiß ich am Ende sicherlich nicht mehr, wo mir der Kopf steht. Sie schafft es ja jetzt schon, mich bloß mit ihrem Lächeln aus dem Konzept zu bringen.

Ich lege meinen Arm um ihre Taille, ziehe sie enger an mich, um ihre Körperwärme intensiver zu spüren. Es ist mir egal, ob hier jeden Moment jemand entlangkommen könnte, denn wenn wir schon endlich zueinander gefunden haben, gibt es für mich bloß noch uns.

Erst als uns das Atmen schwerer fällt, geben wir einander wieder frei. Venice wirkt glücklich, so fühle auch ich mich und das ist doch alles was zählt, oder?

»Und der Tag wurde gerade eben noch besser«, bringt Venice lächelnd hervor.

Ich schmunzele und schiebe ihr eine Strähne hinters Ohr, die sich aus ihrem Zopf gelöst hat. »Dem kann ich nur zustimmen.«

Venice beißt sich auf die Unterlippe. »Was hast du die nächsten Tage so vor?« »Bisher noch nichts.« Ich habe das Gefühl, das wird sich gleich ändern.

»Na dann, wir sehen uns, ja?« Sie tritt ein kleines Stück von mir weg, öffnet ihre Tasche und kramt darin herum. Triumphierend hält sie ihren Schlüsselbund in die Luft. »Und ich habe sogar an meinen Schlüssel gedacht.«

Ich muss lachen, auch wenn ich kein Problem damit hätte, wenn es anders wäre. »Ein Tag voller Überraschungen.« Ich lasse meinen Blick über sie gleiten, präge mir den glücklichen Gesichtsausdruck und die leuchtenden Augen genau ein. »Gute Nacht, Venice.«

»Nacht, Halen.« Dann wendet sie sich von mir ab und schließt die Tür zu Davinas Wohnung auf.

Sie hat schon einen Fuß über die Türschwelle gesetzt, als sie sich umdreht und zu mir blickt, nur um anschließend noch mal mit schnellen Schritten zurückzukommen. Sie küsst mich erneut, bloß flüchtig, lässt dann genauso schnell wieder von mir ab und verschwindet mit einem letzten Lächeln in meine Richtung endgültig nach drinnen.

Irgendwie schade, denn ich hätte sie gerne noch länger in meiner Nähe gehabt. Aber es ist ja auch nicht die letzte Gelegenheit, schließlich habe ich nicht vor, es bei den heutigen Küssen zu belassen.

KAPITEL 30

Drei Tage später stehe ich vor Halens Wohnungstür und warte, wie auch die letzten Tage. Nur habe ich dieses Mal eine sehr wichtige Ankündigung. Als die Tür schließlich aufgeht, stemme ich die Hände in die Hüften. »Wir sollten Pizza bestellen«, schlage ich gut gelaunt vor, doch es ist gar nicht Halen, der die Tür geöffnet hat, sondern ein kleines Mädchen mit braunen Haaren.

»Klingt super«, meint die Kleine, als hätte ich tatsächlich mit ihr reden wollen. Dann dreht sie sich nach drinnen und schreit lauthals: »Halen, ich will Pizza!«

Das wird dann wohl Halens Nichte sein. Er hat ein Foto von ihr und sich im Wohnzimmer stehen und hat sie einmal kurz erwähnt, als ich danach gefragt habe.

»Deine Mom hat mir verboten, immer irgendwelches Fast Food zu bestellen!«, ruft dieses Mal Halen von drinnen.

»Ich will aber! Und das andere Mädchen auch!«

»Was für ein Mädchen?«, kommt es verdutzt zurück. Okay, er hat mein Klopfen wohl nicht gehört. Dafür aber der kleine Lockenkopf vor mir.

Dieser sieht mit zusammengekniffenen Augen zu mir hoch. »Wer bist du eigentlich?«

Ich lächele, woraufhin ihr Blick noch misstrauischer wird und sie ihre kleinen Hände in die Hüfte stemmt. Na, das läuft ja super. »Venice. Eine Freundin von Halen. Und wer bist du?«

Auf meine Frage geht sie gar nicht erst ein, stattdessen dreht sie sich wieder um. »Deine Freundin!«

Halen kommt zur Tür, sieht erst zu mir und dann schmunzelnd zu meiner neuen Bekanntschaft. »Daher kommt die Idee mit der Pizza also.«

Ich zucke entschuldigend mit den Schultern. Ja, ich konnte schließlich nicht wissen, dass sein Besuch die Tür öffnet und nicht er selbst.

»Also keine Pizza?«, frage ich zögernd.

»Doch«, kommt prompt der Widerspruch des Mädchens. »Meine Mom muss ja nicht alles wissen. Hat Halen letztes Mal gesagt.«

»Ruby«, beschwert dieser sich und wirft mir einen verlegenen Blick zu. »Habe ich dir nicht gesagt, dass du niemandem davon erzählen sollst?«

Ruby blickt irritiert zwischen uns hin und her. »Aber sie ist doch deine Freundin und Freunden sagt man immer die Wahrheit.«

Ohhh, die Kleine ist ja Zucker. »Da ist was dran«, stimme ich ihr zu.

»Also bestellen wir Pizza!«, bestimmt Ruby mit zufriedener Miene und stolziert glücklich nach drinnen.

»Dann bestellen wir wohl Pizza«, seufzt Halen geschlagen, während er seiner Nichte dabei zusieht, wie sie es sich mit einer Decke auf der Couch bequem macht.

Ich grinse. »Die hat dich ja voll im Griff.«

»Nicht nur sie«, erwidert er und tritt einen Schritt beiseite, um mir Platz zu machen. »Eigentlich ist das ja auf deinem Mist gewachsen. Ich war kurz davor, sie zu überreden, dass wir irgendwas Gesundes essen.«

»Das tut mir leid«, entgegne ich. »Aber du hast doch selbst gesagt, dass davon keiner erfahren muss.«

»Ich glaube, ich habe einen schlechten Einfluss auf sie. Mein Bruder und seine Frau werden mich umbringen, wenn sie es rausbekommen. Ruby kann nämlich sehr gesprächig sein.«

»Weißt du«, sage ich gedehnt, schließe die Tür und gehe auf Halen zu. Okay, vielleicht war Pizza nicht der einzige Grund, warum ich hier bin. »Ich wüsste da noch etwas, wovon momentan noch niemand etwas erfahren soll.«

Auch Halen kommt lächelnd näher. »Ist das so?«

Uns trennen nur noch wenige Zentimeter. »Allerdings.« Als unsere Lippen aufeinandertreffen, entfährt mir ein zufriedenes Seufzen. Wir haben uns nur ein paar Stunden nicht gesehen, schon sehne ich mich wieder nach ihm und seinen Lippen. Vielleicht sollte ich Davina das nächste Mal nicht im Laden helfen, wenn das bedeutet, dass ich mehr Zeit mit Halen verbringen kann.

»Braucht ihr noch lange? Ich habe nämlich Hunger«, ruft Ruby uns vorwurfsvoll von der Couch aus zu.

Ich löse mich amüsiert von Halen und dieser schließt kurz die Augen, ehe er wieder meinen Blick einfängt. »Nachher geht's weiter.«

Eine Dreiviertelstunde und eine ausgiebige Erklärung von Ruby später, warum ausgerechnet *Rapunzel* ihr Lieblingsfilm ist, plus einer zusätzlichen Inhaltsangabe des Filmes, sitzen wir drei gemeinsam auf dem Sofa und essen Pizza.

Dass ich auf der Couch übernachtet habe, kommt mir vor, als wäre es bereits eine Ewigkeit her. Aber seither mir ist schon lange nichts Dummes oder großartig Peinliches mehr passiert. Keine Ahnung, wie lange das so bleibt, aber ich genieße es in vollen Zügen.

»Willst du mal probieren?« Ruby streckt mir ihren kleinen Pizzakarton entgegen. Ich rümpfe die Nase und frage mich noch immer, wieso eine Fünfjährige Scampi auf ihrer Pizza möchte. Als ich in ihrem Alter war, habe ich Lebensmittel, die irgendwie seltsam aussahen, nicht einmal probiert.

»Ich denke, ich bleibe bei Salami«, erwidere ich. »Aber willst du vielleicht etwas von meiner?«

Eifrig nickt die Kleine und ehe ich gucken kann, ist meine Pizza um ein weiteres Stück geschrumpft.

»Und was ist mit mir?«, fragt Halen brüskiert.

»Nur ich und Venice dürfen teilen!«, beschließt Ruby und ich fange an, sie wirklich in mein Herz zu schließen.

»Venice und ich«, korrigiert Halen sie mit gespielt finsterem Blick. Da ist wohl jemand ein kleines bisschen neidisch, würde ich behaupten.

»Hä?«, kommt es bloß von Ruby.

»Man nennt sich selbst immer zum Schluss, das ist höflich.«

Ruby zieht die Stirn nachdenklich in Falten. »Du bist gemein. Ich und Venice reden nicht mehr mit dir«, beschließt sie und schiebt sich ein großes Stück Pizza in den Mund.

Und ich beschließe, Halen ein bisschen zu ärgern.

»Venice?« Halen sieht mich fragend an.

Ich kann mir gerade noch ein Lachen verkneifen und sehe an ihm vorbei zu Ruby. »Hast du gerade etwas gehört?«

Sie schüttelt breit grinsend den Kopf. »Nööö.«

»Honey«, versucht es Halen weiter, mit übertrieben zuckersüßer Stimme. Er will mich wohl ebenfalls ärgern, sonst hätte er diesen bescheuerten Spitznamen nicht in den Mund genommen. Doch ich ignoriere ihn gekonnt und lege meinen Pizzakarton gelassen auf den Tisch, als ich fertig bin.

Halen setzt einen Hundeblick auf. »Komm schon, Venice. Du kannst mich doch nicht einfach ignorieren.«

Ich halte mir eine Hand ans Ohr, als könnte ich so besser hören. »Hörst du diese Mücke, Ruby? Richtig penetrant.«

»Mücke!« Ruby kichert vergnügt und stopft sich mehr Pizza in den Mund.

Plötzlich packt Halen meine Schultern und zieht mich abrupt zu sich, sodass mein Körper gegen seinen prallt. Mit weit aufgerissenen Augen starre ich ihn an. Das Funkeln in seinen Augen ist dabei nicht zu übersehen.

»Und was ist jetzt? Willst du mich weiter ignorieren?« Sein Blick wandert verdächtig nach unten zu meinen Lippen. »Denn dann wird mein Versprechen sich in Luft auflösen.«

Mein Atem wird flach, doch ich antworte ihm weiterhin nicht.

Seine Stimme wird leiser und sein Mund wandert zu meinem Ohr, sodass Ruby ihn nicht mehr hören kann. »Es sei denn, du willst mich nicht mehr küssen.« Halen lehnt sich wieder zurück und schaut mir tief in die Augen. Seine Mundwinkel zucken leicht nach oben. Er spielt mit unfairen Mitteln.

»Ruby ist hier«, erinnere ich ihn und sehe kurz zu ihr rüber. Sie scheint das Interesse an uns verloren zu haben, denn sie zupft sich einen Scampi nach dem anderen von ihrer Pizza, um diesen dann zu essen.

»Ruby muss bald ins Bett«, erwidert Halen.

Mit einem Mal blickt Ruby schockiert zu uns. So beschäftigt war sie dann wohl doch nicht. »Ich will nicht ins Bett«, protestiert sie.

»Das werden wir dann ja sehen«, erwidert Halen. »Es ist schon ziemlich spät, Ruby.«

Ich selbst befreie mich währenddessen aus seinem Griff und stehe langsam auf. »Er hat recht, weißt du. Ich werde jetzt gleich auch direkt ins Bett gehen«, wende ich mich an Ruby und gähne, um meine Behauptung zu untermalen. Vielleicht hilft es ja, sie zum Schlafen zu bewegen. »Also, wir sehen uns morgen, Halen, und es war wirklich schön, dich kennenzulernen, Ruby.«

»Dich auch«, meint sie mit einem Lächeln, das ihr Grübchen ins Gesicht zaubert.

»Bis Morgen, Venice«, spielt Halen mit und winkt mir zu.

Etwas neben der Spur nicke ich nur und gehe zur Tür. Ich schaue noch ein letztes Mal zu den beiden, bevor ich die Wohnung verlasse.

KAPITEL 31

»Lass mich raten.« Halen lehnt mit verschränkten Armen am Türrahmen und kann sich ein Grinsen nicht verkneifen. »Es ist schon wieder passiert?«

»Vielleicht.«

Er lacht leise. »So langsam glaube ich, du machst das mit Absicht.«

Ich stelle mich auf die Zehenspitzen und drücke ihm einen sanften Kuss auf die Lippen. »Kein Kommentar.«

»Wusste ich es doch«, entgegnet Halen. »Aber da Ruby heute auf meiner Couch schläft, musst du dir leider das Bett mit mir teilen.«

»Ich sehe das Problem nicht«, stelle ich klar.

»Gut, ich nämlich auch nicht.« Halen zieht mich in die Wohnung und schmeißt die Tür schwungvoll hinter uns zu, wodurch Ruby sogleich auf uns aufmerksam wird und ihren Kopf zu uns dreht. »Wolltest du nicht nach Hause?«

»Wollte sie«, antwortet Halen für mich. »Aber Venice ist hin und wieder etwas vergesslich und kommt deswegen nicht in ihre Wohnung.«

Ja, hin und wieder etwas vergesslich trifft es ganz gut. Tollpatschig wäre auch noch ein ziemlich geeignetes Adjektiv, um mich zu beschreiben.

»Genau wie Tante Harper«, gluckst Ruby, während sie sich mit dem Bauch auf die Couch legt und zu uns herübersieht. »Sie sucht gerade eine neue Freundin für Halen.«

Neben mir zieht Halen überrascht die Augenbrauen hoch. »Wer erzählt denn so etwas?«

»Na, Harper!«, gibt sie mit solch einer Selbstverständlichkeit zurück, als wäre es eine ziemlich überflüssige Frage. Dann richtet sie sich wieder an mich. »Bist du jetzt Halens neue Freundin? Hat Tante Harper dich gefunden?«, will sie wissen, woraufhin ich fast an meiner eigenen Spucke ersticke.

Wie soll ich darauf denn jetzt antworten? Ich habe doch selbst keine Ahnung, was *wir* eigentlich sind.

Scheinbar ist auch Halen mit dieser Frage etwas überfordert, denn er braucht einen Moment, ehe er sich schließlich räuspert und das Gespräch in eine andere Richtung lenkt. »Warum räumen wir nicht ein bisschen auf und machen dich dann bettfertig, hm?«

Ruby scheint zu überlegen, nickt dann aber und rappelt sich auf. Sie schnappt sich ihren Pizzakarton und bringt ihn in die Küche. »Dann musst du mir aber auch aus deinem Buch vorlesen.«

Ich hebe fragend die Augenbrauen. »Dein Buch?«

Er weicht meinem Blick aus, fährt sich mit einer Hand durch die Haare und macht sich daran, die restlichen Sachen vom Tisch zu räumen. »Ich schreibe manchmal ein paar Gedanken in ein Notizbuch. Ruby hat es irgendwann mal in die Hände bekommen und wollte unbedingt, dass ich ihr daraus vorlese. Ist irgendwie eine kleine Tradition geworden, wenn sie bei mir übernachtet.«

Ich lächele leicht, frage aber nicht weiter nach, obwohl es mich brennend interessiert, was wohl in diesem Buch stehen mag. Doch es kommt mir so vor, als wollte Halen es nicht mit mir teilen und das ist völlig okay.

»Das klingt schön«, antworte ich also nur.

»Willst du vielleicht schon ins Schlafzimmer? Dann lese ich

Ruby noch kurz etwas vor und komme dann zu dir«, schlägt er vor, während er zum Couchtisch rübergeht, um Ruby beim Aufräumen zu helfen.

»Warte, ich helfe euch«, werfe ich jedoch ein und gehe auf die beiden zu, um gemeinsam mit ihnen alles wegzuräumen. Das hätte ich gerade auch schon tun sollen.

Als wir das erledigt haben und ich gerade zu seinem Schlafzimmer gehen will, hält er mich zurück.

»Du kannst dir zum Schlafen etwas aus meinem Schrank nehmen.« Er macht eine Pause und seine Mundwinkel zucken bei einem ganz bestimmten Gedanken verdächtig nach oben. »Es sei denn, du willst nackt schlafen. Davon will ich dich selbstverständlich nicht abhalten. Dann könnten wir …«

»Halen!«, keuche ich entsetzt auf, laufe rot an und sehe eilig zu Ruby, die gerade ihr dreckiges Glas in die Spüle der offenen Küche stellt, um ganz sicherzugehen, dass sie das nicht mitbekommen hat.

»Ich wollte es nur mal erwähnen«, kommt es vergnügt von ihm. Meine Reaktion war offensichtlich genau sein Ziel. Diese kleine miese Ratte.

Okay, die Beleidigung ist zu böse für ihn. Zu meiner Verteidigung, mein Kopf kann gerade nicht richtig arbeiten, denn Halen hat nicht nur erreicht, dass ich rot werde, sondern auch dafür gesorgt, dass sich gewisse Sachen in meinem Kopf abspielen, die mit unseren nackten Körpern zu tun haben.

Ich wette, auch das war Teil seines Plans.

»Dann gehe ich mir mal was anderes anziehen«, meine ich kopfschüttelnd, ehe ich ins Schlafzimmer laufe. Dort schließe ich die Tür hinter mir und blicke nach links zum Kleiderschrank. Wie er wohl reagieren würde, wenn ich wirklich nichts trage, sobald er ins Zimmer kommt? Allein für die Reaktion sollte ich das tun …

Ich entscheide mich letztendlich dagegen, gehe zu seinem Kleiderschrank und wähle ein graues T-Shirt von Halen, welches ich mir überziehe. Mein BH landet jedoch mit meinem Oberteil und meiner Jeans auf dem Boden, wobei er gut sichtbar ganz oben liegt.

Und dieses Mal ist es nicht einer dieser BHs, der bloß der Gemütlichkeit dient, wie der, der damals vor Halen aus meinem Koffer gefallen war. Dieses Mal bin ich darauf vorbereitet, dass Halen ihn sieht. Okay, zugegeben trage ich in letzter Zeit gar keine hässlichen BHs mehr. Nur für den Fall.

Als ich fertig umgezogen bin, öffne ich vorsichtig die Tür einen Spalt und wage einen kurzen Blick ins Wohnzimmer, wo ich Halen und Ruby auf der Couch vorfinde. Ruby liegt zwischen einem Dutzend Kissen und in eine große Decke eingekuschelt, während ihre Augenlider scheinbar immer schwerer werden und ständig zufallen. Halen sitzt neben ihr, klappt gerade das Notizbuch zu, um dann die Decke etwas höher zu ziehen. »Gute Nacht, Ruby.«

»Gute Nacht.« Sie schlägt die Augen auf, als Halen dabei ist, aufzustehen. »Halen?« Er hält inne und sieht zu ihr herab. »Ja?«

»Ich mag sie lieber als Darcy«, sagt sie verschlafen.

Ich kann seinen Gesichtsausdruck nicht erkennen, denn er steht mit dem Rücken zu mir. Seine Stimme kann ich jedoch umso deutlicher hören, als er ihr antwortet.

»Ich auch, Ruby. Ich auch.«

KAPITEL 32

Venice

Die Türklingel schrillt laut auf.

Ich zucke hoch, rudere mit den Armen, verliere das Gleichgewicht – und purzele

mit einem dumpfen Knall von der Matratze auf den Boden.

»Venice!«, klingt Halens besorgte Stimme von oben.

»Gott, das hier fühlt sich aber nicht wie das erste gemeinsame romantische Aufwachen an, wovon alle immer sprechen«, stöhne ich als Antwort und sehe mich desorientiert um. So habe ich mir das definitiv nicht vorgestellt.

Halen lacht nur, lehnt den Kopf über die Bettkante und blickt zu mir herab, während ich noch auf dem Rücken liege. »Dir auch einen guten Morgen.«

»Das ist nicht lustig«, schmolle ich, setze mich auf und reibe mir über den Hinterkopf. Das wird sicherlich eine Beule. Na super.

»Das sehe ich anders«, lacht er weiter, hilft mir dann aber wieder vorsichtig aufs Bett hinauf.

»Hat es nicht gerade geklingelt?«, will ich verschlafen wissen.

Er hält inne, als hätte er diese Tatsache kurzzeitig vergessen. »Hat es.«

Genau in diesem Moment fliegt die Tür zum Schlafzimmer auf

und Ruby platzt ins Zimmer. Gefolgt von einem mir noch unbekannten Mann, der Halen sehr ähnlich sieht.

»Guck mal, Dad. Das ist Halens neue Freundin.«

Während ich erschrocken nach der Decke greifen will, hat Halen bereits reagiert, schlägt sie mir sofort über meine nackten Beine und sieht dann zu dem Mann. »Wie spät ist es?«

»Halb zehn.« Amüsiert deutet Rubys Vater auf seine Uhr und mustert uns neugierig. »Ich wollte sie früher abholen, weil du meintest, du bringst Ruby auf dem Weg zur Uni nach Hause, wir fahren aber spontan zu Leilas Eltern.« Er wendet sich mir zu. »Ich bin übrigens Halens Bruder, Aiden.«

Ich nicke ihm überfordert, aber möglichst freundlich zu. »Venice«, stelle ich mich verlegen vor.

»Könntest du kurz draußen warten?«, meint Halen entschuldigend an seinen Bruder gewandt. »Damit wir uns etwas anziehen können.«

Aiden nimmt seine Tochter an die Hand und nickt, ehe er das Schlafzimmer verlässt. Erleichtert stoße ich die Luft aus. So habe ich mir das Kennenlernen mit Halens Familie nicht vorgestellt.

Dann kommt mir in den Sinn, dass Rubys Dad gesagt hat, es sei schon halb zehn und auch die Uni angesprochen hat. Verdammt, wir haben schon wieder keinen Wecker gestellt.

»Wir kommen zu spät zur Uni«, seufze ich schließlich und blicke zu Halen.

»Also mein erster Kurs wäre eigentlich erst in zwei Stunden.« Er mustert mich amüsiert. »Frühstück?«

Ich schmunzele und lasse meinen Kopf noch mal zurück ins Kissen fallen. »Frühstück«, stimme ich zu. Ich gehe dann wohl erst heute Mittag zu meinen anderen Kursen.

Halen wirft die Decke beiseite und steht auf, um schließlich zu meinen Klamotten zu gehen. Als er sich nach diesen bückt, habe ich einen hervorragenden Blick auf seinen Hintern. Meine Klamotten gestern auf dem Boden liegen zu lassen, war eine ausgezeichnete Idee.

Meine Jeans und mein Oberteil wirft er mir zu, meinen BH jedoch behält er bei sich. »Schenkst du mir den? So als Erinnerung an dich, wenn du mal wieder bei dir schläfst, weil du deinen Schlüssel ausnahmsweise nicht vergessen hast.«

»Her mit meinem BH, Halen«, antworte ich mit hochgezogener Augenbraue. »Außerdem habe ich erst zwei Mal meinen Schlüssel vergessen.«

»Dann muss ich ihn jetzt wohl öfter verstecken, wenn du hier bist«, kommt es neckend von ihm.

Meine Augen werden groß. »Du hast ihn absichtlich versteckt?«

Unschuldig zuckt er mit den Schultern, schmunzelt und wirft mir meinen BH zu. »Vielleicht.«

»Halen!« Ich werfe ihm den BH zurück gegen den Kopf und bin ziemlich stolz, dass ich treffe und er auf seiner Schulter liegen bleibt.

»Heißt das, ich darf ihn behalten?«

»Nein!« Fassungslos schüttele ich den Kopf. Er hat wirklich meinen Schlüssel versteckt. Und ich habe nicht einmal mitbekommen, wie er ihn aus meiner Hosentasche geholt hat. So sehr verdreht er mir also den Kopf. »Du bist echt unverschämt.«

»Unverschämt gut aussehend, charmant und intelligent, ich weiß«, ergänzt er, wie ich es vor einiger Zeit auch getan habe.

Ich krieche ebenfalls aus dem Bett und gehe auf ihn zu, um dann meine Hände in seinen Nacken zu legen und ihm einen schnellen Kuss zu geben. »Du hast unverschämt arrogant und dreist vergessen, mein Lieber.«

»Ja, hin und wieder wohl auch das.« Er drückt mir einen weiteren Kuss auf die Lippen, ehe wir uns endgültig voneinander lösen.

Dann ziehen wir uns beide rasch an und treten nach draußen.

Aiden sitzt auf der Couch und Ruby auf dem Boden, wo sie sich Schleifen in ihre Schnürsenkel macht. »Sieh mal an, wer es endlich aus dem Bett geschafft hat.«

Halen seufzt geschlagen, denn rausreden kann er sich aus seiner Lage wohl nicht. »Kaffee?«, fragt er stattdessen.

»Papa und ich gehen jetzt Croissants essen«, erklärt Ruby und kämpft währenddessen mit der Schleife ihres rechten Schuhs.

Ich laufe um den Couchtisch herum und gehe neben ihr in die Hocke. »Soll ich dir helfen?«

Sie nickt, lässt von dem Senkel ab und streckt mir ihre Füße entgegen.

Während ich ihr den Schnürsenkel binde, verfolgt sie jede meiner Bewegungen interessiert.

»Dankeschön«, ruft sie schließlich freudestrahlend, als auch ihr zweiter Schuh fertig zugebunden ist.

Ich reiche ihr meine Hand und helfe ihr auf. »Sehr gerne.«

»Sollen wir dann los?«, fragt Aiden seine Tochter.

Diese nickt und schnappt sich seine Hand, um ihn in Richtung Wohnungstür zu ziehen. »Tschüss, Halen. Tschüss, Venice.«

Neben mir lacht Halen. »Also, die Kleine hat in dieser Familie eindeutig das Sagen.« »Aber so was von«, stimme ich in sein Lachen ein.

Bevor Ruby ihren Vater endgültig aus der Wohnung befördert hat, verabschiedet er sich noch eilig von uns und als die beiden verschwunden sind, dreht sich Halen zu mir. »Dann sollten wir jetzt frühstücken und zusehen, dass wir zur Uni fahren, damit wir nicht noch mehr verpassen«, schlägt er vor.

»Klingt nach einem Plan«, nicke ich.

»Sehen wir uns eigentlich nachher noch?«, fragt Halen, während wir zur Küche gehen, um uns Frühstück zuzubereiten.

Ich schüttele den Kopf. »Leider nein. Ich habe Davina versprochen, im Laden zu helfen.«

Auf Halens Gesicht erscheint wieder dieses typische freche Grinsen. »Darf ich dann als Entschädigung vielleicht deinen BH behalten? Damit du auch ja wieder einen Grund hast, zu mir zu kommen?«

Leicht boxe ich ihm gegen den Oberarm, als ich neben ihn vor den Kühlschrank trete. »Auf gar keinen Fall.«

Er selbst ist bereits Grund genug, herzukommen.

KAPITEL 33

»Wo warst du denn heute Nacht, junges Fräulein?« Chase steht mit verschränkten Armen direkt vor mir, als ich am Nachmittag Davinas Blumenladen betrete.

Ich tue es ihm gleich und mustere ihn argwöhnisch. »Genau das Gleiche könnte ich dich und Davina fragen, Freundchen«, gebe ich zurück.

Davina kommt mit einem buschigen und farbenfrohen Blumenstrauß aus dem Raum, der nur für Personal zugängig ist. Als sie uns bemerkt, hält sie mitten in der Bewegung inne. »Also, ich für meinen Teil hatte eine nette Verabredung«, flötet sie gut gelaunt.

»Eher einen heißen One-Night-Stand«, verbessert Chase sie, läuft durch den Laden, schwingt sich auf die Theke und lässt seine Füße herunterbaumeln. »Ich war übrigens in der Wohnung.«

Ich sehe ihn fassungslos an. Wie bitte?

»Und da hast du nicht das Klingeln gehört? Ich habe mindestens drei Mal geklingelt und geklopft wie eine Irre!«

»Doch.« Er verschränkt die Arme vor der Brust. »Ich habe das Klingeln gehört.«

Ich sehe ihn mit großen Augen an. »Willst du mich eigentlich verarschen?« »Manchmal«, gibt er zu und zuckt gelassen mit den

Schultern. »Aber ich hatte gestern einfach keine Lust mehr, aufzustehen und zur Tür zu gehen. Ich dachte, dass ihr eure Schlüssel ja bei euch habt und wenn es etwas Wichtiges gewesen wäre, hättet ihr mich angerufen.«

Ich schnaube und stemme die Hände in die Hüften. »Ich habe dich ganze zwei Mal angerufen, Chase! Da ging auch nur die Mailbox dran.«

»Ähm, dann ist mein Handy wohl leer.« Er blickt mir einen kurzen Moment mit einem unschuldigen Lächeln entgegen, ehe er von der Theke springt, an Davina vorbeizischt und im Personalraum verschwindet, bevor ich darauf auch nur ein einziges Wort sagen kann. War ja klar. Dieser Feigling.

»Du hast also bei Halen übernachtet?« Davina stellt den frisch gebundenen Strauß Blumen in eine noch freie Vase im Regal.

Fasziniert beobachte ich sie dabei. Jede ihrer Kreationen ist einzigartig und traumhaft schön. Keine Ahnung, wie ihr das immer wieder gelingt. Schon als wir Kinder waren, war sie von jeglicher Art von Pflanzen begeistert. Wo auch immer wir waren, pflückte sie Blumen und machte kleine Sträuße, die sie dann jedem aus der Familie schenkte. Sogar Alyssa.

»Kann schon sein«, antworte ich meiner Cousine. »Also, wobei soll ich dir helfen, wenn ich jetzt hier bin? Unnütz in der Gegend herumstehen kann ich auch super anderswo.«

Davina sieht belustigt zu mir. »Versucht da etwa jemand, meinen Fragen auszuweichen?«

»Ich weiß nicht, was du meinst«, erwidere ich unschuldig und gehe zu dem großen achteckigen Tisch in der Mitte. Mein Blick wandert über die bunten Blumen. Ihre Liebe dafür kann ich definitiv nachvollziehen. Besonders hier im Laden, wo man in jeder freien Ecke zwischen den hübschen Möbeln welche finden kann.

»Oh, du weißt ganz genau, was ich meine. Ich spreche damit übrigens nicht nur diese Übernachtung an, falls du das denkst.« Davina mustert mich mit ihrem Detektivblick. Natürlich weiß ich, dass sie nicht nur von gestern Nacht redet, sondern davon, wie wir zueinander stehen. Doch bevor ich es der halben Welt verkünde, sollten Halen und ich erstmal für uns klären, was das zwischen uns überhaupt ist.

In der Hinsicht habe ich es aber auch nicht sehr eilig. Wenn ich diesen Teil meines Lebens gleich wieder mit allen teile, wird es realer und ernster. Auch wenn das hier meine Cousine ist, eine meiner engsten Vertrauten, mit der ich immer über alles und jeden reden kann.

Meinetwegen kann das zwischen Halen und mir total verrückt und überstürzt sein. Solange es zwischen uns bleibt. Und wir es noch für niemand anderen definieren müssen. Ich will nicht, dass andere über uns urteilen. Nur wir sollten wissen, was wir sind.

Ansonsten wird es vorbei sein, ehe es angefangen hat.

»Mir blieb nicht wirklich etwas anderes übrig, als bei Halen zu übernachten, wenn ich meinen Schlüssel nicht bei mir habe und Chase wenig Interesse daran zeigt, die Tür zu öffnen, wenn es klingelt.« Dass Halen meinen Schlüssel versteckt hat, lasse ich an dieser Stelle mal unerwähnt.

»Chase ist manchmal einfach ein ziemlicher Volltrottel«, seufzt meine Cousine.

»Das habe ich gehört«, kommt es prompt aus dem Hinterzimmer.

»Das war auch beabsichtigt, mein Lieber«, ruft Davina zurück . »Außerdem sollst du arbeiten. Du wirst nicht fürs Rumstehen bezahlt!«

Die Tür öffnet sich und Chase streckt seinen Kopf durch den Spalt. »Ich werde überhaupt nicht bezahlt. Das ist Zwangsarbeit.«

Davina dreht sich zu ihm. »Du wohnst momentan kostenlos bei mir.«

»Venice auch!«

»Venice hilft mir hier aber auch regelmäßig im Laden und hat es sogar ganz von selbst angeboten«, belehrt sie ihn.

Chase wirft mir einen vorwurfsvollen Blick zu. »Die steht doch auch nur doof herum.« Er deutet mit einer Hand auf mich.

»Wir haben uns gerade unterhalten«, sagt Davina bloß unbeeindruckt.

»Wir uns auch«, entgegnet er und schüttelt theatralisch den Kopf. »Du magst sie eindeutig lieber als mich.« Ich schmunzele. Geht das schon wieder los.

»Und wenn das so wäre?«, meint Davina plötzlich, während sie provozierend eine Augenbraue hebt und Chase niederstarrt.

»Dann werde ich das Regal, welches ich schon fast fertig aufgebaut habe, wieder auseinanderbauen«, kommt es trotzig von ihm zurück, ehe er eingebildet das Kinn hebt und eine Schnute zieht.

Jetzt muss ich doch lachen, als Davina ihn schockiert anblickt und dann ziemlich gereizt auf Chase zugeht. »Das wagst du nicht.«

»Wirst du ja sehen.« Damit flüchtet er erneut ins Hinterzimmer, in welches Davina keine zwei Sekunden später auch verschwindet.

Erleichtert atme ich auf.

Ich bin dem Beziehungsthema haarscharf entgangen.

Zumindest heute, denn spätestens, wenn meine Tante von meiner Fake-Beziehung mit Halen plaudert, bin ich erledigt. Dann kann ich entweder die Wahrheit sagen oder die Scharade weiter aufrecht halten.

Ich habe noch keine Ahnung, wie ich mich entscheiden werde. Schließlich gibt es auch noch die große Frage, ob es sich überhaupt noch um einen Fake handelt. Denn eigentlich verhalten wir uns wie ein Paar.

KAPITEL 34

Venice

»Niemand spricht meinen kleinen Ausraster vom letzten Mal beim Essen an. Kein großes Drama, verstanden?« Prüfend lasse ich den Blick zwischen Chase und Davina hin und hergleiten. Meiner Mutter habe ich gestern am Telefon genau das Gleiche gesagt. Ich hoffe, sie hat es auch dem Rest der Familie mitgeteilt.

Denn ich will heute einen ruhigen Abend an meinem Geburtstag verbringen.

»Und warum sagst du das nicht ihm?« Chase deutet mit dem Finger auf Halen, der mit seinen Händen in den Jackentaschen verstaut neben mir steht. Er ist tatsächlich mit uns mitgekommen. Unsere gemeinsame Argumentation, die wir gestern dafür gefunden haben, war, dass wir es meiner Tante versprochen haben. Wäre er nicht mitgekommen, hätte ich nur noch mehr Fragerei über mich ergehen lassen müssen. Jetzt, wo Halen auch dabei ist, besitzt meine Familie wenigstens ein bisschen den Anstand, uns nicht mit allem Möglichen und Unangenehmen zu durchlöchern. So wie ich sie kenne, werden sie auf den Moment warten, in dem ich irgendwo alleine bin, um all ihre Fragen zu stellen.

Aber wenn ich ehrlich bin, ist der entscheidende Grund, warum Halen mich begleitet, der, dass ich ihn hier haben möchte.

»Halen weiß, wie man sich benimmt. Ihr hingegen nur gelegentlich, wenn es euch gerade in den Kram passt«, erwidere ich auf Chase' Aussage. Das mag vielleicht ein wenig heuchlerisch wirken, da ich mich eigentlich zu dieser Beschreibung dazuzählen sollte, aber ich denke heute, an diesem besonderen Tag, ist das mein gutes Recht.

Ich sehe noch mal zu meinem Cousin. »Ich meine das ja wirklich nicht böse, aber ihr, nein, wir drei, haben ein ziemliches Talent dafür, aus einer Mücke einen Elefanten zu machen.«

Ich atme einmal tief durch. »Sollen wir?«

»Ganz deine Entscheidung, Cousinchen.« Davina wirft mir einen mitfühlenden Blick zu. Sie weiß, dass ich eigentlich gar nicht hier sein will.

Ich klingele, obwohl ich einen Schlüssel habe. Irgendwie ein kleiner Tick von mir. Ich wohne nicht mehr hier, also habe ich das Gefühl, dass ich in Moms und Dads Privatsphäre eindringe. Bescheuert, ich weiß.

»Venice! Da bist du ja!« Mom öffnet die Tür und reißt mich sogleich in eine Umarmung, die mich nach Luft schnappen lässt. »Alles Gute zum zwanzigsten Geburtstag, mein Engel!«

»Dankeschön«, presse ich atemlos heraus. »Aber Mom, du erdrückst mich noch.« »Entschuldige.« Eilig lässt sie mich los und sieht dann zu Davina und Chase.

Nachdem die beiden nach drinnen verschwunden sind, wandert ihr Blick zu Halen, der mittlerweile neben mir steht.

Eine Welle der Nervosität überkommt mich. Moms Meinung war mir schon immer sehr wichtig und ich möchte, dass sie ihn auch gut leiden kann.

»Ich bin Halen, Mrs. Sinclair.« Er streckt ihr höflich seine Hand entgegen. »Es ist wirklich schön, Sie kennenzulernen.«

Mom zögert einen Moment, in welchem sie mir einen prüfenden Blick zuwirft, ehe ihr Gesichtsausdruck schließlich freundlicher wird und sie die Geste erwidert. Erleichterung macht sich in mir breit. Danke, Mom. »Nenn mich doch Madelyn. Ich habe gehört, dass du der neue Freund von …«

»Mom«, unterbreche ich sie, was sie fragend und mit großen Augen zu mir sehen lässt. »Halen und ich sind nur Freunde«, kläre ich sie auf.

»Oh.« Sie scheint sichtlich verwirrt. »Aber Veronica hat mir gesagt, dass sie euch getroffen hat und ihr auch bestätigt habt, dass ihr zusammen seid. Zwar noch nicht lange, aber ihr wart zusammen. Ist das etwa schon wieder vorbei?«

Ich linse zu Halen.

»Das war dann wohl meine Schuld«, erklärt er kleinlaut. Süß, wie unsicher er doch plötzlich vor meiner Mutter ist. »Wir sind einer Freundin meiner Schwester begegnet, mit der sie mich unbedingt verkuppeln wollte. Na ja, Venice hat mir netterweise aus der Situation herausgeholfen.«

Mom grinst mich an. »Du bist eindeutig meine Tochter. Weißt du, in deinem Alter war das quasi eine meiner Hauptbeschäftigungen, die Freundin von anderen zu spielen.« Habe ich mich gerade verhört? »Wie bitte?« Ich entdecke immer noch neue Seiten an ihr.

Sie zuckt völlig lässig mit den Schultern. »War damals halt gutes Geld wert.«

Jetzt muss ich mich doch definitiv verhört haben. »Damit ich das richtig verstehe«, sage ich leicht fassungslos. »Du hast für Geld die Freundin von Männern gespielt?«

»Wer hat für Geld die Freundin gespielt?« Dad taucht neben Mom auf und legt ihr einen Arm um die Taille.

»Niemand«, kommt es so laut und überraschend von Mom, dass ich erschrocken zusammenzucke.

Ich ziehe eine Augenbraue in die Höhe. Sieh mal einer an.

Mein Vater lacht. »Ich habe dir doch gesagt, du sollst ihr nie davon erzählen.« Als er dann zu uns schaut, bemerkt Dad auch Halen. »Du bist dann anscheinend der Freund von Venice.« Er verengt die Augen. »Du solltest wissen, dass, wenn du meiner Tochter auch nur ein Haar krümmst, werde ich …«

Mom schüttelt ziemlich energisch mit dem Kopf, ehe sie sich zu Dad lehnt und ihm die Neuigkeit zuflüstert. »Sie sind nur Freunde, Schatz.«

»Tatsächlich?«, kommt es von ihm und ich kann sehen, wie sich die Rädchen in seinem Kopf drehen, um herauszufinden, was er nun sagen soll. »Aber selbst wenn ihr momentan nur Freunde seid, sollte dir bewusst sein, dass du keine Erlaubnis dazu hast, sie zu verletzen. Verstanden?«

»Das werde ich nicht tun, Mr. Sinclair«, versichert Halen.

»Das will ich hoffen.« Dad will sich schon wieder von uns abwenden, als ihm wohl die nächste Person auffällt, die sich mit ihren laut klappernden Absätzen nähert. »Alyssa, du bist ja doch gekommen!« Er klingt überrascht, was ich auch bin. Aber ich bin zudem auch schockiert darüber, dass sie es tatsächlich wagt, zu meinem Geburtstag zu erscheinen. Selbst nach dem, was bei unserem letzten Zusammentreffen geschehen ist? Was will sie denn noch? Sich vielleicht auch meine Geschenke krallen, mir meinen besonderen Tag ruinieren?

Was für ein Mensch muss man sein, seine eigene Schwester am Boden sehen zu wollen? Obwohl ich es mittlerweile verstehen kann, dass sie ein Problem mit mir hat. Nur hat sie mir reichlich Gründe für dieses Gefühl gegeben, während ich ihr nie auch nur ein Haar gekrümmt habe. Langsam drehe ich mich in Richtung Auffahrt, was Halen mir gleichtut.

Alyssa bleibt wie angewurzelt stehen, als sie mich und vor allem meine Begleitung erkennt. »Halen?«

KAPITEL 35

»Ihr kennt euch?«, entfährt es mir mit einer Mischung aus Überraschung, Verwirrung und Unsicherheit. Keine Ahnung, was ich von dieser neuen Information halten soll. Nichts Gutes jedenfalls, so viel steht fest.

»Kann man so sagen«, kommt die Antwort von Halen mit belegter Stimme.

Moment mal. Mein Herz rast, meine Hände werden schwitzig und mein Magen zieht sich krampfhaft zusammen, denn Alyssas Zweitname ist Darcy.

Mein Dad hat für unsere Zweitnamen die Namen seiner Großmütter gewählt. Venice Cecilia Sinclair und Alyssa Darcy Sinclair.

Was, wenn Ruby mit Darcy eigentlich Alyssa meinte? O mein Gott, ich habe was mit dem Ex meiner Schwester. Hat Halen davon gewusst? Das kann doch echt nicht wahr sein. Bitte nicht. Es muss doch eine gute Erklärung dafür geben, dass sie sich kennen, ohne, dass sie mal ... ich will es gar nicht erst aussprechen.

Meine Gedanken gehen völlig durch mit mir. Ich hoffe sehr, dass ich da einfach nur zu viel hineininterpretiere. Oh, bitte, lass es so sein.

Hinter uns macht sich meine Mom bemerkbar. »Vielleicht

sollten wir alle erst einmal reingehen und ein Stückchen Kuchen essen.« In ihren Augen spiegelt sich Besorgnis, was auch meiner aktuellen Gefühlslage entspricht.

Dennoch drehe ich mich zu ihr um und komme ihrer Aufforderung nach. Ich bete dafür, dass Halen dasselbe tut und nicht mit Alyssa alleine vor der Tür bleibt.

Und siehe an, im nächsten Moment folgt er mir.

Mein Blick huscht zu ihm. Er wirkt viel unruhiger als vor Alyssas Ankunft und auf seiner sonst glatten Stirn stehen Falten der Anspannung. Er sieht nicht sehr erfreut darüber aus, dass sie hier aufgetaucht ist, was meine vorherigen Befürchtungen nur noch verstärkt.

»Seht ihr, ich habe doch gesagt, dass unsere Kleine ihren Freund mitbringt!« Tante Veronica blickt triumphierend in die Tischrunde, an dem bereits der Rest meiner Familie Platz genommen und anscheinend nur auf uns gewartet hat. Unbehaglich kaue ich auf meiner Unterlippe herum.

Meine Grandma sieht mich gespielt vorwurfsvoll an. »Und wieso rufst du mich nicht an und teilst es mir zuerst mit? Da muss ich das erst von meiner Tochter erfahren, dass du wieder in festen Händen bist.«

Davina verschluckt sich an ihrem Wein, hält sich die Hand vor den Mund und starrt uns mit großen Augen an. »Wie bitte?«

Sie erhält keine Antwort, denn im gleichen Moment taucht Mom hinter uns im Esszimmer auf und lässt sich auf dem Stuhl neben Grandma fallen. »Sie sind nur Freunde, Margret. Deine Tochter hat uns falsche Informationen geliefert«, nimmt sie mir die Aufklärung ab und versucht, mit ihrem lockeren Tonfall die Stimmung etwas zu entschärfen. Dennoch bleibt die Verunsicherung und Anspannung in meinem Inneren bestehen. Am liebsten würde ich mich sofort mit Halen zurückziehen, um zu erfahren, was er mit meiner Schwester am Hut hat.

»Wie?« Veronica blickt abwechselnd irritiert zu mir, Halen und meiner Mom. »Aber ich habe euch doch gesehen und ihr habt mir gesagt …«

Mom lehnt sich weit über den Tisch zu Veronica. »Erkläre ich dir nachher.«

Wie aufs Stichwort kommen Alyssa und Dad in den Raum. Dad räuspert sich und fährt sich ein paar Mal über seinen Drei-Tage-Bart. Er sieht irgendwie überfordert aus. »Wie wäre es, wenn wir uns endlich alle setzen und Venice' Geburtstag feiern?« Ja, ein wirklich schöner Gedanke. Aber stattdessen bilden sich in meinem Kopf die wildesten Theorien, wie diese Darcy, meine Schwester, und Halen zusammenhängen.

Die Anspannung ist auch fünf Minuten später noch zu spüren, als wir alle sitzen und uns von dem Kuchen nehmen.

»Was ist das denn hier eigentlich für eine Stimmung? Feiern wir Venice' Geburtstag oder sind wir auf einer Beerdigung?«, fragt Grandma, als sie sich ein Stück Kuchen auf ihren Teller legt, ihren prüfenden Blick durch die Runde schweifen lässt und so das Offensichtliche anspricht.

»Lange Geschichte«, murmele ich, wobei ich Alyssa böse anfunkele. Sie erwidert meinen Blick nicht, sondern stochert nur lustlos in ihrem Apfelkuchen herum.

»Wie war eure Reise?«, will ich dann von Grandma und Grandpa wissen. Zum Teil, weil es mich interessiert und zum anderen möchte ich so das Thema über meinen Unmut umgehen. Schließlich wollte ich heute kein Drama. Auch wenn ich, als ich Mom um einen stressfreien Tag gebeten habe, nicht gewusst habe, dass meine Schwester hier auftauchen wird.

»Es war wirklich herrlich«, geht Grandpa auf meine Frage ein. »Ich wäre doch fast ohne eure Grandma wieder hier aufgetaucht. Sie hat sich nämlich in einen Franzosen verguckt.«

Grandma lacht und gibt ihrem Ehemann einen kleinen Klaps gegen den Arm, der ihr daraufhin frech zuzwinkert. »Der war aber auch wirklich sehr charmant, musst du schon zugeben.«

Während ich meine Großeltern beobachte, kann ich nicht anders und lächele. Genau so etwas wünsche ich mir auch mal. Die beiden sind schon lange zusammen, doch ihre Liebe füreinander wird nicht weniger. Während sie bei den meisten Menschen irgendwann zu Staub zerfällt, kommt es mir so vor, als würde sie bei den beiden mit jedem Tag nur noch stärker. Ziemlich kitschig, oder? Aber sie so zu sehen, gibt mir Hoffnung, dass wir alle den richtigen Partner finden können. Auch wenn das Zeit, Geduld und Schmerz erfordern mag. »Entschuldigt mich.« Vorsichtig schiebe ich den Stuhl nach hinten, eile aus dem Raum und schließlich ins Badezimmer, wo ich die Tür hinter mir zufallen lasse und mich am Waschbecken abstütze.

Wie kann es eigentlich sein, dass ein harmloser Geburtstag sich in so was Furchtbares verwandelt? Ich bin in einem Raum mit Halen und seiner Ex, die meine Schwester ist und wahrscheinlich mit ihm geschlafen hat, gelandet. Und als wäre das nicht genug, ist außerdem meine Familie dabei, vor der ich beim letzten Zusammentreffen die Collin-Alyssa-Bombe habe platzen lassen, und dieses Mal sind es auch meine ahnungslosen Großeltern, die von allem noch gar nichts wissen. Ein sachtes Klopfen an der Badezimmertür holt mich wieder aus meinen Gedanken. »Besetzt«, kommentiere ich das Klopfen bloß, denn ich brauche eigentlich noch eine Minute für mich.

»Können wir reden? Bitte?«, erklingt eine unsichere Stimme vom Flur aus.

Alyssa? Mit ihr habe ich am allerwenigsten gerechnet.

Bevor ich wirklich darüber nachdenke, gehe ich zur Tür und öffne sie, um Alyssa hereinzulassen. Unschlüssig stehen wir uns gegenüber, also gehe ich zur Badewanne und setze mich auf den Rand, um etwas Abstand zu gewinnen. Fragend und mehr als skeptisch sehe ich meine Schwester an, damit ich hoffentlich endlich erfahre, was hier vor sich geht. Sie schließt die Tür und lehnt sich langsam dagegen. Erst dann beginnt sie zu sprechen. »Du und Halen also?« Sie sagt es in einem recht beiläufigen Ton, sodass man meinen könnte, wir würden ständig solche Gespräche führen.

Darüber will sie also reden. Hätte ich mir denken können.

»Das Gleiche könnte ich dich fragen«, erwidere ich schnippisch.

Sie legt den Kopf in den Nacken und seufzt leise, ehe sie fortfährt. »Ich glaube, du hast die ganze Situation vorhin ganz falsch aufgenommen, Venice.«

Ich schnaube. Ja, ist klar. Würde ich an ihrer Stelle jetzt auch sagen. Soll ich ihr wirklich abkaufen, dass sie auf einmal die Wahrheit sagt? Garantiert nicht.

»Habe ich das?«, frage ich sie spitzzüngig und ziehe die Augenbrauen ein kleines Stückchen in die Höhe.

Sie nickt. »Halen und ich sind wirklich nur alte Bekannte. Ich weiß, was du denkst, aber zwischen uns lief nie etwas. Das musst du mir glauben.«

»Weil du ja auch so glaubwürdig bist«, spotte ich. Die Chance hat sie schon lange verspielt.

Angespannt presst sie die Lippen zusammen. »Okay, das habe ich wohl verdient.« Endlich etwas, das wir beide genauso sehen. Ich verschränke die Arme. »Schön, dass auch du das einsiehst.«

Alyssas Ausdruck verfinstert sich. »Wenn du mir nicht glaubst, frag ihn doch. Ich will das hier nicht kaputtmachen, Venice. Halen ist wirklich kein schlechter Kerl.«

Ich brauche einen Moment, um ihre Worte zu verarbeiten, denn sie passen kein Stück zu meiner Schwester. Doch ehe ich die Chance habe, das Gesagte zu durchschauen, um darauf etwas zu erwidern, fährt sie fort.

»Ich gehe jetzt besser. Schon klar, dass ich hier nicht erwünscht bin.« Alyssa holt etwas aus ihrer Handtasche und legt es auf das Regal neben dem Waschbecken. Ein kleines Päckchen, eingewickelt in Geschenkpapier. »Ich wollte dir nur noch kurz das hier geben.« Ihr Blick verweilt einen Moment auf dem Päckchen und ein zartes Lächeln ziert ihre Lippen, ehe sie mir den Rücken zuwendet. »Es tut mir leid.«

Irritiert mustere ich erst das Geschenk und dann sie. Ich will sie fragen, was ihr leidtut und was ihre plötzliche Verhaltensänderung zu bedeuten hat. Aber irgendwas sagt mir, dass ich darauf keine Antwort erhalten werde.

Also stelle ich die Frage, die mir schon die ganze Zeit auf der Zunge liegt. »Wer ist Darcy?«

Alyssa schaut über die Schulter zu mir, doch ich kann den Ausdruck in ihren Augen nicht deuten, egal, wie sehr ich es auch versuche. Ich wüsste nur zu gern, was gerade in ihrem Kopf vorgeht. »Das solltest du lieber Halen fragen.«

»Aber …«, fange ich an, halte dann jedoch inne.

Ihr Gesichtsausdruck wird sanft und für eine Sekunde glaube ich, so etwas wie Bedauern oder Trauer zu erkennen. Jedoch verschwindet er so schnell wieder, wie es gekommen ist. »Happy Birthday, Venice.«

KAPITEL 36

Venice

Die ganze Zeit gehen mir Alyssas Worte nicht mehr aus dem Kopf. Und obwohl ich nun weiß, dass sie und Halen nichts miteinander hatten, gibt es trotzdem noch unbeantwortete Fragen. Vielleicht sogar mehr als vor dem Gespräch. Ich beuge mich aus den Polstern der Couch vor, um nach meinem Getränk auf dem flachen Wohnzimmertisch zu greifen. Davina, Chase, Halen und ich sind nach dem Kuchen auf die Sofalandschaft im Wohnzimmer gezogen, um ein bisschen Ruhe zu haben, während der meiste Rest der Familie noch im Esszimmer sitzt.

»Könnt ihr mir jetzt bitte erklären, warum meine Mom allen erzählt hat, dass ihr zusammen seid?«, quängelt Davina und stützt sich interessiert mit den Ellenbogen auf ihren Oberschenkeln ab. Chase wirkt ebenso interessiert an dieser Geschichte. Man hat den beiden beim Essen schon ansehen können, dass sie kurz davor waren, vor Neugier zu platzen.

»Venice hat mir geholfen, indem sie meine Fake-Freundin gespielt hat«, klärt Halen eilig auf, um es möglichst schnell hinter sich zu bringen. Er räuspert sich verlegen und schenkt mir ein schiefes Lächeln.

Chase lehnt sich daraufhin bloß gelassen auf der Couch zurück und fährt sich durch die braunen Haare. »Ein völlig normaler Nachmittag also.«

»Wie soll ich das jetzt verstehen?«, hakt Davina jedoch bei Halen nach. »Wieso musste sie deine Fake-Freundin spielen?«

Ich höre nur mit halbem Ohr zu, als er erneut die Geschichte erzählt, die meine Mom bei unserer Ankunft auch schon zu hören bekommen hat, denn meine Gedanken wandern erneut zu Alyssa.

Irgendwas sagt mir, dass ihre Entschuldigung nicht darauf bezogen war, dass sie mit meinem Ex geschlafen hat. Nicht nur zumindest, denn in den letzten Wochen hat sie sich diesbezüglich nicht sehr schuldbewusst gezeigt. Doch heute ... ich konnte es erst nicht sicher sagen, doch jetzt denke ich, dass ich Reue in ihren Augen aufblitzen sah. Wenn auch bloß für einen kurzen Moment.

»Bist du okay?« Halen legt seine Hand auf meinen Oberschenkel, knapp über dem Knie, und malt mit dem Daumen kleine Kreise auf meine Jeans.

»Hm?«, meine ich gedankenversunken, während ich auf seine Hand schaue. Es ist nur eine kleine Geste, aber trotzdem schickt sie sachte Stromstöße in die verschiedensten Regionen meines Körpers und lenkt mich ab. »Können wir reden?«, will ich schließlich leise wissen.

Er nickt. »Natürlich.«

Ich wende mich Chase und Davina zu. »Wir sind mal kurz oben«, informiere ich sie, woraufhin Chase nickt, aber Halen einen etwas misstrauischen Blick zuwirft, und Davina mir ein aufmunterndes Lächeln schenkt.

Dann stehe ich auf, sehe zu Halen und strecke ihm meine Hand entgegen, die er ohne zu zögern ergreift. Er lässt sich von mir durch das Wohnzimmer, die Treppe hinauf, den Flur mit all den Familienbildern entlang und schließlich in mein altes Zimmer führen. Vermutlich der einzige Raum in diesem Haus, in dem wir unsere Ruhe vor den anderen haben.

Erst als ich die Tür hinter uns schließe, gleiten unsere Hände auseinander und während ich stehen bleibe, tritt Halen in die Mitte des Zimmers und lässt den Blick langsam durch den Raum gleiten. Er begutachtet meine Kommode, auf der noch immer alte Pflegeprodukte stehen, meinen Kleiderschrank, das gemachte Bett, meinen Schreibtisch, der mir als Schminktisch diente, und bleibt dann bei den gerahmten Bildern auf diesem und den mit Tesafilm befestigten Bildern am Spiegel hängen. Ich stelle mich neben ihn und betrachte sie ebenfalls.

Fast alle Bilder stammen aus der Zeit meiner letzten beiden Jahre an der Highschool und zeigen mich mit meinen alten Freunden, die sich nach unserem Abschluss im ganzen Land verteilt haben. Irgendwie verlor ich zu den meisten den Kontakt und mit den vereinzelten, mit denen ich noch in Kontakt stehe, wird es auch immer weniger. Und das, obwohl wir vor nicht allzu langer Zeit noch dachten, dass unsere Freundschaften ewig halten würden. Das Einzige, was davon allerdings übrig geblieben ist, sind die gelegentlichen Likes auf Social Media.

Jetzt, wo ich diese Bilder betrachte, die vielleicht vor etwas über einem Jahr entstanden sind, erkenne ich, dass ich mich verändert habe. Ich habe begonnen, für mich selbst einzustehen. Damals war ich dazu nicht in der Lage.

Besonders bewusst wird mir diese Tatsache, als ich ein Bild mit Collin entdecke.

Wir sehen glücklich aus. Besonders ich. Im Nachhinein frage ich mich, ob wir wirklich irgendwann glücklich waren.

»Hier bist du also groß geworden«, stellt Halen mit einem Lächeln fest.

Ich brauche einen Moment, um mich von dem Bild und meinen Gedanken zu lösen und frage mich, ob ich jetzt eigentlich glücklich bin. »Scheint so.«

»Scheint so?«, hakt Halen nach, als er mein offensichtliches Zögern und die Unsicherheit aus meiner Stimme heraushört.

Und ich stelle fest, dass ich nicht glücklich bin. Noch nicht.

Es wird Zeit, endlich mit der alten Venice abzuschließen. Ich mache einen letzten Schritt auf den Schreibtisch zu, nehme den

Bilderrahmen mit dem Foto von Collin und mir und werfe ihn in den leeren Mülleimer neben dem Schreibtisch.

Verdammt, tut das gut. Es fühlt sich an, als würden Tonnen von meinen Schultern fallen, jetzt, wo ich damit beginne, die sichtbaren Erinnerungen an die Beziehung loszuwerden. Vielleicht ist das der Schritt, der nötig ist, um Collin aus meinem Kopf zu vertreiben.

»Weißt du, ich dachte immer, ich habe einen Plan für die Zukunft. Einen festen«, gebe ich zu. »Aber es hat kein Jahr gedauert, bis alle meine Pläne geplatzt sind wie Seifenblasen.«

»Weißt du«, beginnt Halen leise. »Manchmal ändern sich Pläne, die man für sein Leben vorgesehen hat. Und das muss keinesfalls schlecht sein, denn es heißt bloß, dass du neue Pläne brauchst. Solche, die besser zu deinem jetzigen Leben passen. Vielleicht haben sich deine bisher nicht erfüllt, aber jetzt kannst du neu entscheiden, wie es weitergehen soll.«

Der Gedanke, mir meine Zukunft neu zu gestalten, gefällt mir. Doch das ging schon einmal daneben und ich habe Angst, dass das mit Halen an meiner Seite genauso schmerzhaft endet. »Kann ich dich was fragen, Halen?«

»Klar.«

Wir setzen uns gemeinsam auf mein altes Bett und ich hoffe, dass er mir zumindest etwas Klarheit und Sicherheit geben kann.

»Ich habe vorhin mit Alyssa gesprochen«, fange ich an, ohne drumherum zu reden und sehe ihn ernst an.

Halen versucht erst gar nicht, meinem Blick auszuweichen, was ich als gutes Zeichen werte. Die Schwere in meiner Brust löst sich ein wenig, als er leise seufzt und zu sprechen beginnt.

»Ich wusste nicht, dass diese Alyssa deine Schwester ist«, beginnt er. »Hätte ich es gewusst, hätte ich dir davon erzählt, Venice. Aber ich versichere dir, dass wir nie mehr als Bekannte waren. Sogar nicht einmal richtige Freunde.«

»Ich weiß«, entgegne ich dennoch etwas zögernd. »Alyssa hat mir dasselbe gesagt und ich denke, ich glaube euch.« Bisher hat er mir schließlich auch noch keinen Grund gegeben, an seiner Glaubwürdigkeit zu zweifeln.

Er legt den Kopf schief. »Dann hat sie dir auch gesagt, woher wir uns kennen?«

»Hat sie nicht«, erwidere ich. Ich brauche einen Moment, um weiterzusprechen. »Hat es etwas mit Darcy zu tun?« Jetzt ist es raus. »Meine Schwester hat gesagt, ich soll da besser dich fragen.«

Schweigend mustert Halen mich. Na super.

Erst nach einer ganzen Weile antwortet Halen mit belegter Stimme. »Ich habe mir schon gedacht, dass du fragst«, seufzt er und kaut auf seiner Unterlippe herum. »Deine Schwester und ich, wir kennen uns durch Darcy. Sie waren Freundinnen und wir ...« Für einen kurzen Moment stoppt er. »Wir waren zusammen, Darcy und ich. Es lief nicht besonders gut. Sie ist also ein Teil meiner Vergangenheit, aber nicht mehr.«

Er spricht mit so einer Überzeugung und Entschlossenheit, dass ich ihm glaube. Ich bin erleichtert, weil er meinen Fragen, trotz des Schmerzes, welcher seinem Gesicht abzulesen ist, nicht ausgewichen ist. Dieser Ausdruck hält mich letztendlich davon ab, das Thema erstmal weiter zu vertiefen. Wir haben offensichtlich beide etwas hinter uns, das wir vergessen wollen, und wenn er für den Augenblick nicht weiter drauf eingehen möchte, kann ich es nur allzu gut nachvollziehen.

»Außerdem habe ich das Gefühl, dass ein anderer Mensch meine Zukunft sein wird«, ergänzt Halen, wobei er mich aufmerksam betrachtet, so, als möchte er ja keine Regung meinerseits verpassen.

Dann reden wir wohl jetzt darüber. Über uns.

»Und wir?«, stelle ich die alles entscheidende Frage. »Sind wir jetzt ein Paar?«

In meinem Inneren zieht sich alles zusammen. Vor Vorfreude auf einen Neubeginn mit Halen und vor Sorge, dass es nicht klappen wird. Aber Halen hat es in so kurzer Zeit geschafft, mein Herz für sich zu gewinnen und in seiner Nähe bin ich einfach glücklich. Ich muss es versuchen.

KAPITEL 37

Venice

H alen lächelt verschmitzt. »Gut möglich.«
»Was heißt denn bitte gut möglich?«, entgegne ich, denn
wenn ich ehrlich bin, weiß ich nämlich nicht ganz, wie ich anfangen
und darauf antworten soll. »Ich habe zuerst gefragt, also musst du
antworten.«

»Gut, du hast recht«, ergibt sich Halen, schluckt und knetet
dann seine Hände, als wäre er nervös. Mir geht es genauso. In
meinem Magen macht sich ein aufgeregtes Flattern bemerkbar,
welches stärker wird, als Halen die nächsten Worte ausspricht. »Ich
mag dich, Venice. Vielleicht sogar mehr, als ich es mir bisher eingestehen wollte. Ich bin gerne bei dir und will daran momentan auch
nichts ändern.« Er hält einen Moment inne. »Denn ich glaube
nicht, dass ich in Zukunft von deiner Nähe so schnell genug
bekommen werde.«

Ich halte den Atem an, denn ich habe nicht damit gerechnet,
dass er die Karten nun so schnell offenlegt. Abwartend sieht er mir
entgegen. Ich brauche einen kurzen Augenblick, um zu merken, was
er mir damit zu verstehen geben will. Oh, okay. Da war ja was. Jetzt
bin ich wohl dran.

»Das würde ich auch gar nicht wollen«, flüstere ich, »dass diese Nähe verschwindet. Du bist mir ziemlich ans Herz gewachsen.«

Halen grinst, als er sich näher zu mir lehnt und den Blick auf meine Lippen heftet. »Ich bin dir also ans Herz gewachsen?«

Ich muss sein Grinsen einfach erwidern und mein Herz schlägt schneller. »Ja, bist du. Sehr sogar. Schon seitdem ich dich auf dem Parkplatz an mich gezogen habe, wenn du es unbedingt wissen willst.«

Er kommt mir noch näher. »Du meinst, als du einfach einen Fremden geküsst hast?«

Ich schmunzele und rolle mit den Augen. Unsere Lippen berühren sich beinahe und ich spüre, wie sein Atem meinen streift. »Weißt du, es war seltsam und irgendwie übergriffig, aber ... ich wollte mehr davon«, wispert er sinnlich. »Mehr von dir.«

Sanft und vorsichtig treffen unsere Lippen aufeinander.

Ich bin es, die diese Vorsicht letztendlich über Bord wirft. Ich ziehe ihn näher an mich, um mit den Fingern seinen Hals entlangzufahren, bis meine Hände sich in seinen dunklen Haaren wiederfinden. Mit jeder weiteren Sekunde verstreichen die Sanftheit und die Zurückhaltung und machen Platz für Entschlossenheit, Verlangen und Sehnsucht. Es ist so anders als mit Collin. So viel besser, vertrauter und gefühlvoller. So habe ich mich noch nie gefühlt. Ich bin völlig berauscht und verliere mich mit jeder weiteren Sekunde mehr in ihm.

»Du schmeckst schon wieder nach Pfirsich«, bringt Halen hervor, als er nach Luft schnappt. »Wie machst du das nur?«

Ich lächele triumphierend. Labello. »Mein Geheimnis.«

Halens Hände erkunden meinen Körper, fahren über meine Oberschenkel, hinauf zur Hüfte und über meine Taille. Als ich mich nach hinten auf das Bett fallen lassen, ziehe ich ihn am Kragen seines Shirts mit mir, sodass er unsanft mit dem Oberkörper auf mir landet, was sowohl ihm als auch mir ein Stöhnen entlockt. Flink wandert er unter mein Oberteil und als er meine Haut berührt, breitet sich ein aufregendes Prickeln in meinem ganzen Körper aus.

Sobald Halen am Saum meines Oberteils ankommt, schiebt er es hinauf und ich lasse schwer atmend von ihm ab, damit er es mir ausziehen kann.

»Venice, Halen?« Es klopft lautstark an der Tür. Davina. »Seid ihr dort drin?«

Verdammt. Widerwillig lasse ich meinen Kopf auf die Matratze fallen und schließe kurz die Augen, ehe ich Halen ansehe, der noch immer über mir ist, sich aber mit den Unterarmen auf dem Bett abstützt.

Benommen schauen wir uns an, wissend, was wir beinahe getan hätten, mit meiner Familie gleich eine Etage unter uns. Ich muss laut lachen.

Halen grinst breit. »Warum passiert das ständig?«

»Gott, Halen, wir sind so verkorkst. Es ist meine Geburtstagsparty, sogar meine Großeltern sind da, und wir fummeln in meinem Zimmer wie Teenies«, bringe ich hervor und rufe Davina »Sind gleich da!« zu, damit sie nicht zu uns ins Zimmer stürmt.

»Alles klar, lasst euch Zeit.« Die Belustigung in ihrer Stimme ist nicht zu überhören.

»Wir sind nicht verkorkst, Venice. Bloß verliebt.« Halen streicht eine Strähne aus meinem Gesicht. »Verliebte in einer Umgebung voll neugieriger Menschen.«

Ich richte mich so weit auf, wie es geht, ohne, dass unsere Gesichter sich berühren. »Lass uns abhauen«, schlage ich vor und fahre mit einer Hand langsam seinen Arm hinauf, um wenigstens auf diese Art seine Nähe und Körperwärme zu fühlen. Ich bin jetzt schon süchtig danach.

»Abhauen? Wohin?« Er runzelt die Stirn. »Egal, ich bin dabei. Lass uns von hier verschwinden.«

Ich gebe ihm einen schnellen Kuss auf die Lippen und dränge ihn dann dazu, aufzustehen.

»Du musst aber fahren«, erwähne ich.

»Wir können doch nicht Davinas Auto klauen«, wirft Halen ein, während ich dabei bin, meine Kleidung zu richten.

»Wer sagt denn, dass wir ihr Auto nehmen?«, will ich wissen und gehe zu der Kommode, wo ich aus der obersten Schublade einen Autoschlüssel nehme und ihn Halen zuwerfe. »Wir nehmen mein Auto. Es steht in der Garage.«

Halen ist sichtlich verwirrt und mustert erst den Schlüssel in seiner Hand, ehe er den Kopf hebt. »Und warum kutschiere ich Madame dann seit einer gefühlten Ewigkeit zu ihren Vorlesungen und sonst wohin?«

»Weil ich nicht gerne fahre.« Wieder bei ihm angekommen, drücke ich ihm einen Kuss auf die Wange. »Und weil du, mein Lieber, ein wirklicher Schatz bist.«

Gespielt empört öffnet er den Mund. »Das sehe ich ja überhaupt nicht ein, dich gratis durch die Gegend zu fahren.«

»Tja, du hast keine Wahl.« Schmunzelnd ergreife ich seine Hand und ziehe ihn mit mir zur Tür. »Und jetzt komm, wir verschwinden von hier.«

Halen lacht rau. »Eine Frau, die weiß, was sie will. Gefällt mir.«

»Gewöhn dich besser dran.«

Vor der Tür erwartet uns Davina, die uns schuldbewusst mit großen Augen ansieht. »Sagt mir bitte nicht, dass ich euch unterbrochen habe.«

Ich blicke zu Halen. »Wir sollten ihr lieber nicht sagen, dass sie uns unterbrochen hat.

Halen steigt mit ein. »Nein, es ist besser so.«

Nickend wende ich mich wieder an Davina. »So, Cousinchen, wenn du uns jetzt entschuldigst, wir hauen von hier ab«, informiere ich sie, ehe wir an ihr vorbeigehen, um unseren Plan in die Tat umzusetzen.

»Aber immer schön verhüten, klar?«, ruft uns Davina hinterher, als wir schon fast bei den Treppen sind. Mit einem provokanten Grinsen drehe ich mich ein letztes Mal um und winke ihr zum Abschied. Ohne meiner Familie Bescheid zu sagen, verschwinden wir in die Garage und setzen uns in mein Auto.

Doch als Halen den Wagen starten will, stoppt er und dreht sich zu mir. »Bevor wir losfahren, habe ich noch eine Frage, die du mir beantworten musst. Nur um ganz sicherzugehen.«

»Du kannst mich alles fragen«, erwidere ich ohne zu zögern.

»Was genau sind wir jetzt?«, will er wissen. »Freunde, Freunde mit gewissen Vorzügen ...« Er will weiterreden, doch ich küsse ihn, bevor er das kann. Als ich mich von ihm löse, blicken wir uns einen Augenblick lang einfach nur in die Augen. »Wie wäre es mit fester Freund und feste Freundin?«, schlage ich leise vor.

Er lächelt zufrieden, klaut sich einen weiteren schnellen Kuss, dreht den Schlüssel im Zündschloss um und legt eine Hand auf meine. »Klingt perfekt für mich.«

KAPITEL 38

Venice

»Trägst du mich?«

»Wie bitte?« Halen bleibt hinter mir stehen, sodass ich mich umdrehe und über meine Schulter hinweg auf die Treppen deute, die wir notgedrungen überwinden müssen, um zur Wohnung zu kommen. »Trägst du mich hoch?«, wiederhole ich und setze meinen besten Hundeblick auf. Einen Versuch ist es wert.

»Die ganzen Treppen hoch?« Halen sieht mich an, als wäre ich nicht mehr ganz dicht. »Das sind echt viele.«

»Es sind 72 Stufen«, verbessere ich ihn. »Ich habe an meinem ersten Tag nachgezählt, als ich vor dir auf dem Flur gestolpert bin und mich super blamiert habe.«

Halen wirkt amüsiert. »Das war auch der Tag, als du deinen BH im Flur verloren hast.«

»Wehe du erinnerst mich noch mal daran.« Mit zusammengekniffenen Augen sehe ich ihn an. »Trägst du mich jetzt nach oben, oder was ist?«

Ich ernte ein amüsiertes Kopfschütteln. Dann dreht er sich aber doch mit dem Rücken zu mir. »Spring auf.«

Verdutzt bleibe ich stehen. »Ernsthaft jetzt?«

Ein Schnauben ertönt. »Komm schon, sonst überlege ich es mir noch anders und du musst mich tragen.« Ja, ist klar.

Eilig folge ich seiner Anweisung, denn wer wäre ich, wenn ich so ein Angebot ablehnen würde? Ihn tragen kann ich jedenfalls nicht. Ich war ja schon mit meinem Koffer und dem Kram überfordert, als ich hier eingezogen bin.

Ich klettere auf Halens Rücken und gerade, als er die erste Stufe erklimmen will, fällt mir ein nicht unwichtiges Detail auf. »Warte!«, schreie ich ihn regelrecht an. Halen zuckt zusammen und ich falle fast von seinem Rücken. Schnell kralle ich mich an ihm fest und sein Griff um meine Beine wird fester. »Das Schild ist weg«, teile ich ihm aufgeregt mit.

»Welches Schild?«, will er irritiert wissen.

»Das Schild am Fahrstuhl. Es ist weg. Weißt du, was das heißt? Wir können Aufzug fahren!«

Im Eiltempo läuft Halen mit mir auf dem Rücken zum Fahrstuhl und beugt sich vor den Knöpfen leicht nach vorne, sodass ich sie drücken kann.

Gespannt wie zwei kleine Kinder warten wir auf den Fahrstuhl. Er funktioniert tatsächlich. Ein wahres kleines Wunder nach all den Wochen Treppen laufen! Die Türen öffnen sich und wir treten ein. Halen lässt mich zurück auf den Boden sinken und kaum, dass meine Füße ihn berühren, fährt er herum und drückt mich an die Wand. Seine Lippen treffen meine und stürmisch geben wir uns der Hitze hin.

Ich liebe es. Er schafft es mit einfachen Berührungen, mein Verlangen nach mehr zu steigern und mein Herz zum Rasen zu bringen.

Als die Türen sich wieder öffnen, stehe ich längst nicht mehr auf meinen Beinen. Sie sind um Halens Hüfte geschlungen und seine Hände brennen sich beinahe durch die Jeans in die Haut meiner Oberschenkel, während wir aus dem Fahrstuhl stolpern. Unsere Körper sind aneinandergepresst, sodass kaum noch etwas zwischen uns passen würde, geschweige denn uns auseinanderbringen könnte. Langsam lässt Halen mich herunter.

»Zu dir oder zu mir?«, fragt er atemlos.

»Zu dir.« Ich will nicht wieder unterbrochen werden. Nicht jetzt. Jetzt soll das Timing stimmen.

Obwohl unsere Lippen sich kaum trennen, schaffen wir es irgendwie zur Tür, die Halen hektisch aufschließt, ehe wir ins Schlafzimmer stolpern. Er nimmt mich erneut hoch, lässt mich aufs Bett fallen, doch er gönnt mir keine Sekunde, um Luft zu holen, denn er ist sofort wieder über mir und dringt fordernd mit seiner Zunge in meinen Mund ein.

»Warte.« Ich löse mich von ihm, ziehe mein Oberteil aus und werfe es achtlos auf den Boden. »Schon besser.«

»Ich finde, wir sollten sämtliche Sachen loswerden.« Kurz vor meinen Lippen hält Halen raunend inne.

Ich gleite mit dem Zeigefinger langsam seine Brust herab. »Das ist eine wirklich hervorragende Idee, Halen.«

Sein Oberteil landet irgendwo neben meinem, gefolgt von unseren Hosen. Halen erkundet meinen Hals Stück für Stück mit seiner Zunge, ich lege den Kopf in den Nacken und fahre mit den Händen fiebrig über seine nackte Brust bis zu seinen Schultern.

»Hör bloß nicht auf damit, ja?«, keuche ich, als seine Zunge über meine Haut gleitet. Er denkt nicht mal daran, sondern saugt nur noch fester an der empfindlichen Haut über dem Schlüsselbein, sodass sich meine Finger automatisch in seine Schultern krallen. Ich stöhne und Halen drückt seine Lippen wieder auf meine.

Er streicht mir in aller Ruhe die BH-Träger von den Schultern und fährt mit dem Daumen über die freigelegte Haut, ehe er Küsse darauf verteilt. Mit jedem weiteren Kuss erhitzt sich meine Haut mehr und mehr. Ich bin Wachs in seinen Händen und schmelze dahin.

Halen löst sich von mir, ringt nach Atem und blickt mir lustvoll in die Augen. »Bist du dir sicher?«

Entschlossen begegne ich seinem Blick. »Mehr als das, Halen.« Ich bin mir sicher, dass ich das hier will. Dass ich ihn will.

Er kommt meinem Gesicht näher und verweilt erneut kurz vor meinen Lippen. »Hat dir schon mal jemand gesagt, wie perfekt du bist, Venice?«

Ich schließe die Augen und denke wirklich darüber nach. Nein, das hat so noch niemand zu mir gesagt.

So lange habe ich mich nach solchen Worten und dieser Art von Anerkennung gesehnt und jetzt, wo ich sie endlich bekomme, fühle ich mich einfach nur wunderschön.

Ich schüttele den Kopf und Halen streicht sachte über meine Wange. »Dann sollten wir das ändern. Du bist perfekt, Venice. Du bist sogar mehr als das und ich werde alles daransetzen, um dir das zu beweisen, okay?«

Ich nicke, öffne die Augen und sehe in seine. Und in diesem Moment wird mir bewusst, dass ich mich ihm völlig hingeben kann.

Ich kann ihm alles von mir geben, so wie er mir. Denn ich vertraue ihm. Wir vertrauen einander. Das ist alles, was es braucht. Alles, was ich brauche.

Zumindest für den Moment.

Als ich am nächsten Morgen wach werde, ist die Betthälfte neben mir bereits leer. Doch die Tür zum Schlafzimmer ist einen Spalt breit geöffnet und ich kann hören, dass Halen irgendwo in der Wohnung herumturnt. Den Geräuschen zufolge nimmt er womöglich die halbe Einrichtung auseinander. Ich schätze, er versucht, Frühstück für uns zu machen, denn es riecht verdächtig nach gebratenem Speck.

Schmunzelnd wickele ich mich in die Decke ein und verlasse dann das Bett.

Ich tapse durch das Zimmer, bleibe jedoch auf der Stelle stehen, als mir etwas einfällt. Etwas, das ich gestern Abend völlig vergessen habe. Ich drehe mich um, greife nach meiner Handtasche und setze mich auf den Boden. Dann ziehe ich das kleine Päckchen aus der Tasche. Alyssas Geschenk.

Ich habe es noch immer nicht geöffnet. Wir haben uns schon eine Ewigkeit nichts mehr außer Gutscheinen zum Geburtstag geschenkt. Demnach habe ich auch keinen blassen Schimmer, was es ist und was sich dieses Mal geändert hat. Behutsam entferne ich das Schleifenband vom Päckchen und falte das bräunliche Geschenkpapier auseinander. Zum Vorschein kommt ein schmales Buch. Ein Liebesroman, welchen ich bestimmt schon mehr als ein Dutzend Mal gelesen habe. Ich bekam ihn zu meinem fünfzehnten Geburtstag von meiner Mom und von dem Tag an hat er mich immer begleitet. Ich hätte nicht gedacht, dass ihr jemals aufgefallen wäre, wie oft ich ihn gelesen habe.

Es ist eine signierte Ausgabe. Mit meinem Namen.

Ich schlage das Buch auf und mit einem Mal bleibt mir das Herz beinahe stehen.

Eine getrocknete, gepresste Blume, die schon kurz davor ist, zu zerfallen. Es ist so eine Blume, wie sie uns Davina früher immer geschenkt hat. Es ist eine von denen, die ich Alyssa gegeben habe, als sie keine eigene bekommen hat. Und sie hat sie all die Jahre aufgehoben.

Aber warum nur?

KAPITEL 39

Halen

»Guten Morgen«, flöte ich bester Laune durch die Wohnung, als ich das Quietschen der Schlafzimmertür höre.

»Morgen«, kommt es mit einiger Verzögerung murmelnd zurück. Okay, Venice klingt eher nicht so, wie ich mich gerade fühle.

Irritiert, aber auch besorgt drehe ich mich zu ihr um und mustere sie von der Küche aus. Sie lässt sich mir gegenüber auf einen der beiden Barhocker fallen, irgendwie nachdenklich und traurig.

»Ist alles in Ordnung?«, erkundige ich mich also bedacht, lege den Pfannenwender beiseite und stelle den Herd eine Stufe niedriger, um meine Aufmerksamkeit voll und ganz auf Venice zu richten.

Sie stößt ein langes Seufzen aus und zieht meine Bettdecke enger um sich.

»Ich habe Alyssas Geschenk geöffnet und, keine Ahnung, es hat mich ziemlich aus der Bahn geworfen«, fährt Venice fort. »Ich weiß einfach nicht, wie ich ihr Verhalten einordnen soll.«

»Darf ich fragen, was es war?« Ungern möchte ich ihr mit meiner Fragerei zu nahetreten, aber falls sie jemanden zum Reden braucht, bin ich selbstverständlich für sie da. Und wenn nicht, ist das auch okay und ich stehe ihr einfach als stummer Zuhörer zur Seite.

Venice entscheidet sich dazu, ihre Gedanken weiter mit mir zu teilen. »Sie hat mir mein Lieblingsbuch geschenkt und sogar signiert. Mir war nicht einmal klar, dass sie das über mich wusste. Ich meine, ich weiß quasi nichts über sie und ihr Leben und war immer der Annahme, dass das auf Gegenseitigkeit beruht. «

»Wenn man bedenkt, wie sie dich behandelt hat, kann dir das niemand verübeln, Venice«, erwidere ich. Ich finde es wirklich schlimm, sie so niedergeschlagen zu sehen. Es bricht mir regelrecht das Herz. »Es ist völlig in Ordnung, dass du ihr gegenüber so empfindest. Du musst dir da keinerlei Vorwürfe machen, ja?«

Ein erneutes Seufzen verlässt ihren Mund. »Wenn ich nur verstehen würde, wie ich ihre plötzliche Veränderung gestern deuten soll.«

Ich hoffe, dass ich mit dem Nächsten keine Grenze überschreite. »Vielleicht solltest du noch mal mit ihr sprechen. Also, wenn du dich bereit dafür fühlst.«

»Ja, vielleicht«, nickt sie, wirkt aber nicht allzu begeistert von meinem Vorschlag. Dann rafft sie sich jedoch auf, strafft die Schultern und lächelt mich an. »Aber damit beschäftige ich mich später. Viel lieber konzentriere ich mich jetzt auf uns und das, was du da hinten veranstaltest.« Sie wirft einen Blick an mir vorbei zu der Pfanne, die noch immer auf dem Herd steht und die ich schon wieder ganz vergessen habe. »Das hat sich vorhin nämlich angehört, als würdest du deine gesamte Einrichtung einreißen.«

Ich reibe mir schuldbewusst den Nacken. Hoffentlich habe ich sie damit nicht geweckt. Eigentlich wollte ich ihr das Frühstück sogar ans Bett bringen, da unser erstes gemeinsames Aufwachen alles andere als romantisch war. Leider hat es nicht ganz so geklappt, wie geplant.

Der Speck ist angebrannt, na super. Entschuldigend wende ich mich wieder an Venice. »Heute gibt es also nur Ei ohne Speck. Toast hätte ich aber auch da.«

Sie lächelt mich an und lässt mich wissen, dass sie das nicht im Geringsten stört. »Macht nichts. Das ist schon viel mehr, als ich erwartet hätte. Keine Ahnung, wann mir das letzte Mal jemand Frühstück zubereitet hat.« Noch etwas, was ich in Zukunft vorhabe, zu ändern. Venice springt von dem Hocker und tritt zu mir in die Küche. »Kann ich dir helfen?«

Ich schüttele eifrig den Kopf. »Nichts da. Heute verwöhne ich dich.«

Auf ihrem Gesicht erscheint augenblicklich ein verschmitztes Grinsen. »Heißt das, du kommst noch mal mit ins Schlafzimmer?« Verführerisch lässt sie den Blick an mir herabgleiten und in ihren Augen steht Verlangen. Ein letztes Mal wende ich mich der Herdplatte zu, um sie komplett abzuschalten. Hinter mir höre ich, wie die Decke, die Venice' Körper umhüllt, zu Boden fällt.

Ich schätze, das Frühstück muss warten.

KAPITEL 40

Venice

Vier Wochen später sitze ich mit Halen auf seiner Couch und versuche, einen Text für die Uni zu bearbeiten. Beziehungsweise sitzt er und ich versuche verzweifelt, meinen Textmarker in der Ritze zu finden.

»Was wird das, wenn es fertig ist?«, fragt Halen belustigt, als ich mich äußerst unelegant über ihn beuge und entschlossen die Lücken zwischen den Polstern absuche.

Angestrengt puste ich mir eine Strähne aus der Stirn. »Ich glaube, ich habe hier letztens meinen Textmarker vergessen und den brauche ich jetzt ganz dringend.«

Halen beobachtet mich skeptisch, wie ich halb auf seinen Beinen liege und mich nach der anderen Seite der Couch ausstrecke. »Und der soll sich auf meiner Couch befinden?«

»Jap. Mir ist hier letztens nämlich einer verloren gegangen, der seitdem einfach nicht mehr aufgetaucht ist. Er muss hier aber irgendwo sein. Und da mein anderer Textmarker den Geist aufgegeben hat, wäre der Verlorene gerade wirklich praktisch.«

Tja, ich übertrage mein Chaos jetzt schon auf Halens Wohnung. Okay, ich bin momentan auch gefühlt mehr hier als drüben bei Davina. Es ist nur eine Frage der Zeit, dass er bemerkt, dass ich mich hier immer mehr ausbreite, was wirklich keine Absicht ist. Es ist einfach so passiert. Und das wird mir jetzt gerade klar.

»Kann ich dir irgendwie helfen?«, will er wissen, als ich das Kissen anhebe, es aber sofort wieder enttäuscht fallen lasse. Kann doch nicht sein.

»Als ich ihn verloren habe und dann nicht finden konnte, dachte ich, ach, was solls, bleibt er halt für Notfälle hier«, berichte ich Halen, als ich bemerke, dass er meinen Bewegungen aufmerksam folgt.

»Du hast was?« Er lacht, als ich mich drehe, sodass ich ihn mit unschuldiger Miene anblicken kann. »Du nistest dich hier aber ganz schön ein.«

Oh, er hat es also schon gemerkt. Ich zucke entschuldigend mit den Schultern.

Aber was soll ich machen? Ohne Chase, der wieder zu sich nach Hause gefahren ist, und ohne Davina, die alle Hände voll zu tun hat, ist es so leer in unserer Wohnung. Ich bin es nicht gewohnt, so viel allein zu sein. Und obwohl ich in den letzten Wochen nach meinem Geburtstag oft im Laden meiner Cousine geholfen habe und mit der Uni beschäftigt war, blieb dennoch viel zu viel freie Zeit. Außerdem kam Halen als erster auf die Idee, dass ich öfter vorbeischauen soll. »Also hast du den Textmarker nicht gesehen?«, frage ich voller Hoffnung.

»Nein«, erwidert er und beugt sich etwas mehr über mich, sodass sein Gesicht über meinem schwebt. »Aber ich habe etwas herausgefunden.«

»Und das wäre?«, will ich alarmiert wissen.

Er schweigt einen Augenblick, lächelt dann aber zufrieden. »Ich habe dein kleines Geheimnis gelüftet, Venice.«

Mein Geheimnis? Ich stutze, denn ich weiß nicht, was er meint. Nun bin ich es, die den Abstand unserer Gesichter verkleinert. »Klär mich auf, denn ich habe keinen Plan, was du mei…«

»Du isst gar nicht ständig Pfirsiche.«

Wie bitte? Ich blinzele perplex, weil ich damit nicht gerechnet habe, muss mir dann aber ein leises Lachen verkneifen. »Wie zur Hölle kommst du denn jetzt da drauf?« »Deine Lippen, Venice. Sie schmecken immer nach Pfirsich, wenn ich dich küsse.« »Meinst du diese Lippen?« Ich nähere mich ihm mit meinen Lippen, küsse ihn aber bewusst nicht. Sie verweilen einfach knapp vor seinen.

»Genau die meine ich«, entgegnet Halen. »Aber jetzt weiß ich, warum sie so himmlisch schmecken und mich ganz verrückt machen.«

»Und was ist das Geheimnis, von dem du so überzeugt bist, es zu wissen?«

»Dein Labello«, klärt er mich auf. »Ich habe ihn im Badezimmer gefunden.« »Verdammt, du hast mich erwischt«, sage ich gespielt ernst. »Und was willst du mit diesem Wissen jetzt tun?«

Ich merke, wie seine Hand an meiner Seite hinauf wandert und sich seine Lippen meinen nähern, doch bevor es zum Kuss kommen kann, bringe ich ruckartig Abstand zwischen uns, befreie mich aus seinem Griff und bin schneller auf den Beinen, als er gucken kann. Als ich Halens verwirrten Blick sehe, zucken meine Mundwinkel nach oben. »Du sagtest, jetzt wüsstest du, was meine Lippen so *himmlisch* schmecken lässt und was dich ganz *verrückt* macht. Wenn deiner Meinung nach nur der Labello dafür verantwortlich ist, finde ich nicht, dass du sie weiterhin küssen dürfen solltest.« Ich gehe einen Schritt nach hinten, als Halen sich langsam erhebt.

Er kommt mir näher, beinahe wie ein Raubtier behält er mich dabei im Auge. Ich versuche gar nicht mehr, auszuweichen, sondern erwidere seinen Blick mit erhobenem Kopf. Zwischen uns hat sich in letzter Zeit dieses Verhalten entwickelt, einander ständig zu necken und herauszufordern.

Halen bleibt dicht vor mir stehen. »Ich glaube, ich habe mich falsch ausgedrückt.« »Hast du das? Dann klär mich doch auf, was du eigentlich sagen wolltest. Falls du dich dieses Mal nicht wieder vertust. Passiert dir wohl öfter in letzter Zeit.« Herausfordernd hebe ich die Augenbrauen und warte auf seine Erklärung.

»Was ich eigentlich meinte, war, dass du es bist, die mich

verrückt macht. Alles an dir lässt mich beinahe den Verstand verlieren, Venice.« Er platziert seinen Mund unterhalb meines Ohres und gibt mir einen hauchzarten Kuss auf diese Stelle. »Alles, hörst du? Dein Lachen, dein verrücktes Verhalten, das Gefühl, sobald ich bei dir bin oder nur an dich denke.« Seine Stimme nimmt einen heiseren Ton an, als er fortfährt. »Es macht mich verrückt, wie du dich bewegst, mich berührst. Und wie du dich unter mir anfühlst, lässt mich durchdrehen.«

Ich muss schlucken, denn mein Hals ist völlig ausgetrocknet.

»Okay«, hauche ich, wobei ich völlig unter Strom stehe. »Ich habe meine Meinung geändert. Ich finde, du solltest mich nun doch küssen, Halen. Und außerdem hast du was gutzumachen.«

»Ach, jetzt auf einmal?«

Ich nicke. »Du hast mir damals wohl übrigens nicht richtig zugehört. Denn kurz nachdem wir uns kennengelernt haben, habe ich dir schon von dem Labello erzählt.« Das Gespräch ist auch mir gerade erst wieder in den Sinn gekommen. Scheinbar hat Halen den Labello noch nie gesehen. Ansonsten würde er sich sicherlich erinnern.

Jetzt lächelt er auch verlegen. »Das habe ich tatsächlich vergessen. In deiner Gegenwart kann ich einfach keinen kühlen Kopf bewahren. Aber das mache ich nur allzu gern wieder gut.« Dann küsst er erneut die empfindliche Stelle unter meinem Ohr. Doch diese zarten und unschuldigen Küsse sind mir nicht mehr genug. Halen lässt quälend langsam von meiner Haut ab und nähert sich dann endlich meinen Lippen. »Soll ich, oder soll ich nicht?«, fragt er, wobei der neckende Tonfall in seiner Stimme nicht zu überhören ist. Es macht ihm doch tatsächlich Spaß, mich warten zu lassen. Das ist seine Rache für eben. Verdammt, das nächste Mal denke ich vorher nach.

Es ist Zeit, einzufordern, was ich will. »Küss mich, Halen. Jetzt«, hauche ich.

»Wie Sie wünschen.« Endlich.

Ich befürchte, dass ich von ihm und seinen Küssen nie genug

bekommen werde. Er ist so plötzlich in meinem Leben aufgetaucht und auch wenn ich auf diesem Parkplatz nicht wusste, wer er war, kann ich mir ein Leben ohne ihn nicht mehr vorstellen. Ein Klingeln lässt uns auseinanderfahren, doch eigentlich ist mir der eingehende Anruf momentan ziemlich egal. Es gibt Wichtigeres, womit ich mich jetzt auseinandersetzen will. Also dränge ich mich wieder an Halen und möchte an der Stelle fortsetzen, an der wir abgebrochen haben.

Allerdings ist dieser nicht der gleichen Meinung wie ich, denn sein Blick ist auf den Wohnzimmertisch gerichtet, auf dem sein Handy liegt und mit leuchtendem Display vor sich hin klingelt. Der Anrufer ist nicht eingespeichert, doch es muss etwas Wichtiges sein, da er mich plötzlich bedächtig von sich wegschiebt.

»Ich sollte da besser rangehen.« Halen muss meine leichte Enttäuschung über das abrupte Ende unserer Knutscherei bemerkt haben, denn er zwingt sich zu einem Lächeln, was wohl entschuldigend wirken soll. »Gib mir nur eine Minute, ja?«

Ich nicke benommen. »Klar.« Wäre es nicht wichtig, würde er mich kaum von sich schieben. Obwohl ihn Anrufe und Nachrichten in letzter Zeit auch nicht interessiert haben, als wir mit anderen Dingen beschäftigt waren.

Er greift nach dem Handy, läuft zum Schlafzimmer und blickt noch einmal zu mir. »Tut mir leid.« Dann verschwindet er und schließt die Tür.

»Ist schon okay«, flüstere ich, obwohl ich weiß, dass er mich nicht mehr hören kann.

KAPITEL 41

Halen

Venice streicht vor dem Haus meiner Eltern ihr Kleid glatt. Zum gefühlt hundertsten Mal, schon bevor wir ins Auto gestiegen sind, hat sie es andauernd getan. Sie hat es sogar noch einmal gebügelt, da sie den bestmöglichen Eindruck machen wollte, wenn sie meine Familie trifft. Besonders, nachdem mein Bruder sie nur mit einem meiner alten T-Shirts bekleidet zum ersten Mal gesehen hat.

Trotz meiner Meinung, dass es egal ist, wie ihre Kleidung aussieht – denn erstens sieht sie in allem gut aus und zweitens wird meine Familie sie so oder so lieben – wollte sie mir nicht glauben und ist seither ziemlich verunsichert.

Ich betrachte Venice einen Moment lang einfach nur, denn manchmal brauche ich eine Sekunde, um zu realisieren, dass diese wunderschöne Frau zu mir gehört. Auf ihrer Stirn befindet sich eine kleine Sorgenfalte, über die ich am liebsten mit dem Daumen fahren würde. Ihre roten Haare liegen in Locken auf ihren Schultern und heben sich von ihrer hellen Haut ab. In diesem Moment nehme ich mir vor, alle Sommersprossen, die ihr Gesicht zieren, einzeln zu küssen. Es würde sicher eine Weile dauern, aber das ist mir nur recht.

»Mist, hätte ich Blumen mitbringen sollen? Oder einen Wein? Trinken deine Eltern gerne Wein? Also nicht, dass ich damit anmerken will, dass sie womöglich zu viel trinken. Sollen wir noch mal umdrehen und irgendwas kaufen?«, plappert Venice nervös vor sich her und kaut dann auf ihrer Unterlippe herum.

Ich kann sehen, wie es in ihrem Kopf rattert, wo sie jetzt schnellstmöglich ein Geschenk herbekommt. Damit ihre Gedanken sich nicht weiter überschlagen, lege ich ihr einen Arm um die Taille, ziehe sie zu mir und sehe sie an. Erst als sie meinen Blick mit ihren großen Augen erwidert, fange ich an, zu sprechen. »Du brauchst weder Wein noch Blumen mitzubringen. Du musst auch nicht dauernd dein Kleid glattstreichen oder bügeln. Es sind nur meine Eltern und meine Schwester, die du noch nicht kennst. Ruby hat wahrscheinlich schon so sehr von dir geschwärmt, es kann gar nicht schief gehen.« Außerdem habe ich selbst meiner Familie von Venice erzählt.

Sie lächelt bei meinen Worten und flüstert: »Also, kein Wein?«

Mit der Hand streiche ich ihr behutsam eine Haarsträhne hinters Ohr und schüttele den Kopf. »Kein Wein. Sei einfach du selbst, dann wirst du sie alle im Nu um den Finger wickeln. Da bin ich mir ganz sicher.«

Sie atmet einmal tief durch und nickt zaghaft.

» Bringen wir es hinter uns.« Sie strafft die Schultern, ehe sie zwei Mal enthusiastisch in die Hände klatscht und den ersten Schritt in Richtung Haustür macht.

Belustigt funkele ich sie an. »Das klingt einerseits, als wäre es eine lästige Pflicht, die wir möglichst schnell erledigen müssen, und andererseits, als könntest du es kaum abwarten.«

»Tja«, entgegnet Venice seufzend, während wir zum Haus laufen und ich meinen Arm enger um ihre Taille schlinge. »Das liegt wohl daran, dass ich mir gerade selbst nicht sicher bin, was davon eher zutrifft.«

»Das werden wir gleich herausfinden.«

Die Haustür geht auf, bevor wir überhaupt die erste Stufe der kleinen Treppe zur Veranda erreichen, geschweige denn die Klingel drücken können.

Harper steht mit strahlender Miene und mit in die Hüfte gestemmten Händen im Türrahmen. »Wurde ja auch Zeit! Habt ihr mal auf die Uhr geguckt?«

»Ja, das haben wir tatsächlich. Erst vorhin im Auto. Und laut der Uhr meines Handys hatten wir zu diesem Zeitpunkt noch locker zehn Minuten. Vielleicht auch mehr. Ich sollte dich also eher fragen, ob du auf die Uhr geschaut hast, bevor du uns vorwirfst, wir wären zu spät«, entgegne ich mit zusammengezogenen Brauen.

»Nein, habe ich nicht«, gibt meine Schwester amüsiert zu, als wir die Treppe hinaufgehen. »Aber das interessiert mich recht wenig, um ehrlich zu sein, denn als deine Schwester habe ich immer recht.«

»Hast du nicht«, widerspreche ich. »Ich erinnere dich an Sally.«

Harpers strahlende Miene zerfällt und sie kneift die Augen zusammen. »Das war nur ein kleiner Fehlgriff. So was passiert, schließlich bin ich auch nur ein Mensch.«

»Ein Mensch, der es lieber sein lassen sollte, andere miteinander verkuppeln zu wollen«, ergänze ich kopfschüttelnd. »Ich bin aus der Sache nur mit Hilfe rausgekommen, die übrigens nicht von dir kam.« Dafür werde ich Venice ewig dankbar sein.

Neben mir lacht Venice leise, hält sich dann aber die Hand vor den Mund und verstummt. Harpers Strahlen kehrt zurück. »Dann bist du also die wunderschöne Venice, von der mein Bruder und meine Nichte so schwärmen.«

»Ja, die bin dann wohl ich«, sagt Venice und lächelt Harper freundlich an, sobald wir oben auf der Veranda angekommen sind.

»Schön, dich zu sehen. Wir alle haben schon an deiner Echtheit gezweifelt und überlegt, ob mein lieber Bruder sich eine Fake-Freundin gesucht hat, damit ich keine weiteren Dates für ihn organisiere.«

»Wow, vielen Dank für deine unglaublich hohe Meinung von mir«, gebe ich augenrollend von mir.

Obwohl sie ja gar nicht so Unrecht hat. Sally haben wir schließlich erzählt, dass Venice und ich zusammen sind, um sie loszuwerden. Für einen Moment war sie sogar meine Fake-Freundin.

»Immer wieder gern.« Und schon zieht Harper Venice aus meinen Armen ins Haus, sodass ich alleine auf der Veranda stehe.

Super, ich wurde soeben offiziell ersetzt.

Aber das ist okay.

Schließlich ist es Venice.

Nicht Darcy.

KAPITEL 42

Venice

Halens Familie ist wirklich wunderbar. Jegliche Sorge meinerseits war verflogen, sobald ich über die Hausschwelle getreten war.

Seine Mom sieht über den Esstisch hinweg zu uns. »Also wir wissen jetzt, dass ihr Nachbarn seid und auf die gleiche Uni geht. Aber wie habt ihr euch eigentlich kennengelernt?«, will sie wissen und sieht zwischen uns hin und her.

Ich nehme einen Schluck Eistee, um kurz nachzudenken. Wie viel von unserer ersten Begegnung soll ich erzählen? Soll ich erwähnen, dass ich Halen einfach wie eine Irre überrumpelt habe? Oder lasse ich das klitzekleine Detail mit dem Kuss aus?

Halen antwortet, bevor ich auch nur ansatzweise zu Ende denken kann. »Venice hat mich auf offener Straße angesprungen.«

Ich verschlucke mich an meinem Getränk. Mit weit aufgerissenen Augen sehe ich fassungslos zu meinem Freund neben mir. Das hat er jetzt nicht wirklich gebracht, oder? So hätte ich das jedenfalls nicht formuliert.

»Angesprungen ist vielleicht nicht das passende Wort«, räuspere ich mich verlegen, während ich ihn mahnend anschaue. Seine Mundwinkel zucken daraufhin verräterisch. Dieser kleine Vollidiot.

Er liebt es, mich aus der Fassung zu bringen. Und das ist etwas, was er ziemlich gut kann.

»Und wie würdest du es dann nennen, Venice?«, kommt es neckend von ihm. Dieses amüsierte Funkeln in seinen Augen. Manchmal macht er mich verrückt.

»Na ja«, erwidere ich langsam und lege mir die passenden Worte zusammen, die mich aus dieser recht peinlichen Lage retten sollen. »Man könnte sagen, ich habe den ersten Schritt gemacht.« Das klingt doch schon etwas besser.

»Den ersten Schritt gemacht? Ja, so könnte man das wohl auch nennen.« Halen lacht leise, als mein Fuß unter dem Tisch gegen sein Bein trifft.

»Okay, was genau ist da vorgefallen?«, will Aidens Frau Leila wissen, die mich neugierig mustert.

»Warte mal«, Harper hebt eine Hand und wendet sich an ihren Bruder. In ihrem Gesicht breitet sich Erkenntnis aus. »Habt ihr euch an dem Tag kennengelernt, an dem ich dir das Date mit Sally organisiert habe und du mich danach angerufen hast? Ist sie das Mädchen vom Parkplatz?«

Ich halte den Atem an. Sie weiß davon? Okay, dann ist jegliche Chance, einen normalen Eindruck zu machen, offiziell verflogen.

Ich bemerke, wie sich die Aufmerksamkeit von allen Anwesenden auf mich richtet und rutsche unbehaglich auf meinem Stuhl herum. Bisher war das Kennenlernen mit Halens Familie eigentlich eher angenehm und sie haben mich auch sofort mit offenen Armen in ihrer Runde aufgenommen. Doch jetzt plötzlich so stark im Mittelpunkt des Gespräches zu stehen, stresst mich.

Unter dem Tisch greift Halen nach meiner Hand, die auf meinem Oberschenkel ruht, und drückt sie fest. Ganz so, als hätte er mein Unbehagen bemerkt. Dann sieht er zu seiner Schwester. »Seit wann hast du denn bitte so ein gutes Gedächtnis?«, lenkt er die Aufmerksamkeit auf Harper.

»Schon immer. Du hast es nur nie mitbekommen«, entgegnet

sie eingeschnappt und setzt sich aufrechter hin. »Ich möchte jetzt übrigens eine Entschuldigung und ein Dankeschön.«

Halen runzelt die Stirn und legt irritiert den Kopf zur Seite. »Wieso das denn?«

Seine Schwester schluckt ein Stück der Lasagne runter, ehe sie ihn angrinst. Übrigens glaube ich, dass Halen das Kochen von seinem Vater gelernt hat. Der Lärm dabei ist zwar nicht zu überhören, aber das Ergebnis ist fantastisch. Gut, bis auf das eine Mal beim Speck braten. Zu seiner Verteidigung, ich habe ihn dabei aber auch etwas abgelenkt.

»Na ja, wenn du mal so drüber nachdenkst, wart ihr beiden nur zur selben Zeit am selben Ort, weil du dank mir dieses Date hattest. Ja, es war wirklich fürchterlich, ich weiß, aber dafür hast du nun Venice an deiner Seite.«

Halens Blick begegnet meinem. In seinen Augen liegt ein sanfter Ausdruck, den ich bisher nur selten bei ihm gesehen habe. Dieser tritt in letzter Zeit immer öfters auf. Nur kann ich ihn einfach nicht deuten.

»Dankeschön«, murmelt Halen, ohne sich von mir wegzudrehen.

»Was war denn eigentlich so fürchterlich?«, wirft Ruby plötzlich schmatzend in die Runde, wodurch sich alle ihr zuwenden.

»Das will ich jetzt aber auch wissen. Ich würde wirklich gerne die Geschichte von dem misslungenen Date hören.«

»Wenn ihr es unbedingt wissen wollt«, seufzt Halen.

Harper nickt enthusiastisch. »Unbedingt. Vor allem, weil Sally meinte, dass das Date toll war.«

Ich verkneife mir ein Lächeln. Wundert mich nicht, so wie ich sie kennengelernt habe.

»Also«, fängt Halen an. »Ich wurde begrüßt mit einem *du-bist-zu-spät*. War ich nicht, ich war fünf Minuten zu früh. Sie hat ihr Essen drei Mal zurückgehen lassen, da immer etwas nicht nach ihren Wünschen war. Im Endeffekt hat sie ihres gar nicht angerührt und einfach bei mir mitgegessen.«

»Ich hätte es wissen müssen«, meint Harper grübelnd. »Sally hatte schon immer eine leicht arrogante Art an sich. Dass das jedoch so ausartet, hätte ich nicht erwartet.«

Ich muss mir ein Lachen verkneifen. Obwohl ihr Sallys Verhalten bekannt war, wollte sie sie dennoch mit ihrem Bruder verkuppeln. »Deine Schwester gefällt mir, Halen. Sie ist ziemlich mutig.«

Harper deutet im Sitzen eine Verbeugung an. »Vielen Dank, ich mag dich auch, Venice.«

»Das ist wirklich toll, dass ihr euch mögt, aber ich würde dann gerne die restliche Geschichte hören. Erzähl bitte weiter, Halen«, unterbricht Aiden uns ungeduldig. Halen nickt. »Dann hat sie die Kellnerin angemeckert, weil sie der Meinung war, ich zitiere, *dass sie mir die ganze Zeit schöne Augen macht.* Sally hat ihr gedroht und gesagt, dass sie mit dem Chef sprechen will, wenn man uns nicht eine neue Bedienung zuteilt. Ach ja, mindestens zehn Minuten lang hat sie zwischendrin am Handy mit einer Freundin über die neue Folge ihrer Lieblingsserie diskutiert. Soll ich fortfahren?«

Harper schüttelt glucksend den Kopf. »Alles gut. Ich habe schon kapiert, dass ich definitiv nicht der nächste Amor bin, aber wie gesagt, nur wegen mir hast du Venice getroffen. Es wurde auch Zeit, dass mein Bruder endlich mal Glück mit der Liebe hat und jemand Besonderen findet. Jemanden, der ihn wirklich und aufrichtig liebt.«

Lieben. Ich schlucke schwer.

Ist das hier Liebe? Ich schaue zu Halen und entdecke, wie er mich fixiert, ein vorsichtiges Lächeln auf den Lippen.

Liebe ich tatsächlich den Mann, den ich einfach auf einem Parkplatz geküsst habe? Liebe ich Halen?

KAPITEL 43

»Ich nehme die Waffeln mit Bananen und Vanilleeis. Nein, die mit Blaubeeren und Sahne. Moment, geht auch alles zusammen?« Meine Mom sieht den Kellner des Waffel-Cafés erwartungsvoll an, woraufhin dieser zögerlich nickt und sich alles eilig notiert. »Gut, dann bitte noch Schokoladensauce dazu.« Zufrieden mit ihrem Entschluss lehnt sie sich auf dem Stuhl zurück und sieht mich seelig an.

»Okay.« Der Kellner fügt auch das auf seinem Block hinzu und wendet sich an mich. »Und was darf es für Sie sein?«

Ich werfe einen letzten Blick in die Karte, ehe ich antworte. »Für mich nur die Waffeln mit Puderzucker, bitte.« Auch das schreibt er nieder, ehe er zum nächsten Tisch läuft.

Sobald Mom und ich wieder allein sind, sehe ich schmunzelnd zu ihr. »Du bist doch nicht schwanger, oder?«

»Nicht, dass ich wüsste.« Sie richtet pedantisch das Besteck auf dem Tisch. »Darf eine Frau denn keinen Appetit haben? Ich sollte eher dich fragen, ob alles in Ordnung ist. Nur Puderzucker? Als Kind wolltest du hier immer die halbe Karte ausprobieren. Am besten alles auf einem Teller zusammengemixt.«

Ich lächele schwach. »Ja, eigentlich ist alles okay.«

Mom neigt misstrauisch den Kopf zur Seite. »Eigentlich? Was ist los, Venice? Du hast doch früher immer über alles mit mir gesprochen.«

»Ich weiß nicht, was los ist«, gebe ich zu und beschreibe meine aktuelle Gefühlslage damit ziemlich perfekt.

»Geht es um das ganze Halen-Alyssa-Collin-Drama?«, erkundigt sich Mom, ohne um den heißen Brei zu reden.

»Gewissermaßen«, murmele ich. Obwohl ich es in letzter Zeit erfolgreich geschafft habe, diesen Teil aus meinem Kopf zu verbannen, kam er gestern wie ein Schlag zurück. Als ich gestern beladen mit Lebensmitteln aus einem Supermarkt getreten bin, stieg meine Schwester gerade auf der gegenüberliegenden Straßenseite in ihr Auto. Und prompt waren die Gedanken zurück und haben mich die halbe Nacht lang wachgehalten. »Um ehrlich zu sein, geht es genau darum. Hast du mitbekommen, dass ich an meinem Geburtstag kurz mit Alyssa gesprochen habe, bevor sie gegangen ist?«

Sie nickt. »Du meinst, bevor du und Halen in deinem Zimmer verschwunden seid und weiß Gott was getan habt?«

»Mom!«, rufe ich empört und sehe mich schnell um, doch die Menschen in dem Café sind mit ihrem eigenen Kram beschäftigt.

Sie rollt nur mit den Augen und verzieht belustigt die Mundwinkel.

»Jetzt stell dich doch nicht so an, Venice. Ich glaube, du vergisst, dass ich auch mal in deinem Alter war. Ich muss sogar zugeben, dass ich wahrscheinlich deutlich schlimmer war als du. Du willst gar nicht wissen, wie oft …«

»Okay, Mom«, unterbreche ich sie hektisch und bin kurz davor, aufzuspringen, um ihr den Mund zuzuhalten. »Ich will es wirklich nicht wissen. Das sind sehr wahrscheinlich viel zu viele Details, die mein Kopf nicht vertragen würde.«

Mom lacht. »Ich wollte es ja nur mal erwähnen.«

»Das ist schön für dich«, brumme ich, als der Kellner zurückkommt und auch schon unsere Waffeln auf den Tisch stellt. Mein Blick wandert zum Teller meiner Mom. Gut, ich hätte vielleicht doch was anderes als Puderzucker nehmen sollen, denn Moms Bestellung sieht himmlisch aus.

»Um zurück zum Thema zu kommen«, meint Mom und schneidet mit der Gabel ein Stück von ihrer Schokosaucen-Sahne-Waffel ab und schiebt es sich in den Mund. »Worüber haben Alyssa und du gesprochen? Es muss dich schließlich ganz schön beschäftigen, wenn du deswegen bloß Puderzucker isst.«

»Sie hat mir versichert, dass Halen einer von den Guten ist und die beiden nur alte Bekannte sind ... Halen sagt das Gleiche.«

»Und du vertraust ihnen nicht?«, will Mom wissen.

»Halen schon«, entfährt es mir ohne zu zögern. Doch dass Alyssa da mit drinnen hängt, verunsichert mich weiterhin. In letzter Zeit hat sie mir schließlich nicht viele Gründe gegeben, ihr zu vertrauen. Aber an meinem Geburtstag hatte ich dieses Gefühl, dass sie zum ersten Mal ehrlich war.

»Alyssa hat sich bei mir entschuldigt, weißt du«, erwähne ich in der Hoffnung, eine zweite Meinung von Mom bezüglich des Ganzen zu erhalten. »Aber ich bin mir nicht sicher, auf was genau die Entschuldigung bezogen war.«

Mom sieht mich einen Moment schweigend an, seufzt dann und legt das Besteck beiseite. »Hör mal, Venice. Ich weiß, dass Alyssa und du noch nie gut miteinander auskamt. Mir ist auch bewusst, dass sie mich bisher nicht an der Seite eures Vaters akzeptiert hat. Und das, was kürzlich vorgefallen ist, ist natürlich völlig daneben, da sind wir uns alle einig.« Sie hält inne und fragt dann vorsichtig: »Doch hast du schon einmal versucht, mit deiner Schwester zu sprechen? Und ich meine nicht reden und dabei einander Vorwürfe machen oder sich von vornherein gleich negativ, egal wie, zu verhalten. Sondern darüber, wie es euch überhaupt mit allem geht.«

Ich überlege. Hatten wir jemals so ein Gespräch? Ich glaube nicht. Wenn, dann nur relativ oberflächliche Unterhaltungen, die vor Vorwürfen wegen allem möglichen Blödsinn nur so trieften. Und meistens endeten sie im Streit. Ich weiß nicht einmal mehr, ob wir überhaupt jemals ernsthaft geredet haben, wenn ich so darüber nachdenke.

Also schüttele ich den Kopf und stochere in meinem Essen herum. »Nein, ich kann mich nicht erinnern, dass es jemals so ein Gespräch gab.«

»Vermutlich sollte ich dir das eigentlich nicht erzählen, aber ich habe mich gestern mit deiner Schwester unterhalten.«

Ich blicke auf und runzele irritiert die Stirn. Mom und Alyssa haben sich unterhalten? Alyssa soll sich dazu freiwillig bereit erklärt haben? Was zur Hölle habe ich denn da verpasst und vor allem, warum hat Mom bisher noch kein Wort darüber verloren? »Wirklich?« Keine Ahnung, was ich davon halten soll.

Sie widmet sich kurz wieder ihrem Essen, ehe sie weiterspricht. »Sie wollte eigentlich zu eurem Dad und wollte wieder gehen, als ich ihr gesagt habe, dass er nicht da ist. Sie hat einen ziemlich fertigen und müden Eindruck auf mich gemacht. Also habe ich sie quasi ins Haus gezwungen und ihr keine andere Wahl gelassen, als sich hinzusetzen und eine heiße Schokolade zu trinken.«

Natürlich hat Mom das getan, denn so ist sie einfach.

»Zuerst habe ich nicht wirklich viel aus Alyssa rausbekommen. Es war ja auch schon ein halbes Wunder, dass sie nicht geflüchtet ist, als ich in der Küche war, um uns Kakao zu machen«, erzählt Mom weiter, während sie hin und wieder was von ihren zwei Waffeln isst. »Sie hat sich auch bei mir entschuldigt. Für ihr Verhalten dir gegenüber.«

Ich ziehe die Brauen ungläubig hoch. Was hat sie? Ich muss mich doch verhört haben. »Hat sie gesagt, wieso?« Wer hätte gedacht, dass Alyssa sich bei mir entschuldigt und dann noch mal bei meiner Mom. Ihr Verhalten wird immer suspekter. Woher kommt auf einmal all die Reue?

»Nicht wirklich«, kommt die Antwort prompt. »Aber sie hat gesagt, dass sie das alles eigentlich gar nicht wollte. Danach hat sie gleich wieder dichtgemacht.«

Ich seufze frustriert. »Warum kann sie denn nicht klar sagen, was sie eigentlich meint?«

»Das ist manchmal gar nicht so leicht, Venice.«

Langsam wiegele ich den Kopf hin und her. Da ist wohl etwas dran. Mir fällt es schließlich manchmal auch schwer, das zu sagen, was mir eigentlich auf dem Herzen liegt.

»Vielleicht sollte ich wirklich mal mit ihr reden«, wird mir klar, denn ich würde gerne verstehen, warum sich ihr Verhalten von jetzt auf gleich zu ändern scheint. »Eventuell auch noch mal über Darcy«, überlege ich laut weiter.

»Darcy?« Mom hebt fragend eine Augenbraue. »Wer ist denn jetzt schon wieder Darcy?«

Stimmt, darüber habe ich noch gar nicht mit Mom gesprochen. »Anscheinend eine alte Freundin oder Bekannte von Alyssa und Halen«, kläre ich seufzend auf und teile ihr dann eine Vermutung mit, die bisher noch keiner offen angesprochen hat: »Ich glaube, sie ist Halens Ex-Freundin.«

»Und warum beschäftigt sie dich so?« Fragend sieht meine Mom mich an.

Schulterzuckend erwidere ich ihren Blick. Tja, das ist eine gute Frage.

»Halen hat mir versichert, dass sie eine Person ist, die der Vergangenheit angehört. Er will aber auch nicht großartig über sie reden und meidet das Thema vehement.«

»Er hat bestimmt seine Gründe«, versucht Mom mich beruhigen. »Hast du mir nicht gerade noch gesagt, dass du ihm vertraust?«

»Das tue ich auch«, bestätige ich. »Ich habe nur so ein komisches Gefühl, Mom.«

Wieder schweigt sie einen Augenblick lang.

»Liebst du ihn?«

»Ja.« Überrascht von mir selbst, setze ich mich aufrecht hin. Die Antwort kam mir einfach über die Lippen, bevor ich überhaupt richtig darüber nachgedacht habe. Und jetzt, wo es ausgesprochen ist und ich weiter darüber nachdenke, wird mir klar, dass es wahr ist.

Allein, wenn ich daran denke, wie ich mich fühle, wenn ich bei ihm bin und wie er mich immer wieder zum Lachen bringt. Seine Nähe löst jedes Mal aufs Neue ein aufgeregtes Flattern in meinem Bauch aus. Ich sehne mich nach Halen, wenn er nicht bei mir ist und liebe jede einzelne Sekunde, in der er es ist. Er schafft es, mein Herz zum Rasen zu bringen, sodass ich mich lebendig fühle und nonstop an ihn denke. Zeit mit ihm zu verbringen fühlt sich so richtig an wie nichts anderes.

Wie von selbst muss ich lächeln. Wie konnte ich das bisher nicht sehen? Es ist doch so offensichtlich. Es ist, als würde es in großen, leuchtenden Buchstaben vor mir aufflackern.

Ich liebe Halen. Ich liebe ihn und das nicht erst seit heute.

»Dann solltest du mit ihm darüber reden«, gibt mir Mom einen ihrer Ratschläge. »Und du solltest auch mit deiner Schwester reden.«

Leider hat sie recht. So unwohl ich mich auch allein bei dem Gedanken daran fühle.

Ich werde mit Halen reden und ihm sagen, was ich wirklich für ihn empfinde. Doch zuvor muss ich zu meiner Schwester.

Es ist endlich Zeit, einander zuzuhören.

KAPITEL 44

Venice

Gleich nach dem Frühstück mit Mom bin ich zu Alyssas Wohnung aufgebrochen, bevor ich es mir noch anders überlegen und einen Rückzieher machen kann. Das flaue Gefühl im Magen begleitet mich, seitdem ich das Café verlassen habe. Außerdem habe ich überhaupt keine Ahnung, was ich gleich sagen soll. Schon die ganze Fahrt über bin ich ein einziges Nervenwrack, da ich nicht weiß, was mich gleich erwarten wird und was ich mir überhaupt so genau von der Aktion erhoffe. Diese Ungewissheit treibt mich regelrecht in den Wahnsinn.

Das Taxi, indem ich sitze, hält bei der genannten Adresse an. Ich bezahle den Fahrer und steige aus. Das Gebäude, in dem meine Schwester wohnt, wirkt unscheinbar. Ich war noch nie hier. Es gab bisher einfach keinen Grund dafür. Langsam lasse ich meinen Blick über die heruntergekommene Fassade des Hauses gleiten. So hätte ich die Wohngegend meiner Schwester nicht eingeschätzt. Wenn ich mir vorgestellt habe, wo sie wohnt, habe ich immer an irgendeine herausgeputzte, teure Gegend gedacht. Der Anblick reißt irgendwie einen weiteren Riss in Alyssas angeblich perfekte Erscheinung.

Erneut sehe ich verunsichert auf den Zettel, auf den meine Mom mir die Adresse geschrieben hat. Es ist definitiv hier. Ein Straßenschild bestätigt das und die beinahe verblasste Farbe an der Hauswand zeigt die richtige Hausnummer.

Die Tür steht sperrangelweit offen, weshalb ich ohne zu klingeln eintrete. Wenn sie mich, ohne vorgewarnt zu werden, vor ihrer Tür stehen sieht, ist sie eventuell so überrumpelt, dass sie mir diese nicht direkt vor der Nase zuschlägt. Ich nehme die Treppen nach oben, bleibe immer wieder kurz stehen, um die Namen auf den Klingeln zu lesen. Im dritten Stock werde ich fündig. *Sinclair.* Na also.

Aus der Wohnung dringen Stimmen, die durch die Wände und die Tür gedämpft bei mir ankommen. Ich kann weder verstehen, wer spricht, noch, was sie sagen. Ich kann nur feststellen, dass es sich nach einer Diskussion oder sogar einem Streit anhört und dass eine der Stimmen vermutlich zu Alyssa gehört. Sie hat Besuch. Dann sollte ich womöglich besser umdrehen und später wiederkommen, wenn sie alleine ist und ich nicht in etwas hereinplatze, das mich nichts angeht.

Ich bin schon dabei, mich abzuwenden, als die Wohnungstür auffliegt und mir ein allzu bekanntes Augenpaar entgegenblickt, sodass ich erschrocken einen Schritt zurückweiche. Das sind nicht Alyssas Augen.

Sondern Collins.

»Venice. Sieh mal einer an.« Collin grinst höhnisch. »Oh, Alyssa, Darling, deine Schwester ist zu Besuch. Was für ein passender Zeitpunkt das doch ist. Dann bleibe ich wohl noch etwas länger.« Er greift grob nach meinem Arm, zieht mich ebenso ruppig in die Wohnung hinein und schmeißt die Tür hinter mir zu.

Alyssa taucht in meinem Blickfeld auf. »Lass sie los, Collin«, befiehlt sie ihm schroff.

»Ach, wieso das denn?« Er zieht mich näher zu sich und hält mich fester, als ich versuche, mich von ihm zu lösen. »Venice und ich wollen nur noch einmal die gute alte Zeit aufleben lassen.« Er sieht zu mir herab. »Nicht wahr, Babe?«

»Nimm deine dreckigen Pfoten von mir!« Meine Stimme trieft nur so vor Verachtung.

Er sieht überhaupt nicht ein, mich loszulassen, packt stattdessen nur noch fester zu. »Freundlich wie eh und je.«

Alyssa kommt mit gestrafften Schultern auf uns zu und starrt Collin wütend an. »Du lässt jetzt augenblicklich meine Schwester los und verlässt dann meine Wohnung.« »Sonst was?«, kommt es spöttisch von meinem Ex.

Sie sieht für höchstens zwei Sekunden zu mir, ehe sie sich wieder an Collin richtet. »Wenn du sie nicht loslässt, werde ich es ihr sagen.«

Was geht hier bitte vor sich? Ich verstehe gar nichts mehr.

Dennoch scheinen Alyssas Worte ihre gewünschte Wirkung zu erzielen. Sein Griff wird sofort lockerer, was mich erst recht irritiert zwischen den beiden hin und hersehen lässt. Mir was sagen?

»Wenn du willst, dass alle dein kleines Geheimnis erfahren, dann nur zu. Los, sag es ihr!«, brüllt er und fuchtelt mit den Armen wild in der Luft herum.

Sie schweigt, aber in ihrem Blick kann ich erkennen, dass es in ihr lodert.

»Mach schon, Alyssa!«, schreit Collin sie an und lässt mich los. Ich entferne mich auf der Stelle von Collin und trete neben Alyssa. »Sag es ihr. Aber dann rechne auch mit den Konsequenzen, meine Liebe. Ist es dir das wert?«

Meine Schwester rührt sich nicht, was Collin ein dreckiges Lachen entlockt. »Wusste ich es doch.«

Da Alyssa es scheinbar aufgegeben hat, ihm die Stirn zu bieten, tue ich es und trete ihm einen Schritt entgegen. »Weißt du, was ich weiß, Collin?«

Seine Aufmerksamkeit liegt prompt auf mir. »Was?«

»Dass du in letzter Zeit wohl nicht an Intelligenz dazugewonnen hast.« Ich habe zwar keinen Schimmer, was zum Teufel hier abgeht, aber die Situation ist offenbar kurz vor dem Eskalieren und Collin muss aus dieser Wohnung verschwinden. Ich stemme eine Hand in die Hüfte, um meine Aussage zu untermauern. »Denn du checkst scheinbar einfach nicht, wie unerwünscht du hier bist. Also wie wäre es, wenn du jetzt von hier verschwindest?«

Er verengt drohend die Augen. »Wie redest du mit mir, Venice?«

»So, wie du es verdient hast«, entgegne ich herablassend.

»Was fällt dir eigentlich ein!«

Und schon wieder die alte Leier. Es wird langsam langweilig.

»Alyssa hat gesagt, du sollst dich gefälligst verpissen«, erinnere ich ihn und sehe ihn völlig unbeeindruckt an. »Also lass deine dämlichen Drohungen sonst wo und hau endlich ab.«

Er kommt einen Schritt auf mich zu. »Sonst was?«

Fällt ihm denn nichts Besseres mehr ein, als sich ständig zu wiederholen? »Sonst werden wir die Polizei rufen und dann hast du die Arschkarte gezogen, wenn du es unbedingt wissen willst. Und glaub mir, ich werde es tun. Unterschätze mich nicht. Nicht schon wieder«, zische ich ihm bedrohlich zu.

»Sollte ich erfahren, dass …«, droht er Alyssa erneut, doch ich marschiere einfach an ihm vorbei und öffne die Tür.

»Wenn ihr dann wieder angekrochen kommen wollt, wisst ihr ja, wo ihr mich findet. Ihr habt schließlich beide bereits mit mir in diesem Bett geschlafen«, labert er uns aus dem Flur weiter voll.

Ich lächele so falsch ich kann. »Adiós, Vollidiot.« Dann knalle ich ihm die Tür vor der Nase zu. Verflucht, ist das ein gutes Gefühl.

Schwungvoll drehe ich mich zu Alyssa. »Den wären wir los. Für den Moment jedenfalls.«

Ihre Schultern sacken nach vorne und sie macht einen unglaublich erschöpften Eindruck, was sie vor Collin offenbar sehr gut versteckt hat. »Danke«, meint sie mit dünner Stimme.

Die Euphorie, die mich eben noch durchströmt hat, macht Platz für Mitleid, das mich völlig unvorbereitet trifft.

Schweigend betrachte ich sie. Von der selbstbewussten Frau, die ich kenne, ist kaum noch etwas zu erkennen. »Was war das da eben, Alyssa?«, erkundige ich mich vorsichtig.

Sie fährt sich mit zittriger Hand durch ihr Haar, um es zu richten. »Was meinst du? Keine Ahnung, wovon du sprichst.«

»Alyssa«, seufze ich und weiß gar nicht, wo ich anfangen soll.

»Geht es dir denn gut, Venice? Hat er dir wehgetan?«, fragt sie plötzlich und übergeht somit meine Frage. Ich winke ab. »Geht schon. Und was ist mit dir? Ist er dir gegenüber handgreiflich geworden? Ist es das, was du mir nicht sagen sollst?«, stelle ich Vermutungen zu dem eben Geschehenen an und mustere sie weiterhin besorgt.

Sie schüttelt erschöpft den Kopf. »Nein, er hat mich nicht verletzt. Er war nur eben ... Collin. Das typische Arschloch.« Gott sei Dank hat sie das auch endlich gemerkt. Erleichterung überkommt mich. »Was meinte er dann?«, frage ich vorsichtig, weil ich auf gar keinen Fall will, dass sie sofort wieder dicht macht wie bei Mom.

Doch genau das tut sie, wendet den Blick ab und wechselt das Thema. »Bist du mit dem Auto hier?«

Vielleicht sollte ich es später noch mal versuchen. Wir müssen beide zuerst verdauen, was hier gerade passiert ist. Besonders Alyssa, so wie sie gerade aussieht. Ich erkenne sie kaum wieder. Sie ist bloß noch ein Schatten ihrer selbst, so wie sie vollkommen ausgelaugt dasteht, völlig neben sich.

»Nein, ich habe mir ein Taxi genommen.«

»Stimmt, du fährst nicht gerne.« Sie nickt verständlich, läuft auf einmal in einen anderen Raum und kommt mit übergezogener Jacke und einem Schlüssel in der Hand zurück. »Komm, ich fahr dich nach Hause.«

Auf dem Weg aus dem Haus raus ist von Collin glücklicherweise nichts mehr zu sehen und so kommt es, dass wir friedlich und schweigend, jeder in seinen eigenen Gedanken, nebeneinanderher zu Alyssas Auto laufen. Es ist ein ungewohntes Gefühl, nicht befürchten zu müssen, dass sie mir jeden Moment mit etwas schaden könnte. Dazu wirkt sie viel zu kraftlos. Und die dunklen Augenringe und die Taille, die dünner geworden ist, beweisen, dass es ihr nicht erst seit heute schlecht geht.

Ich würde nicht behaupten, dass meine Wut auf sie von jetzt auf gleich verschwunden ist, jedoch ist sie definitiv deutlich in den Hintergrund gerückt.

Als wir schließlich im Wagen sitzen, dreht sie sich zu mir. »Was wolltest du eigentlich hier?«

»Reden«, antworte ich wahrheitsgemäß. »Aber das können wir auch noch ein anderes Mal.«

Sie nickt langsam und startet dann den Motor. »Okay.«

Während der gesamten Autofahrt verliert keiner auch nur ein weiteres Wort. Aber unsere Köpfe arbeiten auf Hochtouren, was ich Alyssas bedrückter Miene und dem nervösen Klopfen ihres Zeigefingers gegen das Lenkrad entnehme.

Ich kann überhaupt nicht einordnen, was gerade in dieser Wohnung passiert ist. Alyssa wollte mir etwas mitteilen. Collin wollte nicht, dass sie es mir sagt. Und hätte sie es getan, wollte er anscheinend etwas verraten, was meine Schwester offensichtlich vermeiden wollte. Also blieb sie einfach still und sprach nicht.

Was zur Hölle ist es, was ich nicht wissen soll? Was ist es, was ich übersehe?

Das Auto kommt urplötzlich zum Stehen. Durch die vielen Gedanken habe ich nicht bemerkt, wie schnell die Fahrt zu mir vergangen ist. »Wir sind da.«

»Ja«, nicke ich nur, würde aber am liebsten so viel mehr sagen. Dadurch würde sie sich jedoch erst recht wieder für weitere Gespräche verschließen. »Danke fürs Fahren.«

»Kein Problem.« Ihre Finger halten mittlerweile krampfhaft das Lenkrad umschlossen.

Ich steige aus, umrunde das Auto und mache den ersten Schritt auf den Fußgängerweg, als ich mich umentscheide und wieder umdrehe, auf den Wagen zugehe und schließlich die Beifahrertür aufreiße. Ich muss es wissen. Es wird mir ansonsten keine Ruhe lassen. Und ich bin durch damit, immer vor unbeantworteten Fragen zu stehen.

Alyssa sieht mich etwas überrascht an. »Alles okay?«

»Du musst es mir erzählen«, sage ich entschlossen. »Bitte.«

Sie versucht, die Tür wieder zu schließen, doch ich halte sie fest. »Venice, das geht nicht. Ich kann nicht.«

Ich lasse mich jetzt nicht so leicht abwimmeln. Nicht, wenn es um etwas geht, was mich ganz offensichtlich auch betrifft. »Bitte, Alyssa«, versuche ich es weiter. »Sag es mir. Sag mir, was ich nicht erfahren soll.«

»Grade du sollst es nicht wissen. Lass gut sein.« Erneut versucht sie, die Tür aus meiner Hand zu ziehen. Erfolglos. »Lass los.«

Ich bleibe standhaft. »Nein, das mache ich erst, wenn du es mir gesagt hast.«

»Ich kann nicht«, krächzt sie verzweifelt.

»Doch, du kannst es«, widerspreche ich. »Ich werde auch nicht Collin sagen, dass du es mir erzählt hast. Bitte, Alyssa.«

»Verdammt, Venice.« Sie schließt die Augen und schüttelt hektisch den Kopf. »Hör bitte auf, zu fragen.«

»Erst, wenn ich es weiß. Es ist mein gutes Recht, es zu wissen.« Keine Ahnung, ob es das wirklich ist, doch ich muss es probieren.

Sie öffnet die Augen, sieht zu mir, so als wäre sie hin und her gerissen, presst die Lippen aufeinander und wartet einen Moment, ehe sie mir antwortet. Ich kann förmlich sehen, wie sie mit sich kämpft. »Ich weiß.«

»Was ist es, Alyssa?«, frage ich ein letztes Mal und bin mir sicher, dass ich es in wenigen Sekunden endlich erfahren werde.

»Ich habe nie mit Collin geschlafen.«

KAPITEL 45

Venice

Habe ich das gerade richtig verstanden? Nein, habe ich nicht. Oder doch? Verflucht, ich weiß es nicht. Die Worte kommen zwar bei mir an, wollen aber einfach keinen Sinn ergeben.

Entgeistert starre ich meine Schwester an und lasse abrupt von der Tür ab. Sie reißt sie zu, wirft mir einen letzten Blick zu und fährt eilig los. Sie kann doch nicht einfach abhauen, nachdem sie mit solch einem Geständnis rausgerückt ist!

Alyssa hat nie mit Collin geschlafen. Die Erkenntnis fühlt sich wie ein Hieb in den Magen an. Ein äußerst fester. *Tut mir leid*, hat sie gesagt. Meinte sie an meinem Geburtstag etwa das?

Ich befinde mich in einer Schockstarre, denn ich bin wie am Boden festgeklebt, während sich in mir die Gefühle überschlagen. Dabei bin ich nicht mal sicher, welche Emotion überwiegt. Es ist eine Mischung aus Fassungslosigkeit, Verwirrung, aber auch Erleichterung. Ich kann nicht fassen, dass es eine Lüge war. Zudem bin ich verwirrt, weil ich nicht verstehe, wie es zu dieser gekommen ist. Wut steigt in mir auf, weil sie mir das Drama angetan haben. Trotzdem bin ich heilfroh, dass meine Schwester doch keinen Sex mit meinem Ex hatte.

Aber wieso hat sie jetzt überhaupt beschlossen, die Wahrheit zu erzählen? Warum hat sie das Gegenteil behauptet? Was zur Hölle sollte das alles? Warum hat sie ihrer eigenen Schwester so etwas angetan?

Aufgebracht fahre ich mir mit den Händen übers Gesicht und durch die Haare. Mein Kopf droht vor Fragen zu platzen. Ich verstehe es einfach nicht. Was hatte sie davon, mich glauben zu lassen, dass sie etwas mit meinem Freund hatte? Und was war Collins Ziel bei all dem?

Immer wieder schüttele ich den Kopf, denn es macht einfach keinen Sinn. Es fehlen Teile, um das Puzzle zu vervollständigen. Da sind noch so viele offene Fragen, die mir zur Lösung fehlen. Und die Möglichkeit, einige aufzuklären, ist gerade mit Alyssa verschwunden. Sie hätte doch wenigstens den Anstand besitzen und einen kleinen Moment bleiben können. Aber nein, sie haut einfach ab wie ein Feigling!

Ich muss dringend mit jemandem reden, sonst drehe ich gleich noch völlig durch. Ich kann keinen klaren Kopf mehr bewahren und auch das Atmen fällt mir allmählich schwerer.

Halen. Ich muss mit ihm reden. Er ist womöglich der Einzige, dessen Nähe mich beruhigen kann und er weiß sicher, was jetzt zu tun ist. Das weiß er immer. Er ist da, wenn ich ihn brauche. Und genau das tue ich jetzt.

Im Hausflur angekommen, dauert es eine Ewigkeit, bis der Fahrstuhl ankommt.

Eilig klopfe ich an seine Tür, als ich davor zum Stehen komme und wippe ungeduldig auf den Füßen auf und ab.

Halen öffnet kurz darauf. »Was ist los, Venice?«, fragt er mit besorgter Miene, sobald er mich aufgelöst vor sich stehen sieht. »Ist etwas passiert? Geht es dir gut?«

Ich blicke ihn an und zucke mit den Schultern. Gerade bin ich vor allem einfach nur überfordert. »Kann ich reinkommen?«

»Natürlich.« Er tritt beiseite, um mir Platz zu machen. »So was brauchst du nicht fragen. Du bist immer willkommen.«

Ich antworte nicht, während Halen die Wohnungstür schließt.

Wie angewurzelt stehen wir im Flur und mir fällt es weiterhin schwer, etwas zu sagen. Aber das brauche ich auch gar nicht, denn auf einmal schließen sich seine Arme um meinen Körper, ziehen mich näher an ihn und halten mich einfach nur schweigend fest.

Ich lege meinen Kopf an seine Brust und nehme das beruhigende Klopfen seines Herzens wahr. Für einen kurzen Moment nimmt er mir die Last von den Schultern, lässt mich zu Atem kommen und schirmt mich mit seinem Körper vom Rest der Welt ab. Wir stehen einfach nur da und halten uns in den Armen, obwohl er nicht einmal weiß, was los ist. Er gibt mir Zeit, um mich zu sammeln und drängt mich nicht. Das ist eines der Dinge, die ich an ihm liebe. Ich liebe ihn. Das muss ich ihm unbedingt noch sagen. Nur ist das jetzt nicht der richtige Zeitpunkt.

Langsam merke ich, wie ich ruhiger werde und meine Gedanken sich nicht mehr überschlagen. Womöglich kann ich jetzt darüber reden.

So gut es mir in seiner Umarmung auch gefällt, löse ich mich von ihm, damit ich ihn richtig anschauen kann. »Ich war bei Alyssa.«

Er sieht mich an und hebt überrascht die Augenbrauen. »Wirklich? Wieso?«

Ich schlucke, doch sage dann leise, was ich erfahren habe. »Sie hat nicht mit Collin geschlafen.« Ich spreche es das erste Mal laut aus und dennoch macht es einfach keinen Sinn für mich.

»Was?«, entkommt es Halen schockiert.

Meine Stimme wird fester. »Alyssa und Collin haben nie miteinander geschlafen, Halen. Sie haben es sich ausgedacht und mich belogen.« Ich schiebe seine Arme von mir und entferne mich ein paar Schritte. »Gott, ich verstehe das nicht. Was haben sie denn davon? Wollten sie mich einfach nur leiden sehen? Sind die beiden wirklich so? Ja, Collin vermutlich. Aber Alyssa?« Vor einiger Zeit hätte ich auch bei ihr ja gesagt. Doch jetzt bin ich mir darüber nicht mehr im Klaren. Es muss doch einen Grund geben, warum sie das gemacht hat. Einen anderen Grund als purer Hass. Schließlich ist sie meine Schwester.

»Komm her.« Dabei streckt er mir seine Hand entgegen, die ich zögerlich ergreife und er zieht mich ins Wohnzimmer. Ohne die Berührung zu lösen, setzt er sich auf die Couch und dirigiert mich neben sich auf die Sitzfläche.

Sogleich lehne ich mich an ihn und werde ein weiteres Mal von seinen Armen empfangen.

»Und jetzt?«, frage ich müde. Die beruhigende Wirkung von Halen nach dem heutigen Drama und die Wärme, die er ausstrahlt, machen mich irgendwie schläfrig. »Was soll ich tun?«

»Ich weiß es nicht«, gibt er seufzend zurück und streicht mit den Fingern sanft meinen Arm auf und ab. »Aber jetzt bleibst du erst einmal bei mir. Dann können wir immer noch weitersehen. Das wird schon, versprochen. Und bis uns etwas einfällt, lasse ich dich nicht los, Venice. Ich bin hier, hörst du? Und ich werde bleiben.«

»Okay.« Ich atme tief durch, ehe ich mich enger an meinen Freund kuschele.

»Halen?«, unterbreche ich die Stille dann irgendwann.

»Ja?«

»Warum belügen und verletzen Menschen einander ständig?«

Sein Daumen zieht kleine Kreise auf meinem Arm, der von den dünnen Ärmeln meines Oberteils bedeckt ist, als er mir antwortet. »Menschen sind nicht perfekt, Venice. Sie machen Fehler, entschuldigen sich und machen sie dennoch immer wieder. Wir Menschen sind impulsiv, egoistisch, naiv, sensibel und unberechenbar. Es ist eine unserer Stärken, Dummes zu tun. Wir können gar nicht anders. Manchmal tun wir es, weil wir es nicht besser wissen und es für das Klügste halten. Und manchmal, um uns gut zu fühlen. Es gibt so viele Gründe, warum wir einander verletzen. Aber weiß du was, Venice?« Er streicht mir eine Strähne hinters Ohr, während ich ihn aufmerksam betrachte.

»Was?«, entfährt es mir leise.

»Wo Schmerz ist, ist meist auch Liebe. Irgendwo. Auch wenn es manchmal schwierig ist, sie zu finden. Meistens ist sie da. Das verspreche ich dir.«

Ich lausche seiner Stimme, versuche, seinen Worten glauben zu schenken und schließe dabei die Augen, um einen Moment lang durchatmen zu können.

KAPITEL 46

Venice

»Warst du schon mal in Venedig?«, dringt Halens Stimme irgendwann leise zu mir durch.

»Hm?« Verschlafen öffne ich die Augen und blinzele Halen entgegen. Wir sitzen noch immer auf der Couch, die Sonne ist noch nicht ganz untergegangen und ich muss irgendwie eingenickt sein, als wir vorhin ein paar Folgen von Friends geschaut haben.

»Warst du schon einmal in Venedig?«, wiederholt er seine Frage.

»Ich war noch nie in Europa. Meine Mom aber. Vor einer halben Ewigkeit, als ich noch nicht mal geboren war. Sie sprach immerzu von ihrem Urlaub dort, schwärmte bei jeder Gelegenheit von dem Land und wollte eigentlich auch mit uns dahin. Nur leider hat sich das irgendwie nie ergeben.«

Ich strecke mich und muss gähnen. Okay, so ein halbes Stündchen könnte ich jetzt noch schlafen.

Halen beobachtet mich schmunzelnd. »Du bist nach einer Stadt benannt, in der du noch nie warst? Verstehe ich das richtig?«

»Korrekt. Hat sich nie ergeben.« War er etwa die ganze Zeit wach gewesen, während ich auf seinem Arm geschlafen habe? Er wirkt nämlich nicht annähernd so verschlafen, wie ich mich fühle. »Wie spät ist es?«

»Lass uns fahren.« Okay, das ist definitiv nicht die Antwort auf meine Frage.

»Wo sollen wir hinfahren?«, frage ich irritiert. Ich richte mich auf und sehe zu ihm.

»Nach Venedig.« Sein Blick sagt mir, dass er es tatsächlich mehr als ernst meint. »Lass uns dahinfliegen. Wir könnten gleich Tickets buchen und morgen noch den ersten Flug nehmen.« Er dreht jetzt scheinbar völlig durch.

»Das ist verrückt, Halen«, winke ich schmunzelnd ab und nehme seinen Vorschlag nicht richtig ernst.

»Na und«, erwidert er, hält den Blickkontakt aufrecht und legt meine Hand in seine. »Lass uns von hier abhauen, Venice. Ein paar Tage. Nur wir zwei. Wir lassen alles für einen Moment hier zurück.«

Ich lasse mir seine Worte gründlich durch den Kopf gehen. Wiege die Vor- und Nachteile für diesen Kurztrip ab. Ein paar Tage lang einfach von hier abhauen ... das klingt tatsächlich verlockend. Allerdings können wir leider nicht so einfach vor unserem Alltag flüchten. So gerne ich es auch machen würde.

Die Vorstellung, dass wir das durchziehen würden, lässt mich dennoch lächeln. »Das hört sich wirklich schön an«, gebe ich zu, muss dann aber realistisch denken. »Nur können wir das nicht so einfach tun. Wir würden so viel an der Uni verpassen und das Drama wird auch in ein paar Tagen nicht von allein verschwinden.«

Halen scheint nicht überzeugt von meinem Einwand, akzeptiert ihn jedoch. So halbwegs zumindest. »Und nach dem Semester, wenn wir beide frei haben? Fliegst du dann mit mir dahin?«

Um ehrlich zu sein, würde ich nur allzu gerne zustimmen. Doch irgendwas hält mich zurück. »Die Flüge sind bestimmt total teuer, Halen.«

Seinem Gesichtsausdruck nach zu urteilen ist er kurz davor, aufzugeben, fängt dann aber auf einmal an, wie ein Irrer zu grinsen. »Und was ist mit Venice?« Sein Grinsen wird breiter. »In Kalifornien?«

»Nach dem ganzen Chaos?«, frage ich und merke, wie seine Idee mir immer mehr gefällt und auch meine vorherigen Gegenargumente verblassen. Preislich wäre das jedenfalls machbarer.

»Danach«, bestätigt er nickend.

Nur wir zwei. Wie kann ich da noch Nein sagen? Ich rücke zu ihm auf und halte kurz vor seinen Lippen inne. »Okay.«

Etwas Erholung und Zweisamkeit mit Halen ist keinesfalls verkehrt. Wenn ich nur daran denke, steigt Vorfreude in mir auf.

Ich spüre sein Lächeln an meinen Lippen. »Okay.«

Dann werden wir wohl bald verreisen. Ich kann es kaum erwarten.

Mein Kopf dreht sich in Richtung Tür, als ein dumpfes Klopfen durch die Wohnung hallt. »Erwartest du jemanden?«

»Eventuell.« Mein Freund erhebt sich von der Couch, geht zur Tür und blickt zu mir, ehe er sie schließlich öffnet. »Bevor wir uns nämlich mit den schwierigen Dingen beschäftigen, dachte ich mir, solltest du dich etwas ablenken und den Kopf freibekommen. Also habe ich die eine oder andere Nachricht verschickt, während du geschlafen hast.«

Wie aufs Stichwort strecken Stella und Avery ihren Kopf durch die Zarge und treten in die Wohnung ein. »Ich habe gehört, wir gehen aus«, sagt Erstere begeistert und wackelt dabei mit den Augenbrauen.

»Und ich habe dafür sogar das perfekte Kleid gefunden.« Avery hält ein schwarzes, kurzes, glitzerndes Kleid in ihren Händen und präsentiert es mir stolz.

Keine zwei Sekunden später stehen die beiden auch schon vor mir und schauen auf mich herab. Habe ich nicht irgendwann mal behauptet, dass Stella und Avery sich hervorragend verstehen würden? Anscheinend hatte ich recht.

»So, Venice, du gehst duschen, ziehst das an und dann machen wir uns gemeinsam fertig«, befiehlt Stella. »Soweit klar?«

»Jup, alles verstanden.« Ich nicke artig, weil ich den Plan, auszugehen, ausnahmsweise wirklich fantastisch finde. »Erfahre ich denn, wo genau wir hingehen?«

»In einen Club«, berichtet Avery. »Ein Kollege von Sid ist dort Türsteher und bringt uns rein, also wird uns unser Alter heute auch nicht behindern.« Wieder nicke ich. Tja, Kontakte sind wohl wirklich alles. »Und jetzt ab mit dir ins Badezimmer.« Sie reicht mir das Kleid und scheucht mich händefuchtelnd davon.

Also verschwinde ich mit dem Kleid in Halens Badezimmer, um mich fertig zu machen.

Eine Viertelstunde später klopft es. »Venice?« Halens Stimme ertönt von der anderen Seite der Tür.

»Ist offen«, antworte ich, während ich das Kleid richte. Es ist sogar noch enger und kürzer als erwartet und endet nur knapp unter meinem Po. Das könnte interessant werden. Die Ärmel gehen mir bis zu den Ellenbogen und durch einen tiefen, runden Ausschnitt, der nicht ganz von meinen Haaren verdeckt wird, erhält man Sicht auf meinen Rücken.

»Du siehst wunderschön aus«, ist das Erste, was Halen sagt, als er das Badezimmer betritt und mich aufmerksam von Kopf bis Fuß betrachtet. »Brauchst du zufällig Hilfe?«

Ich suche seinen Blick im Spiegel. »Du könntest den Reißverschluss schließen.« Den hätte ich vermutlich auch selbst schließen können, aber jetzt, wo er schon mal da ist, kann er mir auch dabei helfen.

Ohne unseren Augenkontakt im Spiegel zu unterbrechen, tritt Halen hinter mich. Seine Finger streifen sachte über die nackte Haut an meinem Rücken und hinterlassen eine Gänsehaut an meinem ganzen Körper. Als er am Reißverschluss ankommt und ihn langsam nach oben zieht, streicht er mit der anderen freien Hand mein Haar beiseite, um meinen Hals freizulegen. Zarte Küsse haucht er dagegen und während seine Lippen zu meiner Schulter wandern, lege ich den Kopf nach hinten auf seine Schulter und ein leises, aber zufriedenes Seufzen entgleitet mir. Wie soll ich jemals genug von seiner Nähe bekommen?

»Ich habe es übrigens getan«, murmelt Halen und verharrt kurz an einer Stelle.

Ich hebe meinen Kopf wieder an und begegne erneut Halens Blick.

»Was getan?« hauche ich, noch benebelt von seinen Küssen.

Es dauert einen Moment, ehe er von mir ablässt. »Ich habe uns Flugtickets gebucht.«

Ich drehe meinen Kopf ruckartig zu ihm herum. »Das ist verrückt, Halen«, sage ich, muss aber lachen. Bald gibt es nur ihn und mich. Ich kann es kaum erwarten.

»Das Einzige, was verrückt ist, ist, wie schnell ich dir verfallen bin, Venice.«

KAPITEL 47

Venice

»**D**a seid ihr ja!« Elliot zieht mich in seine Arme, als wir vor dem Club ankommen. Hier ist mehr los, als erwartet. Überall tummeln sich Menschen in kleinen Grüppchen und wir müssen uns um die Leute herumschlängeln, um überhaupt zum Eingang zu kommen. Die lange Schlange vor dem Club ist schon von Weitem zu sehen.

Sid tut es Elliot gleich und begrüßt erst mich, dann die anderen und zum Schluss seine Freundin, der er grinsend mit der Zunge über die ganze Wange leckt. Sie kommentiert seine Aktion mit einem bösen Blick und einem festen Schlag gegen seinen Arm. »Kannst du mich nicht einmal vernünftig begrüßen, Sid?«

Er grinst nur breiter. »Ach komm schon, du stehst doch drauf, Ave.«

»Sieh mal, da sind sie!«, ertönt Davinas Stimme, die sich einen Weg durch die Menschenmenge sucht, auf uns zukommt und einen blonden Typen im Schlepptau hat. Keine Ahnung, wer das ist. »Und ich dachte schon, ihr seid ohne uns reingegangen«, sagt meine Cousine, als sie sich unserer Gruppe anschließt und den Arm um meine Schulter legt. »Leute, das ist übrigens Louis, mein heutiges Date.« Sie deutet auf den Typen und lehnt sich zu mir, um mir den nächsten Teil ins Ohr zu flüstern. »Weißt du, Louis ist übrigens echt begabt. Als Halens Nachricht kam, hat er gerade an mir …«

Eilig halte ich ihr die Hand vor den Mund. »Zu viele Details, Davina.«

Sie lacht. »Aber meine Lieblingscousine geht eben vor. Wie war eigentlich der Brunch mit deiner Mom?«

»Gut«, entgegne ich vage und spreche danach den eher relevanteren Teil des Tages an. »Es hat damit geendet, dass ich zu Alyssas Wohnung gefahren bin und herausgefunden habe, dass sie anscheinend nie mit meinem Ex geschlafen hat.« Ich weiß, wir sind eigentlich hier, damit ich nicht darüber nachdenke. Es ist nur so, dass es einfach nicht aus meinem Kopf verschwinden will.

»Wie bitte?«, ruft Davina entgeistert aus.

»Gehen wir jetzt rein oder was ist?«, fragt Sid im gleichen Moment und scheucht uns alle in Richtung des Eingangs des Clubs.

»Sie hatte keinen Sex mit Collin?«, will Davina wissen, während wir auf den Eingang zulaufen. Mit geweiteten Augen sieht sie mich geschockt an.

Halen taucht zu meiner Linken auf. »Damit beschäftigen wir uns morgen. Jetzt werden wir nur Spaß haben. Das haben wir uns alle ganz klar verdient.«

Davina scheint zwar nicht ganz zufrieden mit dem Vorschlag, stimmt aber zu, jedoch nicht, ohne mir einen letzten kritischen Blick zuzuwerfen. Ich kann es ihr nicht verübeln, schließlich fehlen mir auch noch einige Antworten, um in all dem Geschehenen einen Sinn zu erkennen.

Zielstrebig führt uns Sid zum Eingang, wo er ein paar Worte mit den beiden Türstehern wechselt, über etwas lacht und uns dann durchwinkt. Die Leute, die noch in der Schlange warten, sehen nicht so glücklich darüber aus, dass wir einfach an ihnen vorbeigehen.

Als wir den stickigen Club betreten, frage ich mich, wie all diese Menschen von draußen hier noch reinpassen sollen. Es ist einfach unfassbar voll, die Tanzfläche und die Bar platzen aus allen Nähten.

»Wer will was trinken?« Sid blickt fragend in die Runde. »Ich kenne jemanden an der Bar, es dürfte also auch nicht lange dauern.«

Ich runzele die Stirn. »Sag mal, Sid, wen kennst du denn hier noch alles?«

Halen wendet sich schmunzelnd an mich. »Also eigentlich gehört das hier seinem Onkel. Sid hat Avery und mich schon mit sechzehn hier reingeschmuggelt.«

»Sagt das nur nicht meiner Mom«, wirft Sid Augenzwinkernd ein. »Also, was ist, wollt ihr was trinken?«

Ich halte mich zurück, während alle anderen laut überlegen. Das letzte Mal, als ich getrunken habe, hat es damit geendet, dass Stella und ich vor Halens Tür standen und sie ihm gesagt hat, dass ich mit ihm schlafen will.

Heute bleibe ich lieber bei Cola und Wasser.

»Ich suche uns dann schon mal einen freien Platz«, verkünde ich, als es den Anschein macht, dass die anderen sich für ihre Getränke entschieden haben.

»Geht ihr dann die Getränke holen? Ich helfe Venice beim Suchen«, fügt Halen hinzu, woraufhin die anderen zustimmen und an die Bar laufen.

Gemeinsam suchen wir uns einen Platz, der etwas ruhiger ist, was sich als schwierig erweist, da die laute Musik überall im Raum dröhnt und die Menschen an jedem Fleck ausgelassen feiern.

»Alles okay?«

Das fragt er momentan ständig. Irgendwie ein schönes Gefühl, wenn sich jemand um einen sorgt.

Ich sehe zu Halen und lächele. Er ist meine Zukunft. Der bloße Gedanke an ein gemeinsames Leben, wie auch immer es sein wird, gibt mir ein solches Glücksgefühl, wie schon lange nicht mehr.

»Glaubst du an Schicksal?«, frage ich, als wir uns an einen Stehtisch stellen, den wir glücklicherweise ergattern konnten.

Vermutlich ist das nicht das normalste Gespräch für einen Club. Doch wer wären wir, wenn wir nicht immer wieder unpassende Dinge tun würden. Schließlich begann unsere Geschichte mit einer nicht so ganz normalen Begegnung. Doch letztendlich ist es eins der besten Dinge, die mir in der letzten Zeit passiert sind. Und ohne Halen und seine Unterstützung hätte ich alles nur halb so gut verkraftet, wofür ich ihm mehr als dankbar bin.

»Kann schon sein«, antwortet Halen nach einer ganzen Weile.

»Und warum?« hake ich interessiert nach.

Er sieht zu mir herab, fährt mit einer Hand meine Wange entlang und lächelt. »Du stehst hier. Neben mir. Ich bin mir eigentlich ziemlich sicher, dass das Schicksal ist, Venice.« Er lacht leise. »Gott, war das kitschig.«

Ich stimme in sein Lachen ein. »Ein bisschen. Aber du hast recht, Halen. Vermutlich hatte es einen Grund, warum ausgerechnet du mir auf dem Parkplatz über den Weg gelaufen bist.«

»Als du dich an mich rangeschmissen hast?«, verbessert er mich neckend.

Ich schmunzele. Er lehnt seine Stirn gegen meine und gibt mir das Gefühl, dass nur noch wir existieren. Ich liebe es. Ich liebe ihn. Ist das der richtige Moment?

Ich schweige.

»Was denkst du, Venice? Warum war ich es, der dir auf dem Parkplatz begegnet ist?«, kommt er wieder auf die Schicksalsfrage zurück.

»Ich denke, das wissen wir beide«, wispere ich.

»Sag es, Venice. Ich will es von dir hören.«

Hier ist er also doch. Der richtige Zeitpunkt. Ich kann nicht länger warten. »Ich denke, das Schicksal brachte dich zu mir, weil ich mich in dich verlieben sollte, Halen. Ich lie…«

»Halen!«, unterbricht mich ein Grölen hinter mir.

Ich beiße mir fest auf die Zunge, um nicht zu schreien. Verdammt, das darf doch echt nicht wahr sein! Langsam lösen wir uns voneinander und ich könnte vor Frustration den Kopf gegen die Wand schlagen. Warum werden wir andauernd unterbrochen?

»Alter, was tust du denn hier?«, will ein blonder Typ wissen, der direkt neben uns auftaucht.

»Spencer«, erwidert Halen mit einem Kopfnicken und wirkt dabei ziemlich distanziert. Als könnte er den Kerl gar nicht leiden, obwohl dieser uns so vehement begrüßt hat.

»Verrückt, dass ich dich heute hier treffe. Man erkundigt sich nach dir«, spricht Spencer weiter und ignoriert dabei völlig, dass Halen und ich eigentlich beschäftigt waren. »Du glaubst nicht, wen ich gestern getroffen habe.«

Genervt rolle ich mit den Augen, als plötzlich Avery neben mir aus der Menge auftaucht.

»Gefunden!« Sie tänzelt neben mir her. »Mensch, ist das hier voll.«

»Ach, wir haben übrigens beschlossen, dass wir dich jetzt klauen und du mit uns tanzen musst«, informiert mich Sids Freundin prompt und zieht mich dabei schon halb in Richtung Tanzfläche.

Aber ich will Halen erst noch sagen, was ich für ihn empfinde.

»Warte«, halte ich Avery an, wende mich wieder an Halen und bemerke erfreut, dass er Spencer losgeworden ist.

Jetzt steht uns offiziell nichts mehr im Weg. Unsere Blicke verhaken sich ineinander, als ich mich ihm noch ein Stückchen nähere. Mein Herz klopft wie wild in meiner Brust. Danach gibt es kein Zurück mehr. Einmal ausgesprochen, kann ich die Worte nicht mehr zurücknehmen. Dann liegt es an Halen, was er damit tut. Ich für meinen Teil habe keine Zweifel mehr daran, was ich für ihn empfinde.

Am liebsten würde ich es durch den ganzen Club rufen. Es sollen ruhig alle wissen, dass ich diesen Mann wie verrückt liebe. Ich könnte mir nichts Besseres vorstellen.

Ich richte meinen Blick nach oben in seine Augen. »Der Grund, warum uns das Schicksal zusammengeführt hat, Halen, ist, dass es mich zu der Person geführt hat, in die ich mich von Anfang an verlieben sollte. Ich liebe dich, Halen«, gestehe ich leise und sehe ihn erwartungsvoll an.

Doch Halen schweigt.

Nur die laute Musik übertönt noch mein Herzklopfen.

Sichtlich überfordert reibt Halen sich über den Hinterkopf. »Ich ... ähm ... ich mag dich, Venice. Wirklich. Ich ...«, stottert er und mir wird schlagartig klar, dass es definitiv nicht der richtige Zeitpunkt war.

Mein Herz setzt einen Moment lang aus und das Atmen fällt mir plötzlich unglaublich schwer. Er spricht nicht weiter. Ich kann mich nicht von der Stelle rühren. Wir sehen einander stumm an, während etwas in mir zerbricht und meine Sicht langsam aber sicher verschleiert.

Er mag mich. Mehr nicht. Keine Liebe.

Wir fühlen nicht dasselbe.

»Venice, jetzt komm endlich!« Avery packt mich am Arm und zerrt wieder an mir, doch dieses Mal bin ich unfähig, etwas dagegen zu unternehmen. Halen steht noch immer da, sieht mir nach und ich werde langsam aber sicher von den Menschen auf der Tanzfläche verschluckt.

Er liebt mich nicht.

Das ist das Einzige, woran ich denken kann.

KAPITEL 48

Venice

S eit Stunden starre ich die Zimmerdecke an. Ich liege auf meinem Bett, trage ein T-Shirt von Halen und frage mich, was zur Hölle eigentlich schiefgegangen ist.

Im Club war mir nicht mehr nach tanzen, also habe ich mich unauffällig abgesetzt und bin geflüchtet. Abhauen ist eben schmerzfreier als die Konfrontation.

Nur eine halbe Stunde nach meinem überstürzten Aufbruch kam auch Davina nach Hause. Leise hat sie mein Zimmer betreten und sich einfach nur zu mir ins Bett gelegt. Keine Fragen, keine Vorwürfe, stattdessen war sie bloß für mich da und wartete darauf, bis ich selbst anfange zu reden. Was ich bis jetzt nicht getan habe.

Ihr ruhiger, regelmäßiger Atem verrät mir, dass sie bereits schläft. Und ich liege hier noch immer mit offenen Augen. Meine Gedanken halten mich wach und prasseln erbarmungslos auf mich nieder.

Diese Wendung habe ich nicht kommen sehen.

Wirklich nicht. Nicht mal im Traum hätte ich daran gedacht, dass mein Liebesgeständnis solch einen Ausgang zur Folge hat. Er mag mich bloß. Alles was darüber hinaus geht, ist anscheinend nur einseitig.

Keine Ahnung, was mehr wehtut: Die Erinnerung an den entschuldigenden und mitleidigen Ausdruck in seinen Augen oder das überrumpelte Stammeln. Und ich dachte wirklich, dass er mich womöglich lieben könnte.

Tja, Überraschung, falsch gedacht, Venice. Wie üblich.

Außer, er meint es gar nicht so. Vielleicht wollte er es bloß nicht vor allen Leuten in diesem Club sagen. Vielleicht fällt es ihm generell schwer. Nein, halt. Ich versuche schon wieder, die Tatsachen zu verdrehen, genau wie damals bei Collin. Ich muss der Realität ins Auge sehen. Halen liebt mich nicht. Ansonsten hätte er es gesagt. Oder wäre zumindest hier aufgetaucht. Weder das eine noch das andere ist passiert.

Aber was ist, wenn ich jetzt zu viel hineininterpretiere und total übertreibe? Wenn er es gar nicht so meint? Wenn er nur noch einfach nicht so weit ist? Mir ist doch auch erst letztens klar geworden, dass meine Gefühle für ihn so dermaßen stark sind.

Verdammt, ich muss etwas tun. Etwas anderes, als hier herumzuliegen und mir den Kopf zu zerbrechen. Ich muss das klären. Ansonsten werde ich mich vermutlich auf ewig in meinem Zimmer und unter der Decke verkriechen und vor mich hintrauern. Warum drücke ich mich nur immer davor, zu reden? Es ist höchste Zeit, mich endlich aufzuraffen und mir die Antworten zu holen, die ich suche. Ohne mich umzuziehen, damit mir ja nicht die Zeit bleibt, es mir anders zu überlegen, lasse ich Davina in meinem Zimmer zurück und durchquere die Wohnung bis zur Wohnungstür, die ich ohne zu zögern öffne.

Kaum haben meine nackten Füße den kalten Boden berührt, erkenne ich Halen auf dem Flur. Ich begegne mit meinem Blick den Augen, die mit ihrem mitleidigen Ausdruck mein Herz zerbrochen haben. Tja, da kann wohl noch einer nicht schlafen und will die Dinge ebenfalls klären. Gut, das macht es einfacher. Denke ich.

Wir stehen uns beide unbeholfen gegenüber, umgeben von der Stille des Hauses. Ich halte seinem Blick stand, er soll ruhig sehen, wie ich mich fühle. Ich verschränke die Arme vor der Brust, weil ich nicht weiß, was ich sonst mit ihnen tun soll, Halen hingegen lässt sie einfach nach unten hängen und sieht irgendwie mitgenommen aus.

Schließlich ergreift er zuerst leise das Wort. »Können wir reden?«

Ich nicke. »Das sollten wir wohl.« Meine Stimme klingt brüchig, als ich spreche.

»Zu mir?«, fragt Halen.

Erneutes Nicken meinerseits.

»Okay.«

Und da ist sie wieder. Diese unangenehme Stille, die auch herrschte, als ich ihm gesagt habe, dass ich ihn liebe. Meine neueste Abneigung ist jetzt wohl Stille, denn gerade finde ich sie unerträglich. Dennoch folge ich ihm in seine Wohnung.

Hinter uns schließt Halen die Tür und wir schaffen es erst gar nicht zur Couch, da ich die Stille einfach nicht mehr ertragen kann. »Was war das, Halen?«

»Ziemliche Scheiße«, stößt er prompt aus und fährt sich mit den Händen kurz über sein Gesicht.

Wow, das trifft es ziemlich perfekt.

Ich presse die Lippen einen Moment lang aufeinander, ehe ich antworte. »Ja, könnte man wohl sagen. Und was steckt dahinter?« Bitte lass es alles sein, nur nicht, dass er mich auf keinen Fall liebt. Bitte nicht, Halen.

»Ich weiß nicht, was das war. Es tut mir leid.« Er sieht betroffen zu Boden, meidet meinen Blick. »Eigentlich wollte ich sogar, dass du diese Worte aussprichst.«

»Was ist dann passiert?« Ich lehne mich an die Wand und schließe gequält die Augen, um ihn nicht anschauen zu müssen. »Warum wolltest du, dass ich es sage, Halen? Um dich danach über mich lustig zu machen? Ich verstehe es nicht.«

»Gott, nein, Venice«, sagt er eilig und ich spüre seine Hand an meinem Arm. Doch ich öffne die Augen nicht.

»Ich weiß es doch auch nicht. Ich wollte es dir sagen. Wirklich.

Aber als du es dann laut ausgesprochen hast, konnte ich es auf einmal nicht. Es ist mir einfach im Hals stecken geblieben.«

Erst jetzt sehe ich ihn an und begegne seinen Augen, in denen ein Sturm voller Emotionen wütet, was mich nur noch mehr aus der Bahn wirft. Es sind zu viele, um sie alle erkennen zu können.

»Was hält dich ab?« Meine Stimme bricht. Ich kann es nicht kontrollieren.

Halen schluckt. »Ich ...« Dann schweigen. Verdammt noch mal!

Ich atme tief durch, bevor ich es wage, die nächste Frage zu stellen. »Was bedeute ich dir?« Vielleicht ist das zu viel.

»Alles.«

Dieses Mal schweige ich, denn ich brauche einen Augenblick, um mich wieder zu sammeln. Diese Antwort habe ich nicht erwartet. Auch nicht, dass sie ohne jegliches Zögern kam.

»Du bedeutest mir alles, Venice«, fährt Halen fort. »Deswegen weiß ich nicht, warum ich es nicht sagen kann. Vielleicht bin ich noch nicht so weit und brauche noch Zeit, um es auszusprechen und um mit dem, was mich zurückhält, abschließen zu können.«

»Und was ist das?«, hake ich es zweifelnd nach.

Er kaut auf seiner Unterlippe herum, scheint genau zu überlegen, was er als Nächstes sagt. »Vertraust du mir?«, fragt er dann.

»Habe ich, ja.«

»Was ist mit jetzt?«

Ja, was ist eigentlich damit? Die Antwort darauf bleibt die Gleiche, die ich auch meiner Mom gegeben habe, trotz der Dinge, die heute passiert sind.

Ich halte seinem Blick stand, in dem ein Funken Hoffnung aufflackert, als ich antworte. »Ich tue es immer noch.« *Lass es mich und mein Herz nicht bereuen.*

»Ich werde das regeln, okay?«, sagt er leise und legt seine Stirn behutsam an meine. »Das heute war nicht fair von mir und es tut mir wirklich leid. Ich hätte dich nicht dazu auffordern sollen, es zu sagen, wenn ich selbst noch nicht ganz so weit bin.«

»Wir sollten offener zueinander sein. Wenn wir nicht miteinander reden, kann das nicht funktionieren«, sage ich. *Offener.* Ich war eigentlich der Annahme, dass wir das schon sind. Doch allzu lange kennen wir uns schließlich nicht, da gibt es bestimmt noch ein paar Dinge, die wir nicht voneinander wissen.

»Sollten wir«, stimmt Halen zu und weicht wieder zurück, um mir in die Augen sehen zu können. »Es tut mir leid, Venice. Ich wollte nicht, dass du dich wegen mir schlecht fühlst.«

Ich lächele ihn schwach an. »Gib mir nur nächstes Mal nicht so viel Zeit, um mir die schlimmsten Sachen in meinem Kopf zusammenzureimen.« Ein Teil von mir hat immer noch Bedenken und Zweifel, doch der andere will ihm vertrauen. Also nehme ich das Risiko in Kauf, erneut verletzt zu werden, da ich meine Gefühle nicht abstellen kann und will.

»Versprochen.«

»Erzählst du mir irgendwann, was dich zurückhält?« Vielleicht gehe ich zu weit mit meiner Fragerei, aber ich beschließe, es ein letztes Mal zu versuchen. Es ist mir einfach zu wichtig.

Halen überlegt, nickt dann aber. »Lass es uns morgen besprechen.«

Ich nicke. Das wird wohl das Beste sein, denn ich bin zugegebenermaßen völlig fertig und er sicher auch.

Ich schlinge beide Arme um meinen Oberkörper. »Darf ich hierbleiben?«

»Nichts lieber als das.« Aus Halens Haltung ist mittlerweile fast jegliche Anspannung gewichen und er macht einen erleichterten Eindruck. Er hält mir seine Hand entgegen. »Venice?«

»Ja?«

»Vergiss niemals, wie besonders, atemberaubend, stark und wunderschön du bist, okay?«

Ich ergreife seine Hand. »Okay.«

Am nächsten Morgen bin ich vor Halen wach und beobachte ihn, wie er friedlich neben mir schläft. Ich habe nicht viel geschlafen, aber ich fühle mich jetzt besser. Dass wir im Laufe des Tages auch weitere mögliche Konflikte aus dem Weg schaffen werden, beruhigt mich, denn es bedeutet weniger Herzschmerz in der Zukunft.

Heute Nacht habe ich wieder einmal gelernt, dass reden manchmal die beste Lösung ist. Reden und zuhören. Wie sollten wir uns auch sonst von den Sachen befreien, die uns belasten?

»Beobachtest du mich?«, murmelt Halen verschlafen. Er liegt auf dem Bauch mit dem einen Arm unter seinem Kopf und dem anderen an meiner Hüfte. Das Gesicht hat er mir zugewandt, die Augen hält er geschlossen und seine Haare sind vollkommen zerstrubbelt.

»Und wenn es so wäre?«, will ich schmunzelnd wissen.

Sofort zieht er mich näher an seinen warmen Körper und ich quietsche erschrocken auf.

»Dann hör nicht auf damit.«

»Tue ich nicht.« Ich kuschele mich zufrieden in seine Arme und schlummere langsam, aber sicher friedlich ein.

Das nächste Mal werden wir von einem Klingeln geweckt. Aber weder Halen noch ich sind motiviert dazu, aufzustehen und zur Wohnungstür zu gehen.

Leider klingelt es ein weiteres Mal. Noch einmal. Und schon wieder.

»Ich geh schon«, murmele ich genervt und will mich aus Halens Umklammerung befreien, doch er zieht mich fester an sich.

Es klingelt erneut.

»Lass doch. Der oder die kommt schon wieder, wenn es wichtig ist«, brummt Halen und regt sich dabei kein Stück.

Klingeling.

Ganz schön hartnäckig. »Wenn keiner von uns aufmacht, hört das Klingeln nie auf«, werfe ich ein. Das ist jedenfalls der Eindruck, den ich gerade habe.

Wie zur Bestätigung schallt es wieder durch die Wohnung. Halen seufzt und gibt mich letztendlich widerwillig frei. »Na gut. Aber komm schnell zurück, ja?«

»Ich wimmele diese äußerst nervige Person da draußen nur schnell ab, dann komme ich zu dir«, verspreche ich.

»Klingt nach einem Plan.«

Ich klettere aus dem Bett und verlasse das Zimmer, um anschließend zur Wohnungstür zu laufen. Unterwegs streiche ich mir mein Haar und das Shirt glatt.

»Wir könnten die Klingel auch einfach abstellen«, ruft Halen aus dem Schlafzimmer und ich muss zugeben, das hört sich sehr verlockend an. Kurz spiele ich wirklich mit dem Gedanken, damit ich wieder zu Halen ins warme Bett kriechen kann.

Ich öffne die Tür und vor mir steht eine schwarzhaarige Frau, die mich erst anlächelt und mich dann mustert.

»Kann ich helfen?«, frage ich skeptisch. Ich habe sie hier noch nie gesehen.

»Wer bist du?«, entgegnet sie recht pampig und das Lächeln auf ihren Lippen erstirbt prompt.

»Keine Ahnung, was Sie das angeht, aber ich bin Venice.« Ich ziehe eine Braue hoch. »Halens Freundin.«

»Seine Freundin also«, sagt sie und setzt wieder dieses Lächeln auf, das einfach nur falsch wirkt.

»Ganz genau«, bestätige ich. »Kann ich also irgendwie helfen?«

Die Frau mustert mich abfällig. »Ich glaube, wir beide haben ein kleines Problem.«

Ich runzele die Stirn. »Und das wäre?« Außer, dass sie superunfreundlich ist.

»Du bist Halens Freundin«, wiederholt sie und deutet dabei auf mich, als wollte sie ihre nächste Erklärung übertrieben unmissverständlich machen. »Und ich bin seine Verlobte. Siehst du das Problem, Liebes?«

Da stehe ich also, bekleidet mit einem Slip und einem verwaschenen T-Shirt von Halen und habe keinen blassen Schimmer, was ich sagen soll. Die Fremde hingegen wirkt völlig gefasst, scheint meine Schockstarre vielmehr in vollen Zügen zu genießen, während ich das Gefühl habe, einfach auseinanderzubrechen.

»Ich bin übrigens Darcy.«

KAPITEL 49

»Venice?«, ertönt Halens Stimme aus dem Schlafzimmer. »Kommst du jetzt endlich zurück ins Bett?«

Ich antworte nicht, viel zu sehr stehe ich noch unter Schock.

Darcy steht vor mir und sieht mich erwartungsvoll an. Ich wusste nicht, wie ernst es mit ihnen war. Ich dachte, sie sei nur eine gewöhnliche Ex-Freundin.

»Oh, habe ich euch etwa gestört?«, fragt sie mit gespielter Unschuld in der Stimme. »Venice?«, kommt es erneut von Halen, ehe ich seine Schritte höre, die näher kommen. »Ist alles o…« Seine Stimme versagt, als er neben mir zum Stehen kommt und einen Blick in den Hausgang wirft.

»Hey, Halen«, flötet Darcy zuckersüß.

Ich mag sie jetzt schon nicht. Allein, wie sie seinen Namen ausspricht, treibt mir Übelkeit in die Kehle. Vielleicht sollte ich ihr einfach vor die Füße kotzen.

»Darcy.« Halen tritt näher und ich spüre, wie er seine Hand auf meinen unteren Rücken legt. Er tut es, um mich oder sich selbst zu beruhigen, ich weiß es nicht. Vielleicht uns beide.

Darcys Lächeln verrutscht nicht im Geringsten. »Mehr hast du mir nicht zu sagen?«

»Was tust du hier?«, fragt er schroff.

Sie lehnt sich gegen den Türrahmen. »Nicht das, worauf ich gehofft habe, aber na gut. Ich wollte dir mal einen kleinen Besuch abstatten.«

»Du dachtest, du besuchst mich einfach? Nach all der Zeit, die vergangen ist? Einfach so?«

»Ein paar Monate sind nicht gerade eine Ewigkeit, Halen.« Darcy stößt sich vom Türrahmen ab und stemmt die Hände in die Hüfte. »Bittet ihr mich eigentlich herein oder soll ich hier draußen auf dem Flur stehen bleiben wie eine Obdachlose?«

Ich hoffe einfach nur, dass Halen sie jetzt rauswirft, doch er tut das, womit ich am wenigsten gerechnet habe. Er lässt von mir ab, tritt beiseite und lässt sie rein. Fassungslos sehe ich ihn an. Ist das sein Ernst? Ich glaube, ich bin im falschen Film gelandet.

Darcy stolziert mit einem arroganten Lächeln auf den Lippen an mir vorbei, lässt ihre Hand dabei über Halens Arm streifen und sieht sich dann kurz in der Wohnung um, ehe sie das Wohnzimmer betritt. »Viel verändert hat sich ja nicht.« Ihr Blick wandert zu mir. »Ein bisschen unordentlich bist du geworden, aber sonst.«

Ich kneife die Augen zusammen und fühle mich angegriffen. Ist das jetzt auf die Wohnung bezogen oder auf mich?

»Wie wäre es eigentlich mit einem Kaffee?« Sie sieht sehnsüchtig zur Küche. »Venice, Liebes, wärst du so nett und würdest vielleicht einen machen?«

Ich verschränke die Arme vor der Brust und mustere sie finster. Was bildet sie sich eigentlich ein? »Nein, so nett bin ich dann doch nicht, Liebes.«

Kurz verrutscht ihr falsches Lächeln. »Gut, wieso kommst du nicht einfach nachher wieder, wenn ich weg bin und lässt bis dahin die Erwachsenen miteinander reden, hm?«

»Und wieso verziehst du dich nicht und kommst einfach gar nicht mehr wieder?«, gebe ich giftig zurück. Ich lächele ebenfalls gespielt. Was sie kann, kann ich auch. Neben mir seufzt Halen genervt. »Du bist doch kaum älter als Venice, Darcy. Komm jetzt endlich zum Punkt, warum du hier bist.«

»Sagte ich doch schon, ich wollte dich sehen.«

»Gut, du hast ihn gesehen und weiter?«, fahre ich sie an. So langsam sollte sie doch merken, dass sie hier unerwünscht ist.

»Venice hat recht, was willst du dann noch hier?«, lenkt Halen ein und mustert seine Verlobte.

»Vielleicht können wir reden. Alleine«, versucht sie, mich ein weiteres Mal loszuwerden. Und ich spiele tatsächlich kurz mit dem Gedanken, die zwei allein zu lassen. Zwar sehr ungern, aber es ist so gesehen nicht meine Angelegenheit. Außerdem kann ich gut einen Moment gebrauchen, um das hier zu verarbeiten.

Doch Halen sieht das anders.

»Was auch immer dir auf dem Herzen liegt, kannst du auch vor Venice sagen«, erklärt Halen und ich kann nicht vermeiden, erleichtert aufzuatmen, weil er offensichtlich nicht allein mit ihr sein will.

»Gut.« Darcy kommt einen Schritt auf uns zu. »Dann lass uns doch über meine Schwangerschaft reden.«

Das Grinsen fällt mir sofort aus dem Gesicht. Vielleicht sollte ich doch nicht bei diesem Gespräch dabei sein und die beiden das allein klären lassen.

Halen lässt sich nicht aus der Ruhe bringen und wirkt auch kein bisschen geschockt. »Du warst nie schwanger, Darcy.«

Ich sehe zwischen den beiden hin und her. Was geht hier gerade bitte ab? Ich habe ernsthaft Schwierigkeiten, mitzukommen.

»Und jetzt lass deine Spielchen und komm zum Punkt. Oder geh.«

Langsam lasse ich mich auf die Couch sinken, während ich die beiden mit einem mulmigen Gefühl im Magen beobachte.

»Du bist ja wirklich für keinen Witz mehr zu haben.« Enttäuscht zieht sie eine Schnute.

»Okay, es ist besser, du gehst jetzt«, beschließt Halen.

»Aber ich bin gerade erst gekommen«, widerspricht Darcy.

»Ich begleite dich zur Tür.« Halen schiebt sie quasi aus der

Wohnung heraus, während ich den beiden weiterhin nur völlig irritiert und fassungslos hinterherschaue. Was ist da eben passiert? Kann mir das bitte mal jemand erklären? Jetzt sofort, wenn möglich.

Ich lasse mich mit dem Rücken gegen die Couchlehne fallen, schließe die Augen und massiere gestresst meine Schläfen.

Ich hätte mit Halen flüchten, sein Angebot annehmen und dann sofort mit ihm in den nächsten Flieger steigen sollen.

»Eine Frage hätte ich noch«, erklingt Darcys Stimme im Flur. »Okay, mehr als eine. Hast du ihr je von mir erzählt? Und hast du ihr gesagt, dass ich in der Stadt bin? Hat sie von unserem Telefonat gewusst? Warst du deswegen gestern Abend nicht hier? Weil du wusstest, dass ich kommen wollte?«

Sie erhält auf all ihre Fragen keine Antwort, doch sein Schweigen genügt ihr scheinbar vollkommen. Ich kann mir ihr zufriedenes, spöttisches Lächeln und ihre Arroganz nur allzu gut vorstellen.

»Du scheinst sie ja sehr zu lieben.«

KAPITEL 50

Venice

Ich sitze auf Halens Couch und die Ereignisse der letzten Tage ziehen an mir vorbei wie ein schlechter Film. Alyssa, von der ich annahm, dass sie mich kein bisschen leiden kann und etwas mit meinem Ex hatte, hat nie mit ihm geschlafen.

Halen hat gestern versucht, mich von diesem Chaos abzulenken, doch anscheinend ging es bei unserem Ausflug in den Club gar nicht um mich.

Denn Halens Ex-Verlobte, Darcy, ist aufgetaucht und hat erzählt, dass sie eigentlich schon eher kommen wollte. Halen wusste davon. Deswegen waren wir gestern Abend auch nicht hier. Es ging nie darum, mir eine Freude zu machen. Sondern darum, vor Darcy zu flüchten.

Er wollte nicht, dass ich ihr begegne. Nur warum? Wegen ihrer miesen Persönlichkeit? Oder gibt es noch einen Grund, von dem ich nichts weiß oder von dem ich nichts wissen soll?

Vielleicht sollte ich Alyssa fragen. Schließlich kennt sie Darcy, das hat Halen selbst gesagt.

Ich öffne die Augen. Mein Kopf qualmt regelrecht. Und als wäre das nicht genug, merke ich, wie Kopfschmerzen gegen meinen Schädel hämmern. Ganz wunderbar.

Halen kommt zurück ins Wohnzimmer und ich sehe zu ihm auf. »Du wolltest nicht meinetwegen weg von hier«, meine ich bitter. Wenn er glaubt, dass ich das einfach so schweigend hinnehme und wir wieder ins Bett gehen, hat er sich nämlich gewaltig geschnitten.

»Venice.« Er sagt bloß meinen Namen, versucht, sich vor dem Offensichtlichen zu drücken. Warum tut er das? Wollten wir nicht ehrlich zueinander sein? Waren wir uns nicht gestern noch darüber einig?

»Ich höre«, meine ich ungeduldig und lasse ihn nicht aus den Augen, um keine Regung von ihm zu verpassen.

Fängt es nun an? Ist das hier das erste Versprechen, das er brechen wird? Er weicht meinem Blick schon wieder aus. Wie heute Nacht.

»War sie der Grund, warum du nach Venedig wolltest? Möglichst weit weg von hier? Sind wir deswegen gestern Abend in den Club gegangen?«

Halen seufzt geschlagen. »Nicht nur deswegen. Ich wollte …«

Ich hebe die Hand, um ihn zu unterbrechen und tatsächlich hält er inne. Langsam werde ich wütend, dass er mir nicht einfach die Wahrheit sagen kann. »Ja oder Nein, Halen?«

Lange sieht er mich einfach nur an. »Ja.«

Okay. Das habe ich befürchtet. Mein Herz fühlt sich mit jeder verstrichenen Sekunde schwerer an, meine Brust schnürt sich zusammen und die Übelkeit macht sich erneut deutlich bemerkbar, denn sie kämpft sich immer schneller an die Oberfläche. Nur mit Mühe kann ich sie zurückhalten.

»Warum hast du mir nicht erzählt, dass sie hier ist?«, stelle ich mit zittriger Stimme die nächste Frage. Ich habe keine Lust mehr, um den heißen Brei herumzureden und für blöd verkauft zu werden. Es ist dermaßen frustrierend und enttäuschend, ständig im Dunkeln zu tappen. »Ich verlange ja nicht, dass du mir alles sagst, aber wenigstens, dass sie vorbeikommen will. Ich bin deine Freundin, Halen. Na ja, ich gehe zumindest davon aus. Aber du wolltest uns beide von hier wegbringen, anstatt mit mir darüber zu reden.«

Halen sieht mich an und geht seiner momentanen Lieblingsbeschäftigung nach. Schweigen.

Habe ich denn keine Antworten verdient, Halen? Ich schlinge einen Arm um meinen Oberkörper. Jegliche Wärme und Geborgenheit, die ich nur vor ein paar Minuten bei ihm im Bett empfunden habe, ist verschwunden, stattdessen fühle ich mich verraten, unbehaglich und kalt.

Ich schweige ebenfalls und überlege, ob ich gehen soll.

Aber nein, ich will keine Ungewissheit mehr. Davon gibt es momentan schon zu viel in meinem Leben.

Ich nehme allen Mut zusammen und habe dennoch eine Heidenangst vor seiner Antwort, als ich ihm die nächste Frage stelle. »Ist sie der Grund, warum du mir nicht sagen konntest, dass du mich liebst?« Ich halte den Atem an. Nur noch mit Mühe kann ich die Tränen, die sich anbahnen, unterdrücken. Ich darf jetzt nicht die Kontrolle verlieren.

»Ja.«

Es fühlt sich an, als würde er mir ein Messer mitten in die Brust rammen. Und ich fürchte, es ist nur noch eine Frage der Zeit, bis er es auch noch schmerzhaft in der Wunde herumdreht.

»Hast du noch Gefühle für sie?« Ich frage schneller, als ich überhaupt nachdenken kann.

Er verzieht das Gesicht, so, als hätte er Schmerzen oder Schuldgefühle.

»Ja oder Nein?« Meine Stimme hat kaum noch Kraft.

»Ja.«

Die Antwort, die mir den Boden unter den Füßen wegzieht.

Die Wendung unserer kurzen und viel zu überstürzten Liebesgeschichte.

271

KAPITEL 51

Halens Stimme ist kaum mehr ein Flüstern. »Ich habe aber auch Gefühle für dich, Venice.«

Tja, leider macht es das kein bisschen besser. Wie in Trance erhebe ich mich von seiner Couch und drehe ihm den Rücken zu. »Hast du für sie solche Gefühle, wie ich für Collin? Oder sind es die, die dir sagen, dass da eventuell noch was sein könnte?«

»Ich glaube, Letzteres. Es tut mir leid.«

Wie konnte unsere Beziehung nur so schnell die Richtung wechseln? Gerade war ich noch der Annahme, dass Darcy unerwünscht ist und plötzlich ist sie es doch nicht mehr. Zehn Minuten in ihrer Nähe und schon fängt alles an, in ihm zusammenzubrechen. Das ging schnell. Verflucht schnell.

»Genau deswegen wollte ich mit dir abhauen«, offenbart er mir. »Ich hatte Angst, dass genau das passiert.«

Die erste Träne rinnt über meine Wange. »Dass was passiert, Halen? Dass deine Gefühle verrückt spielen werden, sobald du sie siehst? Dann wusstest du also schon vorher, dass diese Wahrscheinlichkeit besteht.« Zittrig atme ich aus. Das wird mir gerade zu viel. Ich brauche Luft, denn ich kann kaum noch atmen. In mir schnürt sich alles zu. Die drückende Enge in meiner Brust breitet sich viel zu schnell aus.

»Ich wollte das nicht«, verteidigt er sich.

»Aber es ist passiert.« Ohne ihn ein weiteres Mal anzusehen, laufe ich zur Wohnungstür. Ich muss hier raus.

»Venice, warte bitte. Ich will es erklären.« Seine Hand umschließt mein Handgelenk, ich zucke zusammen und reiße mich los, als hätte ich mich verbrannt. *Nein, das kann ich nicht.*

»Lass gut sein«, entgegne ich enttäuscht, während ich dabei bin, die Tür zu öffnen. »Gib mir einen Moment, Halen. Sei wenigstens so fair und gib mir die Zeit, um das sacken zu lassen und irgendwie zu verarbeiten.«

Halen tritt einige Schritte zurück und nickt. »Entschuldigung. Nimm dir alle Zeit, die du brauchst.«

Kaum, dass ich Davinas Wohnung betrete und die Tür hinter mir schließe, falle ich in mir zusammen. Ich sitze mit angewinkelten Beinen da, umklammere sie mit meinen Armen und starre auf den Boden, mit dem Rücken gegen die Wohnungstür gelehnt. Die Tränen lassen sich nicht mehr zurückhalten und ich schluchze heftig.

Was zur Hölle ist da passiert? Und wie? Ich verstehe es einfach nicht.

Warum gibt es immer wieder ein anderes Mädchen in seinem Leben und nicht nur mich? Bin ich allein denn nicht gut genug, um geliebt zu werden?

Es tut so weh. Mein Herz schmerzt, Mom. Schon wieder. Mach, dass es aufhört.

Ich brauche sie jetzt.

Fest presse ich das Handy an mein Ohr. Das regelmäßige Tuten lässt mich verrückt werden. *Geh schon dran, Mom. Bitte.*

»Hier ist der Anrufbeantworter von Madelyn Sinclair. Sprich, was auch immer du mir sagen willst, nach dem Piep. Vielen lieben Dank. *Piep.*« Sie geht nicht dran. Verdammt.

Mit zitternden Händen lege ich auf und drücke auf Davinas

Kontakt, doch ich komme zum gleichen Ergebnis wie bei meiner Mutter. Immer verzweifelter versuche ich es weiter bei Stella und Elliot, die ich ebenfalls nicht erreiche.

Das kann doch nicht wahr sein. Warum müssen ausgerechnet heute alle beschäftigt sein? Ich will nicht allein sein. Ich brauche sie.

Auch Tante Veronica erreiche ich nicht. Und weil ich wenigstens irgendeine bekannte Stimme hören will, wähle ich mit einem letzten Funken Hoffnung Chace' Nummer. Er wohnt viel zu weit weg, als dass er herkommen könnte, aber vielleicht schafft er es, mich wenigstens durchs Telefon etwas zu beruhigen.

Als er abhebt, strömen vor Erleichterung weitere Tränen über mein Gesicht. »Hey«, schniefe ich leise.

»Was ist passiert, Cousinchen?« Er klingt sofort alarmiert, als er meine dünne Stimme wahrnimmt.

»Halen und seine blöden Gefühle sind passiert.«

»Willst du darüber reden?«, fragt er rücksichtsvoll.

Will ich, deswegen rufe ich dich schließlich an.

Also fang ich an und erzähle Chase alles. Alles, was er seit seiner Abreise verpasst hat. Und er lässt mich reden, hört zu und versucht, mir gut zuzureden. Er ist kurz davor, sich ins Auto zu setzen und herzufahren, doch ich kann ihn gerade noch davon abhalten. Auch, wenn ich ihn jetzt gerne hier gehabt hätte, kann es nicht immer um mich gehen, denn er hat ja selbst noch ein Leben.

»Und du bist dir ganz sicher, dass ich nicht vorbeikommen soll?«, fragt Chase besorgt zum gefühlt hundertsten Mal.

Erneut verneine ich. »Ich bin mir sicher. Es hat mir schon unglaublich geholfen, dass wir geredet haben. Jetzt schaffe ich es auch allein weiter, versprochen.«

»Ich kann in etwa vier Stunden bei dir sein, Venice. Du brauchst nur dein Okay geben und ich bin so gut wie auf dem Weg.«

»Mir geht es gut«, beruhige ich ihn. *Nein, nicht wirklich.* Mir geht es furchtbar, aber es können nicht alle immer ihr Leben umkrempeln, weil ich mal wieder Probleme habe. » Ich melde mich, wenn ich dich brauche.«

» Ich will nur nicht, dass ...«

»Chase«, sage ich sanft und versuche, so überzeugend wie möglich zu klingen, obwohl ich wieder kurz davor bin, in Tränen auszubrechen. »Ich schaffe das.«

Er seufzt geschlagen. »Aber sollte es dir wieder schlechter gehen, rufst du mich an.« »Dann rufe ich dich an«, stimme ich zu.

Chase bleibt skeptisch. »Wenn egal was passiert, rufst du mich sofort an, verstanden?«

»Verstanden.«

Kurzes Gemurmel, welches ich nicht identifizieren kann, dann kommt die Antwort. »Fein. Du bist eine starke, junge Frau, die meine Hilfe aktuell nicht braucht. Schon verstanden.«

»Dankeschön«, entgegne ich aufrichtig. Was bin ich froh, ihn als Cousin zu haben.

»Dann mach's gut, Venice.«

» Bis dann, Chase.« Ich lege auf und habe sofort das dringende Bedürfnis, ihn wieder anzurufen. Denn ich bin nicht okay. Ganz und gar nicht.

Doch mein nächster Anruf gilt nicht ihm, sondern meiner Schwester.

Alyssa geht nach dem zweiten Klingeln dran. »Ich schätze, du willst über Collin reden.«

»Auch. Nur nicht jetzt«, antworte ich müde. »Was kannst du mir zu Darcy sagen?« Die Antwort kommt schnell. »Sie ist ein arrogantes, hinterhältiges, manipulatives Miststück.«

Was für ein Wunder. »Erzähl mir mehr.«

KAPITEL 52

Unruhig tippe ich mit den Fingernägeln auf die Tischoberfläche und wippe mit dem Bein. Ich bin seit gut fünf Minuten hier in der Eisdiele, die nicht allzu weit von Davinas Wohnung entfernt ist und warte auf Alyssa. Der Laden ist recht gut besucht. Vor mir steht ein Haselnuss-Milchshake und auf der anderen Tischseite ein dampfender Kaffee, um den Alyssa mich am Telefon gebeten hat. Ich bin gleich nach unserem Telefonat losgefahren und meine Schwester sollte auch bald hier sein.

»Hey.« Alyssa taucht an unserem Tisch auf, hängt ihre Jacke in aller Ruhe über die Lehne und setzt sich auf den freien Stuhl mir gegenüber.

»Hey«, erwidere ich, als ich schließlich ihre volle Aufmerksamkeit habe. Dass es noch immer viel zu viel Ungeklärtes gibt, wird von den Geschehnissen des heutigen Tages überschattet.

»Du hast Darcy also kennengelernt«, stellt meine Schwester fest, nimmt ihre Kaffeetasse in die Hand, hebt sie an ihre Lippen und pustet, bevor sie einen Schluck davon trinkt.

Ich nicke. »Sie hat Halen einen Besuch abgestattet.« Als ich Halens Namen ausspreche, verziehe ich das Gesicht. Ich verstehe noch immer nicht, warum er mir nichts gesagt hat. »Ich kann sie nicht ausstehen.«

Alyssa lacht spöttisch auf. »Ja, mit der Meinung bist du nicht allein. Ich kenne da so einige, die genauso empfinden. Mich eingeschlossen.«

»Und dennoch wart ihr befreundet, richtig?«, erkundige ich mich.

»Leider, ja«, bestätigt sie. »Wir sind zusammen zur Highschool gegangen. Sie war zwei Jahrgänge unter mir, schloss sich aber gleich zu Beginn unserem Cheerleaderteam an. Dort traf ich sie.«

Neugierig nippe ich an meinem Shake. »Und was ist dann passiert?«

»Darcy wirkte damals so unschuldig und verunsichert, an einer neuen Schule zu sein. Ich dachte, sie bräuchte eine Freundin. Aber sie wurde zum Mittelpunkt meines Freundeskreises und zwar schneller, als ich gucken konnte. Sie war damals drei Jahre jünger, nur benahm sie sich nicht so. Am Anfang, ja, doch dann wurde sie regelrecht zur Diva«, erklärt sie mir. »Als sie neu war, hat sie mich ehrlich gesagt sogar an dich erinnert.«

Ich runzele die Stirn. »An mich?« Ich erkenne da definitiv keine Parallelen zwischen ihr und mir. Ich hoffe jedenfalls, dass es keine gibt.

»Ja. Mit dem Unterschied, dass sie etwas mit mir zu tun haben wollte.«

Fassungslos sehe ich Alyssa an. Das dachte sie? Dass ich nichts mit meiner großen Schwester zu tun haben wollte?

»Das stimmt nicht, Alyssa«, widerspreche ich. »Du warst es, die keine Zeit mit mir verbringen wollte.«

Sie setzt ihre Tasse ab und blickt auf die dunkle Flüssigkeit. »Das ist wohl etwas, das wir klären sollten, aber nicht jetzt.«

Ich nicke. Alyssa hebt wieder den Kopf und sieht mich aus müden Augen an. »Darcy war schon nach wenigen Wochen nicht mehr das unschuldige und verunsicherte Mädchen. Vermutlich war sie es nie. Wundern würde es mich nicht. Dann fing sie an, uns gegeneinander auszuspielen und wir merkten es gar nicht. Sie ist klug, das muss man ihr lassen. Jeder war plötzlich nicht mehr gut auf den anderen zu sprechen. Darcy erzählte uns allen, dass wir übereinander lästern würden, was nicht der Wahrheit entsprach. Plötzlich war Darcy für jeden nur noch die einzige loyale und vertrauenswürdige Freundin. Wir hatten nicht mehr einander, sondern nur sie, während sie uns alle hatte. Darcy teilt nicht gerne. Sie will jeden nur für sich.«

Ich muss schlucken, als sie stoppt. Das ist einiges an neuen Infos. Aber ich lag mit meinem Gefühl richtig. Sie ist kein guter Mensch. Und Halen scheint das nicht zu erkennen.

»Bist du noch mit den anderen befreundet?«, frage ich weiter.

Sie lächelt traurig. »Nicht wirklich. Das alles zog sich bis zu unserem Abschluss und danach trennten sich unsere Wege. Selbst da haben wir nicht gemerkt, wie dumm wir waren. Ich habe erst vor Kurzem eine ehemalige Freundin getroffen und als wir ins Gespräch kamen, ist uns erst aufgefallen, was damals gelaufen ist. Jedoch ist vermutlich zu viel passiert, als dass wir wieder Freunde werden könnten. Deswegen werde ich auch nicht verlangen, dass du mir jemals verzeihst, wie ich mich dir gegenüber aufgeführt habe. Dafür war ich viel zu sehr wie sie.« Sie vergräbt ihr Gesicht einen Moment lang in ihren Händen und schüttelt den Kopf. »Gott, das wollte ich nicht.«

»Wann hast du angefangen, mich zu hassen, Alyssa?«.

Wir hängen einen Moment lang beide unseren Gedanken nach. »Es ging schief, als ich eifersüchtig wurde«, gibt sie schließlich leise zu.

Verständnislos blicke ich sie an. »Eifersüchtig? Aber wieso denn?«

»Ich war ein Kind, Venice«, sagt sie. »Meine Eltern sind, seitdem ich mich erinnern kann, getrennt, und eine Zeit lang gab es bloß Dad und mich. Wir waren ein Team, verstehst du? Meine Mom …«

Alyssa unterbricht und starrt einen Moment lang auf den Tisch, ehe sie sich schüttelt und dann fortfährt. »Irgendwann kam deine Mom dazu und ganz plötzlich warst du da. Ich dachte, ihr hättet mir Dad weggenommen. Du hattest eine tolle Mom und Dads ganzer Stolz warst auch du.«

»Aber er hat dich doch nicht weniger geliebt«, werfe ich ein, kann ihre Gefühle dennoch nachvollziehen, jetzt wo sie mir ihre Sicht der Dinge dargelegt hat.

Meine Schwester zuckt mit den Schultern. »Es waren plötzlich nicht mehr nur Dad und ich. Und ich dachte, er hätte mich einfach ersetzt, weil er nun eine bessere Familie gefunden hat.«

Ich lege den Kopf schief und betrachte sie eine Weile. Erst jetzt fange ich an, diese verloren wirkende Seite, die sie in letzter Zeit immer öfter zeigt, zu verstehen. »Ich wusste nicht, dass du so fühlst. Warum hast du nie etwas gesagt? Mir oder Dad?«

»Ich wollte es nicht kaputtmachen. Du warst so klein und sobald Dad dir vorgesungen hat, hast du fast immer aufgehört zu weinen. Ich habe mich dann versteckt und gelauscht. Da war einfach kein Platz für mich. Dafür hätte ich dir nicht die Schuld geben sollen, aber ich war selbst ein Kind. Ich kann dir nicht einmal mehr sagen, warum ich eigentlich so verschlossen war. Und als wir älter wurden, wolltest du mich dann nicht mehr bei dir haben, weil ich schon zu viel angerichtet hatte.«

»Ich habe dich bewundert, Alyssa. Ich dachte, du kannst mich nicht leiden, deswegen habe ich mich irgendwann von dir abgewendet. Ich habe abends, wenn Dad mir vorgelesen hat, ständig nach dir gefragt. Wusstest du das?«

Alyssa schüttelt den Kopf. »Nein. Oder ich wollte es nicht hören. Es tut mir leid, Venice. Es tut mir so leid.« Sie sieht mehr als betroffen aus und ihre Augen wirken nun nicht mehr so klar, wie noch ein paar Minuten zuvor.

»Hätte ich das nur gewusst«, murmele ich. Das hätte so einiges geändert. Vielleicht wären wir dann wie richtige Schwestern aufgewachsen. »Warum haben wir nie darüber geredet?«

»Ich weiß es nicht«, antwortet sie leise und in ihrer Stimme schwingt Bedauern mit. Hat es wirklich nur an der fehlenden Kommunikation gelegen? Sind wir daran gescheitert? All die Jahre. All die Jahre mit dieser Feinseligkeit wegen unausgesprochener Worte. Ich kann es nicht fassen.

»Es tut mir leid«, meine ich leise. »Ich hätte mich womöglich auch mehr bemühen sollen und nicht irgendwann aufgeben sollen.«

Meine Schwester greift nach meiner Hand auf dem Tisch.

»Es ist nicht deine Schuld. In keinster Weise, Venice. Jeder hätte so reagiert wie du und du hast dich schließlich immer wieder bemüht. Ich hätte das nicht an dir auslassen dürfen und mit jemandem reden sollen.«

»Wir beide hätten anders reagieren müssen«, stelle ich klar. Denn durch all die Missverständnisse und unser Verhalten haben wir es uns selbst verwehrt, Schwestern zu sein. Wir beide tragen Schuld daran. »Ich möchte noch etwas wissen.«

Alyssa nickt, ohne zu zögern. »Natürlich.«

»Du und Collin? Warum hast du dabei gelogen?«

Meine Schwester zieht ihre Hand wieder zurück. »Ich dachte, du könntest mich sowieso nicht noch mehr hassen. Und ich weiß, dass ich dich verletzt habe und das unverzeihlich ist. Das wird auch keine Entschuldigung mehr richten können, das ist mir klar. Wie gesagt, ich erwarte nicht, dass du mir das verzeihst.«

»Aber was hattest du davon, außer mir zu schaden? War das wirklich der einzige Grund?« Ich sehe ihr an, dass sie dem zustimmen möchte. Also ergänze ich etwas. »Und ich kaufe dir nicht ab, dass das der Grund war. Da muss es etwas anderes geben.«

Alyssa sieht zur Seite. »Ich kann nicht, Venice. Es geht nicht.«

Enttäuscht blicke ich ihr entgegen. Und ich dachte, wir hätten das soeben hinter uns gelassen.

Plötzlich zieht jemand einen Stuhl an unseren Tisch und erschrocken erkenne ich Darcy. »Jetzt guck sich das mal einer an. Wen haben wir denn hier? Meine beste Freundin und die Freundin meines Verlobten. Oh, verzeiht. Ich meinte, meine Ex-Beste-

Freundin und die Ex-Freundin meines Verlobten. Wollt ihr mich nicht an eurem Gespräch teilhaben lassen?«

Alyssa betrachtet den Neuankömmling finster. »Darcy.«

Diese lächelt verlogen. »Höchstpersönlich.«

KAPITEL 53

Venice

Hier sitzen wir. Alyssa, Darcy und ich.
Die Stimmung am Tisch könnte nicht besser sein. Hat was von Beerdigung.

»Also«, sagt Darcy, nimmt sich einfach meinen Haselnuss-Milchshake und lässt den Blick erst zu Alyssa und dann zu mir schweifen. »Will mich mal jemand aufklären, was das hier ist? Mir war nämlich gar nicht klar, dass ihr euch kennt.«

»Ich wüsste nicht, was dich das angeht.« Ich ziehe den Milchshake wieder zu mir, denn ich habe nicht vor, mir noch etwas von ihr wegnehmen zu lassen. Ich halte einen Moment inne. *Noch etwas.* Hat sie mir Halen schon endgültig entrissen? Ich bin mir nicht sicher, denn vielleicht ist da noch Hoffnung.

Auf Darcys Gesicht erscheint ein Grinsen. »Seid ihr Schwestern, oder so?«

Wir erwidern nichts.

»Ihr seid Schwestern.« Sie sieht uns weiterhin abwechselnd an und stützt den Kopf auf ihre zusammengefalteten Hände. »Wie klein die Welt doch ist.«

»Sie wäre größer, wenn du nicht mehr da wärst«, spottet Alyssa.

Darcy zieht eine Augenbraue hoch und erhebt sich, streicht sich ihr sowieso schon einwandfreies Kleid glatt und würdigt uns keines weiteren Blickes mehr, während sie davonstiefelt.

Doch plötzlich dreht sie sich wieder um, kommt noch einmal zurück und stützt sich mit den Händen auf dem Tisch ab. Dann beugt sie sich zu mir und sieht mir fest in die Augen. »Eins musst du noch wissen, Venice. Ich werde nicht gehen. Nicht ohne Halen. Und er wird mich auch nicht so leicht vergessen, wie du es gerne hättest. Aber …«, sie rückt näher, »dich wird er vergessen. Du warst nur eine kleine Zwischenlösung. Nicht mehr und nicht weniger.«

Darcy stellt sich aufrecht hin und lächelt wieder ihr breites, verlogenes Lächeln. »Ach, ich habe übrigens deine Mom getroffen, Alyssa. Wir haben uns wirklich nett unterhalten. Mich hat nur gewundert, dass sie nicht um Geld gebettelt oder einfach ganz dreist in meine Tasche gegriffen hat.«

Daraufhin wendet sie sich endgültig von uns ab, stolziert mit großen Schritten an den anderen Tischen vorbei und wirft uns kurz vor dem Ausgang noch einen letzten triumphierenden Blick über ihre Schulter zu. Dann tritt sie nach draußen, läuft an den großen Panoramafenstern vorbei und verschwindet schließlich aus unserem Sichtfeld.

Sprachlos sehe ich ihr den gesamten Weg lang nach. Was war das gerade bitte? Ich sehe fragend zu Alyssa. Sie weiß natürlich sofort, auf was ich mich beziehe, versucht aber dennoch, ein Lächeln zustande zu bringen, an dem sie kläglich scheitert.

Stattdessen wendet sie ihr Gesicht von mir ab und atmet einmal tief durch, ehe sie endlich mit der Sprache herausrückt. »Meine Mom hat Probleme, Venice.« Sie rutscht unbehaglich auf ihrem Stuhl herum. »Und das ist der Grund, warum ich für Collin gelogen habe.«

KAPITEL 54

»Ich verstehe nicht, warum du nicht einfach mit uns gesprochen hast.« Alyssas Geständnis macht die Sache nicht ungeschehen, nicht mal annähernd. Dennoch möchte ich sie nicht hassen. Wenn Menschen verzweifelt sind und nicht weiterwissen, tun sie dumme Dinge. Hier war es etwas sehr drastisch, aber irgendwie kann ein Teil von mir es verstehen und will ihr eine neue Chance geben, es von nun an besser zu machen.

Vielleicht ist das naiv, jedoch sieht man ihr die Reue und die Scham an. So klar, dass ich einfach nicht anders kann. Und ein Teil von mir hat sich schon immer nach einer guten Beziehung zu meiner Schwester gesehnt. Das jetzt könnte der perfekte Zeitpunkt sein.

»Mom bat mich, es nicht zu tun«, erklärt Alyssa beschämt. »Sie hat mir gesagt, dass Dad ihr das Geld streicht, wenn sie sich nicht bald unter Kontrolle bekommt. Und das würde ihr das Genick brechen, Venice. Und mir. Ich versuche ihr schon all das Geld zu geben, was ich nicht selbst zum Leben brauche, aber sie kommt einfach nicht mehr aus ihrer Spielsucht und den Schulden raus. Sie rutscht nur noch tiefer rein.«

»Du solltest mit Dad reden, Alyssa.« Ich kann mir nicht vorstellen, dass er ihrer Mom das Geld einfach so streichen würde, was er ihr in all den Jahren zuvor zur Unterstützung gab. Er mag zwar nicht mehr mit ihr zusammen und vielleicht nicht gut auf sie zu sprechen sein, aber dennoch bleibt sie Familie. Schließlich war sie mal seine Frau und sie ist Alyssas Mom.

»Ich weiß.« Sie nickt und nagt an ihrer Unterlippe. »Es kann so nicht weitergehen. Aber was ist, wenn Mom doch recht hat und Dad ihr wirklich das komplette Geld streicht?«

»Das wird er nicht«, erwidere ich zuversichtlich, da ich mir mehr als sicher bin, dass er nicht so handeln würde, so wie ich unseren Vater kenne.

Alyssa tippt unruhig mit ihren Fingernägeln auf dem Tisch herum und auf ihrer Stirn breiten sich Sorgenfalten aus. »Was, wenn doch?«

»Dann werden wir gemeinsam irgendeine Lösung finden«, sage ich, ohne auch nur zu zögern. Ich weiß, sie hat wirklich vieles falsch gemacht und sich mir gegenüber, wie das Letzte verhalten. Aber auch ich habe nicht immer vollkommen richtig gehandelt.

Sie legt den Kopf schief und mustert mich einen Moment lang intensiv. »Warum, Venice?«

»Warum was?«, entgegne ich verwirrt.

»Warum hilfst du mir? Trotz allem, was ich dir angetan habe?« Sie wendet den Blick ab und fügt dann leise einen weiteren Satz hinzu. »Das habe ich doch gar nicht verdient.«

»Du hast kein schlechtes Herz, Alyssa. Du hast nur falsche Entscheidungen getroffen und ich sehe, dass du sie bereust. Ich denke nicht, dass wir nach unseren Differenzen von jetzt auf gleich beste Freundinnen werden. Aber wir sind eine Familie. Und die sollte man nicht im Stich lassen, auch wenn das einem manchmal leichter erscheint«, erkläre ich in sanftem Tonfall.

Sie schaut wieder zu mir und ihre Augen wirken glasig. »Danke.«

»Aber tu mir bitte einen Gefallen«, meine ich und erhebe mich von meinem Stuhl. »Mach nie wieder so eine Scheiße, okay? Das nächste Mal redest du mit einem von uns.«

Sie nickt eilig und klingt erleichtert, als sie mir zustimmt. »Versprochen.«

»Gut, na komm. Du solltest dich mal mit Dad unterhalten.«

»Jetzt?«, quiekt sie nervös.

»Jetzt.«

Nachdem wir schließlich bezahlt und den Laden verlassen haben, steigen wir in Alyssas Auto und fahren nach Hause zu Mom und Dad.

Als wir vor der Haustür stehen, sehe ich zu Alyssa, die mir ein unsicheres Lächeln schenkt, als sie auf die Klingel drückt. Wie es wohl all die Jahre mit ihr als Freundin an meiner Seite gewesen wäre?

»Was macht ihr denn hier?«, begrüßt uns Dad sichtlich irritiert, nachdem er die Haustür geöffnet hat. Mom ist um diese Zeit meistens arbeiten, was Alyssa vermutlich ganz recht ist. »Also nicht, dass ich mich nicht freue, euch zu sehen. Aber euch beide zusammen zu sehen, wundert mich schon.«

»Kann ich mit dir reden?«, fragt Alyssa ihn zaghaft.

Dad mustert uns sogleich besorgt. »Natürlich. Ist was passiert? Ist mit euch alles in Ordnung?«

»Wir sind okay, Dad«, beruhige ich ihn, denn irgendwie stimmt es ja auch. Es könnte schließlich schlimmer sein. »Ich warte dann im Auto«, wende ich mich an meine Schwester, möchte mich schon umdrehen und zu ihrem Auto gehen, als sie mich zurückhält.

Unsicher streicht sie sich mit der Hand den linken Arm auf und ab, als müsse sie sich selbst beruhigen. »Kannst du bleiben?«

Dads gerunzelte Stirn und den misstrauischen Blick, den er uns abwechselnd zuwirft, ignoriere ich gekonnt. »Selbstverständlich.«

Wir gehen nacheinander ins Haus und setzen uns an den Esszimmertisch. Alyssa und ich auf der einen Seite, Dad auf der anderen.

»Wo fang ich nur an«, murmelt Alyssa und reibt sich dabei nervös mit den Händen über ihren Rock.

»Am besten ganz vorne«, empfehle ich ihr, woraufhin sie zustimmend nickt. »Du erinnerst dich an den Streit, den Venice und ich hatten, als Collin das letzte Mal hier war?«, fragt Alyssa vorsichtig und schaut kurz zu mir.

Dad nickt, wobei er die Lippen aufeinanderpresst. »Schwer zu vergessen.«

»Nun ja, das ganze stimmt überhaupt nicht, denn ich habe nie mit Collin …« Sie spricht nicht weiter, da ihr das Thema mehr als unangenehm ist. Besonders vor Dad.

Er verschränkt die Arme vor der Brust und betrachtet uns skeptisch. »Dann würde ich jetzt drum bitten, dass ihr mich endlich aufklärt und mir mal verratet, warum ihr damit zu mir kommt.«

»Er hat mich erpresst«, haucht sie so leise, dass man es kaum verstehen kann. Doch die Worte haben trotzdem solch eine Kraft, dass sie den ganzen Raum einnehmen.

»Wie bitte?!« Er lässt seine Arme sinken, starrt sie mit weit aufgerissenen Augen an, öffnet den Mund erneut und schließt ihn wieder, so als wüsste er nicht, was er sagen soll.

Genau so habe ich auch reagiert, als sie mir auf der Fahrt davon erzählt hat. Ich habe bestimmt eine geschlagene Minute gebraucht, ehe ich überhaupt etwas hatte erwidern können. Dabei sollte mich bei Collin mittlerweile nichts mehr schockieren. Es scheint, als wäre er zu allem fähig.

Alyssa rutscht unruhig auf ihrem Stuhl herum, ehe sie mit der Sprache herausrückt. »Mom hat ihre Spielsucht noch immer nicht im Griff, Dad. Und sie … sie schuldet den falschen Typen eine Menge Geld.«

Dad schweigt einen Moment, nickt dann aber langsam. »Das habe ich schon befürchtet. Sie hat vor Kurzem angerufen, etwas Unverständliches genuschelt und einfach wieder aufgelegt.« Er sieht zu Alyssa. »Aber was hat Collin mit der Sache zu tun, wenn ich fragen darf?«

»Ich hatte einen ziemlich heftigen Streit mit Mom und saß danach völlig fertig im Auto. Und dann kam plötzlich Collin vorbei und hat gefragt, ob alles okay sei. Ich brauchte einfach irgendjemanden, mit dem ich darüber reden konnte«, fängt Alyssa an. »Ich habe ihm von Moms Problemen erzählt, ich war so neben der Spur, dass ich es einfach loswerden musste, egal bei wem. All diese gesammelten Sorgen sind einfach aus mir herausgeplatzt. Ich konnte ja nicht wissen, dass er so ein Arsch ist.« Ja, das haben wir wohl alle erst zu spät erkannt.

»Und wie ging es dann weiter?«

»Er hat mir Geld geboten und meinte, er würde mir helfen, wenn ich ihm dann irgendwann einen Gefallen tun würde. Und da habe ich ... na ja.« Sie stockt, räuspert sich und sieht zerknirscht auf ihre Hände, die sie in ihren Schoß gebettet hat, ehe sie fortfährt. »Dann habe ich zugestimmt. Ich wusste einfach keinen anderen Ausweg. Mom hatte doch schon all mein Geld bekommen, was hätte ich denn sonst anderes tun sollen? Vor allem, da sie meinte, du würdest ihr das Geld streichen, wenn ich zu dir gehen würde und du davon erfährst, dass sie sich weiterhin nicht im Griff hat.« Mit schuldbewusster Miene schaut sie zu mir. »Dann hatte er diese bescheuerte Idee, Venice etwas vorzumachen und hat verlangt, dass ich mitmache und niemandem etwas sage.«

Ich nicke, auch wenn Alyssa mir im Wagen noch mehr erzählt hat. Die ganze Wahrheit. Zum Beispiel, dass, als wir uns in Collins Wohnung über den Weg gelaufen sind und ich meine Sachen abgeholt habe, er sie vorher angerufen hat und wollte, dass sie vorbeikommt. Der Mistkerl hat Davina und mich in dem Auto gesehen, ihr meinen Bademantel gegeben und gemeint, sie soll es glaubhaft rüber bringen, sonst wüsste sie ja, was passiert. Glaubhaft hat sie es allemal gemacht. Gott, ich habe sie in diesem Moment wirklich gehasst. Die Nachricht an Collin, die auf dem Display seines Autos aufgeblinkt war, als wir auf den Parkplatz des Supermarkts gefahren sind, war auch geplant. Er wollte, dass ich es erfahre. Alles daran war ein mieses, abgekartetes Spiel.

Alyssa braucht einen Moment, um nach Luft zu schnappen. Ihre Augen sind mittlerweile glasig und sie steht kurz davor, in Tränen auszubrechen. Dennoch spricht sie weiter. »Er hat mir gedroht, er würde sonst sofort das Geld streichen, was er Mom in Raten gibt, und es euch erzählen. Das konnte ich ihr einfach nicht antun und ich dachte, Venice kann mich sowieso nicht leiden, also was soll das noch groß ändern ... es tut mir so unfassbar leid. Ich habe wirklich Scheiße gebaut und ich weiß, dass das nicht mehr gutzumachen ist, aber es ging nun mal um Mom. Und auch, wenn sie alles andere als perfekt ist, konnte ich sie einfach nicht im Stich lassen.«

Aufmunternd greife ich nach ihrer Hand. Ich bin stolz auf sie, dass sie sich endlich ihrer Familie anvertraut hat. Vielleicht ist das der erste Schritt, der uns alle wieder näher zusammenbringt.

Ja, ich denke, dass es von jetzt an Stück für Stück bergauf gehen wird. Von der anderen Tischseite ertönt ein lang gezogenes Seufzen, doch Dad scheint weder wütend noch enttäuscht zu sein. Stattdessen schaut er seine Tochter mitfühlend an. »Ich habe zwar keine Ahnung, woher sie den Gedanken hat, dass ich so was gesagt hätte, aber ich werde ihr, auch wenn ich ihr Verhalten nicht gutheiße, meine Unterstützung nicht verweigern. Hör mal, Alyssa. Wir kriegen das hin, okay? Wir reden mit deiner Mom, suchen gemeinsam mit ihr Hilfe und ich zahle Collin sein Geld zurück.«

Nachdem Alyssa mich zu Hause abgesetzt hat, stehe ich vor der Tür von Davinas Wohnung und schließe auf.

Ich will einfach nur ins Bett und schlafen. Nicht mehr und nicht weniger, das war eindeutig genug Drama für einen Tag.

Doch als ich die Tür öffne, erblicke ich jemanden, mit dem nicht gerechnet habe. Chase steht mit einem breiten Grinsen vor dem Esszimmertisch und hat die Arme ausgebreitet, in welche ich mich ohne zu zögern hineinstürze. Es tut so gut, als er seine Arme um mich schließt. Als wäre die Last der letzten Stunden auf meinen Schultern nun ein paar Kilo leichter.

»Was tust du denn hier?« Ich kann nicht vermeiden, dass sich Tränen in meinen Augen sammeln.

Er hält mich weiterhin fest umschlossen. »Ich habe doch gesagt, ich könnte in ungefähr vier Stunden hier sein. Hat zwar doch etwas länger gedauert, aber hier bin ich.«

»Aber ich habe doch gesagt, du brauchst nicht kommen«, schniefe ich in sein Oberteil, was ihn nicht im Geringsten zu stören scheint. Trotz der langen Fahrt und seiner eigenen Sorgen hat er sich ins Auto gesetzt, weil es seiner Cousine nicht gut geht. Ich wollte nicht, dass er das auf sich nimmt, doch jetzt, wo er bei mir ist, merke ich, wie ich ihn und seine positive Art gebraucht habe.

Chase lacht leise und legt seinen Kopf auf meinen. »Manchmal ist das, was wir sagen und das, was wir wollen, etwas vollkommen anderes, Venice. Und da ich intelligenter bin als du«, sagt er neckend, um auch mich zum Lachen zu bringen, »habe ich das natürlich erkannt, mich sofort ins Auto gesetzt und mir aus Davinas Laden den Schlüssel geholt.«

Er ist einfach unglaublich und dafür bin ich ihm unendlich dankbar.

»Dankeschön.«

KAPITEL 55

Venice

Am nächsten Morgen, als ich mich aus meinem Zimmer wage, sitzen Chase und Davina beide bereits an dem kleinen, runden Tisch und trinken Kaffee. Davina bietet mir auch einen an und ich setze mich zu ihnen, um zu trinken.

Gleich danach verkrieche ich mich wieder in meinem Zimmer und werfe mich zurück ins Bett. Immer wieder taucht die Szene in meinem Kopf auf, in der Halen offenbart, dass er noch Gefühle für Darcy hat. Es ist wie eine Wiederholung, die man nicht mehr sehen will, aber trotzdem immer wieder anschaut. Und ich weiß einfach nicht, wie ich damit umgehen soll. Schließlich wusste Halen alles über meine letzte Beziehung und wie wichtig es mir ist, einander nichts zu verschweigen. Besonders dann, wenn es unsere Beziehung betrifft. Und Darcy gehört ganz klar in diese Kategorie.

Ich habe überhaupt keinen Appetit und würden Davina und Chase mir nicht hier und da etwas vorbeibringen, würde ich vermutlich einfach nicht essen.

Am liebsten würde ich gar nicht mehr unter meiner Bettdecke hervorkriechen. Hier kann nämlich niemand auf meinen Gefühlen herumtrampeln.

Erst ganze zwei Tage später, als ich meine, Halens Stimme

gehört zu haben und unsere Wohnungstür geräuschvoll ins Schloss fällt, verlasse ich meinen sicheren Ort. Das war der Moment, an dem ich merkte, dass für alle anderen, für Halen, das Leben weitergeht und ich nicht mehr allein in meinem Zimmer sitzen und in Selbstmitleid ertrinken möchte. Das bringt mir letztendlich doch auch nichts ... oder? Halen hat sich schließlich auch aufgerafft, obwohl ihn das ebenso sehr mitnimmt wie mich, und sogar hier angeklopft.

»Ich habe ihm gesagt, er soll dir noch Zeit lassen«, sagt Chase vorsichtig, der auf der Couch sitzt, als ich aus meinem Zimmer komme.

Ich nicke, schaue zu Davina, die mit einer Tasse in der Küche steht und mich besorgt mustert, ehe ich zur Couch laufe, um mich neben meinen Cousin zu setzen. Davina gesellt sich ebenfalls zu uns. Als wir alle sitzen, berichte ich ihnen, was passiert ist. Von der Begegnung mit Darcy bis zu der Aussprache mit Alyssa. Nur nicht die genauen Gründe, warum Alyssa sich dazu entschlossen hat, das zu tun. Das sind Alyssas Angelegenheiten. Ich erwähne bloß, dass ich ihr Verhalten zwar nicht völlig gutheiße, es aber verstehen kann. Und das kann ich wirklich, denn für meine Mom hätte ich es vermutlich auch getan. Für wichtige Leute in meinem Leben würde ich beinahe alles tun.

Ich zucke erschrocken zusammen, als eine Tür im Hausflur lautstark auf- oder zufliegt. Gleich gegenüber. Chase, Davina und ich wechseln einen Blick, sagen aber nichts. Ob er es war?

»Wie dumm bist du eigentlich!«, schallt eine weibliche Stimme gedämpft zu uns in die Wohnung.

»Das ... dein Ernst ...! Was zur Hölle denkst du ... du ... Vollidiot, Halen!«

»Ist das Avery?«, teile ich zögernd meine Überlegung mit.

Davina denkt einen Moment lang nach, nickt dann aber bestätigend. »Ja, das könnte sein.«

Danach ist es still im Hausflur.

Zwei Minuten später klopft es laut an unserer Tür. Ich

bekomme Panik, meine Hände schwitzen und ich kann mich nicht bewegen. Unbewusst halte ich den Atem an.

Da keiner von uns Anstalten macht, aufzustehen und die Tür zu öffnen, klopft es nach kurzer Zeit ein weiteres Mal.

Davina räuspert sich. »Wir sollten die Tür öffnen.« Sollten wir?

Mein Herz pocht nervös in meiner Brust. »Ja«, stimme ich Davina schließlich zu, bewege mich aber weiterhin nicht von der Couch.

Was soll ich Halen sagen, wenn ich ihm gegenüberstehe? Was würde er wohl von sich geben? Vor Kurzem habe ich noch geglaubt, dass reden wichtig und die Lösung der meisten Probleme ist, aber was ist ... was ist, wenn mir die Worte fehlen? Wie soll ich mit ihm reden, wenn ich die passenden Worte erst noch finden muss?

»Kann einer von euch vielleicht nachschauen, ob es ... Halen ist?«, wende ich mich an die anderen beiden, die ebenfalls noch immer auf der Couch sitzen.

Davina steht auf, geht zur Wohnungstür und öffnet sie so weit, dass wir alle auf den Flur sehen können. Doch es ist nicht Halen, der dort steht. Mich überkommt eine Flut von Erleichterung. Ich bin noch nicht so weit, ihm schon gegenüberzutreten.

Avery steckt den Kopf in die Wohnung. »Darf ich reinkommen?«

Davina lässt sie herein, woraufhin sie gleich auf mich zukommt und sich zu mir auf die Couch setzt. »Ist bei dir alles okay?«

Ich lasse mich gegen die Rückenlehne der Couch fallen, seufze und zucke ratlos mit den Schultern. »Definiere okay.«

»Ich hoffe, du hast ihm gesagt, dass er ein mieses Arschloch ist«, meint sie und als ich den Kopf schüttele, fügt sie hinzu: »Das solltest du definitiv noch nachholen. Denn er benimmt sich so und ich habe ihm das gerade auch mehr als einmal vorgeworfen. Es kann aber nicht schaden, wenn du es ihm auch sagst.«

Kurz huscht ein Schmunzeln über meine Lippen, während ich mir vorstelle, wie Avery es Halen immer wieder an den Kopf wirft.

»Woher weißt du eigentlich davon?«

»Sei ihr nicht böse«, meint Avery und nuschelt dann eilig. »Stella hat es mir erzählt.« Ich richte mich auf und sehe sie verdutzt an. »Und woher weiß sie davon?«

»Ich ...« Avery stutzt und runzelt die Stirn. »Ich dachte, sie hätte es von dir?«

Und während Avery und ich irritiert sind, woher Stella von Halen und mir weiß, erklingt ein Räuspern neben uns. Langsam und mit hochgezogener Augenbraue setze ich mich auf und wende mich Chase zu. »Willst du mir etwas sagen?«

»Alsooo«, kommt es lang gezogen von ihm und mit einem verlegenen Lachen. »Vielleicht ist es mir herausgerutscht, als ich gestern zufällig Elliot getroffen habe und er sich nach dir erkundigt hat.«

»Wow.« Ich lasse mich wieder gegen die Kissen sinken. »Ihr alle seid ganz schöne Tratschtanten.«

»Du bist also nicht sauer oder so?«, kommt es vorsichtig von Chase.

»Wenn du es bist, kann ich es natürlich verstehen. Wir hätten uns nicht ungefragt einmischen sollen«, fügt Avery schnell hinzu.

»Ich bin euch nicht böse«, stelle ich klar. »Doch sollte irgendeiner von euch Idioten bald irgendein Drama am laufen haben, glaubt nicht, dass ich das für mich behalten werde. Ich werde es sofort den ganzen Campus wissen lassen.« Ich blicke zwischen den beiden hin und her. »Verstanden?«

Sie nicken beide grinsend, während von Davina ein hüstelndes »Also ich konnte ja meine Klappe halten« kommt, woraufhin ich zum ersten Mal seit drei Tagen wieder herzlich lachen kann.

KAPITEL 56

Da anscheinend sowieso alle von meiner Lage wissen, habe ich beschlossen, auch Stella und Elliot einzuladen, sodass nun viel zu viele Personen gequetscht auf unserer braunen Ledercouch sitzen. Sid ist hingegen drüben bei Halen.

Sogar Alyssa ist hier, die ich spontan ebenfalls angetextet habe, denn sie kann sicherlich auch Ablenkung gebrauchen. Alyssa. Echt schräg, dass wir alle hier sitzen und eine alte Folge von *The Bachelorette* gucken.

»Das kann doch nicht ihr Ernst sein«, beschwert sich Chase entrüstet und wirft das Popcorn, das Davina für uns gemacht hat, gegen den Fernseher. »Echt mal«, stimmt Elliot zu. »Was findet die nur an diesem Typen?«

Avery stopft sich eine Handvoll Popcorn in den Mund. »Aber Cameron ist ja schon ziemlich heiß.«

»Heiß, aber ein Mistkerl«, fügt Davina hinzu, woraufhin ein »Definitiv« von Alyssa folgt.

»Hat noch jemand von euch zufällig Hunger?«, wirft Chase nach einer Weile in die Runde. Stella ist die Erste, die zustimmt und das laute Knurren ihres Magens bestätigt ihre Aussage keine Sekunde später.

»Pizza, chinesisch oder was anderes?«, frage ich und bin schon dabei, mich zu erheben. Es ist Zeit, mal wieder die Wohnung zu verlassen, an die frische Luft zu kommen und ein paar Schritte zu gehen.

Nach kurzer Diskussion einigen wir uns auf chinesisch und darauf, dass ich allein losziehe. Also schnappe ich mir Geld, meinen Schlüssel, mein Handy und die dazugehörigen Kopfhörer und schlüpfe, sobald ich das verknotete Kabel entwirrt und meine Playlist gestartet habe, in meine abgenutzten Turnschuhe und verlasse die Wohnung.

Im Flur ist es wie auch draußen dunkel. Außer mir ist niemand hier, weswegen ich mir die Zeit nehme, den Lichtschalter zu betätigen, um einen Blick auf Halens Haustür zu werfen. Dass er da ist, weiß ich dank Avery und ich spiele tatsächlich kurz mit dem Gedanken, einfach anzuklopfen. Doch was dann? Ich wüsste gar nicht, was ich sagen soll.

Bevor ich noch tatsächlich zu seiner Tür gehe oder er sie plötzlich öffnet, verwerfe ich den Gedanken kopfschüttelnd. Ich halte daran fest, dass ich heute keine Kraft habe, mich mit uns auseinanderzusetzen. Wer weiß. Vielleicht finde ich bald doch noch die passenden Worte.

Auf dem Weg nach unten begegnet mir weiterhin niemand und auch auf der Strecke zu dem kleinen Restaurant treffe ich nur wenige Menschen. Was vielleicht aber auch an dem Regen liegt, den ich hartnäckig ignoriert habe, weil es bloß ein Nieseln war. Ein Nieseln, das in kürzester Zeit zu einem Unwetter geworden ist.

Jetzt kleben meine Klamotten wie eine zweite Haut an mir. Auch die Kapuze meiner Jacke ist völlig durchnässt, sodass sie mir nicht mehr wirklich hilft. Und ich dachte, ein kleiner Spaziergang könnte nicht schaden.

Umso glücklicher bin ich, als ich endlich das kleine chinesische Restaurant, welches bloß aus einer Theke und drei Tischen besteht, erreiche und ins Trockene treten kann. Schnell schreibe ich Davina eine Nachricht und öffne dann meine Notizen-App, wo ich alle Wünsche gespeichert habe, ehe ich unsere Bestellung aufgebe.

Während ich auf die Bestellung warte und den Koch, den man von hier aus sehen kann, bei der Zubereitung beobachte, fällt die Tür zu dem kleinen Laden ein weiteres Mal ins Schloss.

Und als mir plötzlich ein bekannter Duft entgegenschlägt, verkrampft sich mein ganzer Körper. Ich traue mich kaum, zur Seite zu sehen. Mein Gefühl sagt mir, dass ich es nicht tun und lieber die Flucht ergreifen soll.

Doch mein Verstand schaltet wieder einmal ab. Langsam drehe ich den Kopf zur Seite. Blicke zu ihm.

Wie konnte ich nur denken, dass frische Luft schnappen eine gute Idee sein könnte?

Ein süffisantes Grinsen liegt auf Collins Lippen, als er mich ebenfalls anschaut.

Dieser Mistkerl.

KAPITEL 57

Venice

Ich schließe die Augen, sammele mich kurz und mustere Collin anschließend.

Um ehrlich zu sein, hatte ich gehofft, ihm nie wieder gegenübertreten zu müssen. Aber das Schicksal will wohl einfach nicht aufhören, mir Steine in den Weg zu legen. Vielen Dank auch. Obwohl es früher oder später sowieso geschehen musste, nicht wahr?

»Wie schön, dich zu sehen, Venice.« Gott, wie ich seine Stimme mittlerweile verabscheue. Ich lächele ihm übertrieben freundlich entgegen. »Das kann ich eher nicht erwidern.«

Ich könnte bei seinem Anblick kotzen. Vorsichtshalber wende ich mich von ihm ab und starre einfach vor mich hin. Alles ist besser, als in seine Augen sehen zu müssen.

»Mir geht es gut, danke der Nachfrage«, merkt er an. Kann er nicht einfach seine Klappe halten? »Und Alyssa auch. Ich hole gerade Essen für uns.«

Mit einem Mal muss ich lachen. Wie kann ein Mensch nur so dumm sein? Jetzt, wo ich darüber nachdenke und endlich die Wahrheit kenne, würden nicht er und Alyssa ein perfektes Paar abgeben, sondern er und Darcy. Sie hätten einander verdient. Und Halen und ich waren so naiv und sind auf sie reingefallen. »Also läuft das noch immer zwischen Alyssa und dir?«, frage ich gespielt ahnungslos.

»Es lief nie besser.« Diese kleine, miese, betrügerische Ratte. Er kann einfach nicht anders, als zu lügen.

»Warum?«, frage ich ihn, da ich wirklich wissen möchte, warum er so zwanghaft an seiner Lüge festhält.

Ich wage einen erneuten Blick zur Seite, er scheint sichtlich irritiert zu sein. Er weiß noch nicht, dass ich die Wahrheit kenne und es wird mir eine Freude sein, ihm zu offenbaren, dass sein Plan schiefgegangen ist.

Er hat offiziell verloren.

»Was meinst du?«, hakt er nach und tritt unruhig von einem Bein aufs andere. Fahrig gleitet er mit den Fingerspitzen durch sein Haar, was er immer tut, wenn ihm eine Situation zu heikel wird.

»Du wirkst so nervös, Collin«, sage ich unschuldig. »Ist bei dir und bei meiner Schwester auch wirklich alles in Ordnung? Oder verheimlichst du mir etwas?« Ich lächele ihn an. »Aber das würdest du doch nie tun, nicht wahr?«

»Was soll das werden, Venice?« Auf seinem Gesicht liegt ein Hauch Panik, seine Augen wandern nun wild umher, meiden absichtlich meinen Blick.

Erwischt, Collin. Es ist aus und vorbei.

»Weißt du, was wirklich komisch ist?«, frage ich ihn.

»Was?«, zischt er.

Ich halte ihm den roten Zettel mit unserer Bestellung hin. Dann gebe ich ihm einen Moment, ehe ich schließlich mit dem Finger auf ein Gericht und den Namen, der gleich daneben steht, deute. »Komisch ist, dass Alyssa in meiner Wohnung sitzt und mir etwas völlig anderes und ziemlich Interessantes erzählt hat.« Er erwidert nichts, sieht nur geschockt auf den Zettel und dann zu mir. Ist das schön, ihn endlich schweigen zu hören.

»Ich weiß nur noch nicht ganz, was du von all den Lügen hast.« Das interessiert mich tatsächlich, denn das können wir uns alle nicht erklären.

Doch Collin verzieht bloß die Brauen. »Dieses Miststück. Sie weiß, was die Konsequenzen sind. Du kannst ihr ausrichten, dass …«

»Ich werde ihr gar nichts ausrichten. Außerdem hörst du auf, Alyssa oder mich grundlos zu beleidigen und uns andauernd nachzustellen. Und wenn du unbedingt jemanden runtermachen willst, sieh in den Spiegel. Übrigens sind uns deine dämlichen Konsequenzen scheißegal. Du bekommst jeden beschissenen Cent wieder, mit dem du Alyssa erpresst hast und dann kannst du dich zum Teufel scheren!« Wow, tut das gut.

Sein verdutzter Ausdruck und die allmähliche Erkenntnis, die in seinem Gesicht auftaucht, gibt mir unfassbar viel Genugtuung.

»Ihre Bestellung«, räuspert sich der Kellner, der neugierig zwischen uns hin und hersieht.

»Das wäre dann wohl meine.« Ich lächele Collin erneut an, nehme die Tüte entgegen, bezahle und will gehen, doch dann fällt mir etwas ein. Etwas, das längst überfällig ist.

Ich verpasse ihm eine Ohrfeige, deren Klatschen durch den ganzen Imbiss dröhnt. »Das war für meine Schwester und mich.« Und als er seinen Kopf wieder zu mir dreht, mich voller Wut ansieht, strahle ich ihn losgelöst an. »Ich hoffe wirklich, dass du das bekommst, was du verdient hast. Ein schönes Leben noch.«

Mit erhobenem Kopf gehe ich an ihm vorbei und verlasse den Laden, ohne auch noch einmal zurückzusehen. Das war es also.

Ich werde vermutlich nie erfahren, warum er gelogen hat, doch jetzt, wo er weder Alyssa noch mich weiterhin irgendwie in der Hand hat, werde ich ihn und sein ganzes Drama endlich hinter mir lassen.

Das erste Mal seit einer gefühlten Ewigkeit bin ich einen Moment lang glücklich.

Auch der kalte Regen auf dem Nachhauseweg kann mir dieses Gefühl nicht nehmen. Den gesamten Weg lang trage ich ein zufriedenes Lächeln auf den Lippen. Das Wohngebäude ist schon in Sicht, ich habe Essen, konnte die Sache mit Collin endlich aus der

Welt schaffen und gleich kann ich trockene Klamotten anziehen und sogar der Fahrstuhl im Haus funktioniert.

Was bitte soll jetzt noch schiefgehen?

Die Musik in meinen Ohren verstummt und mein Handy stirbt vibrierend in meiner Tasche. Toll, mein Akku ist leer. Das ist jetzt aber kein Zeichen dieses verfluchten Schicksals, oder?

Venice, du übertreibst. Kein Grund zur Sorge. Es ist nur ein Handyakku.

Der Fahrstuhl schließt sich gerade, als ich im Hausflur ankomme, doch als ich eilig den Knopf drücke, öffnen sich die Türen wieder. Was für ein Glück.

Ich trete in den Fahrstuhl, während ich auf mein leeres Handy sehe und die Kopfhörer aus diesem entferne, um beides dann in die Jackentasche zu stopfen. Ich beuge mich vor, um den Knopf zu drücken – und halte prompt inne. Mein Blick begegnet dem von Halen.

Wie konnte ich ihn nicht bemerken?

Nein. Oh, bitte nicht.

Vor mir schließen sich die Türen und die enge Kabine setzt sich in Bewegung.

Ich war vorhin nicht bereit, mit ihm zu reden, und jetzt, in diesem winzigen Raum, wo es keine Fluchtmöglichkeit gibt, fühle ich mich noch viel weniger dazu in der Lage. Aber die Fahrt sollte schnell vorbei sein, also werde ich ihn einfach ignorieren. Ja, das klingt nach einer guten Idee.

Gott, bitte mach, dass ich hier schnell wieder raus bin.

Und gerade, als ich kurz davor bin, auszuflippen, fährt ein Ruck durch die Kabine.

Der Fahrstuhl bleibt stecken.

Oh, du hinterhältiges Schicksal.

KAPITEL 58

Venice

Hier bin ich also. Eingesperrt mit Halen in einem verfluchten Fahrstuhl. Warum vertraue ich überhaupt diesem Aufzug, wenn er dafür bekannt ist, ständig den Geist aufzugeben?

Noch immer haben Halen und ich unsere Blicke nicht voneinander gelöst. Und als mir das bewusst wird, wende ich mich ruckartig von ihm ab, schaue zu den Knöpfen und fange an, wild auf ihnen herumzudrücken. Komm schon! Irgendwas muss den Fahrstuhl doch dazu bringen, weiterzufahren oder zumindest die Türen zu öffnen. Oh, Scheiße, was ist, wenn wir zwischen zwei Etagen feststecken?

Eilig drücke ich den Notfallknopf. Einmal. Zweimal. Fünfmal. Siebenmal. Doch es passiert nichts. Niemand antwortet. Oder was auch immer passieren sollte, wenn man diesen Knopf drückt. Der muss doch für irgendwas gut sein! Hektisch atme ich ein und aus. Dann halte ich panisch die Luft an. Kann uns der Sauerstoff ausgehen?

Ich sehe wieder zu Halen und merke, dass er mich die ganze Zeit nicht aus den Augen lässt und selbst völlig gelassen wirkt. Wie macht er das nur? Ist ihm nicht klar, dass wir hier drin feststecken? Wie sollen wir hier bitte wieder raus?

»Alles okay?«, fragt er mit ruhiger Stimme.

Das meint er doch nicht Ernst.

»Mit mir oder dem Fahrstuhl?«, antworte ich überaus gereizt. Da sind gerade eine Menge Emotionen, die hochkommen.

Einerseits würde ich mich gerne einfach in seine Arme schmeißen, von der vertrauten Wärme empfangen werden und mir vormachen, dass alles in Ordnung ist. Aber andererseits würde ich ihn vor Wut und Enttäuschung am liebsten von mir wegstoßen.

Äußerlich halte ich an meiner wütenden Fassade fest, weil ich Halen deutlich machen will, dass er mich mit seinem Verhalten wirklich verletzt hat.

»Mein Handy ist leer«, sage ich, als er nicht antwortet. »Hast du deins dabei?« Bitte sag ja. Wäre ein bisschen Glück denn zu viel verlangt?

Doch er schüttelt bedauernd den Kopf. »Liegt im Wohnzimmer.«

Ich schlage die Hände über dem Kopf zusammen. Ach, fuck.

»Wir werden sterben«, murmele ich und beginne, von rechts nach links und wieder zurück zu laufen, was sich auf dieser kleinen Fläche als wirklich schwierig erweist. »Hey, Venice«, sagt Halen vorsichtig und leicht besorgt, tritt einen Schritt auf mich zu und legt seine Hand sanft auf meinen Arm. »Sieh mich an.«

Ich tue es nicht, versuche, seiner Bitte zu widerstehen und schüttele deswegen sofort seine Hand ab. »Fass mich nicht an. Nicht jetzt«, wispere ich. Ich kann meiner Stimme gerade nicht mehr Kraft geben, da mir hier alles zu viel wird. Und wenn ich jetzt Besorgnis in seinem Gesichtsausdruck sehe, werfe ich womöglich den wütenden Teil in mir einfach über den Haufen. Dabei soll er bloß nicht denken, dass ich ihm verziehen habe.

»Okay.« Er lässt seine Hand enttäuscht wieder sinken, geht zurück und lehnt sich gegen die silberne Wand des Aufzugs. »Tut mir leid. Aber tu mir bitte den Gefallen und schau zu mir, Venice.«

Keine Ahnung, warum, aber dieses Mal werde ich schwach, gebe dem Drang nach und sehe zu ihm. In seinem Blick liegt eine solche

Ruhe, dass meine Panik sich langsam zurückzieht und ich wieder normal atmen kann. Nur ein kurzer Augenkontakt mit ihm und es geht mir besser, trotz der Dinge, die geschehen sind und obwohl ich vor einer Stunde nicht einmal mit ihm reden wollte. Verdammtes Herz. Genau das sollte nämlich nicht passieren. Jetzt fehlt nur noch, dass ich mich in seine Arme fallen lasse und alles vergesse. Trotz der Sehnsucht nach seiner Nähe bleibe ich standhaft.

Obwohl ich ihn vermisse. Sehr. Liebe verschwindet schließlich nicht von einem Moment zum nächsten. Und ich liebe ihn nun mal, das kann ich einfach nicht leugnen oder abstellen.

»Es wird alles gut, okay? Uns wird hier drinnen nichts passieren und wir werden hier bald auch wieder herausgeholt. Jemand wird merken, dass wir hier sind und wird Hilfe holen. Menschen bleiben ständig in Fahrstühlen stecken und sie kommen immer wieder da raus.«

Skeptisch mustere ich ihn. Ob wirklich immer alle heil nach draußen gekommen sind? Oder behauptet er das bloß, um mich zu beruhigen? Ich schließe die Augen und atme tief durch. Wir werden hier schon rauskommen. Irgendwie. Ja, bestimmt. Irgendwann wird sich einer von den anderen Sorgen machen und nach mir suchen. Wenn sie dann merken, dass der Fahrstuhl schon wieder kaputt ist, werden sie sich ihren Teil ja denken können ... nicht wahr? Ich hoffe es jedenfalls.

Scheiße, ich hasse es, eingesperrt zu sein.

Mit geschlossenen Augen lasse ich mich mit dem Rücken gegen die Wand fallen und sinke schließlich daran herunter auf den dreckigen Boden.

»Das kann doch echt nicht wahr sein.« Ich strecke die Beine aus und stelle die Tüte mit dem Essen neben mir ab. Ehe wir hier raus sind, ist es bestimmt schon kalt. Also, falls es das nicht jetzt schon ist. Ohne Handy wissen wir ja nicht einmal, wie spät es ist und wie viel Zeit in den nächsten Minuten verstreichen wird.

Als ich die Augen wieder öffne, sitzt Halen mir gegenüber, sieht mich weiterhin aufmerksam an und sagt kein Wort.

Frustriert über unsere Situation ziehe ich frierend die Jacke enger um mich. Leider bringt es absolut nichts, da alles an mir noch immer nass vom Regen ist.

Halen scheint es zu bemerken, denn er zieht seinen Hoodie aus. Mit großen Augen verfolge ich, wie er ihn über den Kopf abstreift und sein Shirt darunter zurechtzieht.

»Was …«, will ich fragen, doch er beugt sich kommentarlos vor und reicht mir den schwarzen Stoff.

»Ist vielleicht besser als deine nassen Klamotten.« Mehr sagt er nicht und ich nehme den Hoodie, da er recht hat, zögerlich entgegen. Er dreht seinen Kopf weg, obwohl er mich schon mehr als einmal vollkommen nackt gesehen hat, sodass ich in Ruhe aus den nassen Klamotten herausschlüpfen und sie gegen den trockenen Hoodie austauschen kann. Bloß meine Hose behalte ich an.

Schon während ich den Hoodie über meinen Kopf ziehe, atme ich seinen Duft ein und könnte meine Gefühle dafür verfluchen, dass sie so verrückt spielen. *Denk dran, Venice, er hat dich angelogen.* Ich sollte mich nicht so verzweifelt nach ihm sehnen.

Nach einem ernst gemeinten »Danke« meinerseits schweigen wir wieder.

Auch eine gefühlte Ewigkeit später reden wir nicht, der Fahrstuhl setzt sich weiterhin nicht wieder in Bewegung und es kommt auch niemand, der uns rausholt. Zumindest bekommen wir davon hier nichts mit, selbst wenn man uns schon suchen würde. Mich würde ja brennend interessieren, wie viel Zeit bereits vergangen ist.

Die anfängliche Panik ist mittlerweile verklungen, was Halens beruhigender Ausstrahlung zu verdanken ist. Mein Magen knurrt, also suche ich die Frühlingsrollen in der Plastiktüte heraus. Sie sind leider schon kalt. Trotzdem ist es besser als nichts. Immerhin werden wir hier drin nicht verhungern.

Ich schiele unauffällig zu Halen rüber. Wann er wohl das letzte Mal etwas gegessen hat?

Ohne groß darüber nachzudenken, schiebe ich ihm die Box über den Boden zu. »Frühlingsrolle?« Ich kann ihn nicht weiter ignorieren und schlucke meinen Stolz herunter, denn umso länger wir hier sitzen, desto geringer wird meine Wut auf ihn.

Seit wir hier eingesperrt sind, hatte ich genügend Zeit, um ihn zu mustern. Er sieht nicht aus, als wäre er in einer besseren Verfassung als ich. Unter seinen Augen zeichnen sich dunkle Ringe ab und er wirkt blasser als sonst. Sein Lächeln, das ich so sehr an ihm liebe, bleibt aus. Ich finde es schrecklich, ihn so zu sehen, obwohl er daran nicht ganz unschuldig ist.

Vermutlich sollten wir miteinander reden, uns alles von der Seele sprechen und so einander besser verstehen. Halen hatte sicher seine Gründe für seine Handlungen. Sollte ich ihm nicht wenigstens die Chance geben, sich zu erklären? So wie ich es auch bei Alyssa getan habe? Danach kann ich immer noch überlegen, wie es weitergeht.

Nun blickt er unsicher zu mir, zögert etwas, geht dann aber auf mein Angebot ein, nimmt sich eine Frühlingsrolle und knabbert gedankenverloren an ihr herum. »Venice?«, ergreift er nach einer Weile das Wort.

Selbst die Art, wie er meinen Namen ausspricht, hat mir gefehlt. Verdammt, ich bin wirklich hoffnungslos in diesen Mann verliebt.

»Hm?« Ich weiß bereits, was als Nächstes kommt. Es ist sicher nicht die schlechteste Idee. Flüchten kann hier jetzt eh keiner mehr von uns.

»Können wir vielleicht reden? Darüber, was passiert ist?«, fragt er vorsichtig und bestätigt somit meine Vermutung.

Ich nicke. »Das sollten wir.«

Irgendwann musste dieser Zeitpunkt ja schließlich kommen.

Und hier ist er nun.

KAPITEL 59

Halen

Ich kann nicht sagen, ob dieser Fahrstuhl Fluch oder Segen ist. Womöglich beides zugleich.

Aber was auch immer ich gleich sagen werde, unter keinen Umständen darf ich es wieder versauen. Das alles hat Venice nicht verdient. Ich schäme mich dafür, wie ich mich ihr gegenüber verhalten habe, denn ich hätte ihr von Anfang an von Darcy erzählen sollen. Allerdings habe ich auch nicht damit gerechnet, dass die Sache mit Darcy doch noch nicht so richtig vorbei ist. Eigentlich war ich der Meinung, ich bin über sie hinweg, doch als sie mich anrief, um sich nach mir zu erkundigen, musste ich an all die schönen Momente mit ihr denken und war völlig durcheinander.

»Dann sag schon, was du zu sagen hast«, meint Venice und sieht nicht sehr begeistert darüber aus, dass wir dieses Gespräch jetzt führen werden. Ich kann es ihr nicht verübeln und könnte es verstehen, wenn sie mich einfach nur anschreien würde. Doch es ist Venice, die hier vor mir sitzt. Sie ist wütend auf mich und teilt trotzdem ihre Frühlingsrollen mit mir.

»Ich habe ziemliche Scheiße gebaut«, spreche ich das Offensichtliche aus. »Und das tut mir wirklich sehr leid.« Auch wenn es das nicht unbedingt besser machen wird, ist es mir wichtig, dass sie es dennoch weiß.

Sie nickt, presst angespannt ihre Lippen aufeinander, ehe sie nach einigen Sekunden antwortet. »Du hast es erkannt.«

»Ich glaube, ich sollte dir erklären, weshalb ich so empfinde«, fange ich an und befürchte, dass jedes Wort, das meinen Mund verlässt, falsch sein könnte. » Ich fange am besten am Anfang an.«

Ich räuspere mich und versuche, mich auf das Wesentliche zu konzentrieren. Okay, ich muss es ihr jetzt erklären. Einfach alles. »Darcy und ich sind zusammengekommen, als wir beide auf der Highschool waren. Es ging irgendwie alles total schnell und dann auf dem Abschlussball, ich kann dir wirklich nicht sagen, was genau ich mir dabei gedacht habe, habe ich sie gefragt, ob sie mich heiraten möchte. Ich dachte damals, das mit uns wäre für immer und ich war so glücklich, als sie ja gesagt hat. Dann kam die Uni. Sie wurde an einer Uni circa sechs Stunden entfernt von hier ange-nommen und ich eben an unserer. Dann, nach einem halben Jahr Fernbeziehung, als ich sie besuchte, hat sie mich ohne ein Wort in einem Restaurant versetzt. Und nachdem ich ihr geschrieben habe und sie einfach nicht erreichen konnte, bin ich zu ihr gefahren.« Ich halte für einen Moment inne und denke an den Tag zurück, an dem ich zum ersten Mal gespürt habe, dass Liebe sich in verdammt großen Schmerz verwandeln kann. »Es hat sich herausgestellt, dass sie die Zeit vergessen hat, weil sie die lieber mit einem anderen Typen in ihrem Bett verbracht hat. Wie der Zufall es wollte, kam er gerade aus ihrer Wohnung raus, als ich klingelte. Als er sah, dass ich zu Darcy möchte, war er so freundlich, mir mitzuteilen, dass sie noch schläft und es nach der Nacht wahrscheinlich auch noch länger tun wird.«

Nun ist es raus, doch ich habe das ungute Gefühl, dass es das auch nicht besser macht. Venice sieht mich mit großen Augen und einem verständnislosen Blick an. »Sie hat dich betrogen und du hast trotzdem noch Gefühle für sie? Bis heute?«

Ich nicke. »Bescheuert, ich weiß. Ich kann es mir auch nicht erklären, außer … na ja, sie war nun mal meine erste große Liebe, ich schätze, die ist immer irgendwie besonders. Und manchmal eben besonders dämlich.« Ich zucke mit den Schultern und erzähle weiter. »Ich bin abgehauen, hab in einem Motel übernachtet und wollte am nächsten Tag mit ihr reden. Doch sie war nicht da. Auch am Tag darauf nicht und als ich gemerkt habe, dass sie meine Anrufe nicht annimmt, hat mir ihre Mitbewohnerin gesagt, dass sie nichts mehr mit mir zu tun haben will. Ich dachte ernsthaft, ich bin im falschen Film und bin letztendlich nach Hause gefahren. Danach habe ich erst wieder von ihr gehört, als sie mich vor Kurzem angerufen hat.«

»Und trotzdem ist sie dir wichtiger als ich.« Venice sieht mich traurig an. Der Schmerz in ihrer Stimme ist deutlich zu hören und das bricht mir das Herz. *Es tut mir so unglaublich leid, Venice.*

»Nein, ist sie nicht«, mache ich ihr eilig klar. Scheinbar habe ich wirklich darin versagt, ihr das zu zeigen. Da wundert es mich nur noch mehr, dass sie mich bisher nicht angeschrien hat. »Sie ist mir nicht wichtiger, Venice. Ich habe noch Gefühle für sie, ja. Allerdings nur, weil ich dieses abrupte Ende nicht richtig verarbeiten konnte. Ich meine, wir wollten heiraten und von einem Tag auf den anderen hat sie mich weggestoßen. Ich konnte nie richtig abschließen. Aber ich musste es dir sagen. Ich musste einfach ehrlich sein. Es war ja schon unfair von mir, dass ich dir vorher überhaupt nicht von ihr erzählt habe.«

»Wieso?« Ihre Stimme ist deutlich leiser als zuvor und ich kann die Fassungslosigkeit deutlich in ihrem Blick erkennen. »Wie kannst du noch Gefühle für sie haben, wenn sie dich erst betrogen und dann einfach aus ihrem Leben gestrichen hat? Erkläre es mir bitte, denn ich verstehe es nicht.«

Ich auch nicht, Venice.

»Na ja, wir haben einfach nie darüber geredet, was passiert ist«, versuche ich es weiter, jedoch merke ich bei jedem Wort, welches meine Lippen verlässt, wie lächerlich und idiotisch sich das alles eigentlich anhört. Scheiße. Verfluchte Scheiße noch mal.

Darcy hat nie versucht, mich zu erreichen und all meine Anrufe ignoriert und ich glaube wirklich, sie liebt mich noch? Ich verstehe mich selbst nicht und doch fühle ich, was ich fühle.

Ich dachte, ich hätte sie eigentlich längst hinter mir gelassen. Und dann kam dieser Anruf voller Lügen. Und das Komische ist, er ließ mich nicht an meinen Gefühlen für Venice zweifeln, sondern daran, ob ich wirklich mit Darcy abgeschlossen habe. All diese Gefühle kamen hoch, all die Dinge, die ich ihr immer sagen wollte. Und sie redete mir ein, dass sie mich vermissen würde und mich sehen möchte, sagte die richtigen Dinge und schon war sie wieder in meinem Kopf präsent.

»Ich wollte dich nicht verletzen, Venice, und ich liebe Darcy auch nicht mehr. Wirklich nicht. Ich war einfach nur ... überfordert.« Gott, ich bin so dermaßen dämlich, dass ich nicht von Anfang an mit ihr darüber gesprochen habe.

»Ms. Sinclair, sind Sie dort drinnen?«, dringt plötzlich eine männliche Stimme zu uns.

Gleichzeitig springen wir auf. »Ja, Halen und ich sind hier«, ruft Venice in einer unglaublichen Lautstärke. Sie will hier wirklich raus.

»Wir befreien Sie gleich«, verkündet uns die Stimme. »Sie stecken zwischen zwei Etagen fest, aber der Fahrstuhl ist schon fast in der oberen Etage. Da ist genug Platz, dass Sie herausklettern können. Wir versuchen jetzt, die Türen zu öffnen, in Ordnung?« Wir nicken nur, auch wenn sie davon nichts mitbekommen und das Letzte, was wir hören, bevor sich die Türen im Schneckentempo öffnen, ist: »Ms. Fleming, beruhigen Sie sich bitte. Wir holen Ihre Cousine da raus, nur noch einen kleinen Moment.«

Kurze Zeit später sind die Türen offen und wir können aus der Kabine klettern. Venice versucht es zuerst, ist aber ein Stück zu klein, um auf den Boden der Etage zu springen, da der Fahrstuhl ja nur alle zwei Etagen anhält. »Darf ich?«, frage ich vorsichtig und deute mit meinen Händen auf ihre Hüften.

Sie mustert mich erst zweifelnd, nickt dann aber kaum merklich. Sachte setze ich meine Hände an ihre Hüfte. »Bei drei springst du noch mal, ja?«

»Okay.«

»Eins, zwei, drei«, spreche ich leise, sie springt und ich hebe sie das restliche Stück hoch, sodass sie problemlos aus dem Fahrstuhl klettern kann.

Erst als sie draußen ist, folge ich ihr und werde von Venice' Familie, ihren Freunden und auch Avery mit strafenden Blicken empfangen.

Und gerade als ich dachte, dass Venice jetzt sofort wieder zu den Menschen geht, die sie nicht verletzt haben, kommt sie auf mich zu und bleibt stehen.

Sie guckt mich an und ich bin unfähig, mich von ihr abzuwenden. »Wenn du dir deiner Gefühle sicher bist, komm zu mir. Dann reden wir weiter darüber.«

»Bist du dir sicher?«, frage ich verlegen, da mir in diesem Fahrstuhl klar geworden ist, was ich eigentlich angerichtet habe.

»Bin ich«, antwortet sie und lächelt traurig. »Aber sollte es zu lange dauern, weiß ich nicht mehr, ob ich noch da sein werde und darauf warte, dich bedingungslos zu lieben.«

Und von diesem Moment an weiß ich endlich, was ich tun muss. Etwas, was schon längst überfällig ist. Mir ist niemand wichtiger als Venice und ich kann nicht zulassen, dass sie sich endgültig von mir abwendet.

Weil ich sie liebe.

KAPITEL 60

Ich habe keine Ahnung, was genau ich fühle. Den letzten Abend habe ich noch immer nicht verarbeitet, trotz der ewig langen Diskussion, die Davina, Chase und ich geführt haben, nachdem die anderen gegangen sind.

Der Hoodie, den ich gestern erst ausgezogen, dann wieder angezogen und ihn letztendlich frustriert über meine wirren Gefühle auf den Boden gleich neben dem Bett gepfeffert habe, hilft auch nicht dabei, klarer im Kopf zu werden. Manchmal wünsche ich, meine Gefühle würden sich einfach in Luft auflösen. Doch was bliebe mir dann noch als Mensch? Ist ein Moment voller Glück nicht das Leiden wert? Brauchen wir nicht beides, um überhaupt diesen Augenblick voller Glück zu erkennen? Leider sind die Momente des Leids und der Ungewissheit einfach nur scheiße.

»Venice?« Chase' Stimme auf dem Flur.

»Ja?«, rufe ich zurück.

»Verlässt du heute dein Zimmer und gehst zu deinen Kursen?«

Sollte ich vielleicht langsam mal wirklich tun. »Fallen heute aus«, behaupte ich dennoch. Lust habe ich nämlich keine.

»Versuchst du, dich da gerade selbst zu belügen?«, fragt er belustigt.

»Vielleicht«, gebe ich zu, rolle mich seufzend zur Bettkante, stehe auf und gehe zur Tür, die ich nun aufreiße. »Aber drückst du dich nicht gerade auch vor der Uni?«

Er grinst. »Ja, aber das ist was anderes, Venice.«

Eine meiner Augenbrauen hebt sich. »Ach, ist es das?«

»Ist es«, bestätigt er und nickt heftig, um seine Aussage zu verdeutlichen. »Schließlich bin ich hier, um dich wieder zu deinen zu bringen. Also ich finde das ziemlich verantwortungsbewusst und ein Danke deinerseits würde auch nicht schaden.«

Ich blicke ihn zweifelnd an, kann mir allerdings ein Schmunzeln nicht verkneifen. Ja, ich bin ihm wirklich dankbar, dass er sich einfach ins Auto gesetzt hat und jetzt hier ist, aber manchmal spinnt er schon ein kleines bisschen. Auf eine gute Art und Weise natürlich. Meistens.

»Ich warte.« Er verschränkt die Arme vor der Brust. »Glaub nicht, ich höre vorher auf, dich zu nerven.«

»Danke.« Ein ehrliches Lächeln liegt auf meinen Lippen, da ich es ernst meine. »Es bedeutet mir viel, dass du hier bist.«

Chase erwidert mein Lächeln. »Ich weiß.«

Widerwillig mache ich mich letztendlich tatsächlich fertig und fahre mit dem Bus zur Uni, um meine Vorlesungen zu besuchen. Stella schaut mich verblüfft an, als ich mich neben sie auf den freien Platz fallen lasse. Aber komm schon, so lange habe ich gar nicht gefehlt. Und glücklicherweise habe ich, laut Stella, überhaupt nichts verpasst. Höchstens, wie eine andere Studentin, die vor ihr saß, eingenickt ist und ihre Sitznachbarin im Schlaf total angesabbert hat. Das war es dann aber auch schon. Noch mal Glück gehabt, würde ich sagen.

Mittlerweile ist es später Nachmittag und ich nehme die Treppen in unserem Hausflur nach oben. Der Fahrstuhl funktioniert zwar wieder, doch ich habe nicht vor, in der nächsten Zeit noch einmal einen Fuß in dieses hinterhältige Ding zu setzen.

Endlich oben angekommen, stecke ich den Schlüssel ins Schloss, erstarre aber, als ich höre, wie sich die Tür hinter mir öffnet. Halen.

»Aber sollte es zu lange dauern, weiß ich nicht mehr, ob ich noch da sein werde und darauf warte, dich bedingungslos zu lieben«, sagte ich gestern zu ihm.

Ist sich Halen seiner Gefühle nun sicher und werde ich mein Wort halten können und ihn bedingungslos lieben? Ich weiß nicht, ob ich schon bereit dazu bin. Denn, obwohl ich Halens Lage wirklich verstehen kann, haben seine Worte mich verletzt.

Langsam, im Krieg mit mir selbst, drehe ich mich um.

Und plötzlich wird mir speiübel. Wut, Schock, Fassungslosigkeit und Schmerz schlagen auf einmal auf mich ein.

Zur Hölle mit dir, Halen.

KAPITEL 61

W ir alle denken, wir kennen die Personen, die uns wichtig sind.

Sie machen uns vor, dass wir all ihre Geheimnisse, Gedanken und Sehnsüchte verstehen und wir halten so lange daran fest, bis sie uns vom Gegenteil überzeugen. Bis sie uns die bittere Realität entgegenwerfen, wenn wir am wenigstens darauf vorbereitet sind. Vielleicht haben sie uns auch zuvor schon unzählige Male verraten, ganz offensichtlich, und wir waren entweder zu blind oder zu naiv, um es zu bemerken.

Ich möchte an die Liebe glauben, wirklich.

Aber wie soll ich noch Hoffnung aufbringen, wenn sie immer in Scherben, Wut und Trauer zerfällt? Ist die Liebe wirklich so kompliziert? Bin vielleicht ich der Fehler in diesem ganzen System? Denn immer bin ich es, die von der einen auf die andere Sekunde ausgetauscht wird.

Ich bin es so leid, am Ende immer die Betrogene zu sein.

Ich möchte nicht immer allein zurückgelassen werden, sobald etwas Besseres in Sicht kommt.

Ich möchte nur einmal im Leben aufrichtig geliebt werden.

Ist es nicht genau das, was wir alle uns sehnlichst wünschen?

Wollen wir nicht alle dieser eine außergewöhnliche Mensch im Leben eines anderen sein?

Bin ich für dich noch diese ganz besondere Person?

Oder gehört unsere Geschichte endgültig der Vergangenheit an? Denn warum sonst steht deine Ex nur in einem Handtuch bekleidet vor mir? Ist das tatsächlich deine Entscheidung? Dann habe ich mich wohl doch gewaltig in dir geirrt. Ja, ich habe sogar angefangen zu verstehen, warum du dir deiner Gefühle nicht sicher warst. Eure Beziehung hat so plötzlich mit Ungewissheit und ohne wirklicher Aussprache geendet und zudem hat Darcy noch diese ätzende Fähigkeit, Menschen zu manipulieren.

Aber gestern im Fahrstuhl dachte ich, du hast gemerkt, wie falsch sie ist und dass sie dir vermutlich nichts als Lügen erzählt hat. Sag mir, siehst du es nicht oder willst du es einfach nicht sehen?

»Habe ich mir doch gedacht, dass ich Schritte im Hausflur gehört habe«, sagt Darcy viel zu fröhlich. »Und wie passend, dass ausgerechnet du es bist.«

Ich bin nicht in der Lage ihr zu antworten. Viel zu fassungslos bin ich darüber, was sich hier gerade abspielt. Er hat sich wirklich für sie entschieden.

Denn warum sonst sollte sie halb nackt aus seiner Wohnung kommen?

»Ich habe nämlich gerade, als Halen und ich ein bisschen Spaß hatten, deinen Labello gefunden. Also, ich schätze mal, dass es deiner ist, denn seine Lippen haben definitiv nicht nach Pfirsich geschmeckt.«

Mir wird schlecht.

Was soll das, Halen? Warum hast du dir dann gestern überhaupt noch die Mühe gemacht, mir das zwischen dir und Darcy zu erklären?

»Na ja, ich wollte dir den Labello auch eigentlich nur wiedergeben«, fährt sie fort, macht einen Schritt aus der Wohnung und streckt mir den Pflegestift entgegen. Dieses elende Miststück. Ich sehe bloß auf ihre Hand und bewege mich kein bisschen.

»Möchtest du ihn nicht wiederhaben?«

Ich sehe zu ihr auf. Von mir aus kann sie sich das Ding sonst wo hinstecken.

»Gut, dann nicht«, sagt sie und nimmt den runden Plastikdeckel ab. Sie fährt mit dem Labello über ihre Lippen und grinst dabei triumphierend. »War wirklich schön, dich zu sehen, Venice. Wenn du mich jetzt entschuldigst, Halen wartet bestimmt schon. Das verstehst du doch, Süße, nicht wahr?« Darcy tritt einen Schritt zurück, schmeißt die Tür zu und lässt mich völlig verloren stehen.

»*Am Ende bist du es, die alleine steht.*« Tja, sie hatte wohl recht. Denn hier bin ich. Allein. Und Darcy ist bei ihm.

Irgendwann schaffe ich es, mich wieder zu bewegen und die Wohnungstür mit zittrigen Händen aufzuschließen. Irgendwie schaffe ich es auf die Couch, dann starre ich einfach nur noch geradeaus auf den ausgeschalteten Fernseher.

Ich kann und will nicht verstehen, warum er ausgerechnet sie lieben kann und mich nicht. Was ist so viel besser an ihr, dass er mich gleich ausgetauscht hat, als sie vor seiner Tür aufgetaucht ist? Scheinbar bin ich nicht gut genug.

Konnte Halen nicht von Anfang an Klartext sprechen? Anstatt mir Hoffnungen auf eine gemeinsame Zukunft zu machen?

Ich will gleichzeitig weinen und schreien. Das erdrückende Gefühl in meiner Brust breitet sich aus und macht jeden Atemzug schwer.

Langsam, aber sicher verschwimmt meine Sicht immer mehr. Ich fühle mich kraftlos, verloren, enttäuscht, verletzt und traurig. Und die Trauer ist es, die letztendlich gewinnt und mich völlig für sich einnimmt.

Ich dachte, was wir da haben, sei Liebe. Für mich war es das. Ist es noch immer. Doch für ihn war es scheinbar bloß eine nette, kleine Ablenkung. Ich war die Lückenbüßerin für ihn und Darcy.

Sag, liebst du sie, Halen? Liebst du sie so, wie ich dich liebe?

Vermutlich denkt er, sie ist es, die ihn glücklich macht. Doch am Ende wird er ihren wahren Charakter erkennen und ich bin mir sicher, er wird es bereuen, ihr sein Vertrauen ein weiteres Mal geschenkt zu haben.

Wird er dann irgendwann wieder vor meiner Tür stehen, wie sie es bei ihm tat? Vielleicht werde ich ihn dann reinlassen. Vielleicht wartet meine große Liebe auch irgendwo anders auf mich.

Irgendwo, wo er nicht ist.

KAPITEL 62

Haken

E s ist Zeit, es endgültig zu beenden.

Das hätte ich längst tun sollen. Schon als sie mich angerufen und spätestens dann, als sie vor meiner Tür gestanden hat.
Darcy gehört zu meiner Vergangenheit und nicht zu meiner
Zukunft. Venice hat das ganze Drama nicht verdient. Sie verdient
vielmehr jemanden, dem sie blind vertrauen kann und der stets an
ihrer Seite steht. Und auch wenn ich das gründlich versaut habe,
werde ich in Zukunft alles daransetzen, es besser zu machen.

Ich habe Darcy eine Nachricht geschrieben, dass ich sie treffen
will. Unten vor dem Wohnhaus, gleich nach der Uni.

Doch als ich in meiner Wohnung ankomme, um mich schnell
noch umzuziehen, ist irgendetwas anders. Im Wohnzimmer merke
ich auch, was es ist. Auf meiner Couch liegt ein zusammenge-
knülltes einzelnes Handtuch, welches dort heute morgen, als ich die
Wohnung verlassen habe, definitiv nicht lag. Auch die Badezimmertür, die noch ein paar Stunden zuvor geschlossen war, steht nun
offen und durch die Luft wabert der Dunst einer ausgiebigen,
heißen Dusche.

Irgendjemand war hier. Und mir fällt nur eine Person ein, die
bei mir einbrechen würde.

Ich lasse meinen Rucksack auf den Boden fallen, laufe mit großen Schritten zurück auf den Flur, hebe die Fußmatte hoch … Verdammt, er ist weg. Der Schlüssel, den ich vor einer Weile für Venice dort hingelegt habe, falls sie sich wieder ausschließt und ich unterwegs bin.

Die Frage ist nur, warum? Was zum Teufel wollte sie hier?

Als ich die Treppen im Wohnhaus wütend herunterpoltere und die Eingangstüren aufstoße, ist Darcy bereits da und sieht mich mit einem friedvollen Lächeln an wie die Unschuld in Person. *Das zieht nicht mehr bei mir, Darcy. Früher vielleicht, aber ab heute ist damit Schluss.*

»Halen, wie schön, dass du dich bei mir gemeldet hast.« Sie kommt auf mich zu, doch ich trete abweisend einen Schritt zurück. Sie soll gar nicht erst denken, dass das hier so laufen wird, wie sie es sich erhofft.

Ich bin hier, um es zu beenden, Darcy.

»Was hattest du in meiner Wohnung zu suchen?« Finster sehe ich sie an.

»Oben in deiner Wohnung?«, wiederholt sie verdutzt.

»Verkauf mich nicht für dumm, Darcy. Wer soll es sonst gewesen sein, wenn nicht du?«

Sie zuckt mit den Schultern und spitzt dann verärgert die Lippen. »Schön, dass du direkt mich beschuldigst. Hast du das deiner kleinen Freundin auch schon vorgeworfen?«

»Komm schon, lass den Scheiß«, fahre ich sie schroff an. »Warst du in meiner Wohnung? Ja oder Nein?«

»Ja, ich war oben und dachte, du wärst vielleicht schon zu Hause« sagt sie gelassen.

Brennende Wut kriecht durch meine Adern. Welcher normale Mensch verschafft sich einfach Zugang zu einer Wohnung, wenn niemand öffnet? Sie kennt absolut keine Grenzen und das macht mich wahnsinnig.

»Wo ist der Schlüssel jetzt? Er liegt nicht mehr unter der Matte«, will ich harsch wissen.

Sie rollt mit den Augen und verschränkt die Arme, als würde sie das Ganze hier gar nicht richtig ernst nehmen. »Er liegt auf der Küchentheke. Einen Ersatzschlüssel unter der Matte liegen zu haben ist übrigens nicht sehr schlau.«

Ich schnaube. Ja, ich weiß. Danke für diese überflüssige Information. »Das ist trotzdem kein Grund, unerlaubt in meine Wohnung einzubrechen. Wäre ich da gewesen, hätte ich schon geöffnet.« Falls sie überhaupt geklingelt hat. Inzwischen traue ich ihr beinahe alles zu. »Und jetzt erzähl mir bitte, was du dort zu suchen hattest. Und dieses Mal die Wahrheit.«

Darcys Lächeln verschwindet und ein eiskalter Ausdruck tritt in ihre Züge. »Ich habe dir einen Gefallen getan, Halen. Scheinbar bist du ja nicht in der Lage, etwas vernünftig zu beenden.«

Ich balle die Hände zu Fäusten und presse wutverzerrt zwischen zusammengepressten Zähnen heraus: »Was hast du getan, Darcy?«

»Du tust ja so, als wäre das wirklich etwas Ernstes zwischen euch.« Sie zuckt erneut mit den Schultern, was mich nur noch wütender macht, und grinst selbstgefällig. »Tja, deine kleine Freundin denkt jetzt, dass du und ich unseren Spaß unter der Dusche hatten.«

Das hatte sie also geplant. Einen Moment lang hoffe ich einfach, dass sie mich nur ärgern will, doch ihr selbstzufriedener Blick sagt mir, dass es stimmt. Sie hat es getan und sie ist sichtlich stolz darauf. Es ekelt mich an, wie sie sich an dem Leiden anderer ergötzt. Wie konnte ich nur mit jemandem wie ihr zusammen sein, ohne zu erkennen, wie sie wirklich tickt?

Ich fahre mir aufgebracht mit den Händen über das Gesicht. *Irgendwann ist Schluss, Darcy.* »Wie kannst du so etwas tun? Was hat Venice dir bitte getan, dass du versuchst, sie absichtlich zu verletzen?«

Sie lacht gehässig auf. »Was sie mir getan hat? Sie hat dich mir weggenommen, Halen. Du bist so viel besser dran, wenn du bei mir bist. Sie hat dich nicht ansatzweise verdient.«

»Ernsthaft?« Fassungslos blicke ich meiner Ex entgegen. »Du

tust das aus Eifersucht? Du tust ihr das an, weil sie etwas haben kann und du nicht?«

»Oh, ich kann dich haben, Halen.«

»Lass uns etwas klarstellen, Darcy«, sage ich mit fester Stimme. »Du kannst mich jetzt nicht haben und in Zukunft auch nicht. Zwischen uns wird nie wieder auch nur das Geringste passieren.«

»Halen, überlege dir lieber, was du sagst.« Sie kommt wieder auf mich zu und fasst mir an den Arm, woraufhin ich ihre Hand abschüttele und erneut von ihr wegtrete. »Du bist sauer, weil ich blöd gehandelt habe und siehst gerade nicht klar. Sag nichts, was du morgen bereuen wirst.«

»Was ich morgen bereuen werde, ist, dich nicht schon eher abgeschossen zu haben. Es ist vorbei, Darcy. Das, was auch immer zwischen uns war, existiert nicht mehr. Ich möchte dich nicht mehr in meinem Leben haben. Nie wieder.«

»Das meinst du nicht so«, versucht sie es weiter, wobei plötzlich Panik die Zuversicht aus ihren Augen vertreibt und sie immer verzweifelter klingt.

»Doch, genau so meine ich es. Auf Wiedersehen, Darcy.« Das war's. Ich warte gar nicht mehr auf eine Antwort, sondern gehe wieder zur Haustür, um diese aufzuschließen.

»Halen, warte doch. Lass uns …«

Die Tür fällt hinter mir ins Schloss und erstickt ihre Stimme.

Darcy bleibt zurück. Keine Ahnung, ob sie es von nun an gut sein lässt. Aber falls nicht, werde ich nicht wieder auf sie reinfallen.

So schnell wie jetzt bin ich noch nie die Treppen nach oben gerannt. Venice soll keine Minute länger denken, dass Darcy und ich uns irgendwie nähergekommen sind. Mit einem flauen Gefühl im Magen klopfe ich an Venice' Wohnungstür. Doch auch nach einigen Minuten kommt keine Reaktion. Nach weiterem Klopfen ebenfalls nicht. Sie ist entweder nicht da … oder kann sich denken, dass ich es bin und will mich einfach nicht sehen.

»Venice, bist du da?«, rufe ich. Ich muss es einfach weiter versuchen und alles aufklären. Was sie danach mit diesen Informationen tut, ist ihre Sache, darauf habe ich dann keinen Einfluss mehr.

»Venice, bitte.« Ich versuche es weiter. »Gib mir bitte irgendein Zeichen, falls du da drinnen bist.« Mit jeder weiteren Sekunde, die verstreicht, sinken meine Schultern weiter nach unten und die Hoffnung, dass sie noch mal mit mir spricht. Eine Weile passiert nichts, doch dann, kurz bevor ich ein letztes Mal klopfen möchte, höre ich ihre Stimme.

»Verschwinde!«

Ich lege den Kopf in den Nacken und schließe für einen Moment die Augen, als mich ein Funken Erleichterung überkommt. Sie ist da und redet mit mir. Also irgendwie. Das ist doch schon mal ein Anfang.

»Gib mir drei Minuten, Venice. Um mehr bitte ich dich nicht.« Bitte öffne diese Tür. »Hau ab!« Der Schmerz und die Wut in ihrer Stimme sind nicht zu überhören, was dafür sorgt, dass sich mein Herz in meiner Brust zusammenzieht.

»Nur drei Minuten«, bitte ich erneut. Keine Antwort. »Danach kannst du mich auch zur Hölle schicken.« Wenn sie das nicht schon getan hat. »Drei Minuten und du bist mich los«, flehe ich sie an und bin mir fast sicher, dass es zwecklos ist.

Doch dann öffnet sich die Tür. Und dort steht sie. Die Frau, die ich liebe. Mit Tränen, die ihr über die Wangen laufen und einem unendlichen Zorn in den grauen Augen. In ihr wütet ein Sturm.

Wir starren einander einfach nur an. Wo sind jetzt meine Worte? Ich habe bloß drei Minuten und bin dabei, es so richtig zu versauen. Mal wieder.

Nicht ich bin es, der zuerst aus seiner Starre erwacht, sondern Venice. Sie kommt auf mich zu und schubst mich. Ich stolpere nach hinten, da ich nicht damit gerechnet habe. Stolpere erneut, als sie ein weiteres Mal ansetzt und mich von sich wegstößt. Erst beim dritten Mal halte ich dagegen und als Venice gegen meine Brust knallt, blickt sie auf.

»Ich habe gesagt, du sollst verschwinden!« Ihre Stimme klingt kraftvoll und kraftlos zugleich. »Du Mistkerl!« Sie probiert erneut, mich zu schubsen.

Ich lasse es über mich ergehen, warte, bis sie fertig ist und ihre gestrafften Schultern in sich zusammenfallen. »Wie konntest du nur?« Ihre Stimme bricht am Ende und ich kann ihr den Schmerz, an dem sie leidet, wahrhaftig ansehen. »Du hast drei Minuten, Halen«, sagt Venice schließlich leise. »Drei Minuten, die du besser nicht versaust. Ansonsten kannst du gleich gehen und dich nie wieder bei mir blicken lassen.«

Drei Minuten, um zu retten, was einmal zwischen uns war. Es könnte alles ändern.

»Ich habe es beendet. Das mit Darcy ist vorbei. Es lief und läuft auch nichts mehr zwischen uns. Sie hat gesagt, dass sie mit dir gesprochen hat und das tut mir unendlich leid. Sie hat meinen Schlüssel geklaut und sich einfach Zugang zu meiner Wohnung verschafft. Ich wusste bis vor wenigen Minuten nichts davon. «

Jede einzelne Sekunde werde ich nutzen, um reinen Tisch zu machen und vollkommen ehrlich mit ihr zu sein.

Das ist längst überfällig.

KAPITEL 63

»Das ist schön für dich«, entgegne ich nur spitz und merke zugleich, dass die Wut in mir wieder stärker wird als die Trauer. Die Emotionen kommen und gehen, wie sie wollen. Ich habe längst die Kontrolle verloren. »Ist dir das klar geworden, bevor oder nachdem du mit ihr duschen warst?«

»So war das nicht. Ich …«

»Weißt du was, fick dich, Halen.« Ich wende mich kopfschüttelnd von ihm ab. Auf dummes Herausreden kann ich verzichten. »Lass mich einfach in Ruhe. Ich will gar nicht wissen, was da alles lief.« Wenn ich nur daran denke, könnte ich kotzen.

»Du hast gesagt, ich habe drei Minuten«, sagt er entschlossen, bevor ich wieder die Wohnungstür erreiche. »Die sind noch nicht um.«

Abrupt wirbele ich wieder zu ihm herum. »Ich habe dir auch gesagt, dass du gleich verschwinden kannst, wenn du es versaust.«

»Ich versuche ja, es richtig zu machen, Venice«, erwidert Halen bemüht ruhig und für einen Moment sehe ich so etwas wie Verzweiflung über sein Gesicht huschen. »Es ist nur so verdammt schwierig, weil ich weiß, wie sehr ich dich verletzt habe. Und mir ist auch klar, dass ich das wiedergutmachen muss. Und ich will es versuchen, weil du mir wichtig bist und ich dich nicht verlieren möchte. Auch wenn du allen Grund dazu hättest, mich fortzuschicken.« Er sucht meinen Blick und ich erwidere ihn. Ich will seinen Worten glauben. Wirklich. Aber als ich es das letzte Mal tat, waren es nur leere Versprechungen.

»Du hast noch zwei Minuten«, teile ich ihm mit.

Lass es mich nicht bereuen, Halen.

»Okay.« Er nickt und verschwendet fünf weitere Sekunden seiner Zeit mit Schweigen. Ich kann sehen, wie es hinter seiner Stirn arbeitet. Vielleicht will er es wirklich nicht versauen und meint es tatsächlich ehrlich. »Ich wollte es sagen. Nur konnte ich es nicht. Nicht zu diesem Zeitpunkt.«

Was soll das denn jetzt schon wieder heißen? »Du verschwendest Zeit, wenn du in Rätseln sprichst«, erkläre ich ihm, weil ich befürchte, dass er das Prinzip von diesem Gespräch und den begrenzten Minuten nicht verstanden hat.

»Ich liebe dich, Venice«, meint er schließlich leise.

Mein Herz setzt einen Moment lang aus.

Halen fährt sich durch die Haare. »Ich wollte es dir sagen. Diese ganze Sache mit Darcy hat mich einfach nur so aus der Bahn geworfen, ich wusste nicht, wo mir der Kopf steht. Du hattest recht. Sie hat mich immer nur belogen und sie hat sich nie wirklich für mich interessiert. Sonst hätte sie meine Kontaktversuche nicht einfach ignoriert und sich bei mir gemeldet. Nur, diese Beziehung, die ich mittlerweile sehr bereue, endete damals so abrupt, dass ich nie richtig mit ihr abschließen konnte. So bescheuert es sich anhören mag. Als sie anrief, wusste ich nicht, was ich tun soll.« Er verstummt, beißt sich auf die Unterlippe und schaut mich an, als wenn er wartet, ob ich dazu etwas sagen möchte.

Ungeklärte Gefühle, wie ein Teil von mir bereits vermutet hat. Ich sage nichts, sehe Halen an und fordere ihn stumm auf, weiterzusprechen. Bevor ich mich äußere, möchte ich erst alles andere wissen.

»Und als ich dir sagte, dass ich noch Gefühle für sie hege, war es eher dieses Gefühl, dass ich endlich wissen wollte, warum genau sie es damals so unvorhergesehen beendet hat. Es war falsch, dass ich dir nicht gesagt habe, dass Darcy mich kontaktiert hat. Das tut mir so verdammt leid, Venice.« Er hält meinen Blick noch immer fest und sieht einfach nicht weg. In seinen grün-braunen Augen liegt in diesem Moment so viel. Schmerz, Bedauern, Trauer, Reue und dann ist da noch was, etwas, das sich warm anfühlt. Liebe. Sie ist nicht zu übersehen und verpasst mir ein enges, eigenartiges Gefühl tief in meiner Brust.

Auch wenn es die ganze Zeit ein Auf und Ab ist mit uns, ich möchte nicht, dass unsere Beziehung, die so schön begonnen hat, für immer so weitergeht. Ich möchte Halen nicht hassen und ich möchte mich nicht mit ihm streiten.

Nur habe ich die Befürchtung, dass wir irgendwann an diesen Punkt gelangen, an dem mindestens einer von uns so empfindet.

Sind die drei Minuten eigentlich schon vergangen?

»Als du mir sagtest, dass du mich liebst, wollte ich es sofort herausschreien und jeden wissen lassen, dass ich das Gleiche für dich empfinde.« Er sieht betroffen zu Boden. »Aber es wäre dir gegenüber nicht fair gewesen, wenn ich es ausspreche, ohne vorher vollständig mit der Vergangenheit abgeschlossen zu haben «, erklärt Halen weiter, während ich ihm aufmerksam zuhöre und gar nicht weiß, wo mir der Kopf steht. »Ich schätze, ich hatte Angst, dich sofort zu verlieren, wenn ich dir von diesen Gefühlen erzähle. Aber ich habe es nur viel schlimmer gemacht. Wenn du mir nicht verzeihen kannst, verstehe ich das. Ich habe ziemlichen Mist gebaut und kann das nicht mehr rückgängig machen. So sehr ich es mir auch wünsche, es funktioniert leider nicht.«

»Halen …«, setze ich an, merke, wie vollkommen überfordert ich bin und ich weiß nicht, was ich erwidern soll. In mir zieht sich alles zusammen, wenn ich daran denke, ohne ihn zu sein. Ich liebe ihn. Aber ich weiß auch nicht, ob das allein für eine stabile Beziehung zwischen uns ausreicht.

»Schon gut, Venice.« Er nickt langsam. »Ich wollte nur, dass du das alles weißt.«

Ich bin wie gelähmt, gefangen in meinem Kopf mit den Überlegungen, wie es weitergehen soll und was das Beste für uns ist. Für mich. Vielleicht ist das der Moment, wo ich mich selbst an erste Stelle setzen sollte.

Ich will ihn nicht verlieren, aber wir können auch nicht so weitermachen, denn mein Vertrauen in ihn hat einen gewaltigen Knick bekommen.

Halen räuspert sich wieder leise. »Ich kann die Vergangenheit nicht ändern, doch ich will versuchen, es wiedergutzumachen. In der Zukunft. Tag für Tag. Wenn du das möchtest.«

Misstrauisch sehe ich ihn an. Will ich das? Ja.

Kann ich problemlos einfach so weitermachen? Vermutlich nicht.

»Ich weiß nicht, Halen. Ich weiß nicht, ob ich ... das kann.« Mein Herz schlägt fest und schnell und droht, mich zu zerreißen. Verdammtes Herz. Verdammte Liebe. Kannst du nicht einmal einfach sein?

»Ist okay. Ich verstehe das«, entgegnet Halen leise. Er atmet einmal tief durch, ehe er weiterspricht. »Ich möchte eine gemeinsame Zukunft mit dir, denn ich liebe dich. Ich liebe dich von ganzem Herzen und ich brauche dich in meinem Leben, weil du es besser machst. Mit deinem Lachen, deiner Stimme, deiner Fürsorglichkeit, deiner Tollpatschigkeit und mit so vielem mehr. Ich liebe dich, Venice. Das sollst du wissen, selbst, wenn du es nicht mehr erwidern kannst.«

Oh, verdammt. Ich fahre mir mit den Händen durch die Haare, wende meinen Blick kurz von ihm ab, ehe ich ihn wieder ansehe und Worte finde.

Ich denke, ich habe eine Entscheidung getroffen.

»Ich liebe dich auch, Halen. Schließlich kann ich meine Gefühle für dich nicht einfach von einem auf den anderen Moment ausschalten. Ich wollte auch eine Zukunft mit dir. Aber ich ... ich kann ...« Warum ist das nur so unglaublich schwer? »Ich kann das gerade nicht. Nicht jetzt. Ich habe mich von einer Beziehung gleich in die nächste gestürzt. Ich hatte nie Zeit, um meine Gedanken und Gefühle richtig zu ordnen und sie zu verstehen.« Es bricht mir das Herz. Doch es ist das einzig Richtige. »Und ich glaube, ich brauche Abstand.« Ich kann sehen, wie die Hoffnung aus seinem Blick schwindet. Oh, Halen. »Es tut mir leid. Es tut mir so leid.«

»Du brauchst dich nicht zu entschuldigen, Venice. Nicht dafür. Ich verstehe es.« Er lächelt traurig. »Danke für deine Liebe. Sie bedeutet mir die Welt.«

Und dann geht er und lässt mich mit meinem gebrochenen Herzen zurück. Doch ich bin mir sicher, dass es eines Tages wieder heilen wird.

KAPITEL 64

Einen Monat später

»A lles Gute zum Geburtstag!« Ich umarme Davina stürmisch, sodass sie beinahe vom Stuhl fällt. Ganz knappe Sache.

»Seid ihr auch endlich mal aufgetaucht.« Tante Veronica schüttelt schmunzelnd den Kopf, weil Chase und ich mal wieder zu spät sind. Aber wir sind nicht einfach so zu spät. Wir haben etwas ganz Besonderes für das Geburtstagskind organisiert.

»Aber echt mal«, beschwert sich Davina gespielt ernst. »Wo zur Hölle wart ihr? Ihr habt mir heute morgen einen Zettel auf den Tisch gelegt und wart einfach weg.«

Ich stelle mich wieder aufrecht hin und winke ab. »Ich wollte dich nicht wecken und außerdem lagen zum Trost ganz viele Muffins neben dem Zettel. Selbstgebacken, mit ganz viel Liebe.«

»Vielleicht meckerst du ja weniger, wenn du das hier öffnest.« Chase hält unserer Cousine breit grinsend einen Umschlag entgegen, dessen Inhalt uns heute den letzten Nerv geraubt hat.

Davina guckt erst skeptisch zu Chase und dann zu mir, ehe sie neugierig den Umschlag an sich nimmt. Als sie ihn öffnet und den Inhalt sieht, wendet sie sich mit großen Augen wieder uns zu. »Wie habt ihr denn diese verdammten Karten bekommen? Das Konzert war doch komplett ausverkauft!«

Chase und ich wechseln einen zufriedenen Blick. »Das bleibt unser Geheimnis«, meine ich nur verschwörerisch und bin mehr als glücklich darüber, dass Davina ihr Geschenk gefällt. Wir saßen schließlich fast sechs Stunden im Auto, um an die Karten zu kommen, die Chase per Zufall gestern im Internet gefunden hat.

»Wir haben übrigens ein Verm…«

Ich ramme Chase meinen Ellenbogen in die Seite, ehe er es versauen kann. Wir haben eine Menge dafür gezahlt, ja, nur ist das unwichtig. Wenn ich jetzt Davinas Gesicht betrachte, waren der Preis und die Autofahrt es mehr als wert.

» Davina springt von ihrem Stuhl auf und nimmt uns beide gleichzeitig in den Arm. »Dankeschön.« Sie lehnt sich etwas zurück. »Wer von euch kommt eigentlich mit?« »Na ich«, meint Chase automatisch, weshalb ich ihm einen bösen Blick zuwerfe.

»Ich bin eindeutig die bessere Wahl«, widerspreche ich ihm, woraufhin Davina glucksend von uns ablässt.

»Das lasse ich euch dann mal lieber alleine klären«, beschließt sie amüsiert.

»Venice ist an dem Datum doch eh nicht da«, wirft Chase plötzlich ein. »Wolltest du nicht nach Kalifornien fliegen?«

Mein Körper verspannt sich augenblicklich. Wollte ich. Mit Halen. Das habe ich ganz vergessen. »Ich glaube, ich gehe mal etwas frische Luft schnappen«, murmele ich etwas abwesend. Ich will hier keine schlechte Laune verbreiten, indem ich wieder vor allen mit Halen anfange.

Draußen setze ich mich einfach auf die Wiese vor dem Haus von Davinas Eltern. Ich lege den Kopf in den Nacken und lasse meinen Gedanken freien Lauf.

In den letzten Wochen bin ich Halen nicht mehr begegnet, habe ihn höchstens von Weitem gesehen. Eine Woche nachdem ich das zwischen uns beendet hatte, fing ich an, an meiner Entscheidung zu zweifeln. So sehr, dass ich kurz davor war, an seiner Tür zu klopfen.

Getan habe ich es dann doch nicht. Es war schwer und das ist es weiterhin. Doch die Zeit, die vergangen ist und in der ich mich auf mich selbst konzentrieren konnte, hat mir wirklich gutgetan. Sie verlief ohne Drama, von ein paar Tagen ununterbrochenem Heulen mal abgesehen, und ich bin noch immer der Meinung, dass es richtig war. Es hat mir Zeit gegeben, mich selbst zu sortieren und zu der Person zu werden, die ich nach der Trennung von Collin sein wollte. Und das musste ich ganz allein schaffen.

Eine Sache hat sich nach einem Monat jedoch nicht geändert. Ich liebe ihn weiterhin. Es lässt einfach nicht nach.

Halen hält sein Versprechen und akzeptiert meine Entscheidung. Und nun sehe ich Halen so deutlich vor mir, dass ich am liebsten bei ihm wäre.

Deswegen zögere ich, als ich mein Handy heraushole und den Chat öffne. Meine Finger schweben über dem Display wie meine Gedanken und Gefühle über mir. Was soll ich überhaupt schreiben? Hey? Vielleicht will er auch gar nichts mehr von mir wissen. Vielleicht hat er eine neue Freundin.

Rasch schließe ich unseren Chatverlauf, in dem sich noch all unsere Nachrichten befinden. Ich habe es nicht übers Herz gebracht, sie zu löschen und betrachte eine Weile nur die Liste meiner Kontakte.

Dann setzt mein Herz aus.

Denn ganz plötzlich stehen dort zwei Wörter: *Halen schreibt ...*

Ich wage es kaum, zu atmen. Er schreibt mir. Mein Herz klopft aufgeregt in meiner Brust und ich fahre mit meiner freien Hand meinen Oberschenkel auf und ab.

Doch dann verschwinden die Worte genauso schnell wieder, wie sie aufgeploppt sind. Es folgt keine Nachricht. Wir wissen wohl beide nicht, was wir sagen sollen.

Ob ich es will oder nicht, Enttäuschung breitet sich in mir aus.

»Woran denkst du?« Davina lässt sich neben mir auf den Rasen fallen und sucht meinen Blick.

Kurz zucke ich erschrocken zusammen, doch dann sehe ich sie

an. »An Halen«, antworte ich wahrheitsgemäß. Es macht keinen Sinn, es zu leugnen. Davina weiß es vermutlich auch ohne, dass ich es ausspreche.

Sie nickt, sieht zur anderen Straßenseite und scheint über etwas nachzudenken. »Weißt du«, ergreift sie dann nach einigen Sekunden das Wort. »Ich bin ihm vorhin im Flur über den Weg gelaufen.«

»Wie geht es ihm?«, frage ich leise und lasse mein Handy neben mir ins Gras sinken. Keine Ahnung, auf was für eine Antwort ich hoffe. Einerseits möchte ich, dass es ihm gut geht. Aber irgendwie ... weiß ich nicht, was ich davon halten soll, wenn es ihm super gehen sollte, ganz ohne mich.

Ich denke ständig an ihn. Ob es ihm genauso geht? Vermutlich, ansonsten hätte er doch nicht mit dem Gedanken gespielt, mir zu schreiben, oder?

»Er sagte, es würde schon gehen. Er hat nach dir gefragt. Wie es dir geht, ob du in Ordnung bist«, berichtet Davina mir.

Ich schweige einen Augenblick, bin erleichtert, dass ich ihm noch etwas bedeute. Gott, das klingt unglaublich selbstsüchtig, nicht wahr?

»Was hast du erwidert?«

»Ich habe gesagt, es geht dir gut«, antwortet sie und beobachtet mich dabei sorgsam von der Seite.

»Okay.« Und es ist okay, denn mir geht es gut.

Nur fühlt es sich an, als würde ein Teil von mir fehlen.

Ich komme nicht von Halen los.

Ich vermisse ihn und liebe ihn noch immer.

KAPITEL 65

Venice

Drei Wochen später

Ich sehe dem Taxi nachdenklich hinterher, das sich von Sekunde zu Sekunde immer weiter von mir entfernt. Erst als es abbiegt und aus meinem Sichtfeld verschwindet, mache ich mich endlich auf den Weg nach Hause.

Es ist mitten in der Nacht und Stella und ich haben das Verbindungshaus am Campus vor einer guten halben Stunde verlassen, obwohl die Party noch in vollem Gange war. Aber ich war so verdammt müde und freue mich auf mein Bett.

Im Hausgang angekommen, nehme ich die Treppen und schleppe mich bis vor die Wohnungstür.

Ich öffne meine kleine Handtasche und wühle in ihr nach meinem Schlüssel. Dabei stoße ich unter anderem auf Geld, Taschentücher, meinen neuen Labello und sonstigen unnötigen Kram. Mist, so groß ist die Tasche doch überhaupt nicht, um stundenlang darin suchen zu müssen.

Doch dann fällt es mir wieder ein und ich schaudere.

Verdammte Scheiße! Mein Schlüssel und mein Handy befinden sich noch in Stellas Handtasche.

Und jetzt? Ich kann um diese Uhrzeit schlecht bis zu Stella laufen. Besonders, weil ich zu Fuß eine halbe Ewigkeit unterwegs wäre. Davina ist ebenfalls unterwegs, keine Ahnung, wann sie wieder hier sein wird. Verdammt, verdammt, verdammt! Wieso vergesse ich ständig und überall meinen Schlüssel? Das kann doch nicht wahr sein!

Frustriert lehne ich meine Stirn für einen Moment an die kalte Tür. Wie löse ich dieses Problem? Es muss doch eine andere Möglichkeit geben, als bis Sonnenaufgang im Flur zu sitzen und auf meine Cousine zu warten. Hätte ich nur wenigstens eine Decke bei mir, denn der Hausflur ist ziemlich kalt.

Ich drehe mich um und starre auf die Tür hinter mir. Ich könnte … nein. Nein, kann ich nicht. Wir haben seit fast zwei Monaten kaum ein Wort außer »Hallo« gewechselt, da kann ich nicht mitten in der Nacht bei ihm klopfen.

Ich schaffe es ja schon am helllichten Tag nicht, anzuklopfen. Das wollte ich in den letzten Wochen schon mehr als einmal tun. Zwei Mal stand ich sogar vor seiner Wohnung. Aber letztendlich konnte ich es nicht.

Schließlich war ich es, die Nein zu *uns* gesagt und sein Herz gebrochen hat. Ich glaube, es ist nicht mehr länger mein Recht, einfach zu klopfen. Und was, wenn Davinas Treffen miserabel war und sie schon zu Hause ist? Es wäre doch möglich, oder?

Mit all der Kraft, die ich aufbringen kann, hämmere ich gegen die Tür. Nichts, weshalb ich es noch mal versuche. Und auch, als ich meinen Finger für einige Sekunden auf die Klingel lege, geschieht absolut nichts. Wenn sie da wäre und schon schlafen würde, müsste sie eigentlich von dem Lärm wach werden. Bitte, Davina, komm schon. Erneut hämmere ich mit der flachen Hand gegen das Holz. Niemand öffnet und ich wecke vermutlich noch das halbe, wenn nicht sogar das ganze Haus, wenn ich so weitermache. Sie ist nicht da. Aber einen Versuch war es wert.

»Hey, Venice.«

Ich zucke erschrocken zusammen, als Halens Stimme hinter mir erklingt. Ich habe nicht mal gehört, dass er die Tür geöffnet hat. Er lehnt mit verschränkten Armen im Türrahmen, sobald ich mich langsam umgedreht habe »Hey«, erwidere ich leise und unsicher.

Diese ganze Szene fühlt sich surreal an. Er wohnt nur ein paar Schritte von mir entfernt und obwohl ich ihn vermisse, konnte ich mich in den letzten Wochen nicht überwinden, rüberzugehen. Was hätte ich denn auch sagen sollen?

»Lass mich raten«, sagt Halen und ein schwaches Lächeln liegt auf seinen Lippen. »Du hast dich ausgesperrt und Davina ist nicht da.«

Sein Lächeln sendet ein Kribbeln durch meinen Körper. Zugleich verkrampft sich mein Herz, weil sein Lächeln seine Augen nicht erreicht und ich wünschte, dass es nicht an mir läge.

»Würdest du mir glauben, wenn ich sage, dass ich alles im Griff habe und nur etwas Zeit in diesem wunderschönen Flur verbringen möchte?«, sage ich schließlich und versuche, äußerlich ruhig zu bleiben, obwohl in meinem Inneren ein völliges Durcheinander herrscht.

»Eher nicht.« Er stößt sich vom Türrahmen ab, bevor ich meinen Gedanken weiter nachgehen kann, und mustert mich ausgiebig, ehe er weiterspricht. »Möchtest du reinkommen?«

»Ich …« Ich bin mir nicht sicher, was ich darauf antworten soll. »Nein, schon gut. Ich warte einfach hier, bis Davina kommt.«

Er neigt besorgt den Kopf zur Seite. »Und wenn das erst in ein paar Stunden ist?«

»Es wird schon nicht allzu lange dauern«, behaupte ich und hoffe, dass das der Wahrheit entspricht. »Trotzdem danke.«

»Okay.« Halen nickt und fährt mit der Hand über sein Kinn. »Dann rufen wir sie jetzt einfach an. Du kannst die Nacht ja schlecht im Flur verbringen.«

»Kann ich genau genommen sch…«

»Sei nicht albern, Venice. Ich habe dich damals nicht alleine hier sitzen lassen und werde es auch jetzt nicht tun. Du rufst Davina von meinem Handy aus an und wenn du sie nicht erreichst, kannst du auf der Couch schlafen, ja?« Er sieht mich eindringlich an.

Ich kaue nervös auf meiner Unterlippe herum, denn ich bin mir so gut wie sicher, dass mein Anruf auf der Mailbox landen wird und ich die Nacht in Halens Wohnung verbringen werde.

Und obwohl mir das mehr als bewusst ist, stimme ich seinem Angebot zu. »Okay.«

Wer weiß.

Vielleicht ist das genau der Moment, den wir brauchen.

KAPITEL 66

Venice

Davina ging natürlich nicht an ihr Handy. Und ich liege nun auf Halens Couch und kuschele mich in die Decke, das Shirt und das Kissen, das er mir zum Schlafen gebracht hat. Der Bezug, genau wie das T-Shirt, riechen nach ihm und ich kann nicht aufhören daran zu denken, dass er bloß ein Zimmer weiter schläft. Ich für meinen Teil hätte im Flur sicher eher ein Auge zubekommen als hier auf dieser Couch, wo wir so viel Zeit verbracht haben und alles irgendwie begonnen hat. Hellwach starre ich Löcher in die Luft. Ich muss irgendetwas tun, das mich von dummen Gedanken und Ideen abhält.

Ein Glas Wasser wird mir bestimmt helfen. Vielleicht habe ich einfach nur Durst wegen der Party.

Ich schlage die Decke beiseite und tapse auf Zehenspitzen in Richtung Küche, wo ich mir ein Glas aus dem Schrank nehme und mir Wasser aus dem Kühlschrank einschütte. Ich setze es an meine Lippen, lehne mich gegen einen der Schränke und mein Blick wandert durch den Raum, der nur von dem schwachen Licht des Mondes beleuchtet wird. Irgendwie habe ich meinen Weg zurück hierher gefunden. Die Frage ist nur, was ich jetzt daraus mache.

Gehen wir morgen erneut getrennte Wege, sobald ich wieder in meine Wohnung kann?

Aber ich kann nicht mehr leugnen, dass ich ihn in meinem Leben haben möchte. Meine Liebe zu ihm hat sich in den vergangenen Wochen nicht verändert. Aber nach all dem Drama in den letzten Monaten habe ich eine Auszeit gebraucht, um mir sicher zu sein, dass ich wirklich ich selbst bin. Denn sollte der Fall eintreten, dass Halen mich irgendwann nicht mehr in seiner Zukunft haben will, wird es schmerzen, aber ich habe dann noch immer mich.

Vielleicht war meine Entscheidung egoistisch, aber jetzt bin ich mir sicher, welche Version von mir ich sein möchte. Ich will aufhören, alles tausendmal zu überdenken, voreilige Schlüsse zu ziehen und ich will endlich damit anfangen, für mich einzustehen.

Gerade im Flur war ich nicht diese Venice. Denn ich habe Halen nichts von meinen Gefühlen ihm gegenüber gesagt.

Und jetzt, wo ich hier bin und er nebenan, fühle ich mich so geborgen wie schon lange nicht mehr. Seine Gegenwart beschert mir noch immer wildes Herzklopfen wie vom allerersten Moment an.

Es ist wohl an der Zeit, den ersten Schritt zu machen, um die neue Venice zu sein. Scheiß auf dumme Ideen. Aus ihnen lernt man schließlich. Ich stelle das Glas neben die Spüle, straffe die Schultern und will zu Halen ins Schlafzimmer gehen, doch dann halte ich inne. Auf der Arbeitsfläche der Küche liegt ein Briefumschlag, der mir vorher nicht aufgefallen ist. Und mein Name ziert in ordentlicher Schrift die Oberfläche.

Mit vorsichtigen Schritten und flachem Atem gehe ich auf den Umschlag zu und öffne ihn behutsam, ehe ich es mir anders überlegen kann. Zum Vorschein kommen unsere Flugtickets und ein Brief.

Unser Flug geht morgen.

»Venice?«

Ich wende mich von den Tickets ab und hebe langsam den Kopf, um Halen anzusehen. Er steht nur ein paar Schritte von mir entfernt, sodass eine Konfrontation unausweichlich ist. Doch etwas anderes habe ich auch gar nicht vor.

»Darf ich?«, frage ich nur und warte gespannt auf seine Antwort.

»Du hast ihn sowieso bereits geöffnet.« Das ist dann wohl ein Ja.

Ich sehe wieder auf den Brief herab. »Wann wolltest du ihn mir geben?«

Er druckst etwas herum, ehe er mir eine klare Antwort gibt. »Gar nicht mehr.«

Mein Blick geht ruckartig hoch. »Wieso?«

»Ich wollte ihn dir schon letzte Woche geben«, gibt er zu und kratzt sich verlegen am Hinterkopf. Eine Geste, die ich mittlerweile in- und auswendig kenne. »Aber dann fiel mir mein Versprechen ein. Ich wollte nicht ein weiteres brechen. Das habe ich zu oft getan. Also habe ich beschlossen, ihn dir nie zu geben.«

Ich schlucke. »Darf ich ihn dennoch lesen, Halen?«

»Willst du das denn, Venice?«

Seine Frage ist nicht bloß auf dieses Stück Papier bezogen, das ist mir klar. Nein, hierbei geht es vielmehr um uns.

Und auf all das kommt meine Antwort nun ohne zu zögern. »Ja.«

»Dann halte ich dich nicht ab.« Er entfernt sich ein paar Schritte. »Ich warte im Schlafzimmer, bis du ihn gelesen hast.«

Nachdem die Tür leise ins Schloss gefallen ist, bin ich wieder allein mit diesem Brief in meinen Händen, den ich sogleich behutsam öffne. Ich lege den Umschlag mit den Flugtickets beiseite und falte den Brief auseinander.

Venice,

ich kann kaum essen, schlafen und einen Tag verbringen, ohne auch nur ein einziges Mal an dich zu denken.

Da sind ständig diese Momente, die ich mit dir teilen will. Momente, in denen ich mir wünschte, dass du an meiner Seite wärst

und wir eine weitere gemeinsame Erinnerung miteinander schaffen.
Stattdessen gehen wir getrennte Wege.

Und weißt du was, ich verstehe, dass es so kommen musste.

Ich wünschte, es wäre anders gelaufen, denn ohne dich fühlt sich mein Leben leer an. Du fehlst. Ich weiß, das ist meine Schuld. Ich habe dich verloren, das Wertvollste, was mir das Leben seit Langem zugespielt hat.

Ich kann nur immer und immer wiederholen, wie leid es mir tut, dass ich dich verletzt habe. Doch am Ende macht es wohl auch keine Entschuldigung wieder gut.

Keine Sorge, ich bitte dich nicht, dass du mir verzeihst. Worum ich dich aber bitte, ist, dass du glücklich wirst. Mit jemandem, der dich so sehr liebt, wie ich es mit jeder Faser meines Körpers tue. Doch es soll auch jemand sein, der dir keinen Schmerz zufügt und dir seine Zuneigung jeden einzelnen Tag, jede Stunde, jede Minute und jede verdammte Sekunde zeigt. Das ist es nämlich, was du verdient hast. Eine wundervolle Zukunft mit jemandem, der deiner Liebe gerecht wird.

Und auch, wenn ich das nicht sein werde, liebe ich dich weiterhin. Wie könnte ich auch nicht? Ein Teil von mir wird dich immer im Herzen behalten. Deswegen werde ich dich jetzt auch gehen lassen, damit du so glücklich werden kannst. Nimm die Flugtickets und schaffe neue, wundervolle Erinnerungen, Kuss-Mädchen.

Danke für alles.

In ewiger Liebe
Halen

Ich schlucke gerührt. Es gibt nur eine einzige Person auf dieser Welt, von der ich jede Sekunde geliebt werden möchte.

Das weiß ich jetzt.

KAPITEL 67

Halen

Ich sitze auf der Kante meines Bettes und warte angespannt darauf, wie Venice reagieren wird. Wird sie zu mir kommen, wird sie gehen oder wird sie nebenan bleiben und einfach so tun, als wäre der Brief nichts Besonderes? Was wird sie sagen?

Die Zeit vergeht nur zäh, zieht sich mit jeder Sekunde quälend in die Länge und ich werde immer nervöser. Ich hätte doch bei ihr stehen bleiben sollen. Dann hätte ich wenigstens nach einer Reaktion oder einer Emotion in ihrem Gesicht suchen können. So hätte ich vielleicht eine Ahnung gehabt, wie diese Nacht ausgehen wird. Doch hier in meinem Schlafzimmer bin ich völlig im Unwissen. Und das macht mich wahnsinnig. Es macht mich genauso irre, wie zu befürchten, dass Venice womöglich weiterziehen könnte. Ohne mich.

In dem Brief habe ich zwar geschrieben, dass es okay ist, wenn sie in ihrer Zukunft jemand anderen haben will als mich, aber eigentlich möchte ich dieser jemand sein. Eine Zukunft mit Venice ist das, was sich mein Herz wünscht. Vielleicht wird es schiefgehen. Vielleicht wird das mit uns nicht halten. Doch wenn sie sich für mich entscheiden sollte, werde ich sie lieben, wie sie es immer verdient hat. Wir würden brennen, ohne zu Asche zu zerfallen. Und gerade, als ich denke, dass eine weitere lange Minute anbricht, öffnet sich endlich die Tür.

Venice steht vor mir mit all diesen Emotionen, die wie ein wilder Sturm in ihren Augen wüten. In ihnen erkenne ich Sehnsucht, Trauer und vor allem Liebe.

Sie braucht nichts zu sagen, ich glaube, ich kenne ihre Antwort bereits. Ich kann es sehen. Ich kann ihre Liebe förmlich spüren.

Es gibt ein *Uns*.

Kaum habe ich mich vom Bett erhoben, ist Venice mit wenigen Schritten bei mir. So nahe, dass ihr Atem meine Haut streift und sie ihren Kopf heben muss, um mich aus ihren wunderschönen, funkelnden Augen ansehen zu können. Ich könnte stundenlang in diese Iriden blicken, denn sie würden nie langweilig werden. Sie sagen manchmal mehr, als das, was sie jemals mit Worten ausdrücken könnte.

Ein Blick von ihr und ich bin ihr verfallen. Ich liebe sie.

Sie greift nach meinem T-Shirt, zieht mich zu sich herunter und küsst mich, als gäbe es in diesem Augenblick nur noch uns auf dieser Welt. Verlangen, Verzweiflung und Gier. Vorsichtig, atemlos und überstürzt.

Es ist unglaublich. Sie ist unglaublich. Nein, wir sind es gemeinsam.

»Ich will nur dich, Halen«, sagt Venice und drückt ihre Lippen ein weiteres Mal stürmisch auf meine. »Nur dich. Niemand anderen.« Wieder und wieder küssen wir uns, wir können nicht aufhören, kriegen nicht genug. »Du wirst es immer sein. Du bist mein *für immer*.«

»Und du mein, Venice.« Ich ziehe sie noch näher an mich. »Gott, du hast mir gefehlt. Du hast mir so unglaublich gefehlt.«

»Lass uns morgen zusammen wegfliegen, ja? Nur wir zwei, nur du und ich«, schlägt Venice atemlos vor und ich brauche gar nicht lange zu überlegen, um ihr eine passende Antwort zu geben.

»Nichts lieber als das«, stimme ich sofort zu.

Sie lässt von mir ab und schaut mich an. »Ich liebe dich,

Halen.« Ihr Blick brennt sich bis in mein Innerstes.

Prompt hebe ich sie hoch und ihre Beine klammern sich ganz automatisch fest um mich, während ihre Hände zusammengefaltet in meinem Nacken liegen.

Unsere Blicke bleiben ineinander verankert. Wir verlieren einander nicht. Nicht noch einmal. »Ich liebe dich auch«, gebe ich zurück und es kommt mir so leicht über die Lippen wie noch nie. Dieses Mal habe ich keine Zweifel. Ich will sie und sie mich. Wir vertrauen uns wieder. Dieses Gefühl ist wieder da. Und dieses Mal wird es hoffentlich ewig währen.

»Dann zeig es mir.« Ihre Stimme ist nur noch ein leises Hauchen, doch ich verstehe ihre Worte mehr als deutlich.

»Da wäre nur noch eine Sache«, meint sie plötzlich und sieht mich an.

»Alles, was du möchtest.«

»Schmeiß diesen verdammten Pfirsich-Labello weg.«

»Den Pfirsich-Labello?«, frage ich verwundert.

Sie meint es ernst. »Schmeiß ihn weg, denn ich mag jetzt Himbeere.«

»Okay.« Ich lache leise. »Ich liebe Himbeere.«

»Gut.« Sie kommt näher, lässt ihre Lippen kurz vor meinen schweben. »Dann küss mich jetzt.«

Wir fallen auf die dünnen Laken meines Bettes, lassen nicht voneinander ab, wollen immer mehr vom anderen und letztendlich ist es auch das, was wir beide einander geben. In uns schlagen in diesem Augenblick zwei Herzen, welche voller Liebe für den jeweils anderen sind.

Und so endet unsere Geschichte. Sie endet gemeinsam.

Nein, viel besser, sie endet nicht, sie beginnt gerade erst.

Es ist der Beginn von etwas Neuem, Großartigem und Unglaublichem.

Es ist der Anfang unserer Geschichte. Von dem Mädchen mit den Himbeerlippen und dem Jungen, der ihr womöglich für immer hoffnungslos verfallen bleibt.

EPILOG

Venice

Ein Jahr später

Die Sterne leuchten am Nachthimmel, das Licht des Lagerfeuers tanzt über unsere Gesichter, die ruhige Musik vermischt sich mit unseren leisen Gesprächen und dem Knistern der Flammen. Es ist perfekt. Das hier ist einer dieser Momente, die man viel zu selten in seinem Leben hat. Umso mehr genieße ich ihn.

Ich sitze zwischen Halens Beinen und habe meinen Rücken an ihn gelehnt, ein glückliches Lächeln auf den Lippen.

Einen Teil des Sommers verbringen wir dieses Jahr in einem Ferienhaus an einem kleinen See. Wir haben einfach unsere Sachen geschnappt und sind losgefahren. Mittlerweile haben auch all unsere Freunde ihren Weg hierher gefunden, sodass wir unseren ersten gemeinsamen Abend mit ihnen verbringen.

Hier könnte ich für immer bleiben. Zu Hause gibt es zwar schon lange kein großes Drama mehr, aber dieser Ort strahlt solch eine Ruhe und Sorglosigkeit aus. Besonders, da bei mir all die Menschen sind, die mir wichtig sind. Im letzten Jahr sind wir nur noch enger zusammengewachsen.

Ich lasse meinen Blick über unsere kleine Runde wandern. Da

sind Davina und Alyssa, die sich mittlerweile wirklich gut verstehen, daneben sitzen Chase, Elliot und Stella, welche die beiden Jungs grinsend beobachtet. Und auch Avery und Sid sind da, die sich gerade nicht ganz entscheiden können, ob sie sich lieber streiten oder doch miteinander rummachen sollen. Und dann wären da noch Halen und ich.

Ich sehe lächelnd zu meinem Freund hoch. »Ich bin gerade wirklich glücklich.«

Er erwidert mein Lächeln und streicht sachte eine meiner kupferroten Strähnen hinters Ohr, die sich aus meinem Zopf gelöst hat. »Das bin ich auch. Ich würde sogar behaupten, dass ich im Augenblick einer der glücklichsten Menschen auf der Welt bin.«

»Nur im Augenblick?«, frage ich neckend. »Und was ist mit den anderen Tagen, an denen wir zusammen sind?«

Er stupst mit der Nase gegen meinen Hinterkopf. »Versuchst du gerade, Komplimente zu erhaschen?«

»Wenn du schon dabei bist«, entgegne ich und drehe mich mehr zu ihm um, »kannst du ruhig noch ein paar springen lassen.«

Er lacht. »Du bist unmöglich.«

»Das zähle ich jetzt mal als Kompliment, ja?«

»Tu, was du nicht lassen kannst.« Er beugt sich zu mir herunter. »Aber wo bleibt mein Kompliment?«

Ich schmunzele und boxe ihm leicht gegen die Brust. »Du bist ein Idiot.«

Doch er lässt nicht locker. »Ich höre?«

»Du kannst gut küssen.«

Er hebt eine Augenbraue. »Das ist dein Kompliment? Ich kann *gut* küssen?« Herausfordernd recke ich das Kinn. »Vielleicht musst du mich ja überzeugen, dass es mehr als nur gut ist. Ich kann mich kaum noch an unseren letzten Kuss erinnern.« Ich funkele ihn provokant an. »Unsere Lippen sind quasi Fremde für einander.«

»Fremde also?«, murmelt er, gibt mir aber keine Gelegenheit, zu antworten, denn im nächsten Moment ändert er *gut* zu *atemberau-*

bend. Unsere Lippen verschmelzen und unsere Hände erkunden jeweils den Körper des anderen.

Mir entflieht ein Seufzen und ich will den Kuss vertiefen, doch Halen löst sich und verweilt einen Moment lang nur Millimeter weit von mir entfernt.

»Tust du das öfter?«, will er mit rauer Stimme von mir wissen.

»Tu ich was öfter?«, frage ich ihn, noch völlig atemlos von unserem Kuss. Schon bevor er noch einmal seine Lippen auf meine legt und antwortet, weiß ich, welche Worte gleich folgen.

Und als er dann schließlich langsam von mir ablässt, grinst er breit. »Fremde küssen.«

ENDE

ÜBER BELLA PAASCH

Bella Paasch wurde 2002 geboren und studiert zurzeit Germanistik und Komparatistik. Schon als sie klein war, liebte sie es Geschichten zu erzählen, doch wagte erst im Alter von 11 Jahren ihre ersten richtigen Schreibversuche. Seit einiger Zeit teilt sie ihre Werke auf Wattpad, wobei die Geschichten zu Beginn jegliches Klischee beinhaltet haben. Noch immer greift sie gerne auf das ein oder andere Klischee zurück, aber mittlerweile überrascht sie genauso gerne ihre Leser mit unerwarteten Wendungen.

Weitere Infos findet man auf Instagram unter bella.paasch oder auf www.bella-paasch.de

HEARTCRAFT